# 소설 이승휴

휴휴와
죽죽선이
죽서루에
오르다

**소설 이승휴**
휴휴와 죽죽선이 죽서루에 오르다

초판 1쇄 발행일 2016년 11월 25일

지은이 · 김익하
펴낸이 · 김종해
펴낸곳 · 문학세계사

주소 · 서울시 마포구 신수로 59-1(04087)
대표전화 · 02-702-1800   팩시밀리 · 02-702-0084
이메일 · mail@msp21.co.kr
홈페이지 · www.msp21.co.kr
페이스북 · www.facebook.com/munsebooks
출판등록 · 제21-108호(1979.5.16)

ISBN 978- 89-7075-831-2  03810

이 도서의 국립중앙도서관 출판예정도서목록(CIP)은 서지정보유통지원시스
템 홈페이지(http://seoji.nl.go.kr)와 자료공동목록시스템(http://www.nl.go.kr/
kolisnet)에서 이용하실 수 있습니다.(CIP제어번호: CIP2016027415)

김익하 장편소설

# 소설 이승휴

휴휴와
죽죽선이
죽서루에
오르다

문학세계사

작가의말

# 미상未詳에 대한 물음

물신시대物神時代. 이 소설은 드러나지 않은 미상未詳과 그 가치에 대한 관심이자 물음이고 여행이다. 그러나 미상에 대한 복원 작업이 전해지는 미미한 몇 조각들만 가지고 다분히 상상과 허구에 의존하는지라 이견이 없을 수 없다.

그 이견을 나는 전적으로 환영하고 수용한다. 또한 부단히 지속되기 바란다. 아울러 그것이 진실에 접근하려 자료를 찾아내고 고증하려는 작업까지 부추겨서 실체의 규명에 촉진제가 되는 게 바람직하다는 논지다.

그러한 시시비비 거리를 제공하여 실체의 바탕에 이르게 하는 것 또한, 이 소설을 집필할 용기를 주었다. 녹슬어 가는 철 구조물도 그대로 두면 흔적 없이 사라지지만, 녹슬어도 자주 건드려야 산화되기 전의 철 재질을 기록으로 남길 수 있다는 원리와 같은 이치다.

소설을 쓰는 사람에게는 가장 무소불위한 영역은 아마 상상과 허구일 게다. 나는 이 소설에서 폭군처럼 그 특권을 무한대로 활용했다. 따라서 생각에 궁함이 없었고, 사물을 대함에 주저하지 않아서 힘듦 속에서도 무한 자유를 만끽하느라 행복했다. 아닌 게 아니라 어떨 땐 조각들이 여러 형상으로 왜곡된 정보보다 차라리 남아 있지 않은 미상의 것에서 더 많은 허구와 상상을 얻을 수 있어 내 시선이 자유로워 신명마저 났다. 그러나 미상에 대한 복원 작업이란 마치 바람 냄새를 맡고 그 바람이 스쳐온 곳의 정황을 추출해 내는 일과 같아 때로는 상상으로도 한계를 느꼈던 것 또한, 부인하지 못하겠다.

또 하나 집필의 의도에는 향리鄕里의 미상인 그것, 이승휴, 죽서루, 죽죽선에 관한 애정 때문이라고 고백할 수 있다. 어릴 때부터 귀에 익은 것들인데 자연의 한 모서리이듯 그 근원을 몰랐다.

역사의 흐름은 괭이질 소리를 내지 않고 삽질 소리를 내기에 개천에 구르는 차돌도 벽옥璧玉같이 여기자는 애향의 정情도 바탕이 되었다.

그러나 기록 남기기를 소홀히 한 왕조에 관한 관심은 때로는 절망스럽기까지 했다. 조선은 시시콜콜 기록을 너무 남겨서 '이다 저다' 하는 왕조지만, 고려는 죄인의 문초 기록을 형벌이 끝난 뒤면 아무렇게나 버려 훼손한 왕조였으니 남아 있는 것마다 제가끔 다르고, 그나마 남의 글을 퍼 나르면서 오탈자로 범벅되어 있어 역사 추리나 복원에서의 어려움은 성격 급한 사람에게는 적성이 맞지 않은 일임을 늦게야 깨우쳤다. 그러나 배움 또한, 컸다.

한 편의 소설을 쓰고 그것을 책으로 묶어 내는 데는 알게 모르게 도움을 받은 분들이 적지 않다. 자료를 제공한 이들과 처지기만 하는 집필 속도를 부추겨 준 주변 분들이 모두 그렇다. 고마운 이런 분들이 너무 많기에 일일이 지면 밖에서 감사를 드릴 작정이다. 다만 소설 자료를 알뜰히 챙겨 주고 자료 게재를 허락해 준 (사)동안이승휴사상선양회 관계자와 필자와 일면식도 없는 터에 해설을 붙여 준 평론가 남기택 교수, 책 모양새를 갖춰 준 문학세계사에 지면을 통하여 고마움을 드린다.

2016년 늦가을
서울 초광재草筐齊에서

# 1

진사進士 최만유崔萬有는 급히 온 발걸음을 멈췄다.

초가가 바로 눈앞에 있었다. 쪽빛 하늘이 오십천五十川 강물에 반사되어 댓잎까지 이르자, 대숲은 최만유 마음을 흔들 듯 더 푸르게 반들거렸다. 일상 태백산맥太白山脈에서 오십천을 타고 내리훑는 산바람과 동해로부터 치닫는 바닷바람이, 그곳에서 만나 얼싸안듯 소용돌이쳤다. 절벽 위에 빽빽이 일어선 홰나무 가지를 먼저 휘젓기도 했지만, 이따금 옅은 안개까지 일으켜 는개를 절벽 밑으로 돌아내리는 오십천 강물 위에다 오줌 지리듯 흩뿌리기도 했다.

또한, 지금도 소용돌이로 일어나는 다른 바람이 청정한 대숲까지 흔들어 바람 길을 냈다. 바람 길은 죽죽선竹竹仙이 사는 집 초가지붕 윤곽을 살포시 들춰냈다. 시선에 들어차는 것은 해를 넘긴 이엉의 잿빛뿐인데도 먼 길도 마다 않고 달려온 최만유 감정마저 담아 내리듯 해서 그의 마음을 요령搖鈴처럼 흔들어 댔다.

죽죽선이 이미 눈앞을 가로막아 선 듯 최만유 가슴은 진작부터 바닥으로 철렁 내려앉았다. 댓잎에서 이는 바람 소리보다 가슴에서 이는 바람 소리가 더 소란스러웠다. 이름만 듣고도 백 리 길을 한걸음에 달려와 멈췄지만, 마음 갈피에서 이리저리 일어나는 연모의 정은 가슴에서 수그러들지 않았다.

여인네를 향하는 외곬 연모의 정은 수컷의 담대함과 거드름까지 거침없이 무너뜨리며 감정 덩어리가 봄바람이 스치듯 등골로 후끈하게 덮쳤다. 딴에 아련함도 더하여 애끓음 또한, 마음 갈피로 속속들이 파고들어 실매듭처럼 고리 지어 이어졌다.

최만유가 죽죽선을 보려는 게 이번이 처음은 아니었다.

일찍이 대관령 초입 성산 골짜기에서 그림 그리는 자에게서 죽죽선의 미색이 출중함을 여러 번 귀띔으로 들어왔던 터라 그녀의 명성이 이제 귀에 못 박힐 만도 했다. 마음 일군 차제에 지체하지 않고 두어 달 전에도 단걸음에 달려 왔었는데, 마침 그녀는 현령의 부름을 받고 중앙 관가에서 내려온 관리 환영 자리에 나가 있었다. 그러니 최만유는 먼발치에서 그녀를 서너 번 훔쳐보기만 했던 터, 언제나 되돌아오는 눈빛에서 서운함은 씻어 낼 수 없었다.

그도 날짜까지 넘겨 보았던 횟수가 아니라, 정자에 오른 죽죽선을 한 번 보고 돌아가다가 도시 분연히 솟구치는 심회마저 참지 못하고 되돌아오길 번복하면서 엿보았던 횟수가 그러했으니, 몸과 마음이 들뜰 대로 들뜬 건 분명했다.

먼발치에서 바라본 느낌에서도 마음은 늘 바람 구멍이 뚫려 있었다. 보고 이내 또 바라보고 싶을 만큼, 죽죽선은 사내 시선을 잡아끌 여색의 매력까지, 굳이 드러내지 않은 자태에서도 숨김없이 한껏 발산하고 있었다.

뒤태에서 배어나는 한 점의 움직임에도 절제미가 넘쳤으며, 조금도 허수히 틈새를 보이지 않을 만큼 단아했다. 이미 다가올 이목까지 예견한 듯 아예 흐트러짐마저 간추려 내려는 자세가 허술함에서 거리를 멀찍이 두고 있었기 때문이다. 그러함이 또한, 사내 시선마저 휘어잡아 가슴에다 자욱이 연모의 불길을 지피게 했다.

최만유는 지체하지 않고 사립문 앞에서 소리를 질렀다. 아직 목소리에는 가쁜 숨소리가 질펀히 묻어 있었다.

"이리 오너라!"

적요하던 마당 안에서 죽죽선 몸종인 구월九月이 대신 집안 일 챙기는 할멈이 발소리를 내며 사립문까지 다가와 얼굴만 삐쪽이 내밀었다.

"예."

"안에 아씨가 계시느냐?"

"지금 계시지 않습니다. 관아에 손님이 오셨대서 이른 미시
未時쯤 연회에 나가 여태 돌아오지 않고 계시옵니다."

할멈은 최만유와 죽죽선의 어긋 만남이 제 탓인 양 두 손을
비벼 대며 연해 허리를 납죽납죽 조아렸다.

"늦을 것 같다더냐?"

그렇게 물은 최만유는 스스로 피식 웃었다. 제 물음이 할멈
에게 가당치 않다는 생각이 뒤미쳐 든 탓이다. 잔뜩 기대에 부
풀어 찾아 왔는데 얼굴은커녕 머리카락 한 올도 보지 못한 채
돌아서려니 그렇게 맹랑한 물음도 나오는가 싶었다. 그러나 할
멈은 더욱 몸 둘 바를 모르고 죄지은 듯 대답했다.

"쇤네는 연회가 끝나는 시각은 잘 알지를 못하여 차마 답변
을 드릴 수가 없습니다."

최만유는 더는 할멈에게 분풀이할 수가 없었다. 그는 할멈에
게 뒷말을 건네는 대신 말에 다시 올라 고삐를 당겨 왔던 길로
되돌아서야 했다. 그러면서 조만간 다시 찾아오리라는 작심만
은 버리지 않았다.


명주부溟州府에도 유희소가 없는 게 아니었다. 그곳 유희소
에도 제 나름 미색과 가척歌尺과 무척舞尺의 기예를 두루 갖추
고, 이런 바닥에서 둘째가라면 서러워할 기녀妓女가 더러 있긴
있었다. 그러나 최만유 눈에는 봇도랑에 흐르는 물처럼 하나같

이 품격이 얇고 낮게 보여 손바닥으로 무릎을 핏자국이 나도록 두들겨도 도무지 흥취가 돋아나지 않았다.

술 한 잔을 앞에 놓고 그녀들의 재기를 즐기는 맛에 빠지려는 최만유에게는 그녀들이 보이는 언행은 알량하기까지 한 품격이어서 오래가지 않아 이맛살을 찌푸리며 자리를 털고 일어서야 했다. 가예歌藝의 밑천도 일천할 뿐더러 소양 또한 턱없이 모자라 천루賤陋에서 크게 벗어나지 못했다. 그러함에도 가예의 깊이와 참맛을 느끼기에 앞서 그녀들은 재물부터 뜯어내려고 몸을 아무 거리낌 없이 스스로 열어젖혔다. 제 입과 딸린 군식구의 호구糊口를 위하여 일패一牌에서 삼패三牌로 품격이 낮아졌지만, 마땅히 밝혀야 할 등급을 애초에 속이는 계집도 여럿 있었다.

한 번은 삼패 품격인지도 모르고 자태가 딴에 고혹하다 싶어 하룻밤 몸을 가까이했더니 당창唐瘡에 걸렸다. 근동에서 천하희설戲媟 하면 응당 최만유라고 다들 손가락을 으뜸에다 꼽는데, 스스로 지은 죄 때문에 굳이 마다하는 계집에게 으름장까지 놓아 약값을 찔러 주며 이내 씁쓸히 입맛만 다셔야 했다. 계집들과 관계에서 뒤끝의 산뜻함을 선호했던 최만유로선 뒷걸음질 치다 쇠똥 밟은 듯 체면을 구겨 얼굴마저 들고 다니기도 불편하기까지 했다.

사람이 들고남에 있어서 싫증나면 날수록 더욱 빠르게 대면 자리를 피하려는 게 인지상정인데 최만유라고 예외는 아니었다. 근동 사람들이 그의 땅을 밟지 않고는 출입할 수 없을 만큼 너른 땅까지 가진 격에 맞게 여자를 취하고자 함에서 아니라 엄격한 가풍과 어느 한시라도 눈을 돌릴 수 없는 재물 흐름을 챙겨야 하는 위압감에서 다소 숨통이나 트려고 유희소를 찾는 최만유에게, 그러함은 뜻에 없는 일일뿐더러 개천 바닥의 지저깨비에 걸려 고인 물거품같이 가볍고 미천한 부류로 보였다.

서당 글을 무릎에 골병이 들도록 석삼 년 익혔어도 문의文意 하나 제대로 깨치지 못했다면, 아무리 용모가 수려하고 의관에 소홀함이 없다고 자신한들 감히 죽죽선을 탐할 수 없다는 소문은 이미 한량 사회에 나돌았던 터였다. 아예 학문 한 구절을 입 밖으로 꺼내기도 전에 주눅부터 들어 스스로 꼬리를 내렸다. 그러니 당연히 학문의 짧음을 한탄하며 일정 거리 밖으로 스스로 물러앉아야만 했다. 그런 수모까지 당한 한량들이 죽죽선을 두고 하는 말이 있었다.

"역시 근본이 다릅디다. 고려 기녀 하면 일강계一江界 이평양二平壤 삼진주三晉州가 아닙니까? 그래도 죽죽선의 뿌리가 어딥니까? 당연히 진주가 그 뿌리니 막 대할 위치에 있는 기녀가 아니긴 아니지요."

물론 훼상된 체면에 구실을 얻고자 궁색하게 골라낸 소리일 터이다.

"아하, 내 그저 어쩐지 근본이 조금 다르다 했더니만⋯⋯."

부모로부터 물려받은 전답에서 머슴들과 하늘의 도움으로 어쩌다 어거리풍년을 맞아 곡식 내다 판 목돈을 해웃값이랍시고 바지춤에서 풀어놓았다손 쳐도, 그 돈은 주인이 집으로 당도하기에 앞서 이미 되돌아와 있었다. 인품이 졸속하여 술잔을 권할 마음이 애당초 없으면 쌀독이 비어 비속들이 굶주리더라도 보내온 뜻쯤 야멸차게 뿌리치는 죽죽선이었다.

근동으로 퍼져 나간, 죽죽선의 그런 소문 탓인지 학식과 재물을 가진 한량들이 심심찮게 모여들었다. 아니 만 사람 앞에서 스스로 드러내기를 자랑삼는 한량으로서 오기도 돋아날 만한 일이었다. 심지어 출행에 나선 서울 한량 무리까지 하루 묵어 가기를 기꺼이 청하기도 했다. 운 좋게도 죽죽선과 동석했다면 말을 더 보태 가며 어깻짓까지 추슬러 올린 채 후담 부풀리기에 얼굴빛마저 붉혔다.

"백문이 불여일견이라 했거늘 과연 명미明媚 할 뿐더러 기예 또한 경지에 이르렀다네. 한 번이나마 만나지 못했다면 평생 후회할 뻔했네. 고답한 기예는 사람 한 넋을 충분히 들었다 놓았다 했다네. 정말 이런 벽촌에서 지내기는 인물이 아까웠다니까."

과장된 말은 실물도 보지 못하고 뒷소문만 쫓는 무리에게 기대만 턱없이 높여 놓았다.

"정말 말로 듣던 그대로였다는 말인가? 공연히 말을 불려 사람 몸만 들뜨게 하려는 저의가 숨어 있는 게 아닌가?"

"허 참, 사람. 여태 속고만 살았나. 내가 술에 취한들 헛소리까지 와작와작하는 걸 본 적이 있는가?"

한량들의 심리 밑바닥에는 타인 품격을 빗대 제 가치까지 평가받으려는 경쟁 심리와 오기가 다분히 깔려 있어 부풀리는 구석마저 있었다. 그러고 보면 죽죽선 집으로 드나드는 일은 마치 한량의 격을 높이려고 난장亂場에 모여드는 과거 응시자와 크게 다르지 않았다.

# 2

휴휴(休休:이승휴)가 죽죽선을 만났다.

첫 만남이 이루어진 이때 휴휴 나이는 서른하나였다. 임금
[고종]이 왕위에 오른 지 사십일 년인 갑인년(1254) 음력 시월
말쯤이었다. 그러니 몽골군이 초원에서 살찐 말을 채찍으로 휘
몰아 무신들의 파쟁으로 방비가 느슨한 고려로 다섯 번째 침입
한 이듬해이기도 했다. 시대 정황은 예나 지금이나 크게 다를
바가 없었다. 남들 앞에서 배울 만큼 배웠고, 정세에 난다 긴다
내세우면서도 나랏일은 뒷전이고 일신의 영달에 눈이 멀었던
조정 신료들, 물론 후세에 종가로 이름을 남길 만한 자들이 잇
속에 눈이 멀어 임금의 몽진蒙塵에 빌미를 제공하여 나라 운명
이 바람 앞의 등불 같은 시대였다.

'달가닥.'

문고리가 잡히는 짧고 나직한 소리에 이어 스스로 열리듯 문

이 조용히 열리고 있었다. 그러나 문 안으로 나온 것은 얼굴이 아니라 왼쪽 외씨버선발부터였다. 낭떠러지를 조심스럽게 밟아 내리듯 버선 바닥부터 문지방 끝 선마저 가리며 방바닥으로 향하여 아래로 차분히 내려왔다. 순간이지만 그런 느낌이 눈으로 하나하나 찬찬히 들어왔다.

이어 황련黃蓮으로 염색한 황색 치마 끝동이 안개 자락처럼 뒤따라 살포시 내렸다. 마치 천상에서 지상으로 내리는 모습이 이럴까 싶을 만큼 보는 시선을 여지없이 잡아 흔들었다. 그런 품새가 분명 외간 사내와 만남을 조심스레 경계하려 함이 행동거지로 선명하게 이뤄지고 있었다.

외씨버선발이 방바닥으로 닿는 동시에 얼굴 반 토막이 문밖에서 벗어 나왔다. 내리깐 시선에서도 투명한 용모를 뒷받침하듯 도도함이 감추려 해도 제격에 묻어났다. 그릇에 넘쳐나는 물의 흐름처럼 자연스레 꽉 참에서 품격이 몸태에서 잔잔히 흘러넘쳐 나고 있었다. 살결에서 미향微香까지 은은히 묻어날 듯 사람이 정갈하도록 향기로웠다.


그녀는 곡좌曲坐의 예의를 갖춘 채 다소곳하면서도 한 번 다시 고개만 조아렸다가 시선을 조심스럽게 들었다 내렸다. 그리고 절제된 미소까지 입가에 머금고 다시 휴휴에게 서늘한 눈길을 주면서 낮은 목소리로 말했다.

"존함을 오래전에 익히 들었사옵니다."

"반갑네."

"누추한 곳을 찾아 선비께서는 시간을 헛되이 낭비하여 먼 길 오셨습니다. 그것은 미천한 이 계집에게는 너무나 분에 넘치는 일이 아닐 수 없습니다. 앞으로 계집 이름을 죽죽선이라 불러 주시옵소서."

고요히 전해지는 목소리 울림이 마치 달개비 잎 위로 구르는 이슬방울 같았는데 그 또한, 사내 마음을 흡족히 눙쳐 훔쳐 내기에 부족함이 없었다. 사람 눈 속에 담긴 빛을 읽어 내면 그의 마음속으로 흐르는 감정까지 담아 낼 수 있다던가. 말 속으로 담겨 흐르는 감정에 기복이 없고 고요한 심성이 절로 엿보였다.

"앞으로? 지금 앞으로라 그리 말했는가?"

서둘러 묻느라고 휴휴는 말끝까지 더듬어서 이미 몸이 들떴음을 여인네 앞에 여지없이 드러냈다. 앞으로라는 게 계속해서 만나자는 언질이 아닌가. 먼저 그렇게 제안하고 싶었던 사람이 휴휴기에 북을 치지 않고도 듣고 싶었던 북소리를 얻은 셈이다.

"예, 이 계집이 분명 그리 말씀 올렸습니다."

가냘픈 어깨에서부터 귀밑머리까지 군더더기 없이 달 항아리처럼 타오른 선이 사내 마음을 밑바탕부터 잡아 흔들었다.

바라봄도 잠시, 차마 고혹하여 스스로 시선을 방바닥으로 내려 놓지 않을 수 없는 드문 미색이었다.

방바닥에 떨어진 휴휴 시선은 매끈하게 다듬어진 대삿자리 엇결려진 선을 따라 마디마디 기어가고 있었다. 아직 푸른 빛 인 채 선에서 선을 물고 야무지게 어긋매끼어 결려진 대삿자리 모양새가 간결하게 다듬어 낸 여인네 저고리 동정 매무새처럼 짜임이 매우 단정했다. 그 단정한 틈새에 여태 옅은 죽향竹香이 끼어 있어 발걸음을 옮기면 코끝으로 문득문득 스머들듯 했다.

술상 너머로 시간이 흘러 마주 보는 시선이 익어지자 그것 또한, 말의 어색함까지 끼어드니 몸 둘 바 없어 죽죽선은 스스 로 가야금을 당겨 품었다. 주고받는 말이 요식에서만 맴돌다 보니 마음만 타 서로 입에서 단내까지 났다. 죽죽선은 가슴으 로 차오르는 답답한 감정을 가야금 열두 줄에 의탁하여 휴휴 앞에서 말 대신 가락으로 풀어내고 싶었다.

"계집의 보잘것없는 소리를 들려 드리고 싶습니다. 그러하 니 선비께서 들으시겠나이까?"

"아, 수고롭겠지만 들려주시게나."

이내 노래 스승이었던 진주관晉州館 소교邵嬌에게서 배워 익 힌 가락이 죽죽선 입에서 낭랑하게 흘러나왔다. 길고 가녀린 손가락들이 가야금 위에서 현란하게 움직였다. 오른손가락이 줄을 뜯고 퉁기자 왼손가락은 움직이는 줄을 떨면서 눌러 댔다. 그러자 맑고 우아한 가락이 현과 현 사이로 느리고 빠르게, 또한, 강약을 타면서 뛰어다녔다. 마치 그것은 크고 작은 바윗돌들이 깔린 깊은 계곡으로 흐르는 개울 물길처럼 굽이굽이 흐름의 완급을 타서 소리가 이을 듯 끊어질 듯 휴휴 마음을 낙락히 적셨다.

임 오시는 길이
산이 첩첩이요. 물이 굽이굽이요.
바람이 넘고 구름이 지나는데
그게 그리 먼 길이오.
지는 해도 야속하오.
뜨는 달도 무심하오.
길어야 한 녘 인생
책력冊曆 풀을 뜯어 쌓이는 시름을
달래고 달래오.

이마 정수리로 잡티 없이 파르라니 타 넘은 앞가르마가 동백 기름으로 윤기를 더했는데, 노랫가락 높낮이에 따라 미세한 진동으로 가벼이 떨렸다.
애끓는 연모의 정이 마음으로 깊어져 마치 바깥뜰에 길길이

자라난 대숲의 댓잎을 흔들듯 했다. 노랫소리와 가야금 소리가 방 안으로 떠돌다 긴 여음을 물고 조용히 사라졌다.

"책력 풀이라 했는가?"

노랫가락을 따라 지그시 감았던 눈을 뜬 휴휴가 가벼이 물었다.

"예, 선비님. 명협蓂莢을 일러서 하는 말씀입니다."

죽죽선은 얼굴빛을 붉게 물들이며 공손히 이마까지 나붓이 숙여 응대했다.

"아, 초하루부터 보름까지 한 잎씩 돋아났다가 열엿새부터 한 잎씩 떨어져 그믐이면 다 떨어진다는 그 풀을 말하는 게 아닌가?"

휴휴는 내심 놀라움을 감추며 조용한 목소리로 물었다.

"선비님도 요임금 때 났다는 풀임을 익히 아시면서 미천한 계집에게 일러 들리려고 그러하시오니까?"

죽죽선은 잔잔하게 대답하며 다소곳한 웃음을 보였다가 겸연쩍은지 부끄러이 지웠다.

"아니, 아니네. 들은 바에 따르면 작은 달의 그믐에는 잎이 떨어지지 않고 시든다는 의미가 가슴을 치기 때문에 기억에 두게 되었을 뿐이네."

"그 말씀은 덜 차오름에 대한 미련을 제게 이르시려는 것이오니까?"

"아하. 덜 차오름에 대한 미련이라? 그것은 언제나 마음을 혹하게 하는 것이 아닌가?"

잔을 비워 내며 휴휴는 죽죽선 얼굴을 유심히 살폈다. 분명하게 읽어 낼 수 없는 깊은 수심이 물기로 변하여 그녀의 눈동자 바퀴로 돌기 시작했기 때문이다. 일부러 꾸며 낸 짓이 아니라 바탕에서 절로 우러나오는 모습이 그러했다.

마치 댓잎에 이는 바람 소리로 설레는 대밭 그림자가 그곳에 있는 듯했다. 그러나 짧은 호흡 속으로도 결코 한숨을 뱉어 내지 않은 채 안으로 말없이 들이 삭히고 있었다. 그러함이 속엣것을 뱉어 내지 못하고 참아 내는 인내에 노련미가 묻어나서 긴 인고의 세월을 쳐낸 듯 숙연해 보이기도 했다.

빳빳한 창호지를 뚫고 다듬잇방망이 소리가 일었다. 새 사위에게 입힐 도포감이거나, 이불 홑청이거나, 면발을 고르는 다듬잇방망이 소리가 강 너머 마을 갈암葛岩에서 콩 튀듯 들려오는 걸 보면 자주 일던 강바람도 오늘만큼은 대숲에서 잠들었음을 짐작하게 했다.

외기는 고요하고 적요한데, 박달나무 방망이가 화강암 위에 놓인 비단 자락에 맞닿아 만들어 내는 다듬잇방망이 소리가 가슴을 공연히 콩당콩당 뛰게 했다. 해진 뒤 초경에 울리는 그 소리는 밤이면 살아올라 죽죽선 가슴속에 묻혀 있는 그리움을 휘젓도록 흔들어 주곤 했다.

다듬잇방망이질에 윤기를 더하는 쑥 염색 모시의 아련한 빛깔처럼 진주 칠백오십 리 길이 아뜩하니 눈앞에 일어섰다. 시간이 흐를수록 텅 빈 듯한 그녀의 마음에 또 다른 그리움과 기다림이 들어찼다가 물거품처럼 허물어져 내렸다.

　죽죽선은 다듬잇방망이 소리를 마음속에서 쫓아내려는 듯 휴휴 앞에서 다시 가야금을 잡으며 줄을 골랐다. 손끝이 줄을 하나하나 건드려 골라낸 높고 낮은 가락이, 마음속에서 강도江都 길을 거둬 내지 못하고 있는 휴휴 마음까지도 쥐락펴락했다.

# 3

선녀仙女는 진을녀陳乙女의 몸에서 무남독녀로 태어났다.

진을녀가 태어난 곳은 삼척현三陟縣 당밑거리[堂低街] 장터 부근이었다. 그녀는 노비 신분을 겨우 면한 서민 품계의 빈한한 집안에서 아들 하나에 딸 셋의 맏이로 태어나 자랐다. 어려서 손님[媽媽]을 앓았지만, 곱게 병치레해서 왼쪽 콧방울 끝난 자리에 수수 낱알 크기만 한 얽음 자국이 하나 남아 있었는데, 웃을 때마다 고것이 옴팍 패였다가 퍼지곤 해서 애교에 한 점으로 보탰다. 이웃들이 그런 모양새에 한 마디씩 덧거리질했다.

"아이코, 가시나. 참하기도 하네. 고대로 크면 사내 열은 충분히 잡을 것이다."

검은 면주포綿紬布 치마 뒤태가 동그스름하니 팡팡하게 부풀어 오르고, 긴 머리채에서 윤기가 검게 반들반들 빛날 나이 때 등짐 장돌림 총각을 만나 배필로 짝까지 이뤘다.

그러나 부부애를 쌓기는커녕 남편이란 사내와 산듯 만듯 했던 진을녀다. 그런 야속함 탓인지 남편에게 쌓인 한으로 선녀에게 아비 이름은 물론 성마저 밝히려 하지 않았다. 이웃들이 굳이 사내와 남편 관계임을 엮으러 들면 진을녀 또한, 가만있질 않았다.

"남편은 무신 얼어 빠질 남편인교? 꿈길에서나마 만나지 말아야 할 야속한 남정네인데, 그게 어찌 남편인 기우?"

그녀는 손사래까지 치며 그 말을 방패처럼 입에 달고 살았다. 어머니가 목숨을 거두기에 앞서 아버지의 정체를 알고 싶어 하는 선녀 물음에는 바락 성깔까지 돋아 내뱉으며 아예 말문을 막으려 들었다.

"시방 굳이 아비 성을 따라야 한다고 했능겨? 성이 필요하다면 아비는 성도 애초 없는 사내니 그건 네 멋대로 써라! 어미성으로 하든. 아니면 김가든 박가든, 이 어미에겐 전혀 상관없는 일이여."

엄연히 혼인한 처지임에도 과수댁처럼 홀로 사는 게 한심했던지, 진을녀는 애당초 남편의 씨氏를 인정하지 않았다. 선녀가 아비에 관한 일을 물으면 눈까풀을 파르르 떨면서도 목 너머로 넘어오는 욕설만은 삼가려고 목울대를 누른 채 그저 장대처럼 키만 기다래서 멀대 같았다며 말끝을 흐렸다. 무심한 남편에 굳어진 어머니 마음에서는 아버지 성은 이미 없어진 지 오랜 일인지도 몰랐다. 정말 다급하다면 풍습에 따라 어미 성

26

을 취해도 하등 흉이 될 게 없었다.

몸에 태기가 있을 때, 그녀 말대로 '눈에 콩깍지가 팍 끼어서' 봇짐 장돌림 여자에 한눈이 팔려 임신한 아내마저 버리고 떠난 사내가 어찌 아비란 말을 들을 자격이 있느냐면서 진을녀는 원망과 한숨을 섞어 내뱉었다. 그러다가 이내 더는 참아 낼 수 없다는 듯 그녀는 감정이 자글자글 끓어올라 목소리마저 뜨악 높였다.

"남정네 습성이란 원래 떠돌아다니는 역마살이 낀 무리지만, 너 아빈 머리가 돌아도 너무 일찍 팽 돌아 버렸다. 아마 발걸음을 떼놓을 때부터 떠돌이 사주로 태어나지 않고서야 어찌 그리 밖으로만 싸돌아다녔는지 내사 모르겠다."

야속함을 입 끝으로 자근자근 씹어 삼키며 기구한 처지를 달래다가도 서운함이 명치 밑에서 거듭 치밀어 오르면 분김에 언성까지 높였다.

"여느 사람에게는 몰라도 이년에겐 해도 해도 너무해서 오히려 남보다 더했으면 더했지 덜하지는 않았으니까. 후유, 이년 팔자 개를 주어도 써서 삼키지 않을 기다."

그러함에도 가슴에 맺힌 한을 마저 풀어내려는 듯 모질게 내뱉으며 끝내 붉어지는 눈에다 손등을 올려다 댔다.

"그건 남편이 아닌 기여. 그리고 개도 배때기가 고프면 대문간으로 들어선다는데 그도 못하는 거 보면 개만도 못한 인간이고 떠돌이 귀신이나 진배없었던 사내놈이여."

손끝에 일거리를 쥐고서도 진을녀는 집 떠난 남편만은 잊지 못해 수시로 일손까지 멈춘 채 퍼런 하늘에다 먼 눈길만 맥 놓고 던지다가 치맛자락을 야무지게 잡아 올려 눈가를 눌러 닦아냈다. 그럴 때마다 그녀는 앞 윗니를 아랫입술이 창백해 보이도록 내려 물었다. 입술이 분노로 하얗게 질려 들도록 악무는 습관이 배서 그런지 이빨 자국이 그녀 입술에 푸릇하게 남아 있었다.

봇짐 장돌림 여자에게 한눈이 팔리기 전, 남편은 등짐 장돌림이었다. 문밖이 장터거리였으니 어려서부터 보고 들어가며 놀이처럼 익힌 장사에 생계를 맡겼다. 남편이 등짐 장사를 시작할 때는 며칠이나 견딜까 싶게 여겼던 간거리 장사꾼에 불과했다. 삼척 지방 바닷가에서 나는 어물이나 말린 미역 따위들을 챙겨 당일치기로 다녀올 수 있는 내륙 산간 마을로 들어가 삼베, 꿀, 담배, 누룩, 약초 따위들을 등짐으로 날라 장사를 시작했다.

동전이 있었어도 유통이 어려웠던 시절, 은병銀瓶이나 모시포, 마포 따위가 물품 대금으로 쓰였고, 냥兩이나 필疋에 미치지 못할 때는 쌀로 환산해서 주고받았다. 태백산맥 깊숙이 박힌 삼척 산간에서는 마을 하늘까지 덮을 만큼 삼베 재배가 성

행하여 대마 껍질을 벗겨 말리는 철에는 외지인의 발길이 끊이
질 않았다.

그러나 돋보기 장사에 이력이 붙을수록 활동 무대가 넓어져
인근 장터만 떠돌던 출행이 집을 떠난 뒤 사나흘 지난 다음에
야 돌아오곤 했는데, 그때마다 취급하는 품목이 한둘씩 늘었
다. 소금, 무쇠 그릇, 토기, 죽제품에서 노석爐石까지 돈이 될 만
하면 이것저것 가리지 않았다. 그런 것들이 외지에서 나는 물
목들이어서 짐 무게가 만만치 않았으나, 이문의 폭이 컸기에
남편은 고단함을 잊고 밤낮 짐 진 채 산도 넘고 내를 건너면서
걷고 또 걸었다.

남편은 처음에는 닷새마다 집으로 돌아와 물목을 장만해 떠
났다가 돌아오곤 했는데, 차차 정월에 떠나서 빠르게는 사월
초파일이나 단오절, 늦게는 추석 밑에 돌아왔다. 그러나 오륙
년이 지나자 숫제 정월에 떠나서 세밑에라야 돌아오곤 했는데,
그럴 때는 외간 남자가 옆자리에 누워 있는 듯 잠자리가 불편
할 정도로 진을녀는 안절부절 몸 둘 곳을 찾지 못했다. 목물하
고 누운 남편 몸에서도 그녀는 항상 객지 냄새를 맡았으니 외
간 남자와 밤샌 거나 진배없어 뭔가 끊임없이 허한 채 미진하
기만 했다.

남편은 그렇게 오가다 객주에서 포목과 금은붙이를 취급하
는 봇짐 장돌림 여인네와 만났다. 서로 허한 반쪽 마음을 안고

이빨 빠진 사기그릇처럼 장터에서 장터로 떠돌던 처지, 객고가 상통해지니 마치 오랜 세월 동안 찾아다니던 정인들이 맞부딪치듯 만나기 무섭게 몸이 열로 달아올라 금시 뒤엉켰다. 남편은 먼 곳에 두고 온 진을녀를 버리고, 낯설어 새롭게 느껴지는 여체를 탐하는 맛에 빠져 여인네 치마폭에 휩싸여 떠돌면서 먼 남쪽으로 향한 뒤부터 발걸음을 아예 끊었다.

삼 년을 남편만 기다리던 진을녀가 흩어진 마음을 다시 추슬러 모질게 다잡으며 또 몇 해를 기다렸지만, 떠난 사내는 끝내 발그림자마저 비치지 않았다. 또한, 장날마다 눈에 불까지 켜고 대문간에다 눈길을 매달고 살았으나, 역시 남편 발걸음 소리는 바람결로도 대문으로 들어설 기미조차 없었다.

어떨 땐 떠돌다 변고를 당했거니 진을녀는 그런 불길한 속내마저 감추면서도 그렇게 세상 떠나기엔 너무 이른 나이라면서 애써 위안하려 들었다. 또한, 수시로 출몰하는 산도적들도 생각하며 불안해하기도 했다. 그러나 그런 불길함을 애써 거둬 내면서 오늘 장날에서야, 아니 다음 한 장 도막 지난 다음에는……, 그런 기다림에도 남편이 돌아올 기미조차 없자 진을녀는 버리고 잊어야 할 사내라 여겨 그쯤에서 기다림을 접으려고 했는데, 돌고 돌아온 남편의 소문이 귓전에 닿았다. 먼 남쪽에서 장돌림으로 떠도는 모습을 보았다는 소문이었다. 흡사한 사람을 허투루 본 게 아니라 분명히 마주쳐 말까지 나눴다는 전언에 그녀는 소문의 끝을 그냥 놓아 버릴 수가 없었다. 처음으로 몸을 섞은 사람이고, 아이까지 딸린 처지라서 그런지 잊으려는 안간힘도 정 앞에서는 부질없었다.

그런 소문을 전해 듣자 진을녀는 분함과 오기가 함께 치받쳐 일이 손끝에서 겉돌기만 했다. 해 질 무렵이면 무릎 위 치맛자락을 말아 부르르 움켜쥐며 속으로 분을 삭이던 그녀는 도저히 궁둥일 방바닥에 붙여 놓을 수 없었다. 뱃속 아이를 혼자 낳아 잘 기르라는 소리 한마디 하지 않고 떠나 버린 사내를 찾아내 목줄이라도 죄어야만 한이 조금이나마 풀어질 성싶었다.

자정에도 세 번이나 잠에서 깨어나 문을 열고 추녀 끝에 걸린 달만 쳐다보며 길 떠날 마음을 다짐하고 강다짐했다. 더 늦어 형세가 갈 데까지 가기 전에 그녀는 들메끈으로 신발을 묶어서라도 길 나서기로 작심했다.

스스로 오지 않는다면 만 리 길도 마다치 않고 사내를 찾아가는 일이 옳을 성싶었다. 몇 며칠 다짐한 뒤 길 떠나기에 앞서 그녀는 초행길의 두려움을 덜고자 장터 봇짐장수에게서 은장도 한 자루 사서 품에 지녔다. 나라 안에서 흔히 눈에 뜨이지 않는 물건인데 이웃 나라에서 만들어진 듯 칼집의 문양이 낯설었다.

아이와 동행하지만, 그것이 어려 홀몸이나 다를 바 없는 처지에 열 말 쌀보다는 여자에게는 은장도가 더욱 의지 되리라 여겼다. 비록 한 뼘 채 되지 않았지만, 막상 품에다 품고 보니 아닌 게 아니라 든든한 신물을 안은 것 같았다.

진을녀는 장터에서 은장도를 보았을 때 여러 생각이 있었다. 맨 처음 몸에 의지할 무엇인가 찾다가 생각해 낸 게 은장도였지만, 떠난 길로 되돌아올 지경에 이르면 그것을 제 가슴에 꽂으리라면서 독기를 품는 데 표징으로 삼기도 했다. 또 남편을 만나지 못하면 돌아오지 않으리란 작심까지 다지는 의미를 은장도에 담기도 했다.

남편을 찾아 행선지를 옮길 때마다, 아니 십 리, 이십 리 길을 더할 때마다 진을녀는 믿음에 구멍이 하나하나씩 뚫렸다. 처음엔 하룻길이 만 리 길 온 듯 오금조차 펼 수 없을 만큼 힘들고 고달팠으나, 이력이 붙자 하루 반나절 길도 한나절에 힘들지 않게 쳐낼 수 있었다.

그녀는 장터부터 찾아 남편의 자취를 더듬어 나가기로 작정했다. 포목점으로, 상전床廛, 세물전貰物廛, 모자전帽子廛, 신발전까지 모조리 훑어도 소문 끄트머리조차 잡지 못한 채 장돌림패거리를 뒤쫓아 다음 장터로 걸음을 옮길 때는 그저 바람 지난 길을 따라 억새처럼 휘둘리며 걷듯 했다. 딸을 업다 걸리다 하니 두 개의 보퉁이를 지고 인 셈이어서 톺아 나가는 길이 가뜩이나 마디기만 했다.

그러나 진을녀에게 심신의 지침보다 더 견디기 어려운 게 허기였다. 굶주림을 참아 내자 해도 하루에 한 끼만은 챙겨 먹어야 체력을 유지할 것 같았다. 그나마, 어린 것은 배고픔을 건너뛰지 못하고 창알창알 보채는 게 버릇 되다시피 했다. 가다가 먹을 것이 떨어지면 진을녀는 아무 인가나 무턱대고 찾아들었다. 처음에는 불고염치하고 뛰어들어가 허기를 메우려 하였으나, 천근의 무게로 무거워진 발걸음을 안으로 옮겨 디딜 용기가 좀체 나지 않았다.

낯선 대문 안 개 짖는 소리보다 당장 모멸찬 욕설이 잉걸불처럼 얼굴 위로 덮쳐 올 성싶었다. 그런 조바심으로 멈칫멈칫 지나다 보니 인가 끝 집에 이르렀다. 다시 돌아가 기웃거리며 집집 대문 안을 되살펴 훑기도 여러 번이었다. 그러나 그녀 눈에는 대문을 밀치고 들어설 만만한 집이 한 채도 띄지 않았다.

어지간히 낯가죽이 두꺼워지고 허기를 더 참아 내기 어려운 어느 날, 여로에 지칠 대로 지친 진을녀가 선녀를 데리고 콩 타작마당으로 어칠비칠 찾아 들어섰다. 예로부터 타작마당 뒤끝 음식 자리는 야박하지 않았다. 일손이나 거들어 주고 속 가득 들어찬 허기나마 메울 요량이었다. 마당 한쪽에 작두로 썰어 낸 콩 포기들이 산더미처럼 쌓였는데, 가을볕에 바싹 말라 있어 건드리기만 해도 콩이 마당귀로 튀어나올 것 같았다.

그런 콩 포기들을 마당에다 널어 놓고 오십 대 부부가 도리깨 장부를 힘껏 휘둘러 대고 있었다. 고두머리로 엮인 도리깻 열이 하늘 높이 치솟았다가 콩 포기에 사납게 떨어질 때마다 볕에 마른 포기가 부서지며 콩들이 마당가로 이리저리 튀어 달아났다.

콩 농사는 제대로 하여서 흰콩 눈이 또록또록 윤기가 흘렀으며 낱알이 두부 양을 불릴 만큼 야무지고 굵었다. 물 잘 빠지는 토양에서 잡초들을 제때 뽑아 내고 북까지 제대로 줘서 지은 농사임이 분명했다.

남루한 차림새 여자가 아이까지 데리고 느닷없이 콩 타작마당으로 들어서자 부부가 도리깨질을 멈추었다. 볕에 타 검은 얼굴에도 선명하게 드러낼 만큼 주근깨투성이인 아낙은 머릿수건을 벗어 먼지까지 탁탁 떨어 내면서 바깥양반보다 먼저 말문을 열었다.

"뉠 찾아 왔니껴?"

메마른 물음에 진을녀가 잠시 멈칫하다 어렵게 찾아든 사유를 밝혔다.

"일손을 덜어 드릴 테니 식은 밥이나 좀 얻을까 해서요."

부부는 그 소리에 힐끔 눈길만 던지고 나서 대꾸도 하지 않은 채 도리깨 장부를 들려고 했다. 진을녀는 다급해져 아낙 앞으로 바짝 다가들었다. 도리깨가 요란하게 터지는 마당에서 뱉어 낸 말소리가 작아서 그런가 싶어 다시 목청을 가다듬어 큰

소리로 애걸했다.

"우리 모녀에게 먹다 남은 것이라도 좋으니 부디 먹을 것을 좀 주시오."

"지금 바쁜 게 눈에는 보이지 않는 겨? 딴 집에나 가 보소."

허기진 진을녀는 콩 타작마당에서 산비둘기처럼 그냥 쫓겨 날 수만 없다고 생각했다. 그녀는 무작정 아낙의 손에서 도리깨 장부를 잡아챘다. 그런 실랑이를 물끄러미 바라보고 있던 사내가 구레나룻에 묻은 콩깍지의 검부저기를 툭툭 털어 내며 비로소 끼어들었다. 사내의 큰 눈이 짙은 눈썹에 깊이 묻혀 있어 언뜻 먹도둑 형상을 연상시켰는데 눈동자가 뚜렷이 드러나지 않아 속내까지 읽어 내기가 쉽지 않아 보였다. 땀에 젖은 적삼이 달라붙어 드러나 보이는 체구는 우람차 힘깨나 쓸 것 같이 보이기보다 오히려 우직해 보였다.

"야, 뱅규야. 손끝이 안 바쁘나? 이걸 원제 두들겨 까부나. 밤새도 못 할 기 아이가? 그러니 밥 좀 챙겨 묵여 그만 일 좀 도우라 캐라."

부부의 아들 이름이 병규인 모양이다. 사내가 아낙을 그렇게 부르며 인심을 조금 풀어놓았다. 컬컬한 사내 목소리에 아낙은 영 못마땅한 표정으로 콩 타작마당을 돌아본 뒤 마지못해 진을녀와 선녀에게 손짓하여 부엌으로 데리고 들어섰다. 뚱한 표정으로 아낙은 이 그릇 저 그릇 요란하게 부딪치며 감자가 듬성 듬성 박힌 보리밥과 시큼한 무김치와 호박 된장찌개를 개다리 소반에다 벌려 주었다. 아침 식사에서 남겨 놓은 듯 된장찌개는 아직 온기가 그대로 남아 있었으나 다른 음식은 식어 퍽퍽하게 입안에서 씹혔다.

"이리 엄청시레 바쁜 날, 이게 도대체 뭔 일인교. 날래 퍼 묵고 푸떡 나오이소. 설거지는 이따 하이소."

아낙은 옥니를 더욱 빼물어 가며 암상스러운 말투를 던지고 부엌 밖으로 사라졌다. 허기로 지친 진을녀와 선녀는 음식에 코를 박다시피 입안으로 욱여넣었다. 밥 한술 떠 넣고 무김치 한쪽을 으깨 삼킬 때마다 내려앉았던 뱃가죽이 불뚝불뚝 일어서는 기분이 들었다. 이제 굶어 죽지 않겠다고 안도할 만큼 부지런히 숟가락질했다.

선녀는 어지간히 배가 차오르자 기척도 없이 입안에다 음식을 문 채 모로 쓰러져 잠 속으로 빠져들었다. 먹은 것이 원기를 돋우기도 전에 식곤증으로 음식을 삼키다 지레 지쳐 잠든 것이다. 진을녀는 부엌 한쪽에 놓인 마른 솔가지 더미 위에다 잠에 빠진 선녀를 대충 눕혔다.

진을녀가 서둘러 비운 그릇을 부셔 놓고 마당으로 나섰다. 마당에는 부부가 휘둘러 대는 도리깨 장부에 도리깻열이 허공에서 춤을 추다 날쌔게 콩 포기에 내려앉았다. 두 사람의 타작마당이지만 서로 간 오가는 대화가 없으니 홱홱 일어나는 도리깨 소리만 사납게 허공을 가르고 있어 살벌하기까지 했다.

마당으로 나서는 진을녀를 눈여겨보던 사내가 암말 없이 다른 도리깨를 찾아내 그녀에게 넘겨주었다. 그것을 받아 든 진을녀는 도리깻장부를 어깨너머로 넘겼다가 힘껏 앞으로 내려쳤다. 그러나 콩 포기에 도리깻열이 닿기도 전에 도리깨채 머리가 먼저 콩 포기에 꼬라박혔다. 진을녀는 당황하여 황급하게 다시 들어 올렸다가 힘껏 내려쳤다. 조금 전과 크게 다르지 않았다. 빨랫줄에 널린 홑이불을 회초리로 털 듯 후려치면 될 성싶었는데, 그녀의 행동에선 팔 동작과 도리깨 장부와 도리깻열이 제가끔 겉놀았다.

처음 해본 도리깨질에 당황하여 어찌할 줄 모르는 진을녀를 사내가 어처구니없다는 표정으로 말없이 바라만 보고 있자 아낙이 눈썹까지 파르르 떨며 나섰다.

"그걸 콩 타작이라고 하는 기오? 여태 도리깨채를 잡아본 적도 없는 게 아니껴?"

"처음이라서……."

"그래서 밥 빌어먹을 수나 있는 기요. 먹은 낟알이 아깝지 않는교?"

아낙은 그녀에게 속은 일에 분을 참아 내지 못하겠다는 듯 입가에 걸리는 대로 되고말고 짓씹어 내뱉으며 마치 쥐 잡듯 을러댔다. 다분히 밥 얻어먹는 염치가 가중하다는 표정이다.

아낙은 진을녀가 미처 대응도 하지 못할 처지로 사정없이 내몰았다. 아낙의 목소리가 너무 크다고 느꼈든지 사내가 서둘러 나섰다.

"하, 사람. 그래 성낸다고 잘할 수 있노. 안 해 봤으면 누구나 처음에는 못 하지 않겠나. 일이라는 게 뱃속에서 배워 나오지 않은 이상 처음 하는 일은 당연히 서툴기 마련 아니것나. 임자가 참아래이."

사내의 그런 소리에도 아낙은 기세를 조금도 수그러뜨릴 낌새조차 보이지 않았다.

"저런 맹탕인 여편네가 무신 낯짝으로 밥 달라고 하는지 내사 알다가도 모르니 이리 속상한 기 당연한 일 아닌교?"

"뱅규야 그만케라 했다. 고만하면 인제 온 동리가 다 들었는가 싶다. 도리깨질 말고 다른 일 시키면 되지 않나. 아무리 해도 먹은 밥은 토해지지 않는데이……."

사내는 아낙 기세를 누그러뜨려 놓고 그녀가 끼어들 틈새를 주지 않으려는 듯 진을녀에게 서둘러 말머리를 돌렸다.

"어이 아줌씨, 나 좀 보이소. 도리깨질 하들 말고 저, 저기 바라지 문 앞으로 가서 치질이나 하시소. 설마 치질도 몬 하는 기 아니요?"

사내는 터럭이 수북하게 자라난 턱 끝을 들어 부엌문 쪽으로 가리켰다. 그곳에는 가마니와 키가 놓여 있었다. 진을녀는 도리깻장부를 손에서 놓고 마당귀로 돌아 부엌문께로 서둘러 다가갔다. 발걸음이 가시밭길 위로 걷듯 가랑이 사이로 찬바람이 들어차는 느낌이 들었다. 그 자리에서 혀를 물고 죽고 싶을 만큼 당혹스럽고 남세스러웠다.

진을녀가 치마폭을 손으로 감싸 주저앉으며 고리버들로 납작하게 결어 만든 키를 집어 들었다. 팔뚝 힘은 없지만, 키질은 그런대로 할 수 있을 것 같았다.

수확량이 적을 때는 키질로 콩을 골라내지만, 이렇게 많을 땐 사내들이 둥근 나무토막에 올라서서 사타구니에다 반으로 접은 부뚜를 끼워 부쳐 댄 바람으로 콩 껍질 검부저기들을 골라내는 걸 자랄 때 이웃 마을에서 보긴 했다. 이 집도 분명 타작 끝으로 그런 과정을 거치겠지만, 사내는 이리저리 생각하다가 굳이 진을녀에게 그런 일을 시켰다.

콩은 여느 씨 작물에 비견하면 무거웠다. 팔뚝 힘이 어지간하지 아니면 키질을 해낼 수 없었다. 노독에 지친 진을녀는 금방 힘에 부쳤다. 좁고 우긋한 뒤쪽으로 콩이 몰릴 때는 팔뚝에 힘이 저절로 빠졌고, 콩이 공중으로 솟아올랐다가 넓고 평평한 앞으로 내려왔을 땐 팔목이 찌르르하니 저려 왔다.

진을녀는 키에 얹는 콩 양을 줄였다. 그러니 훨씬 더 가볍게 까불 수 있어 한결 견뎌낼 만했다. 대신 눈치 보이지 않게 부지런히 하려 맘먹고 키질도 서둘렀다.

"보소! 이 보소. 그게 일하는 기요, 장난하는 기요. 그코럼 하기 싫으면 그 일도 하지 마소! 아줌씨가 없어도 일 되더."

눈치 빠른 아낙은 이번에도 성정을 사납게 드러냈다. 깨투성이 얼굴에 내밴 심술이 눈 밖으로 금방 튀어나올 성싶었다. 아니나 다르랴. 콩 타작마당을 지적지적 가로질러 오더니 진을녀 손에서 키를 사납게 낚아챘다.

"일없소. 앨 데리고 푸떡 떠나가소. 원 세상에 별별 거지 다 보겠네."

"야, 뱅규야. 성질 그만 부리고 마다나 해라. 이리저리 간섭하다간 날 저물지 않겠나? 그래도 보니까 내 눈에는 하느라구 열심히 하고 있구만 글 썼네."

사내가 아낙을 나무라며 진을녀까지 감싸 돌자, 아낙은 속으로 '죽일 년'하는 표정으로 새촘하게 진을녀 얼굴을 할퀴듯 훑었다. 아낙은 그만으로는 직성이 풀리지 않는다는 듯 기어이 한마디 보탰다.

"당신 눈에 티눈이 박힌 기요? 건성건성 하는 게 당신 눈에는 안 보이는 기요?"

"하 아, 그만하래두 자꾸 그러네. 듣기 좋은 소리도 한두 번이라 카더라. 그러니 날래 콩이나 두들겨라. 이리저리 참견타 해진다."

"아이고 재수가 옴 붙자니 별 꼬락서니를 다 보고. 후유!"

콩 타작을 마친 자리에서 사내가 나서 부들자리를 사타구니에 끼워 불어 낸 바람으로 콩을 골라 가마니에 담고서야 일이 끝났는데, 시각은 자정에 닿았다. 저녁 자리에서 아낙은 영 못마땅한 표정으로 심술궂게 음식만 먹었고, 진을녀는 온갖 잘못을 저지른 듯 죄스럽게 수저만 무겁게 놀렸다. 사내는 밥숟가락을 뜨기보다 농주잔을 비워 내기에 바빴다. 마치 콩 타작마당에서 흘린 땀에 조갈을 풀어내려는 모양새로 보였다.

"낯선 콩 타작마당에서 고상이 많았니더. 피곤할 낀데 한 잔 하시소."

"아니올시다. 아직 술을 입에 대본 적이 없어섭니다."

사내의 권유에 진을녀는 당황하여 얼굴까지 붉히며 손을 내저었다. 그 모양새를 고깝게 바라보고 있던 아낙이 사내에게 눈을 매섭게 흘기며 한마디 내쏘았다.

"아따, 싱겁긴. 당신이나 연거푸 드시소."

사내는 아낙의 의중은 개의치 않겠다는 표정으로 눅진하게 대거리했다.

"하, 그래도 그렇지. 술도 먹는 음식인데 뭐 그리 숭이 되는 긴가?"

"전 못합니다. 그러니 권하지 마시고 혼자 드세요."

둘의 말다툼 근원이 자기 탓이라 여긴 진을녀가 끼어들자 아낙이 역성으로 여겨 억양을 더욱 날카롭게 세웠다.

"아 참, 당신도 열없니더. 마다하는데 왜 자꾸 권하고 그런 기요?"

"아, 사람의 인연이란 것이 안 그런 거여. 이왕 콩 타작마당에서 고생했으니 좀 쉬었다가 두부나 하거든 한 모 먹고 가던 길을 가시소."

사내의 그 소리에 아낙은 자근자근 참아 내던 성정을 끝내 다스려 내지 못하고 두 눈을 하얗게 뒤집어쓰며 포달지게 핀잔주었다.

"아따. 이 양반 술 취한 거 아닌 겨. 아무리 그렇더라도 낯선 여자에게 할 소리 못할 소리 하구. 피곤한데 그만 상 걷고 잠이나 자소."


진을녀는 선녀를 품고 자리에 누웠다. 그러나 낯선 방안에다 사지를 사방으로 퍼질러 놓고 잠 속으로 빠져들어 가기가 조심스러웠다. 길 떠난 여인네의 낯선 잠자리는 몸을 늘 새우처럼 꼬부려 새끼까지 품고 자야 했고, 그 버릇이 이젠 등 굽은 잠으로 몸에 저절로 익어 굳었다.

길을 떠난 이후 수월하게 보낸 날이 없었지만, 오늘만큼 길고 길게 보낸 날 또한, 드물었다. 이젠 내일 또 어떤 일이 눈앞으로 다가들지 두렵지도 않았다. 기대할 일을 포기한 탓일 터이다. 몸도 팔다리도 옴짝하기 싫을 만큼 피곤한 진을녀 몸은 이불솜이 물기를 빨아들이듯 잠 속으로 함몰되어 갔다.

진을녀는 곤한 잠 속에서도 가슴에 답답함을 느끼며 잠에서 깨어났다. 아랫도리에서부터 선뜻 덮쳐 오는 찬 기운이 전신을 훑었다. 대뜸 방 안에는 옆에 잠든 선녀만 있는 게 아니란 걸 알아차렸다. 곰 같은 사내가 아랫방에서 넘어와 곁에 있었다. 거친 콧숨이 살갗에 닿아 잔털을 일으켜 세웠다. 치마는 이미 걷혔고, 단속곳마저 벗겨져 나가 속속곳만 남았는데, 사내 손길이 말기 안으로 은근하지만 거칠게 파고들고 있었다.

진을녀는 화들짝 놀라 일어나려다 이내 생각을 바꿔 참아 내면서 어둠 속에서 샛눈을 떠 보았다. 무릎을 꿇어앉은 사내 하체는 이미 알몸이란 걸 옅은 어둠에서도 어렴풋이 알 수 있었다. 필시 조급함 때문인지 사내는 젖무덤은 파헤치지 않고 아랫도리에 집착하고 있었다.

그녀는 당혹스러웠다. 몸이 문제가 아니라 마음이 문제였다. 몸이야 죽으면 금방 썩어질 거 아긴다고 열녀문을 세울 일이 아니지만, 마음은 결코 그렇지 않았다. 마음이 빠져나가면 몸은 허깨비나 다를 바 없지 않은가.

진을녀는 이 상황에서 빨리 벗어나고 싶었다. 죽은 듯 숨결을 고르는 척하고 몸을 한 번 뒤척여 보았다. 사내가 속속곳 말기 안으로 들어와 있던 손길을 얼른 거두면서 주춤 나앉았다. 사내가 아랫방에다 더 먼저 고개를 돌려 기척을 살피는 몸짓을 보였다. 그 틈을 타고 그녀는 아랫도리마저 모로 크게 틀며 가슴에 묻어 둔 은장도를 뽑아 쥐었다. 숨결을 흩트리지 않은 채 사내 상체가 다시 가까이 다가오기를 기다렸다.

그녀의 뒤척임에 잠시 물러나 있던 사내가 다시 한 번 아랫 방의 기척을 살핀 다음, 작심한 듯 상체만 숙이고 코끝을 진을 녀 콧구멍 끝에 가까이 가져왔다. 숨결로 그녀의 잠 깊이를 확인하려는 낌새였다. 사내의 거친 구레나룻이 턱 끝에 닿았는데 썩어 가는 술 냄새가 들이쉬는 숨결에 섞여 들었다.

숨결까지 고른 진을녀 상태를 확인한 사내가 마른침만 소리 나게 삼키며 다시 속속곳 말기 안으로 손길을 밀어 왔다. 가볍게 떨리는 손끝이 뭉뚝한데 열기로 뜨거웠다. 진을녀는 잽싸게 몸을 옆으로 뒤채며 가슴께에서 뽑아든 은장도를 사내 목덜미에 가까이 붙이고 나직하게 말했다.

"멈추고 얼른 비켜나시오. 죽을 각오로 사는 년이 무슨 짓인들 못하겠소."

칼끝이 살갗에 생채기가 나도록 사내 목에다 들이댔다. 졸지에 공격을 당한 사내는 당황해서 털썩 주저앉았다. 낮에 콩 타작마당에서 힘 좋게 도리깻장부를 휘둘러 대던 사내가 아니었다. 고분고분하지도 않은 여자에게 우격다짐으로 달려들면 필시 소리가 날 것이고, 그냥 주저앉아 있자니 수컷으로서의 체면은 말이 아니었다. 순간 사내는 문 하나 사이를 두고 아랫방에서 자는 여편네의 독기 품은 얼굴이 퍼뜩 떠올랐다. 선선히 응할 줄 알고 일을 벌였는데, 칼까지 뽑아 든 여자가 독사처럼 머리를 치켜들고 있으니 난감하기 이를 데 없었다.

진을녀는 독기를 내세운 채 말이 없었다. 한참 뜸을 들인 뒤 내처 목소리를 단속하며 나직이 말했다. 말소리를 조곤조곤 낮춰 사내 심정을 어르고 달래면서 거친 행동을 막아야 했다. 그리고 퇴로를 열어 주고 물러갈 때를 기다리는 게 옳은 해결책이라 여겼다.

"당신에게 나는 여자가 아니오. 내 몸은 가꾸지 않아 거칠기가 사내 몸과 다를 바 없소. 그러니 날 여자로 여기지 말고 보내 주시오."

진을녀 말은 덫에 갇힌 짐승이 달아나게 고리를 벗겨 주는 빌미가 되었다. 마땅한 구실을 찾지 못하여 엉거주춤한 모양새로 옴짝달싹하지 않고 있던 사내가 그녀보다 더 나직하게 목소리를 깔았다.

"바로 떠나시우."

"지금 바로 떠날 참이오. 비켜 주시오."

사내는 벗어 놓은 옷을 미처 몸에 걸치지도 못하고, 그것을 아랫도리에다 틀어막은 채 문밖으로 서둘러 사라졌다. 물웅덩이까지 찾아들었다가 목마름을 해갈하지 못한 채 달아나는 수노루 몰골과 영락없이 닮았다.

진을녀는 내친김에 곧장 옷을 추슬러 입고 잠든 선녀마저 둘러업었다. 희뿌옇게 밝아 오는 동녘을 향하여 낯선 길이지만, 애바삐 떠나야 했다

# 4

진을녀 발걸음이 진주晋州 땅에 닿았다.

도랑물 위 지저깨비처럼 부유하며 흘러온 발걸음이다. 한 장 도막 주변 오일장마저 돌고 나서 다음 고을로 발길을 돌리다 보니 팔팔한 장정도 톺아 내기 버거운 칠백오십 리 길을 어이딸이 발덧까지 앓으면서 고생스레 헤쳐 왔다. 이웃과 이웃을 잇는 왕래길이 아니라 눈물까지 무한정 빨아들이는 고생길이었다. 뒷소문만 쫓아 산지사방으로 사람 찾는 짓이 곡두나 허깨비를 앞세우고 길가는 꼴이나 다를 바 없었다.

그러나 더 쫓아갈 힘이 있다면 더 먼 먼 남쪽까지, 그리고 땅끝까지 찾아가서 남편 바짓가랑이를 잡고 자기 시체까지 안겨 줘야 가슴속에 첩첩이 맺힌 한이 풀어질 성싶었다. 이젠 억지로 등 떠밀고 잡아끌어도 더 쫓아갈 힘이 그녀에게는 남아 있지 않았다. 험하게 먼 길을 오느라 몸과 마음이 지칠 대로 지쳐 진즉 진이 빠져 있었다. 낯선 집을 찾아들어 드새기도 한계에

다다른 듯했다. 그런 삭신은 갈대의 묵은 대궁처럼 날짐승 날갯짓에도 맥없이 바스러질 성싶었다.

진을녀는 진주에서 남편에 대한 끈을 놓았다. 여태 죽지 않았으면 살아 있겠지, 고주박잠을 자면서도 그런 오기로 잡고 놓지 않았던 끈이었다. 길 떠난 지 오 년을 채 넘기지 못하고, 늦가을 무서리 내린 들판에서 허드레 것을 거두려다가 숨마저 거뒀다. 덜 영근 것을 묶어 놓은 보릿단처럼 선녀를 남긴 터였다.

남편 발자취 뒤따라 떠돌았던 그녀는 쌓이고 쌓인 노독路毒을 풀어내지 못한 채 맞은 죽음이었다. 그러나 그녀의 시신을 본 사람들은 삶의 끄트머리가 너무 참혹하다고 했다. 서릿발을 뭉개고 밭고랑에 틀어박힌 얼굴색이 언 듯 부은 듯 푸르뎅뎅하게 보였고, 몇 년 겨울을 견뎌 내던 다리가 냉기로 살빛이 검붉게 변해 있었다. 객지에서 사흘 묵었다손 치면, 하룻밤은 그냥 지새다시피 한 삶이었으니 여자로서 타고난 운명이 가혹하기만 했다.

진을녀는 자신에게 닥쳐든 죽음을 예감한 듯 남의 집 추녀 아래서 밤 밝히며 어린 선녀에게 남편에 대한 원망을 유언처럼 남겼다.

"네가 뭘 알겠느냐만, 너 아비는 네게 못할 짓만 했다. 나야 여편네가 되었으니 지지리도 사내복이 없었다고 치면 그만이겠으나, 아비 얼굴을 한 번도 보지 못한 네게는 천벌을 받아 마땅한 사람이다. 천벌을 받아도 한두 번으로는 안 될 거다."

멀거니 진을녀 얼굴만 쳐다보는 선녀에게 이르는 소리가 아니라 아비에 대해 일생 쌓아온 저주를 마지막으로 퍼붓는 듯했다. 그리고 선녀의 머리카락에 눈길을 준 뒤 그것을 찬찬히 고르며 간절하게 일렀다. 목소리에 물기가 섞여 있었다.

"그러니 내 생전은 물론이거니와 내가 죽어서라도 내 무덤 앞에서 아비라는 말은 뱉어 내지도 마라. 구실을 못한 사람이니 아비가 될 수 없다."

"어머니, 그래도 아버지 이름은 알려주세요."

"아비 이름을 알 필요도 없는 것이다."

"그래도 어머니……."

"이제는 아비 일은 입에서 끝내자."

진을녀는 품안에 깊이 품었던 은장도를 꺼내 선녀에게 내밀었다. 품안에다 품고 떠난 뒤 몸을 지켜내기 위하여 딱 한 번 사내를 향하여 뽑아 들었던 거였다. 그러고 보면 품을 때 작정한 뜻이 헛되지 않았다.

"이게 무엇이옵니까?"

"은장도라는 것이다. 이것 외에는 너에게 줄 게 아무것도 없으니, 참으로 허무하구나……."

"……."

"이 어미가 네 아비 대신 이것을 품에 품고 의지해 왔다. 이 것 때문에 이 어민 삼척에서 이곳까지 한눈팔지 않고 흘러올 수 있었다. 이것이 없었다면 이 어미는 네 아비를 잊고 다른 남 정네하고 살았거나 아니면 목숨을 버렸겠지. 그러니 이것이 나 와 너를 지켜준 증표다."

"이걸 저보고 간직하라고요?"

"그래 너에겐 네 아비보다 이게 낫다. 이 어미가 너에게 주는 것은 헛되이 몸과 마음을 버리지 말라는 뜻이니라. 이것이 어 미를 지켜주었듯 너를 지켜줄 거다."

선녀는 퇴물 기녀 소교邵嬌 손에 이끌려 어린 동기로 들어갔 다. 소교는 우두머리인 행수 기녀에는 오르지 못한 채 물러나 가진 재주로 아이들을 가르쳤다. 비록 퇴물 기녀이지만 '황소 목을 꺾었으면 꺾었지 진주 기녀 목은 꺾을 수 없다'는 말대로 그녀는 몸가짐이 올곧았을 뿐 아니라 사내들 못잖은 결기까 지 갖추고 있어 풍상의 때만 자르르 흐르는 뒷방 퇴기가 아니 었다.

소교는 선녀에게 처음 한 일은 이름을 고쳐 주는 일이었다.

"이름이 선녀라 했느냐?"

"예."

"성은 없고?"

"아비 성도 이름도 모르기에……."

선녀는 성씨를 갖지 못함이 모두 제 탓인 듯 소교 물음에 부끄러워 얼굴조차 들지 못했다.

"아비 이름도 모른다고? 사람 딸로서 운명이 참으로 가혹하고 가긍하구나."

소교는 선녀 앞에서 아버지에 대한 말을 삼갔다. 선녀의 지난 일은 미루어 짐작하면 충분히 알 수 있었으므로 지난 것을 들춰내면 낼수록 어린 것에게 상처만 줄까 싶어서다.

"이 세계에 몸을 들이면 어차피 본디 이름은 버려야 할 판, 성이 무슨 상관이 있겠느냐? 그런데 이 바닥에서 기녀 이름이 선녀라면 눈먼 쥐라도 웃을 일이지."

선녀 이름을 두고 속으로 쿡쿡 웃음을 참아 내던 소교는 뭔가를 한참 골똘히 생각하더니 무릎을 탁 치며 입을 열었다.

"본디 것을 몽땅 버리기 아쉽고 억울하다면 여女를 버리고 선仙은 취하되 외자이니 앞에다 대나무 죽竹 자를 넣자. 대나무라면 절개를 상징한다 해서 사내들이 좋아할 게 분명하고, 네 심성도 내 눈여겨보니 대쪽같이 곧을 것 같고. 죽선竹仙이, 그래 근사하구나. 오늘부터 너 이름을 죽선이라 하자꾸나."

죽선이 아홉 살에 소교를 만나 잔심부름을 하다가 열두 살에야 비로소 본격적으로 기녀 놀이를 배웠다. 당시에는 기녀의 입문이 열다섯 살만 되어도 이미 늦다는 소리를 들었다. 기녀

세계에서는 그랬다. 열세 살은 맛보기 꽃이고 열네 살은 활짝 핀 꽃이며 열다섯 살은 적화摘花, 즉 따낸 꽃이라 불렀다.

죽선에게 춤을 가르치던 소교는 춤사위에 실어 나가는 그녀의 손가락 선을 보고 물건 하나 제대로 건졌다고 연 입을 다물지 못했다. 소교는 눈을 빛내며 죽선의 몸속에 숨겨져 있는 재기에 탄복하며 기쁨을 금치 못했다. 기예를 가르칠수록 나날이 달라서 소교의 칭찬도 그때마다 달랐다.

'타고난 재주가 참으로 비상타!'

'예사로 보아서는 안 될 아이다.'

'잘만 닦고 깎아 내면 진옥眞玉이다.'

'아직은 거칠지만, 다듬어 내면 향기가 묻어날 게다.'

소교는 행수 기녀 항렬에 오르지 못한 한을 죽선에게 풀고자 작심하고 혼신으로 매달렸다. 아니 죽선에게 온 정신을 쏟아 내면서 자신의 늙어감에서 벗어나려 했다. 아닌 게 아니라 날로 달라지는 죽선의 재주에 한창 시절의 자신을 보는 듯했다.

"이제부터 잘 들어라. 이제 내 처지가 이러하니 너에게 딴 길을 가게 할 능력이 나에겐 없다. 그러니 너는 기녀의 길로 가야 한다. 예전에 이미 그러고자 네가 마음을 먹었대서 되는 게 아니라 재기를 가져야 하는 게 이 길인데 너는 이미 그 재주에 올랐다."

"예, 스승님."

"이 길은 고달픈 길이다. 늘 남자를 상대해야 하는 길이니 말이다. 그리고 더 늙기 전에 벼슬 얻은 좋은 남자를 만나 첩이 되는 게 소망하는 마지막 길이다. 그러나 첩이 되었다고 행복해지는 건 아니다. 집안은 물론 이웃으로부터 천대와 멸시, 외면을 당하기 일쑤라 역시 고달프기는 마찬가지다."

"첩살이로 나가지 않으면 되지 않습니까?"

"그 길 아니면 여생을 퇴기로 늙어야 하는데 홀로 된 퇴기 여생이 어떠한지 알기나 하느냐?"

"……"

"참으로 형언도 할 수 없이 고달프다. 가난과 세상으로부터 모진 냉대를 받아야 하기 때문이다."

"스승님은 왜 일찍 부실로 나가지 않으셨습니까?"

"나에게도 그런 기회가 있긴 했다. 첩으로 데려 가겠노라고 굳은 약조를 던진 사내를 기다리고 기다렸는데, 숱한 날밤을 지새워도 오지 않더구나. 그래서 이리 별실別室 자탄가自嘆歌를 부르며 철 지난 고지박처럼 지내는구나."

"별실 자탄가는 무엇이고 고지박처럼 지내다니요?"

"아직은 몰라도 된다. 내 신세를 머잖아 넌 금방 알 일이니까……"

"……?"

"이 바닥에서는 기녀 몸은 곧 자산이라 말한다. 그러나 나는 달리 생각하고 있다. 사내들은 기녀 몸을 천하게 여기면서도 가진 재주를 탐하고, 멸시하면서도 몸을 섞는다. 몸을 섞은 뒤에는 얕잡다가도 남의 품에 들면 질시한다."

"어찌하면 됩니까?"

"몸뚱이에 대한 가치보다도 재주를 높여 몸을 향기롭게 하는 것이지. 그것이 일패로서 오래가는 비결이다. 그러니 지금부터 가무와 예절과 글 공부도 소홀히 하지 마라. 그것이 너 주위에서 사내들이 발길을 돌리지 않게 하는 비결이니라."

"예, 거듭 명심하겠습니다."

소교는 죽선에게서 게으른 느낌이 들 때면 무섭도록 닦달하며 기녀의 법도를 빠짐없이 가르쳤다.

"이곳에서는 노래를 직업으로 하는 가척歌尺과 무용을 업으로 하는 무척舞尺, 둘로 나누는데 너는 가척은 어지간하면 잘되겠으나 무척에 더 매진해야겠다."

"예, 스승님. 가르침을 주십시오."

"기녀가 교방에서 제일 먼저 익히는 춤이 입춤이니라. 입춤이란 이렇게 서서 추는 춤을 말하지."

"입춤 기본 바탕은 무엇입니까?"

"입춤 기본은 들숨과 날숨의 호흡법에 따라 발동작, 팔 동작이 이루어지는데 길게 짧게 넘나드는 변화를 통하여 춤 전체가 긴장과 이완을 반복하는 것이지."

"팔 동작은 발동작에 따른다고 했잖습니까?"

"그렇지. 춤이란 바로 직선에서 곡선으로 이어지는 과정을 통하여 우주 형상을 표현해 내는 것이다. 물체 중심으로 형상화되는 태극이 바로 그런 것이지."

"제게는 어려운 말입니다."

"아직은 그럴지도 모르지. 그것이 춤 동작과 동작 간 연결고리가 된다는 위치를 알면 춤이란 더 배울 게 없어질 테니까."

# 5

장원루壯元樓에서 조촐한 연회가 열렸다.

장원루는 경상도 진주목晉州牧 남강 바위 벼랑 뒤쪽에 세워진 누각이다. 권문세족 친권파에 떠밀려 임지인 삼척 현령으로 좌천해 가는 진주 목사 송별연 자리다. 목사와 면대가 잦은 향리들이 그를 그냥 보낼 수 없다면서 마련한 자리를 목사는 처음에는 두 손까지 내저으며 극구 사양했다.

"먼먼 벽지로 쫓겨 가는 마당에 어찌 그런 자리에 앉을 수 있겠소이까? 여러분 뜻은 참으로 고마우나 제가 사양하리다. 그러니 여러분도 뜻을 거두어 드리시지요."

먼저 일을 주선한 향리가 손사래까지 치며 사양만 거듭하는 목사 말에 반기를 들었다.

"아니외다, 영감. 실정을 했거나 인륜과 천의天意를 거스르고 민폐까지 끼쳐 좌천길을 간다면야 영감을 모셨던 저희도 낯 부끄러워 얼굴조차 들 수 없을 것이고 또한, 송별 자리나마 마련하고자 뜻을 모았겠습니까?"

"원인이야 어찌 되었든 본관으로서는 누에 오르기도 부끄러운 일이 아니겠소? 더구나 장원루는 청운의 뜻을 품은 선비들이 과거를 치르려고 지은 누각이 아니오."

워낙 강직하여 불편한 자리는 한사코 거절하던 성품대로 목사는 냉정하게 거절 의사를 분명히 밝혔다. 그러나 향리들 또한 만만치 않아 한 발짝도 물러서려 하지 않았다.

"영감 무슨 말씀을 그리하시오? 영감이 부임한 이래 관내가 얼마나 달라졌소? 또한, 관곡을 거둬들일 때도 작황 현장까지 몸소 둘러보고 또 가구 식솔의 많고 적음에 따라 양을 조절하여 세미稅米를 거둬 백성의 불평마저 없애지 않았습니까? 이렇게 칭송이 자자한 마당에 그냥 보내드리면 오히려 저희가 욕되지 않겠습니까?"

"그거야 목민관으로서 마땅히 해야 할 일 아닙니까? 허니 이번 일은 신중히 잘 처리해 주시지요."

목사가 다시 한 번 사양하자 제일 나이가 많은 향리가 갓끈을 고쳐 매며 정색하고 나섰다.

"만인산萬人傘을 만들어 바치고 송덕비까지 세워도 시원치 않을 판에 송별 자리마저 거절하면 뒤에 남을 우리 입장이 어떻게 되겠습니까? 사람들이 쑤군댈까 오히려 걱정이 앞섭니다."

"이목도 있고 하니 조촐하게 주효를 마련해 자리를 만들겠으니 그리 아십시오. 영감."

"허, 허 참. 못 말리는 분들이오. 내 알았소. 그저 하는 체나 합시다. 요란스럽지 않도록 말이오. 그렇다면 제가 기꺼이 응하리라."

그런 곡절 끝에 마련한 자리에서 죽선은 목사 가까이에 앉아 있었다. 목사가 진주에 처음 부임해 왔을 때 환영 자리에서 소교 가무를 보고 그 자리에서 감탄했다. 두 가지 가무 모두 뛰어났을 뿐 아니라 가야금을 타는 품새가 가히 일품이어서 사람 넋마저 빼앗고도 남았다. 비록 기녀로서 전성기를 지나 내려앉는 나이었으나 기예의 완숙함은 빛을 더했다. 목사는 소교에게서 마치 농익은 과일 향을 맡는 듯했다.

그런데 얼마 뒤 나이를 감당할 수 없다면서 기녀 생활을 접었다고 일러왔다. 그 소식을 전해들은 목사는 그녀 재주를 아까워하며 늘 마음속으로 애석하게 여겼다. 그러나 뒤로 나앉아 동기童妓들을 기른다는 소식까지 전해듣고 나서 기뻐하며 은근히 그 결실을 고대해 왔다.

목사는 소교에게서 배워 익힌 기녀들의 재능이 어떠한가를 눈앞에서 확인하고 싶었다. 이제나저제나 기다리다가 연회 자리로 소교에게서 배웠다는 기녀들을 불렀다. 여럿 가운데 죽선도 끼어 있었다. 불려 온 기녀들 가운데 죽선은 용모에도 결코,

뒤지지 않았다. 그러나 웃음을 띤 얼굴빛에도 감출 수 없는 수심의 그늘이 있어 밝지만은 않아 보였다. 그런데 노래를 부르고 춤까지 추는데 다른 기녀들이 쫓아오지 못할 만큼 빼어났다.

목사는 내심으로 감탄하며 그녀에게 깊이 관심을 나타냈다.

"너 이름이 뭐더냐?"

"대 죽 자, 신선 선 자를 써서 죽선이라 하옵니다."

죽선이 뽀송뽀송한 얼굴을 들어 부끄럽게 대답했다.

"오호 죽선이라, 그 이름값 하자면 몸깨나 간추려야 하겠구나. 그래 나이는 올해 어떻게 되느냐?"

"열여덟 되었습니다."

자태를 따르듯 목소리가 다소곳했는데 보기보다 여려 더욱 앳돼 보였다.

"정녕 꽃다운 나이구나. 그런데 내가 청이 하나 있구나."

"예, 하명 받잡겠습니다. 일러 주시옵소서."

"어렵겠으나 노래 한 마디와 춤사위 한 토막을 다시 청하면 받겠느냐?"

"소녀로서는 영광입니다. 명에 따르겠습니다."

죽선은 목사 앞에서 소교에게서 배우던 때를 기억하며 노래와 춤을 마음껏 보여 주었다. 목사는 무릎까지 치며 연해 감탄의 소리를 내뱉었다. 마치 소교가 가무를 하는 듯했다. 나이는 소교와 배로 차이졌으나, 가무에 대한 재주는 이미 높이를 같이 할 만큼 빼어나 보였다. 목사가 듣고 느끼기에도 그랬다. 소교는 나이에서 오는 무게로 깊은 맛을 드러냈으나 죽선은 비록 나이가 어리지만, 가무는 가히 여리지 않았다. 노랫가락에서나 춤사위에서 얇고 깊은, 쓰고 단맛의 높낮이가 있었다. 가만히 듣고 보고 있노라면 무수한 인생 고비를 넘어온 애환과 정한情恨이 서려 있는 듯한 세련미도 은은하게 배어났다. 그런 일 이후 목사는 그녀의 재주에 감탄하여 늘 연회 자리에 들게 해서 어린 기녀를 끔찍이도 아꼈다.

죽선은 비단을 떨쳐입고 따뜻한 음식을 목으로 넘길 때마다 겨울 언 땅을 베고 죽은 어머니를 사무치게 그리워했다. 더군다나 아버지보다 믿으라던 은장도를 볼 때마다 어머니가 곁에 있는 듯해서 그리움을 더욱 부채질했다. 기억에도 어머니는 늘 꾀죄죄한 모습으로 한 끼의 먹을거리를 찾아 낯선 대문께나 기웃거리는 여인네 모습으로 머릿속에 자리 잡고 있었다.

죽선은 거리에서 가난에 시달려 꾀죄죄한 여인들의 모습을 볼 때마다 어머니를 기억했다. 그럴 때마다 그녀는 아버지 행적을 찾아 떠난 삼척 땅에 가 보고 싶었다. 그곳으로 가면 어머니에 대한 모든 것뿐 아니라 자기 출생에 대한 일도 알 수 있을 것 같다는 생각이 머릿속에서 떠나지 않고 있었다. 심지어 아버지 연고와 근원까지도 그곳에 고스란히 남아 그녀를 맞을 것 같았다.

　진주에서 어머니를 잃고 혼자되었을 때 두려움 때문에 해만 지면 몸을 떨면서 눈물을 흘렸다. 어머니와 같이 남의 대문 곁에서 어두운 밤에 떨고 자도 여태껏 그런 공포를 느끼지 않았다. 지금도 혼자 빈방에 있으면 홀로 버려진 듯하여 다른 기녀들과 어울리는 시간을 이리저리 늘리다 처소로 돌아와 잠들곤 했다.

　그녀는 나이를 먹어갈수록 늙어 죽기 전에 반드시 삼척에 가 보리라는 마음을 다졌다. 그러나 기방妓房에 드나드는 한량들에게서 삼척이란 곳이 궐번闕番 날 잠깐 갔다 올 만큼 이웃 동네가 아님을 알게 되었다. 들은 얘기대로라면 삼척은 칠백오십 리 멀고도 먼 동쪽 바닷가 변경에 있었다. 아녀자로서 여름철 우의 하나에 부채 한 개만 딸랑 들고 몸종과 같이 마음 가볍게 떠날 길은 아니었다.

　그런 죽선의 마음을 소교는 진즉 환히 꿰뚫어 보고 있었다. 언제인가, 가슴에다 은장도를 품고 있는 게 예사로운 일이 아니라는 생각이 들어 차근히 물어본 적이 있다. 여자의 노리개로서 은장도가 흔한 물건이 아니기에 신경이 쓰였던 탓이다.

　"어디서 난 것이기에 지니고 있느냐?"

　소교 물음에 죽선은 당황한 표정으로 은장도를 뒤로 감추며 서둘러 대답했다.

"어미 것이옵니다. 아비보다 소중한 것이니 믿고 의지할 정 표로 여기라는 말씀을 남기며 건네주었습니다."

"이곳까지 지녀와 너에게 준 것이라면 소중한 게 틀림없구 나. 그러나 낯선 사내들을 대하는 이런 곳에서는 아무리 소중 해도 남의 눈에 띄지 않도록 각별히 조심해야 하는 물건이다. 알겠느냐?"

"예, 명심하겠습니다."

소교는 죽선의 심경을 짐작하고도 남았다. 삼척에서 진주까 지 아이를 데리고 길 떠난 여인네가 품고 온 은장도라면 소상 히 물어보지 않아도 얽힌 사연과 모질게 다져진 의지마저 능히 짚어 볼 수 있었기 때문이다. 제 일생도 진주에서 기녀로 이름 을 얻기까지는 첩실 소생으로 천덕꾸러기에서 벗어나지 못한 삶을 살았으니, 그늘진 인생이란 어떤 삶이라는 것을 남이 일 러 주지 않아도 뼈저리게 느꼈던 터다.

"스승님, 이것을 볼 때마다 어머니가 그립고 제가 태어난 삼 척에 가 보고 싶습니다."

"그야 그럴 테지. 네 심중을 내 충분히 알겠다. 이미 저세상 으로 간 어미야 만날 수 없지만, 너야 아직 몸에 목숨이 붙어 있고 두 다리마저 멀쩡하니 네가 가고자 한다면 삼척이 아니라 갑산에라도 갈 수 있지 않겠느냐."

"낭군님들에게서 삼척이 멀고 먼 길이라고 들었습니다."

오가는 대화 속에서 죽선은 붕 뜬 기분에 휩싸였지만, 삼척으로 갈 수 있다는 소교 말에는 체념이 섞인 표정을 지었다.

"얼굴을 펴라. 그리 낙심할 필요가 없다. 가려고 결심만 한다면 거리가 문제냐? 의지가 중요할 테지. 가슴에 한으로 남아 있다면 기회가 닿으면 가 봐야지. 그러나 그때가 기녀 나이를 넘어선 뒤라야 가능할 일이라서 걱정이지만 말이다."

목사를 떠나보내고자 벌인 송별연이 무르익었다. 처음 조심스러웠던 연회 자리가 마음을 담은 술잔이 오가고 악공들까지 제각기 손을 움직이자 노래와 춤이 낭자해져 분위기는 장원루를 와자하니 들었다 놓았다. 떠나는 자나 남아 있는 자나 오늘만큼은 아쉬움과 서운함을 잊자고 마음 구석구석까지 질펀하게 풀어놓았고, 심하게 술을 마신 자는 혀마저 이미 꼬부라져 입 끝에서 말이 되씹혔다. 한바탕 춤을 끝내고 옆자리로 돌아온 죽선에게 목사가 즐거운 표정으로 그녀만 들을 수 있는 낮은 목소리로 불렀다.

"죽선아!"

"예."

"너 고향이 삼척이라 했더냐?"

연회 자리라 흥을 돋우려고 무심하게 귀를 열어 놓았던 죽선은 목사 말에 화들짝 놀랐다. 다른 기녀들에게도 내색하지 않던 사실을 목사가 알다니 그녀는 당혹스러웠다. 그러나 죽선은 목사에게 호된 책망을 받더라도 감히 물어보고 싶었다.

"예, 하온데 어찌 미천한 계집의 고향을 아십니까?"

"허, 내가 명색이 목민관인데 관비 신상을 어찌 모르겠느냐?"

죽선이 더욱 몸을 낮추며 머리를 조아렸다. 목사 위치가 하늘 같은데 미천한 기녀 신분까지 그리 소상히 알고 있으리라곤 꿈으로나마 짐작도 할 수 없는 일이었다.

"이 계집. 몸 둘 바를 모르겠습니다."

"네가 그렇게 고향에 가고 싶다 했더냐?"

목사 물음이 더욱 죽선의 혼마저 통째로 빼놓았다. 소교가 언젠가 묻길래 자신 없게 대답한 말인데 마치 바투 붙어서 들은 듯 소상히 알고 있는 목사가 만은 두렵기까지 해서 목소리가 떨려 나왔다.

"예, 하온데 어찌……. 계집에게 죄를 물어주시옵소서."

"아니다. 내 너를 혼내고자 하는 뜻은 아니다. 짐승도 고향을 그린다는데 하물며 사람이야. 태어난 곳을 그리워하는 게 인지상정이니라. 그게 바로 사람의 본성이다. 네 뜻에 변함없다면 이번 부임길에 동행할 예정이다. 네 생각은 어떠냐?"

"예에?"

죽선은 입을 열었으나 말소리는 나오지 않고 헛바람이 먼저 나왔다. 목사의 입에서 중벌이 내려진 듯 사지에 경련마저 일었다. 혼미한 정신으로 앉아 있는데, 목사는 더욱 목소리를 낮춰 입을 열었다.

"좋다면 크게 말하지 말고 고개만 끄떡해라."

죽선은 목사가 시키는 대로 고개만 두 번 끄떡였다.

"놀랄 일이 아니다. 내가 기별할 테니 기다려라. 그리고 이건 나와 너 둘만의 비밀이다. 분명히 지켜야 할 약조이니라."

"예, 어느 안전이라 어기겠습니까. 분부에 따르겠습니다."

"하 아, 이런 고개만 끄떡해라 일렀거늘……."


소교는 목사의 좌천 소식이 전해지자 암암리에 중간에다 사람을 넣었다. 마침 삼척행이니 어린 것의 소원을 풀어 주기 위해서 죽선의 고향앓이에 대하여 소상히 글로 적어 목사에게 올리기까지 했다.

동기 때부터 죽선은 밤이면 가위눌려 잠자리에서 퍼뜩퍼뜩 깨어나 소교를 당황하게 했다. 그냥 잠에서 깨어나는 게 아니라 놀라 소리까지 지르며 자리가 젖도록 땀을 흘렸다. 잠에서 깨어나 손발만 부들부들 떨고 있는 죽선에게 무슨 꿈을 꾸었느냐 물으면 어머니와 같이 남행하면서 일어난 일들을 입에 올리곤 했다.

굶주림을 견디다 못해 무까지 뽑아 먹으려다가 주인에게 들켜 파랗게 질려 소리를 질렀다든가, 어미가 남의 밭고랑에서다

혼절했기에 목이 터지라 소리를 질렀다든가, 또한 날이 컴컴하게 저물어 오는데 잠자리를 찾아 뛰어가다 낭떠러지에서 떨어졌다든가, 힘든 걸음과 배고픔은 잊기 위하여 빨리 고향 땅 삼척으로 돌아가기 위하여 소리를 질렀다든가, 그녀는 언제나 그런 꿈들에 연결되어 가위에 눌려 버둥거렸다.

소교는 가위눌린 그녀의 꿈 이야기를 들으면서, 그들 모녀가 진주까지 흘러온 내막과 고통이 미루어 짐작한 것보다 더욱 고통스러웠을 거라 여겼다. 죽선이 어머니와 함께 아비를 찾기 위해 떠난 길에서 일어난 모든 일이 꿈에서 재현되는 듯했다. 꿈에서까지 그러니 죽선을 삼척으로 데려가면 그런 가위에서 헤어 나올 것 같기에 도움을 청한다고 적었다.

소교의 소청을 받은 목사는 처음에는 난색을 표했다. 명승을 찾아가는 유람길이 아니라 지방관의 과실을 물어 변경으로 쫓겨 가는 좌천길이라 그런 듯했다.

"결국, 나더러 첩실로 데려가 달라는 게 아닌가. 나는 그 아이에 대하여 그럴 뜻이 전혀 없네. 이미 내가 가관加冠을 씌웠다고 해서 그러는 게 아니라 재주가 아까워 그러네. 또 아무리 그곳이 고향이라 연고가 있다 한들 기녀로서 이미 풍습에 익은 이곳에서 생활하는 게 더 편치 않겠는가?"

이에 소교는 물러나지 않고 거듭 간청했다.

"굳이 첩실이라면 침식에 대한 심려를 끼치실 것이니 그냥

66

동행하시어 관기가 아니더라도 재주를 썩히게 버려두지 않았으면 여한이 없겠나이다. 그곳에도 관기가 있고 또한, 사람이 사는 곳일 텐데 이리저리 정을 붙이면 견뎌 내지 않겠습니까? 제 어미도 한을 지니고 살다 죽은 처지인데, 그 딸마저 한진 가슴을 안고 살아서야 되겠습니까?"

소교에게서 간청을 받은 목사는 많은 생각을 했다. 무엇보다 좌천길에 부실도 아닌 기녀를 대동한다는 소리를 들을까 봐 경계했다. 그러나 머리를 얹어 준 입장에서는 가위에 시달리며 고향으로 가고 싶어 하는 죽선을 나 몰라라 버려두고 혼자 떠난다는 게 여간 신경이 쓰이지 않았다. 이리저리 고민하던 목사는 작심하고 따라가는 이속吏屬을 불러 조용히 지시했다.

"이번 삼척현 부임 일행에 은밀히 죽선을 남장하여 데려가도록 해라. 너 친족이라 둘러대고 네가 직접 수행길을 챙겨 이런저런 말썽이 일지 않도록 각별하게 행동해라."

죽선은 필시 어미를 따라 내려왔을 길을 밟아 목사 일행 속에 끼어 거슬러 올라 꿈에도 그리던 삼척 땅에 닿았다. 말을 겨우 옮길 때 떠난 곳이니 이곳이 고향이냐 싶게 모든 풍물이 낯설었고 또한, 거리로 오가는 사람들의 언사가 유난히 높고 투박해서 성품들이 매우 거칠어 보였다. 더군다나 이른 봄에 불어오는 샛바람은 옷을 입었어도 이빨마저 덜덜 떨리게 했고,

세찬 바닷바람이 불어와 피어나기도 전인 꽃송이를 야멸차게 따갈 만큼 풍토가 거칠었다.

서남 오십천이 휘돌아나가는 서루인 죽서정에 오르면 진주 장원루에 오른 듯했다. 그곳에 오르면 작별한 가무 스승 소교와 동료 기녀들, 진주의 안온한 정든 풍물들과 지리산에서 타 내리는 남강의 푸른 자락이 새삼 눈앞에 자근자근 밟혔다.

목사의 도움으로 죽선은 관기로 올리지 않았지만, 그녀의 재주를 아끼는 한량들이 주연 자리로 불러들였다. 삼척까지 데려온 목사가 고향 땅에서 새롭게 삶을 시작하라면서 내처 이름까지 고쳐 주었다.

"내내 같은 삶이겠지만, 고향으로 왔으니 새롭게 출발하는 뜻에서 이름을 달리 부르자꾸나. 네가 마침 자리 잡은 곳에 대나무가 있어 대나무 굳센 뿌리처럼 이곳에서 떠나지 않고 푸르도록 꼿꼿이 살아가라는 의미로 내가 죽선 이름 앞에 대나무 죽竹자를 하나 더 덧붙여 주마. 죽죽선竹竹仙이라고 말이다. 여태까지 살아온 네 일생이 굳센 대 뿌리처럼 억척 같았고, 앞으로 또 그런 삶을 살 것이니 내 생각에 그 이름이 썩 알맞다."

# 6

오불진[吳火鎭]이 바다와 강에다 공평하게 몸을 담고 있다.

요전산성蓼田山城 아래 오불진에서 오십 굽이 타 내린 강줄기를 거슬러 온 해무가 서남쪽에 우뚝 솟아오른 단애에 부딪혀 소요했다. 절벽에 올라 바다를 등지고 고개 들면 옅은 해무 속에서 나지막한 산들을 층층이 넘어 힘차게 솟아오른 두타산이 보였다. 오른쪽 귀퉁이로는 근산 뿌리인 남산이 꼬리를 물었고, 왼쪽에는 오십천 줄기에서 솟아오른 갈야산葛夜山이 대숲을 두른 채 서 있었다. 단애 끝자락에서 벗어난 강줄기는 새 을乙 자로 휘저어 부내 복판으로 흘러 봉황대 아래에서 소沼를 만들어 머물다 다시 한 번 '을乙' 자로 뒤틀며 거침없이 내달아 동해에 닿았다.

삼척현 서쪽 절벽 벼룻길을 마음 조아려 내려가 굽은 벼랑에서 부딪치어 맴도는 물 위의 낙엽들을 보면 댓잎보다 노란 냇버들 잎이 더 흔하게 눈에 띄었다. 오십천 물이 냇버들 우거진 강변을 타고 굽이굽이 흘러내렸기 때문이리라. 또한, 그것들은 상류 강변에 냇버들이 무성하게 자라고 있음을 스쳐 지나지 않 았어도 정확히 일러 주고 있었다.

네댓 명이 탈 수 있는 낡은 목선이 벼랑 밑 맑고 호젓한 곳, 몸피를 불린 물푸레나무 밑동에 단단히 비끄러매어져 있는데, 이곳 관속이나 향리들이 신라에서 유행하던 선유락船遊樂을 흉 내 내어 사공까지 불러 기녀와 주효를 싣고 선경 곳곳에 탐미 의 눈길을 보냈음을 목선 형태에 미뤄 능히 짐작할 만했다.

달밤이면 벼랑에 부딪힌 바람이 강물 위에 내려앉아 은빛 강 껍질을 대팻밥처럼 일궈 내겠지만, 지금은 밝은 햇빛으로 물비 늘이 구겨진 명주 이불자락처럼 펼쳐져 눈시울을 부시게 했다.

절벽에서 백 보 남짓한 강 건너가 성 밖 마을인 갈암이다. 갈 암은 회화나무와 향나무가 우거져 별천지로 보였는데, 이슬이 내리는 야심에는 나무 향기가 바람을 타고 오십천을 건너왔다. 갈암 쪽에서 절벽을 가슴에 안은 채 다가들면 얕은 수심에 잠 긴 자갈들 때문에 물빛이 알록알록하게 아롱져 시선마저 어지 러웠다. 혹 고기가 노닐까 싶어 다가가면 모새가 발에 밟혀서 사락사락 울음소리를 냈고, 절벽 바로 아래 안으로 휘어 파여 깊어진 수심은 실타래까지 풀어내 잴 만큼 검푸른 빛을 드러내 며 음흉하니 깊었다. 그 위로, 절벽이 거꾸로 비쳐 서 있고, 구 름자락도 하마 내려앉아 물 위에다 흰 얼룩을 지워 놓았다. 물

위에 구름 조각들이 빈틈없이 풀려 목화송이가 터진 듯했다.

갈암 강바닥에서 올려보면 선경을 무색하게 하는 경치에 감탄을 내뱉지 않을 수 없었다. 벼랑 위에 죽서정竹西亭이 변경의 초소처럼 달랑 놓여 있었다. 삼척 사람들은 오래전부터 이 정자를 일러 삼척현 서쪽에 위치한다 해서 서루西樓라고도 불렀다. 아무리 후한 눈으로 보아도 죽서정은 절경인 지세의 품격에 도저히 가닿지 않을 만큼 옹색했다.

그러나 이곳을 스쳐 지나가는 팔도유람 길손이 죽서정에 올라 절경에 반하여 도저히 내처 발걸음을 옮기지 못하고 시문을 남기는 게 다반사였다. 명종 임금 때 진사과에 급제하여 용만龍灣 좌장佐將을 거친 노봉老峰 김극기金克己도 그들 가운데 한 과객이었다. 벼슬에 크게 뜻을 두지 않은 채 전국 명승지를 유람하며 시 짓기만 즐겼던 그가 삼척현에 들렀을 때는 지금으로부터 육십갑자를 한 바퀴 더 돌기 전이었다. 승경勝景만 보았다 하면 머릿속에서 끊임없이 풀어져 나오는 시구 때문에도 삼척을 지나면서 그냥 지나칠 수 없었던 그가 한 편 시를 남겼다.

물과 구름이 한 고을 감추고 있어서
속세 사람의 왕래 드무네.
객관은 붉은 골짜기에 닿아 있고
인가는 산허리에 자리했네.

마름에 바람이 불어 서걱거리고
대나무에 이슬이 흩뿌리네.
한가한 가운데 아쉬운 것은
지는 해 묶어 둘 끈이 없는 것이네.


水雲藏一郡 塵鞅往來稀 客館臨丹壑 人家往翠微
蘋風吹浙浙 竹露洒霏霏 一片閑中恨 無繩繫落暉


또한, 죽서정을 찾아 주위 경관의 수려함만 보고 그냥 떠나
기 차마 어려워 또 다른 시 한 편을 지었는데, 그것이 종이에
남아 후세까지 전해져 죽서정을 기억하게 했다.


도와 기를 다 가진 골 원은 편안하고
관리의 재미는 유한함이 으뜸이다.
누각 저녁 달은 침상으로 스며들고
서루의 아침 구름 추녀에서 피어난다.
물은 학처럼 빙빙 돌아 먼 섬으로 가고
자라처럼 솟은 바위 첩첩 산봉 마주 본다.


道氣全偸靖長官 官餘興味最幽閒 庾樓夕月侵床下
藤閣朝雲起棟間 鶴勢盤廻投遠島 鰲頭贔屓扚層巒

또 다른 길손이 이곳에 올라 죽서정 기둥을 손바닥으로 툭툭 치며 황분荒墳으로 변해 가는 제 조상 묫자리보다 더 많은 걱정을 그 자리에서 혼잣소리로 쏟아 냈다.

"참으로 경물에 무심한 곳이로고. 이곳에서 녹봉까지 받았던 지방관이 제 할 일을 마저 다하지 않고 한지寒地의 벼슬을 거두어 서둘러 경도로 돌아갔구나."

그 소리를 들은 향리 촌로가 의아한 표정으로 고개를 갸웃거리다가 길손에게 물음을 던졌다.

"길손이여, 어찌 그러하오?"

길손은 촌로의 행색을 잠깐 살펴본 뒤 서슴지 않고 물음에 가름했다.

"이곳이 그렇소이다. 신선이 노닐어야 할 천혜 선경에 초부가 드나드는 초막이라니. 절벽을 둘러싼 사방 경치가 아깝고, 강줄기도, 먼 산 무리도, 홰나무 위로 나는 새와 우는 매미까지, 모두 제 빛을 잃었으니 그게 어찌 절경을 아끼는 마음이오."

"자연으로 이름을 얻은 그것을 사람의 손으로 또 어찌하오리까?"

"그래서 이리 한하는 것이오. 벽옥도 다듬지 않으면 보옥이 아니잖습니까?"

"옳은 말이오. 그러나 이곳과 그것이……?"

"절경을 구경값도 내지 않고 어찌 말없이 그냥 이곳을 스쳐

지날 수 있겠소이까? 그래서 구경값으로 해본 소리니 가히 길
손의 무례함을 탓하지 마시오."

절경에 합당하지 않은 죽서정 규모를 꼬집어 뱉어 낸 장탄식
이었다.

태어나 백 리 길 밖으로 나가 본 적 없이 여기가 아니면 어찌
살꼬, 그런 생활에 젖었던 촌로는 길손의 탄식에 부끄러워 얼
굴을 곧추세울 수가 없었다. 절벽이 있어 흘러가는 강물이 어
차피 부딪혀 굽어 휘돌아 가야 하는 벼랑 바위 위로 일없는 이
들이 가끔 들어 노는 곳으로만 여겨 왔을 뿐인데, 길손이 예쁘
게 태어난 딸아이를 구색에 맞지 않은 차림으로 문밖으로 내보
낸 어미의 아둔함을 심히 나무라는 투로 들렸다.

아닌 게 아니라 죽서정이 그랬다. 여남은 명이 둘러앉아 서
너 가지 안주로 술을 마실 정도의 가히 너르지 않은 오각五角
정자였다. 그런 형세니 일찍 온 한 패거리가 좌坐를 틀어 놀이
판을 벌이면 주효酒肴와 장고杖鼓까지 둘러메고 들뜬 마음으로
찾아왔어도 뒤늦은 패들은 정자에 들지도 못하고 주위를 돌며
주억거리다 퇴물 기녀처럼 섭섭함을 삼키며 되돌아가기가 한
두 번이 아니었다. 그러니 문객들이 모여 시문을 지어 읊거나
노래를 부르거나 수학하는 곳으로도, 지방 과거의 시험장으로
도, 현령이 귀한 손님 대하는 자리로도 마땅하지 않을 만큼 협
소했다. 지금까지 마지못해 그런 용도로 이용하긴 했으나 아무

리 생각해도 토끼장 같아서 판을 벌이면 궁색하기가 이를 데가 없었다. 유연장遊宴場이나 오락장, 또는 시험장으로 쓰자면 다락 형식을 갖춘 누각이라야 마땅했다. 그래야 사방을 자유로이 조망할 수 있고, 풍치에 합당하게 유희도 마음껏 펼칠 수 있으며, 시제試題를 내도 주변 경물의 소회로 글귀가 확 트일 게 정한 이치였다.

"대감, 우리 현을 다녀간 손들이 하는 소릴 더러 들어보셨습니까?"

어느 날 구동에 머물던 휴휴가 현령과 나랏일에 관련된 이런저런 얘기 끝에 죽서정을 볼 때마다 느껴왔던 답답했던 감정이나 풀어놓으려고 말문을 열었다.

"무슨 말씀인가?"

현령이 휴휴에게 눈길을 던졌다. 궁금증을 불러 일으키는 언사였으니 그로서는 눈을 동그랗게 치켜뜨지 않을 수 없었다. 외지 사람이 이곳에 관한 이야기를 한다는 것은 어찌 보면 현령의 소임에 관한 일일 수도 있겠다 싶었기 때문이다.

"죽서정에 관해서입니다."

우선 휴휴는 지나치는 말인 듯 가볍게 언질부터 주었다.

"또 풍광의 빼어남을 말하려는 것인가?"

현령은 잔뜩 긴장하고 있다가 휴휴의 말을 듣곤 대수로운 일 아니라는 듯 입가에 빙긋 웃음까지 띠며 넘겨짚었다. 이곳을 다녀가는 인사마다 으레 빼놓지 않고 수없이 뱉어 내고 간 소리였기에 새삼 새로울 것도 없었다.

"풍광이야 일러 말할 건 없지만, 정자에 비견하여 풍광이 아깝다는 소리를 지금 또 하려고 그러는 건가?"

휴휴는 현령의 여유로움이 마뜩지 않았다. 백성들의 민원을 하도 들어 귀에 인이 박혀서 그런지 어지간한 소청에는 가볍게 넘기려는 자세였다.

"하, 하. 타고난 여색에 비견하여 꾸밈이 소루하다는 말씀을 내게 하려 그러는가? 이 자리에 앉아 있다 보면 그런 소릴 한두 번 들은 건 아니네. 본관이 이곳으로 부임한 이후 그곳에 오른 사람의 인사가 곧 그것이었다네."

오후의 햇볕이 나른하게 창문으로 넘어오는데 더운 기운도 따라왔다. 현령은 몸으로 달려드는 더위를 쫓아내려는 듯 접첩선摺疊扇을 펴 바람을 일으켜 얼굴에다 부었다. 부채에 담긴 글과 그림이 허공에서 망령처럼 오락가락했다.

"듣긴 들으셨군요."

"아, 듣다마다. 이 사람아 보시게. 지방관도 귀가 밝아야 일을 할 수 있다네. 하, 하, 하."

현령은 핏기가 몰려 얼굴이 붉어지도록 마음껏 웃어 젖혔다. 오랜만에 격무에서 벗어나 여유롭게 환담이나 즐기자는 표정으로 보였다. 그런 현령을 바라보며 휴휴는 말하고자 했던 의중을 숨김없이 드러냈다.

"우리 현을 찾아오는 손들을 위해서라도 더 너르게 개축하시는 걸 생각해 보시지요?"

휴휴가 죽서정을 정자에서 누각으로 개축할 의사를 넌지시 던졌다. 그러나 현령은 휴휴의 예측과는 달리 입맛만 두어 번 다셨다. 그러더니 천천히 입을 열어 응대했다.

"손을 맞아 그곳 풍광을 구경케 할 때마다 난들 어찌 그런 생각을 하지 않았겠는가? 열 번도 더하였다네."

"그렇다면 한 번 뜻을 옮겨 보심이 마땅하지 않습니까?"

휴휴의 제안을 받은 현령은 지체하지 않고 그제야 한숨을 섞어 속사정을 털어놓았다.

"그런데 지금이 어떤 세월인가? 자네도 알다시피 태조 건국 이래로 세력을 가졌다고 생각하는 자들이 일으킨 반역 때문에 조정은 안정되지 않고, 백성을 보살필 여력마저 없어 백성의 삶이 이리 궁핍한 게 아닌가. 게다가 현세는 몽골 때문에 나라 재정이 온통 그쪽으로 쓰여도 모자라는 판세인데, 강화 궁도에서 멀리 떨어진 이곳 일에 눈길이나 한번 제대로 주겠는가?"

현령은 난색을 표명했다. 현령의 속사정을 읽어 낸 휴휴는 다시 그의 의향을 떠보았다.

"그러하시다면 재산깨나 있는 향리들의 십시일반 도움을 받으시는 것이……."

그러자 현령은 짐짓 놀라는 표정으로 흔들고 있던 접첩선을 멈추면서 휴휴에게 딱한 시선까지 보내며 되물었다.

"자네도 잘 알다시피 이곳이 어디 산물이 많이 나는 천부天夫의 땅인가? 뜰이라고 반듯하다고 내세울 만한 데가 있기는 한 곳인가?"

"……."

휴휴의 판단에서도 틀린 말은 아니었다. 태백산 줄기에 붙어 있는 산들의 줄기가 밋밋하게 뻗어 내린 게 아니라 돌벽과 같은 줄기마저 곧장 해변에다 급하게 내려앉다 보니 제대로 된 농지가 없을 뿐더러 있다 한들 그마저 돌밭이었다. 그러니 애당초 농산물이 풍족할 수 없는 박토의 땅이기도 했다.

"내가 지방관으로 몇 군데를 옮겨 다녔는데 물산이 이리 메마른 데는 처음이네. 이곳은 바닷가도 절벽이고 산촌도 절벽이니 부내 백성의 살림 형세를 알 만하지 않는가? 관내가 호남처럼 곡향穀鄕으로 윤택하다면야 용기를 내어 볼 만도 하네. 그러나 눈이 있으면 한번 두루 살펴보시게."

"하긴 이곳이 척박하기는 척박하지요."

휴휴도 이곳의 사정은 곳곳을 누비고 다니지 않아도 훤히 꿰고 있었다. 휴휴의 뜻이 조금이나마 수그러지고 있음을 읽어낸 현령이 내처 말을 이었다.

"바다를 면한 어촌에서는 일엽편주나 다를 바 없는 배를 타고 나가 낡은 그물로 고기를 잡거나 절벽 바위 끝에서 해초를 뜯어 됫박질로 사는 백성들이고, 산간을 살펴보면 화전 생활에 옷소매 끝이 불똥에 구멍 난 삶이니 고을을 살피는 본관 처지에서는 세곡稅穀을 거둬들일 때마다 안쓰럽기까지 하다네. 춘궁기에 얼굴이 누렇게 떠 들피진 백성의 얼굴을 보면 오히려 모자라는 진곡賑穀이라도 풀어 먹이고도 싶을 지경이라네."

"……."

"그런 판국이니 눈앞의 불을 당장 끄는 일 외는 옴나위없지 않겠는가?"

"혹 자산깨나 있는 향리를 찾아보심이……."

휴휴로선 지방 관아의 재정 능력을 어렴풋이 짐작하는지라 한 발짝 물러나며 말끝을 흐리면서도 권고의 끈을 놓지 못했다.

"옛말이 있질 않은가? 환부가 깊어야 고름이 많이 나온다는 말이네. 이곳 향리인들 감당 능력이 빤하지 않겠는가. 설혹 독지가가 나선다고 쳐 보세. 서푼 어치 던지고 그걸 빌미로 천 배 만 배 이권을 야금야금 챙기러 들지 않겠는가. 그렇다고 못 본 체 내버려둔다면 격쟁擊錚이라도 쳐 대지 않겠는가. 내가 그런 걸 심히 경계함이네."

# 7

임자년(1252) 사월 정묘일丁卯日에 과거가 있었다.

임금[고종]이 등극한 지 삼십구 년. 임자방壬子榜이라 부르는 이 과장의 시험관은 과거제도에 따라 이부二府에서는 지공거知貢擧로 추밀원 부사 최자崔滋와, 경卿·감監 급인 동지공거同知貢擧에는 판대부사 황보기皇甫琦가 뽑혀 임금의 명을 받아 과거를 주관하게 되었다.

예전에는 지공거 혼자만으로도 과거시험을 관리했으나, 등과 인원을 늘리다 보니 과거 치르는 일이 번잡해져 동지공거 한 명 더 추가하여 과장科場 업무를 엄격하게 처리하도록 제도까지 바꿨다.

휴휴는 아침 일찍 과거장으로 들어섰다. 과거장에는 이미 동이 밝아 오기에 앞서 최자는 남쪽을 바라보는 북쪽 의자에 근엄하게 앉아 있었고, 황보기는 동쪽을 향한 채 다소 긴장한 모습으로 서쪽 의자에 좌정했다. 임금의 명령을 받든 감찰은 남

서쪽에서 동쪽을 윗자리로 하여 북향으로 앉아 벌써 눈빛을 반들거렸고, 장교將校는 깃발을 세워 들고 층계 아래서 곧은 자세로 벌려 섰다. 과장으로 들어서는 응시자에게는 서늘한 기운이 들 만큼 분위기가 엄숙하다 보니 스스로 경건한 자세로 가다듬어 제자리를 찾아 앉을 수밖에 없었다.

하늘은 사월의 봄기운을 더욱 북돋으려는 듯 구름마저 걷어내고 청라를 펼쳐 놓은 듯 쾌청했다. 쾌청한 햇살이 응시자들의 은색 도포와 남색 소매 끝에서 빛나 눈을 더욱 부시게 했고, 응시자들의 얼굴이 청운의 꿈으로 들떠 과장은 일찍 열기가 가득 넘쳐났다. 나이 어려 아들뻘로 보이는 앳된 서생이 있는가 하면, 이른 손자를 봤을 만한 애년艾年의 문턱에 다다른 만년 낙방자도 초조히 앉아 있기는 매한가지였다.

응시자가 모두 모이자 바로 출입문을 잠갔다. 공원리貢院吏가 응시자 이름을 하나하나 불러가며 동·서무東·西廡로 가려 세웠다. 이내 서쪽에다 나무를 세우고 풀어내야 할 시제試題마저 내걸었다.

내걸린 시제를 보고 자신 넘치는 빛을 얼굴에다 띄운 자는 벌써 붓에 힘을 주어 써 내려가기 시작했으나, 얼굴빛이 새카맣게 변한 채 뻥한 모습을 한 자는 붓끝을 벼루에다 굴리면서 고갯짓만 기웃거렸다.

최자의 문도인 휴휴는 임자방에 급제했다. 임자방의 급제자

수는 유성재柳成梓를 비롯하여 을과乙科에 세 명, 병과 일곱 명, 진사과 스물세 명, 명경과明經科 다섯 명, 임금의 은혜로 특별히 내리는 은사과恩賜科에 여섯 명, 모두 합해서 마흔네 명이 합격 증인 홍패紅牌를 받았다. 여느 때 서른세 명 안팎으로 뽑았으니 이번에는 더 많은 자가 합격의 기쁨을 맛보았다.

과거에 오른 휴휴가 유가遊街를 받아 삼척현에 있는 홀어머니에게 인사를 오기는 봉황대 서쪽 돌비알 틈에 무리 이뤄 피었던 봄꽃이 지고 나서 한참 뒤인, 그해 사월이었다. 그러나 꽃진 사월이라도 푸새가 다채로워 화창함을 더했다.

삼척 절제도위를 겸직하는 현령이 급제자에 대한 예우 관례에 따라 관아 관리들을 거느리고 오리정까지 나와 반갑게 휴휴를 맞았다. 반듯한 인재를 길러 내기 어려운 삼척현에서는 흔하지 않은 일이기에 휴휴의 귀향길을 부내가 들썩거릴 만큼 환영 일색으로 반겼다.

중앙 신료로 나아가는 길은 과거에 급제하거나, 협오녀挾五女 이상의 집안이면서 부친의 음덕으로 오품 이상 벼슬을 얻는 음서제蔭敍制를 통해서만 가능한 시대였으니, 변경인 삼척현 출신으로 번듯한 가문의 배경 없이도 과거시험 통과까지 했으니 야단법석을 떨 만도 했다.

물론 무관으로 나아가는 길은 달랐다. 과거에는 문과만 있었고 무과는 없었으므로 권문세족이나 주인으로부터 수탈과 차별을 받아온 공역 노비나 솔거 노비들이 초적草賊으로 돌변하여 반란을 일으켰을 때, 이에 맞서 공을 세우거나 뛰어난 무술 실력으로 임금이나 중앙 권세가의 눈에 띄어 무관으로 발탁되어 득세해야만 했다. 무신정변을 주도한 정중부鄭仲夫나 이의민李義旼이 바로 그런 부류의 무관들이었다.

그러나 문관은 관료로서 신분을 확고히 보장받으려면 등용문인 과거시험에 반드시 통과해야 했다. 그런 연유로 비록 음서제로 벼슬을 시작한 고위 신료들의 자제마저도 또다시 과거시험을 보아서 인정받으려고 과거장으로 너도나도 구름 떼처럼 모여들었다.

등과의 경쟁은 불꽃 튀듯 했다. 그런 경쟁을 뚫고 과거에 올라 어머니에게 인사차 고향으로 오는 휴휴니 삼척현 사람들이 제 일처럼 들떠 반기는 것도 당연한 일이었다. 이미 소문을 들은 그들은 휴휴를 먼눈으로나마 보려고 현령의 출행길에 앞다퉈 나서서 길을 메웠다.

그 무리 속에 끼려고 현군懸軍 출신인 박승규朴承奎가 여남은 발치쯤 떨어져 사는 심학보沈學甫를 찾아왔다. 심학보는 작목사斫木使 수하로 영내를 드나들면서 박승규와 안면을 터서 형아우 하는 사이였다. 박승규는 심학보를 보자마자 불문곡직 잡아끌었다.

"동생, 급제한 승휴가 금의환향한다는데 먼발치에서도 봐야 하지 않겠는가?"

"암 여부가 있나요? 그런데 승휴가 가리현 사람이라던데……."

"이 사람아, 가리현은 무슨! 지금 시대가 그런 시대가 아닌가. 본관 지명에 따라 우리도 통상 삼척현 사람, 명주부 사람 이렇게들 부르고 있지 않은가? 얼핏 들으면야 본관 출생지가 마치 태어난 곳이 그곳이려니 하는 생각이 들만도 하지만, 본관을 따라 부르는 게 통례 때문에 그러지 않는가."

"그럼 휴휴도 본관이 가리현이지만, 정작 태어나긴 외가인 삼척현에서 태어났으니 삼척 사람이라는 말 아닙니까?"

"동생은 당연한 일을 왜 입 아프게 자꾸 말하는가?"

"이제 알겠네요. 행차 뒤로 따라가자면 늦겠어요. 얼른 걸음을 옮깁시다."

그들은 나름대로 본관 출생지와 실제 출생지에 대한 정의를 다퉈서 끝내고 앞서거니 뒤따르거니 발걸음을 바삐 옮겼다. 이미 많은 무리가 환영 행렬을 잇고 있었다.


"등과를 감축하네. 이는 삼척의 경사네."

조촐하게 마련한 환영 자리에서 삼척 현령이 잔을 건네며 만나자마자 했던 덕담을 또다시 입에 담았다. 문관 출신인데 장중한 풍채나 짙은 눈썹, 부리부리한 눈, 큼직한 코, 굳게 다물어진 입의 뚜렷함이 무관 풍모로 보일 만큼 현령 몸은 당당했다. 현령의 나이가 벌써 오십에 이르렀는데, 지방관으로서 업무 수행 능력은 출중한데도 호족 종실 세력에 밀려 바다로부터 오는 외적들과 수시로 싸워야 하는 최전선 변경인 이곳에 머물러 있었다.

"아, 아닙니다. 격에 넘치는 환대를 받아 분에 넘칩니다."

"강도江都의 분위기는 요즘 어떠한가?"

"개경에 머물던 양반 모두 강도로 들어오고부터 사람들이 북적이는 터에 몽골 침입에 대비하느라 어수선하기 이를 데가 없습니다."

"하물며 무신 시대인데, 변방 방비를 소홀히 하여 외침의 근원을 제공해 나라 존폐가 이러하니 앞날이 참으로 딱하네. 무신들이 권력을 유지하고자 개경 백성들을 적의 발길에 맡기다니⋯⋯."

"그런 어수선한 분위기 속에서도 그나마 다행한 것은 지난해에 팔만대장경 판각을 완성하여 분향 의례를 치르고 나서 관리들이나 백성들이 불심에 의지하여 호국하려는 사기가 올라 항전 기세는 조금 오르긴 하였습니다만⋯⋯."

"임진년(1232) 부인사符仁寺에 있던 국지 대보인 초조대장경 판이 병화만 입지 않았어도 국고 낭비는 훨씬 줄였을 것이 아닌가. 엎친 데 덮친 격이라고 어렵고 열악한 나라 곳간 사정에……. 문제는 그 진의가 의심스럽기는 하지만……."

현령은 둘만의 자리인데도 주위를 경계하며 말끝을 낮췄다. 평소 성격에도 불의를 보면 거침없이 말하는 현령이었으나 초면의 휴휴에게는 그래도 조심스러웠다. 그러나 신진사류에 패기만만하게 진입하려는 벽면 서생은 아직 권력의 때가 묻지 않았기에 생각하는 바를 소신껏 전하고 싶었다.

"의심스러운 일이란 무엇이오니까?"

"대장경 판각이 매우 번거로워 백성들에게 부담을 주니 말일세."

"시생이 알기로는 대장경 판각하는 일이 대단히 힘든 일이라 알고 있습니다. 그것을 만드는 곳에 한 번 가 본 적이 있습니다. 목재를 베어 운반하고 적당 크기 판목을 만들어 바닷물에 담가 두었다가 기름 성분을 완전히 제거하려 소금물에 쪄낸 것을 그늘에서 말렸습니다. 그 뒤 경판을 만들고 또 그 경판에다 경문을 붙여 양면에 양각한 뒤 진한 먹물을 입힌 다음 생옻칠하여 말리기까지, 벌목공에서부터 판각한 글자를 교정하는 사람까지 많은 인원이 동원되었습니다. 그런데 그들 가운데 많은 사람이 인과응보설과 윤회설을 크게 믿어 불사에 동참하여 공덕을 쌓으려고 즐거운 마음으로 일하고 있었습니다."

휴휴의 말에 현령도 동의하고 있긴 했다. 경판 끝부분에 경판을 만들거나 새기는 데 재산을 시주한 사람들이 새긴 글을 본 적이 있었기 때문이다. '이 공덕의 힘 빌어 영원토록 윤회의 업보에서 벗어나 아버님과 어머님께서 극락전에 편안히 지내소서.' 그렇게 자식들의 새긴 염원들은 자발적인 불사의 참여 의지를 드러내고 있었기 때문이다.

"앞으로 나랏일 할 사람이니 내 허심탄회 말하겠네. 자네 말처럼 그런 부분도 있을 테지. 그러나 대장경을 판각하는 일이 백성들에게는 불심을 빌어 외적 침입에 극복하자는 행위로 비쳐 보이겠으나, 다른 한편으로 무신 정권이 백성들을 규합하여 자기들 중심으로 항쟁을 지속해 가려는 정략적인 면도 있다는 말일세. 그런 측면에서 불사佛事는 백성에 짐이 되기도 하지."

현령은 국력을 다하여 대장경을 판각하는 데 다소 부정적인 견해를 드러냈다. 휴휴도 현령의 견해에 일리가 있다고 생각했다. 현령은 다소 대화가 과했다고 여겼는지 화제를 가볍게 하려 말머리를 돌렸다.

"그렇게 고생한 것들이 보존은 잘 돼야 할 텐데……."

"부처님 신력을 빌어 거란의 침공을 물리치려 했던 그것이 몽골에 병화를 입었다니 참으로 안타까운 일 아닙니까?"

"거란이나 몽골이나 북계北界에 접해 있는 놈들은 그놈이 그놈이 아니겠는가. 북방은 여름 해가 짧다 보니 농경이 열악하여 곡물을 취하기 위해 가을이면 남으로 노략질만 일삼을 수밖에. 사냥과 노략질로 생계 삼으니 풍습이 당연히 잔인한데 그들 가운데 몽골이 더 야만스럽다고 알려졌다네."

"시생도 그리 들었습니다."

"대장경판 병화를 보더라도 그들 야만성이 잘 나타난 것이 아닌가? 이것은 불심佛心만 불 지른 것이 아니라 야만으로부터 문명이 파괴된 것임을 그들도 알아야 할 일이네."

"예, 지당하신 말씀입니다."

"자네도 알다시피 대장경은 불교 경전이기 전에 우리에겐 문명의 구체적인 재산이 아닌가? 그들은 우리와 이웃한 이족異族만이 아니네. 잔인하고 흉포하기가 비할 데 없고, 미개함이 금수나 다를 바 없으며, 천하가 모두 존중하는 불법이라는 게 있다는 것도 모른 채 범서梵書나 불상을 닥치는 대로 불사르고 파괴하고 있지 않은가."

"그래서 극히 비문명적인 달단완종達旦頑種으로 부르지 않습니까?"

"전쟁 와중에서도 국력을 키워 병화까지 입은 대장경판을 재각再刻한다는 것은 외부적으로는 그들의 침입으로부터 고려를 지켜내고 문명까지 수호하기 위한 대몽골 전쟁에 대한 결연한 의지로 보아야 하네. 옛말에 그랬네. 백의 겨레인 우리에게 가장 비참한 일은 침략을 당해 모두 그들의 옷을 입고 그들의 말을 쓰는 일이라 하였네."

"아주 좋은 말씀을 주셨습니다. 제 소견에도 대몽골뿐만 아니라 외세에 대하여 늘 생각하고 있었습니다."

"외세? 어떤 생각을 하고 있는가?"

현령은 되물으면서 휴휴 얼굴을 바라보았다. 관리로서 첫발을 내디뎌야 할 신진사류의 국가관을 엿보고 싶었기 때문이다.

"저는 이렇게 생각하고 있습니다. 엄연히 조상의 근원이 다른데 대국의 조상을 학문으로 신격하고 그들 후대 황제를 섬기려 사신을 보내 조공까지 바치는 게 바른 도리가 아니라고 늘 생각해 왔습니다. 이 나라는 조상 뿌리가 단군 임금으로부터 독립성을 유지해 왔기에 어느 대국에도 예속될 수 없습니다. 그런 이치에서 보면 수당隋唐에 대한 고구려의 국시나 통일신라의 격당擊唐 정책은 겨레의 자주성과 독자성을 표방했다고 볼 수 있지 않겠습니다."

송나라의 문물을 받아들이고 몽골의 압박까지 받는 나라 형편에서 자신의 소신을 거침없이 밝히고 있는 휴휴는 결기가 넘쳐 눈빛마저 빛났다. 현령은 다시 크게 눈 떠 휴휴를 건너다보았다.

"아주 올바른 사관일세. 자네의 겨레 자주성에 대한 견해가 마음에 깊이 와 닿네."

"격려 말씀 깊이 새기겠습니다."

휴휴는 현령의 격려에 머리까지 숙여 감사 뜻을 전했다. 현령이 다시 휴휴의 표정을 살피며 의중을 떠보았다.

"그러함에도 외세에 늘 휘둘리는 게 문제가 아닌가?"

"시생의 소견으로서는 국력이 쇠약하니 어쩔 수 없는 상황까지 밀렸으나 조정이 안정되면 모든 국력을 합쳐 나라 안부터 튼튼하게 하면서 외교 능력을 극대화하여 동격에서 화친을 맺어 번영을 꾀하는 게 옳다고 여기고 있습니다. 그리고……."

"그리고?"

"몽골의 침입에 이곳도 대비하심이 좋을 듯합니다. 정미년(1247) 침입 때도 곤욕을 겪지 않았습니까? 또한, 빈번히 침범하는 왜구에 대한 대책도 그러합니다."

"잘 짚었네. 그래도 정미년에는 오불진 고성산 요전산성 지세와 백성들의 의지 때문에 변고를 무탈하게 잘 넘겼네. 자네가 우리 현에 머무는 동안 일이 있을 때 도움을 청하겠네."

"예, 영감. 마땅히 임할 겁니다."

"참, 말이 났으니 말이지만, 우리나라는 대몽골 전쟁에서 늘 입보 작전入保作戰으로 일관하고 있는 걸 아는가?"

"예, 평소 산성을 쌓아 두었다가 외적이 침입하여 비상 사태가 벌어지면 부내 백성이 산성으로 또는 섬으로 피하는 작전인데, 지금 나라에서 궁궐을 개경에서 강도로 옮기는 것도 같은 이치가 아닙니까?"

"그도 문제가 없지 않아 있지. 백성 모두 옮길 수 없으니 남아 있는 늙은이와 어린 것들은 고스란히 적의 말발굽 아래 짓밟히는데, 위민을 위한 군주의 길인가, 그런 물음이 들지."

"맞서 싸울 국력을 기르지 않으니 그런 일이 있잖습니까? 이곳도 그러할진대 걱정이 많으시겠습니다."

"단단히 준비는 하겠지만, 별 탈이야 있겠는가."

"이곳은 해류의 이점을 안고 배를 부리는 왜구 침입도 빈번하지 않습니까?"

"그놈들의 짓거리에 가끔 골머리가 아프지만, 요전산성 보수를 철저히 하고 상시 방비만 게을리하지 않는다면 여남은 명의 노략질에는 능히 퇴치할 수 있네. 그러기 위해서 축성을 보수하고 길 또한 더 늘여야 하는데, 농번기라 인력 동원이 어려우니 난감할 때가 더러 있다네."

"부내 사정을 꿰뚫고 계시는데 어련하시겠습니까?"

"사람 참, 과찬은 마시게. 어렵게 과거를 통과한 처지에 자당께 문안 여쭙고 바삐 강도로 돌아가 벼슬길에 올라 나라 경영에 보탬이 되어야 하지 않겠나. 나라가 안팎으로 난세인데 이럴 때일수록 처신을 신중히 하여 조정에 잘 쓰이는 사람이 되어 명재상으로 이름을 남기시게."

"비록 반디를 잡아 달빛에 보태는 소양밖에 못 되나 영감님 말씀 명심하여 깊이 새기겠습니다. 영감님도 현을 잘 다스려 감옥이 텅 비도록 하시옵소서."

"고맙네. 자당께서 외로이 궁경躬耕하고 계시다니 어려움이 많겠네. 그곳에 경작할 농지라도 있긴 있는가?"

"구동 용계 양쪽에 외가로부터 물려받은 이 경頃의 전토田土가 있습니다."

"다행이네. 그렇다면 호구 걱정은 조금 덜겠네."

"예, 그렇습니다. 전토를 가꿀 몇 사람 노비까지 있어 비록 땅은 척박하나 수구지가數口之家의 생활은 유지할 수 있습니다."

# 9

오십천은 우보산牛甫山 구사흘九沙屹에서 발원했다.

물길이 백사십여 리 길을 내쳐 달려 동해 바닷물과 합수한 왼쪽이 오불진 나루인데, 그곳에 고성산古城山이 콧잔등처럼 오뚝 솟아 있다. 높이가 삼백십육 척이고 둘레가 일천팔백칠십육 척이니 산에 미치지 못하는 작은 산괴山塊에 불과했다.

뭍에 잇닿아 있는 내륙인 서남쪽은 해송을 머리에 인 채 오름세가 완만하나 바닷물이 몰려와 파도가 부서지는 남동쪽은 절벽을 병풍처럼 세워 놓아 사다리로 오르기에도 힘들 만큼 가팔랐다. 남쪽은 대나무가 점박이처럼 촘촘했고, 동쪽에는 참옻나무와 갈나무 따위의 잡목들이 껑충하니 박혀 있었다.

일찍이 왜구倭寇들은 내란으로 굶주림을 해결하고자 동해안에 무시로 침입하여 어촌부터 약탈해 갔다. 그들 땅에 흉년이 들 때도 그랬다. 이들의 주요 약탈품은 곡식이었다. 이를 대비하고자 조창漕倉을 내륙 깊숙이 옮기자 이번에는 내륙 농가까지 침입하여 약탈해 가며 살상까지 저질렀다. 침입 경로가 삼척현인 까닭은 해류 흐름이 일본에서 바로 동해안으로 이어져 뱃길이 순조로운 지리적 특성 때문이다. 삼국시대부터 조망이 양호한 동쪽 변경인 이곳에다 토성인 산성을 쌓아 바닷길로 들어오는 왜구에서부터 몽골 침입까지 막았다.

산성이라 평소에는 비워 두었다가 위난할 때 피란과 방어 용처로 이용했기에 토성 안팎에는 여름철이면 붉은 여뀌가 수수 알갱이를 머금은 듯 꽃 마디마디 홍자색 꽃을 가득 피워 냈다. 가을이면 필시 씨앗이 영글어 손끝으로 다듬어 놓은 산전의 곡식들로 보일 만큼 무리를 이루어 자생했다. 그 무리가 장관이어서 사람들은 요전산성蓼田山城이라 불렀다.

오십천 하류 건너 마목평馬牧平에서 자라바위 소沼가 감돌아드는 죽관도竹串島는 비록 바다에 인접했으나 낮고 작아 분초分哨조차 세우기에 적당치 않았고, 봉수대烽燧臺가 있는 봉황대는 험악한 절벽과 요전산성보다 높았으나 북쪽이 밋밋하게 흘러내려 적의 침입에 취약했고, 동쪽 전망이 낮은 둔덕으로 가려져 방어 진지로선 또한, 마뜩하지 않았다.

거란이나 왜구를 쳐내기 위해 두터이 쌓은 토성에서 청명한 날 적루敵樓에 오르면 사방 조명이 양호하여 동쪽으로 끝 간 데 없이 펼쳐진 바다, 그 수평선 너머로 가뭇한 따개비 같은 것이 눈 밝은 이에게만 가까스로 보였다. 그것은 그날 기상에 따라 구름이나 안개 숲에서 가려졌다가 나타났다가 하는가 하면, 파도로 물결이 뛰놀면 물 위로 솟아올랐다가 가라앉기도 했던 탓에 시선의 끝을 의심케 해서 기니 아니니 말다툼이 일게 했다.

휴휴가 어느 날, 오불진에서 태어난 그 바닥에서 잔뼈가 굵어 늙은 어부에게 그곳이 어디냐고 물어본 적이 있었다. 그는 동해 바닷가 어부답게 굵고 퉁명스러운 투로 옛일을 들춰 내어 소상히 대답했다.

"옛 실직군주悉直軍主였던 이사부異斯夫가 이곳 오불진에서 출항하여 점령했던 우산국인 무릉도武陵島요. 그곳에서 나는 산삼이 유명하다고 소문이 나서 뭍사람들이 관사람 몰래 가곤 하였으나 오가는 도중 왜구에게 죽임을 당해 지금은 나라에서 출입을 엄하게 금하고 있는 곳입니다."

무릉도라 부른 그 울릉도蔚陵島에 햇살을 받는 아침저녁이 그렇게 바라보는 이의 시선을 더욱 혼란스럽게 했다. 명주부에서 사또까지 지낸 사람이 휴휴의 시재詩才를 흠모해 무릉도에 대한 시를 지어 달라고 그에게 간곡히 부탁했다. 평소 안면도 있었지만, 간청하는 말이 너무 곡진하여 차마 냉정하게 내치지 못하고 기어이 붓을 들어 읊었다.


유리빛 한 색깔로 천지를 뒤덮으니
사방 바라보아도 물가는 끝이 없구나

산 하나 구름 안개 속으로 들락날락하는데
안개 걷히고 구름 흩어지자 산이 더욱 푸르네.


쌍으로 나뉘어 작은 구슬인 듯
둥근 미인 눈썹이 거울 속에 빗긴 듯하고
홀연히 크고 높다랗게 만 길이나 섰는데
푸른 구슬 타원형으로 하늘을 받치고 섰다.


혹은 멀리 튀어나와 아득한데
푸른 봉황 하늘로 솟구쳐 잠시 바람 앞에 멈추듯
또 가까이 내 앞으로 다가와
빼어난 빛 분산하며 창가 안석案席에 떨어지네.


때때로 다시 어느 정도 잠기는가?
만 리나 창창하여 부질없이 멀 뿐
아침저녁으로 황홀하게 있는 듯 없는 듯하여
천태만상이 흐림과 갬을 따라 조석으로 다르네.


주궁珠宮과 자개 문 그 꼭대기에 관 씌우고
현상강설玄霜絳雪이 연이어 떨어지는데
하늘나라에 관청이 많은 것을 바라지 않고

한가로운 신선 앵봉鸞鳳 채찍질하며 희롱하고 유희하기 바라네.


바람맞으며 긴 휘파람 불어
종전 연화루烟火累 씻어 버리려
곧 한 낱알 금단金丹을 가지고서
나의 어짊을 알아주는 사람에게 돌아가 사례하리라.


一色琉璃扶天地 四望無涯涘
有山出沒雲煙中 煙消雲散彌翠
雙分寸碧生 婉轉娥眉橫鏡裏
忽大嶷然立萬丈 蒼壁擁以撐天起
或遠挺杳茫 翠鳳沖天暫向風前止
又近當我前 秀色崩騰落窓几
時復沒何許 萬里蒼蒼空遠耳
昏明怳惚以有無 千態万狀頗逐陰晴朝暮異
珠宮貝闕冠其巓 玄霜絳雪聯翩대
不願上界足官府 願與散仙鞭笞鸞鳳相遊戲
臨風放長嘯 滌盡從前煙火累
還將一粒金丹歸謝我賢知己

삼척현 사람들에게는 요전산성이 목숨과 직결되어 있었다. 전쟁이 벌어질 때마다 뭇사람이 그곳에서 목숨을 건져 냈기 때문이다.

그런데 고종이 임금에 오른 지 마흔두 해가 되는 을묘년(1255) 일이다. 제6차 몽골 침입에서 포로로 이십만육천팔백여 명이 잡혀 가고 살상자만 산더미를 이룰 만큼 호되게 피해를 본 터라 조정에서 전쟁에 대비하고자 군사적 요충지의 산성 실태를 파악하기로 했다. 이때 동해안 전략 요충지인 삼척현의 요전산성도 실사 대상에 올랐음은 물론이다.

하나하나 산성에 대한 실사 결과를 점검해 나가던 진평공 최항崔沆이 요전산성에 이르러서 심각한 낯빛으로 머리를 갸웃거렸다. 형세야 천연 지세로 나무랄 데가 없었으나 토성인 게 썩 내키지 않았다. 몽골에 대항한 결과를 보면 토성보다는 석성石城이 피해가 덜했기 때문이다. 삼척현 전략 지도를 보면서 곰곰이 생각하던 최항이 병조 신료들에게 걱정을 토로했다.

"삼척현은 예로부터 삼국의 변경으로 다툼이 심했던 곳이고, 왜구의 침범이 빈번해서 신라 때부터 요전산성을 쌓아 방어해 왔고 계축년 몽골 침입 때도 잘 버티어 온 곳이오. 그러나 토성이 너무 오래되어 토사가 많이 흘러내려 앉았으나 워낙 작은 산이라 흙을 더 높이 쌓아 올릴 방도가 없으니 산성으로서 기능마저 다했소. 이번에 아예 다른 곳으로 옮김이 어떻소?"

이에 병조 신료들 가운데 나이 먹은 대신이 뜻을 물었다.

"삼척현에서는 바다로부터 들어오는 적을 막을 데가 그만한 곳도 없지 않습니까?"

"토성보다는 석성이 견고하고 보수 또한 수월하니 병조에서 사람을 보내 석성 쌓을 만한 데를 조사해 오도록 하시오."

"예, 현지에 사람을 보내 적지를 찾아보도록 하겠습니다."


삼척현 사람들은 청천벽력 같은 산성 이전 소문에 깜짝 놀라 들고일어났다. 전쟁이 일어날 때마다 요전산성에서 목숨을 부지해 온 처지에서는 귀를 의심케 할 소리였던 것이다. 그런 소문은 한둘의 입을 거쳐 금시 부내로 퍼져 나갔다.

"자네 시방 어디서 뭔 소리를 듣고 와서 이리 난리법석인가?"

"산성을 다른 곳으로 옮기려 하다니 그게 정말인가? 그게 말이나 되는 소리인가? 누가 그런 소릴 했다는 거여?"

"진평공 최항이 그랬다는데……."

"뭐 최항이 그랬다고? 아이고야, 산성을 옮기고 나서 전쟁이 일어나면 여기 백성들은 어디로 피신하라고? 백성들의 목숨은 안중에도 없고 궁궐에 앉아 그런 몹쓸 계책을 내놓는 기여."

"계축년 몽골 난리 때도 산성 때문에 목숨을 건졌는데 옮긴다니 말이나 되는가?"

"맞아, 맞네. 우리의 목숨을 살려 놓은 산성이니 목숨을 걸고라도 끝까지 지켜내야지.”

둘이나 셋 모였다 하면 금방 전쟁이 일어나 창끝이 목 밑까지 들어온 양 다급하게 떠들어 대니 민심마저 흉흉했다. 향리들이 모여 앉아 대책을 숙의했다.

“이러고 있을 때가 아니지. 이 일을 막지 않아 난리가 나면 삼척현 사람들이 몰살을 당할 텐데 어찌 뒷짐 짚고 불난 집의 불구경만 하라는 건가.”

“모두 뜻을 모아 강도 권세가에게 연판장을 넣읍시다.”

“강도궁에 있는 누구에게 매달려야 중서령 최항에게 연을 닿을 수 있겠는가?”

“듣자 하니 그의 신임이 돈독하다는 대사성 유경柳璥 대감이 좋지 않을까 싶네.”

“유경 대감? 맞아. 최항의 신임이 돈독하다고 소문이 났지.”

“일이 중차대한데 그냥 연판장만 보내서 되겠는가?”

“이런 사람, 영 숙맥이네. 지금 시대에 맨입으로 하는 일이 제대로 되는 걸 본 적이 있었던가?”

“그럼 은병이라도 챙겨 보내자는 소리인가?”

“허 참, 이제야 말귀를 알아듣다니 같이 사는 내자가 얼마나 속을 끓였을까. 내 알 만하네.”

삼척현 사람들이 연판장을 돌리면서 기금을 암암리에 모았다. 난리가 나면 생사가 달린 일이라 십시일반으로 돈이면 돈,

문물 가치가 있는 마포면 마포 따위들을 모아 환전하니 요행 은병銀瓶이 무려 서른 개였다. 은병 한 개가 한 근이니 은 삼십 근을 근근이 모은 셈이었다.

그러나 은병을 전달받은 유경은 냉정하게 물리치며 끝내 받지 않았다.

"벼슬아치가 아무런 까닭 없이 백성에게서 재물을 거둬들이는 것이 도리가 아니므로 작납繳納한다."

그게 그에게서 돌아온 마지막 답변이었다. 삼척현 사람들은 닭 쫓던 개의 모양새가 되었다. 뜻이 어긋나자 생각을 고쳐먹고 이부시랑 유천우柳千遇에게 은병을 건네며 신신당부하지 않을 수 없었다. 그러나 유천우는 은병만 받고 최항에게 삼척현 백성의 뜻을 전하지 않았다. 삼척현 사람들의 목숨까지 담보로 한 은병 서른 개를 제 뱃속으로 꿀꺽 삼킨 뒤였다. 그 사실을 알게 된 유경이 어느 날 최항에게 넌지시 물었다.

"대감, 요전산성을 옮기는 일은 이해관계가 대단히 큽니다. 그곳 고을 사람들이 생활 근거지를 옮기지 않으려고 일찍이 내게 은기銀器의 폐백 보낸 것을 감히 받지 않았는데, 그것을 받고도 지금 와서 옮기지 않은 것은 무슨 까닭이오니까?"

유경의 다소 비꼬인 말을 들은 최항은 화들짝 놀라지 않을 수 없었다. 그는 은병을 건네받기는커녕 연판장 한쪽 모서리도 보지 못했다.

"이런 유천우가 나를 팔았군. 매우 고얀 사람이로군."

유천우에게 뇌물 받은 것을 추궁하고 그 죄를 물어 외딴섬으로 귀양 보냈다. 일이 이 지경에 이르자 그의 어미가 나서서 뇌물을 바쳐 그를 귀양에서 풀려나게 했고, 그렇게 풀려나온 유천우가 다시 총신에게 뇌물을 주어 오히려 정방에 들어가 병부시랑이 되었다. 뇌물의 부림 형태가 그러하니 그가 거둬들인 뇌물 규모는 그의 곳간을 뒤져 세목을 작성하지 않아도 가히 알 만했다. 삼척현 사람들이 그를 일러 한때 '유두충柳頭蟲'이라 부르기도 했다.

휴휴는 몽골이 침입하자 계축년(1253) 정월까지 요전산성에 있었다.

공교롭게도 현령과의 첫 대면 자리에서 했던 예감이 불길하게도 들어맞은 형국이 되었다. 이를테면 말이 씨가 된 셈이다. 몽골이 네 차례에 걸쳐 침공 공세를 펼쳤으나 고려는 강화도로 천도하여 여전히 입보 작전으로 맞서 왔기 때문이다. 계속된 공격에도 고려는 수도를 개경에서 강화도로 천도한 뒤 출륙환도出陸還都 하지 않고 거세게 저항하고 있었다. 별다른 전과를 거두지 못하고 퇴각한 몽골군이 전열을 재정비하여 이번에는 약탈을 위한 것이 아니라 완전 굴복을 강요하기 위한 총공세를 펼쳤다.

흔히 몽골의 고려에 대한 침입은 지금까지 곡물 따위를 수탈하기 위하여 가을에 쳐들어왔다가 봄풀이 퍼레지면 돌아가는 일시적인 형태였으나 세력이 중화까지 벋친 이번 5차 공세는 완전 정복에 목표를 두고 있었기에 종전의 기세와는 사뭇 다르게 참혹하게 인명을 해하고 재물을 약탈했다.

몽골로서도 당혹스럽기는 마찬가지였다. 멀리 서역까지 일시에 휩쓴 노도 같은 몽골군 위세를 가로막아서는 종족들은 모래성처럼 무너졌으나, 고려는 쉬이 무릎을 꿇지 않을뿐더러 저항 또한, 백성들까지 만만치 않았다. 더군다나 패망한 잔금殘金 무리와도 동맹을 맺어 대응하려는 낌새마저 보인다고 넘겨짚어 가며 완전 정복에 노심초사하고 있었다.


몽골군이 삼척현까지 침범하여 들어오자 휴휴는 눈앞이 캄캄했다. 강도로 돌아갈 길이 이제는 벼랑 끝에서 끊어진 잔도棧道처럼 아득해 보였다.

삼척에서 남경까지 칠백이십여 리 길, 그곳에서 다시 천도지 강도 궁지까지는 백삼십여 리 길, 내처 팔백오십여 리 길을 헤쳐 나가야 할 머나먼 길이다. 그런데 앞에 놓인 이수里數가 문제가 아니라 길목마다 첩첩이 싸고 있는 사나운 몽골군의 점령지를 뚫어나가는 데 뾰족한 방도가 없는 게 더 암담했다.

입보 작전에 따라 휴휴는 어머니와 노비들을 구동에 머무르게 한 채 요전산성으로 들어가기로 마음먹고 있었다. 나라 관리로서 마땅히 위난 현장에 나서야 했지만, 어머니와 노비를 두고 가야 한다는 게 마음이 썩 내키지 않았다. 그런데 마침 휴휴 집과 가까운 곳인 두타산 동석산성動石山城에서는 아모간阿母侃, 홍복원洪福源과 함께 고려로 침공한 몽골 장수 야굴也窟 병사들이, 계곡 위쪽 호계虎溪에다 주변 군관민을 입보시켜 놓은 채 문간재門間峙를 틀어막고 저항하는 이안사李安社와 대치하고 있었다. 휴휴는 어머니와 노비들을 가까운 동석산성으로 피신시키고 관군과 함께 요전산성에 들어갔다.

삼척으로 쳐들어온 몽골군은 비록 병력이 많지는 않았으나 군량을 벌충하기 위하여 닥치는 대로 민가에 불을 지르며 노략질까지 자행했다. 그리고 미처 요전산성으로 피신하지 못한 늙은이들을 무차별 살육하여 화적 떼보다 더 사납게 설쳐 댔다. 적장이 쌍심지를 켜고 부내 곳곳을 누비며 큰소리로 입버릇처럼 백성을 을러댔다.

"우리 군대에 협조하지 않고 저항하는 놈들은 간과 뇌가 땅에 흩어지게 하겠다!"

그러나 산성을 굳건히 사수하는 군관민에 의해 몽골군은 쉽게 항복을 얻어 내지 못했다. 몽골군 장수가 요전산성 지세를 살폈다. 산성 형세가 남동 북쪽 삼면은 가팔라서 병력을 붙이지 못할 지형이라 토성을 에워싸 공략하기 쉽지 않았고, 경사가 완만히 흘러내린 서북쪽으로 침투하는 전술밖에 쓸 수 없었다. 그러나 수비가 호참濠塹과 여장女墻으로 탄탄할 뿐 아니라 토성 가운데까지는 거리가 멀어 화살을 날리고 화공까지 퍼부어도 그것들이 병장兵仗에도 미치지 못할 뿐더러 적은 병력으로 승기는 잡지 못한 채 지친 병력을 풀어 노략질하면서 장기전으로 나아갔다.

회군 명령을 받은 몽골군이 주력부대를 따라 철군하자 요전산성에서 버텨 내던 군관민과 함께 휴휴도 집으로 돌아올 수 있었다.


그 뒤 몽골 침입은 갑인년(1254) 칠월에도 이어졌다. 몽골 장수 차라대車羅大를 앞세워 침입한 6차 공세에서 잡혀 간 남녀가 이십만육천 명을 넘었고, 죽임을 당한 자는 수없이 많아 입 끝으로 셀 수 없었으며 몽골군이 지나간 길에는 남아나는 게 없을 만큼 쑥대밭이 되곤 했다. 몽골 침입한 이래 가장 참혹한 피해였다.

조정이 강화도로 들어가고 몽골군이 침입할 때마다 일반 백성들은 주변의 산성이나 섬으로 들어가 난을 피하곤 했다. 그러나 몽골군의 포위가 오래되자 피난처에서 마실 물과 먹을 곡식을 구하기 어려워 성에서 빠져나와 몽골군에 투항하는 일이 비일비재했다. 심지어 관리들을 죽이고 몽골군에 투항하여 먹을 것을 구걸하는 자까지 생겨났다.

그러자 몽골군은 무오년(1258) 영흥 일대에 살던 백성들이 지방관을 죽이고 투항하자 내정 간섭 기관인 쌍성총관부雙城摠管府라는 걸 보라는 듯 설치하여 그들을 이용하여 고려 영토 잠식 수단으로 삼았다. 그에 영향을 받아 그곳에서 가까운 삼척현에서도 소규모 민란이 일어났다. 소위 휴휴가 명명한 '동번역적東蕃逆賊' 무리였다. 이들의 주요 공격 대상은 관리거나 재물을 가진 자들이었다. 과거를 보아 등과는 했지만, 몽골군에게 갇혀 벼슬을 얻지 못한 휴휴도 이들의 공격 대상이 된 건 당연한 일이었다.

그들은 농기구를 무기로 삼아 휴휴가 잠깐 집을 비운 사이 초저녁에 집으로 거침없이 들이닥쳤다. '어어' 할 새도 없이 본채와 노비들 거처에 불을 지르고, 곡식과 가축들을 모두 약탈해 갔다.

약탈을 막으려고 나섰던 노비 남녀 두 명이 그들이 휘둘러대는 도끼와 낫에 목숨을 잃었고, 또 다른 여자 노비 한 명은 초저녁잠에 빠졌다가 가족과 함께 탈출하지 못한 채 불길에 생명을 잃었다. 휴휴 어머니는 불길에 무너지는 지붕을 피하다 굴러 떨어져 옆 도랑에 박히는 바람에 겨우 목숨만 건졌다.

약탈 뒤에 남겨진 것은 잿더미뿐이었다. 먹을 것이 남아 있다면 땅속에 묻어 둔 감자와 묻힌 김장독 안의 김치뿐이었다.

당장 혹한의 삼동三冬을 보낼 일이 막막했다. 이웃도 모두 같은 모양새로 약탈을 당한 터여서 남에게 도움을 주고받을 처지가 아니었다.

미처 뒷수습을 마치기도 전에 남겨진 노비 가속들은 먹고 살 길을 찾아 떠나야 했다. 갈 곳을 정하지도 않고 떠나려는 그들을 휴휴 어머니가 옷깃을 붙잡고 말렸다.

"이런 판국에 떠난다니 말이 되는가?"

"마님 드실 식량도 없는데 저희가 어떻게 축을 내겠습니까? 이제 겨울이 아닙니까? 한 입이라도 덜자면 떠나서 다른 길을 찾아야 하지 않겠습니까? 슬픔은 같이 나눌 수 있지만, 가난은 서로 나누면 더 어려워진다고 평소 말씀하시지 않았습니까?"

"그 말은 맞지만, 지금 이 난리에 어디 간들 뾰족한 수단이 있겠는가? 그러니 먹든 굶든 같이 견뎌야 하지 않겠나."

"마님 말씀은 고맙습니다. 저희가 오죽하면 떠나겠습니까? 떠났다가 목숨을 건사하여 내년 농사철이면 돌아와 농사를 지어 드리겠습니다."

휴휴 어머니는 그들을 당장 보내는 게 옳다고 여겼다. 노비 문서마저 불타 버린 현실에 어쩌지 못해서 놓아 주는 게 아니라 겨우내 먹이고 입힐 여력이 없었다. 그런 처지니 더욱 마음이 아파 차마 손 놓아 보낼 수가 없었다. 마치 살 한 점이 몸에서 떨어져 나가는 심경이어서 더할 수 없이 괴로웠다.

"세상에 이런 야속한 일도 있다니…… 어린 것을 데려가는데 빈손으로, 이렇게 빈손으로 보내다니……. 하늘도 참으로 무심하지. 목숨을 부지하여 꼭 돌아와야 하네."

크게 터져 나올 것 같은 울음소리를 소매 끝으로 틀어막고 또 틀어막았다.


휴휴는 불타 그을려 냇내가 나는 터를 버리고 구동 더 깊은 곳으로 옮겨 두 칸 떳집을 지었다. 간신히 소나무로 기둥을 세우고 지붕은 떼로 덮어 눈비 막음을 했다. 가로세로 외를 얽어 흙벽으로 꾸민 집은 겨우 서까래만 양쪽으로 잇대어 놓을 정도 크기였다.

그래도 명지바람에 얼었던 땅이 풀리자 동번역적이 약탈해 간 땅에도 냉이와 꽃다지들이 피어났다. 보리밭이 눈 속에서 깨어난 지 오래되었고, 겨우내 텅 비었던 밭이 산골의 습기를 안고 불그죽죽한 얼굴까지 빛내며 춘파春播를 기다리느라 가슴팍을 벌렸다.

휴휴 어머니는 약탈 후유증으로 겨우내 자리에 누워 있다시 피 하면서 밤이면 악몽에 시달렸다. 봄이 왔을 때 그녀는 허리를 제대로 쓰지 못할 만큼 몸이 상해 있었다. 농가에 살았지만, 힘쓰는 일을 노비들이 해 왔기에 농사일에는 서툴고 굼떴다. 그들이 제 발로 찾아오기까지 노비 자리를 휴휴가 메워야 했다.

그런 사정에 꼼짝 없이 옭아 묶여 있었으나, 휴휴는 강화도 관계 진출에 대한 열망은 버릴 수 없었다. 이규보로부터 이어 받은 문벌 좌장인 최자를 좌주로 모신 문생으로 섞여 든 게 엊그제 일 같은데, 그것이 꿈길에 서방을 만난 듯 허망하기까지 했다.

필시 강화도에 있다면 혈연으로 맺어진 아비와 자식에 비교될 만큼 좌주와 문생 사이는 집단 의식이 강하므로 좋은 관직으로 나아가기는 떼놓은 당상인데, 그도 한낱 봄꿈이 되었다.

더군다나 몽골 침략 아래에서 연회와 동년회同年會로 집단 의식을 더욱 공고히 하기 위해 몰려다니며 세까지 불리고 있을 것인데, 자신은 주변 사정에 옭아 묶여 오도 가도 못하니 속에서 천 불이 가닥가닥 일었다. 아니 같이 과거에 오른 임자방들은 성큼성큼 저만치 앞서 가고 있지 않은가.

휴휴는 불안해 견딜 수가 없었다. 휴휴는 밭일로 몸이 지쳐 있어도 좀체 깊이 잠을 이룰 수가 없었다. 삼척에서 홀로 사는 어머니를 위하여 강도에서 술과 게으름까지 미루어 두고 과거 준비하느라 밤을 밝혔던 일이 이제는 덧없기까지 했다. 잘 갈아 놓은 칼을 한 번도 제대로 쓰지도 못하고 칼집에서 벌겋게 녹슬도록 꽂아 놓은 거나 다를 바 없었다.

휴휴 고민은 나날이 깊어갔다. 구동 용계를 둘러싼 아름다운 산천도 출입 가리개로 쳐놓은 병풍과 같이 앞길을 가로막고 있었다. 배워 익힌 학문을 풀어내지 못하면 치쌓아 썩히는 거름보다 못한 것이라고 여겼다. 그러나 현실은 힘에 부치는 농사일 외는 딱히 할 일이 없었다.

그는 묵정밭이나 다를 바 없는 자신 처지를 빗대 이때부터 휴휴休休라 이름 지어 불렀다. 시골에 갇혀 있는 신세에 대한 자탄이었다. 이제는 서책을 가까이하기보다 술잔을 기울이는 횟수가 잦았다. 붓과 벼루가 손길에서 멀어져 먼지만 쌓여 갔다.

# 9

싸락눈이 대숲으로 파고드는 날, 휴휴休休가 죽죽선을 찾아
왔다.

이틀째 내리는 싸락눈은 오죽烏竹의 촘촘한 댓잎에 수북이
쌓여 곧은 대마저 허리를 휘어 놓았다. 오는 듯 마는 듯 희끗희
끗 멋만 부리다 달아날 자국눈이 아니었다. 동해안 설원 뒤 내
리는 눈이라면 으레 진눈깨비라 육날 미투리 나들이가 성가실
만큼 질척거리지만, 풋바심 보리쌀 크기만 한 싸락눈은 미투리
나들이라도 밟히는 소리가 듣기 좋아서도 문밖으로 나설 충동
이 이는 그런 날이기도 해서 사람 마음을 버성겨 놓았다.

그러나 구동 용계에서 성내까지는 밥숟가락을 놓은 김에 잠
깐 나설 이웃 마실길 거리가 아니었다. 물길을 따라 굽이치는
사십오 리 길이 발걸음 앞에 지렁이처럼 굽어 있었다. 헤쳐 온
눈길 험함을 일러주듯 육날 미투리에 젖어든 물기가 발걸음을
옮길 때마다 질펀하게 묻어났다. 그래도 바깥 기온으로 언 물

기가 바삐 내디디는 발바닥 체온으로 녹아들었다.

바깥에서 심부름하던 구월이 붉은 깁으로 묶어 내려뜨린 머리를 살랑거리며 죽죽선의 방문 앞에서 나직이 아뢰었다.

"아씨, 구동 용계에 사시는 선비님이 오셨습니다."

"선비님이 이리 궂은 날에? 아직도 밖에 눈은 내리고……?"

죽죽선이 깜짝 놀라 읽고 있던 고서에서 눈을 떼며 밖을 향하여 황망히 물었다.

"예, 아씨. 눈구름이 걷히지 않을 낌새니 더 올 듯합니다."

"저런, 그래 혼자이시더냐. 오신 지는 한참 되었고?"

"예, 혼자시고 오신 지는 조금 됐사옵니다."

"이런! 왜 진즉 알리지 않고 넌 도대체 뭘 했느냐?"

"아씨가 주무시는 것 같기에……."

죽죽선은 앉으려던 자리에 찔레 가시가 놓인 듯 퍼뜩 일어섰다. 예상치 못했던 반가움이 마음 구석에 웅크리고 있다가 충동적으로 왈칵 일었다. 몽골군이 물러간 뒤 처음 찾아온 걸음이었다.

죽죽선은 가슴에 두 손을 얹고 잠시 바삐 뛰는 심장을 진정시킨 뒤 옷매무시마저 정성 들여 고쳤다. 늘 궁금함을 자아내게 했던 사람이 제 발로 이리 찾아왔으니 몸보다 마음이 더 서성거렸다. 더군다나 바깥 날씨가 눈발로 궂을 만큼 궂은 날에 가깝지 않은 길을 혼자서 찾아들었다니 뜻밖이었다. 죽죽선은 다시 한 번 동경銅鏡에다 얼굴을 비춰 보았다. 환하게 피어난 얼굴이 그곳에서는 이미 발갛게 익어 있었다. 그녀는 분첩을 서둘러 열었다.

외기 공기가 눈발로 차갑게 느껴지는 날, 추위 속을 뚫고 온 사람에게 따스함까지 줄 수 있게 밝은 표정으로 그를 맞아들이고 싶었다. 또한, 그러함이 요즘 휴휴 처지까지 은연 중 감싸 주려는 의중이기도 해서 솟구치는 감정을 누르려는 듯 두 손으로 가슴에다 얹었다. 죽죽선은 가벼운 걸음으로 휴휴가 있는 방 앞에서 인기척을 앞세워 천천히 안으로 들어섰다.

"궂은 날 선비께서 어인 일로……."

바깥에서도 들릴 만한 목청이었으나 말끝은 가늘게 떨렸다. 그러나 휴휴는 대꾸는커녕 눈길마저 주지 않고 술만을 들이켜고 있었다. 왔다는 전갈을 받은 지 잠깐이라 여겼는데, 급한 술을 마신 듯 놋그릇에 담긴 생선 저냐가 흐트러져 있고, 젓가락마저 서로 얽혀 있는 걸 미루어 짐작해 보면 시간이 꽤나 지체된 듯싶었다.

그런데 휴휴는 행색이 너무 흐트러져 있었다. 덫에 걸려 허덕이다 간신히 빠져나온 산짐승처럼 젖은 옷 속에 가려진 육신이 바스러질 듯 피곤해 보였다. 처음 만날 때 당당하고 의젓한 모습은 어디에도 찾아볼 수 없고, 마치 세상을 두루 바람처럼 떠돌다 돌아온 듯 피폐해진 사람을 마주한 느낌이 들었다.

죽죽선은 겉치마라도 벗어 어깨선을 크게 드러낸 그의 몸까지 가려 주고 싶었다. 감당해 내기 어려운 안쓰러운 감정이 명치끝에서 그득 치밀어 올랐다. 그녀는 주춤 휴휴에게로 다가들었다. 그런 죽죽선에 시선도 주지 않은 채 휴휴는 청자 호리병 목을 끌어당겨 술잔에다 주둥일 거꾸로 세웠다. 그러나 쿨쿨 쏟아져 술잔을 채워야 할 술은 몇 방울로 끝났다.

휴휴는 호리병을 높이 들어 암말 없이 죽죽선 앞으로 내밀었다. 그녀는 호리병을 받아 밖으로 내보내고 휴휴 맞은편으로 되돌아가 살포시 내려앉았다.

"선비님, 그리 괴로운 일이 있습니까?"

"임자가 내 처지를 어이 알겠는가? 썩은 나뭇가지에 걸려 있는 지연紙鳶 같은 처질……."

휴휴는 술상에 두었던 얼굴을 반듯이 치켜들었다. 충혈된 눈이 물기에 젖어 번뜩였다. 급히 마신 술 탓만으로 붉어진 눈빛이 아니었다. 죽죽선이 휴휴 말을 차근히 되받았다.

"걸려 있는 지연이야 줄만 풀면 날아가지 않습니까?"

"줄이 풀리기 전에 바람에 찢어지면 날기 전에 땅에 처박히는 게 정한 이치가 아닌가?"

맥없이 풀어져 나오는 휴휴 대거리를 죽죽선은 세워진 무릎 위의 치맛자락을 바투 여미며 추궁하듯 물었다. 일 뒤끝이 야문 여인네가 의지가 무른 남편을 일깨우려 할 때 취하는 그런 모양새로 보였다.

"이제 전쟁도 끝났으니 줄을 풀고 날아야지 않겠습니까? 언제까지 이곳에서 그리 머물러 계시렵니까?"

"그게, 그렇게 말이네."

"딱히 남의 얘기나 하듯 하오이다."

술병이 들어오자 휴휴가 기다리고 있었다는 듯 손을 내밀었다. 죽죽선은 심부름하는 아이 손에서 호리병을 낚아채서 휴휴 앞에 놓인 잔에다 심술부리듯 술을 콸콸 쏟아부었다.

"드시고 싶으면 소첩이 시중을 들어 드릴 테니 오늘만 마음껏 드시면서 안으로 맺힌 것이 있으면 어디 한 번 풀어내 보시옵소서."

휴휴는 죽죽선이 쳐 주는 술잔을 기갈이나 풀 듯 단숨에 받아 넘겼다. 찬 날씨를 헤쳐 온 탓인지 방 안 온기와 취기로 얼굴이 벌겋게 익어 있었고, 눈동자가 충혈되어 열기에 들뜬 듯했다. 그런 눈동자에서 물기가 고였다가 뺨을 타고 맥없이 주르르 흘러내렸다.

"또 우십니까?"

"아니네. 아니라네. 천하에 이 휴휴가 울다니, 눈물이 아니라 이리저리 쌓인 속엣것이 술에 녹아 흐르는 거라네."

휴휴는 손사래 치면서 고개마저 설레설레 흔들었다. 그런 휴휴를 물끄러미 바라보던 죽죽선이 알 듯 말 듯한 미소를 입가에 물면서 입을 열었다.

"소첩이 예전에 선비님 젊은 날 얘기를 전해들은 이야기가 있습니다."

"무슨 말을 하려는 건가? 어디 한 번 들어보세."

휴휴가 술기 오른 얼굴로도 정색하려 했다.

"듣고 나서 소첩을 용서하시렵니까?"

"내 오늘만은 그러하리다. 암 그러하고말고……."

죽죽선은 휴휴의 얼굴을 조용히 한 번 올려다본 뒤 주저주저하면서 말문을 열었다.

"홍렬洪烈이란 분이 선비께 주광酒狂이라 붙인 일 말입니다."

"하, 하, 하. 그런 일도 알고 있다니 참으로 민망하네. 그 모두 궁핍한 어린 날의 이야기네. 그래도 낙성제樂聖齊에 드나들었던 그때가 지금은 꿈만 같으이……."

휴휴는 가늘게 뜬 눈을 벽면에다 주었다. 그 벽면으로 강도에서 지냈던 일이 아침 안개 속 들녘처럼 아슴푸레하게 떠올라 보였다.

"소첩이 삼혹호三酷好 선생님의 말씀을 옮길까요? 한번 들으시겠습니까?"

"그분을 어찌 아는가?"

휴휴는 스승의 스승인 이규보의 시호諡號가 죽죽선의 입으로 언급되었기에 속으로 깜짝 놀랐다.

"술과 시와 거문고에 모두 이름난 분이니 술을 권하고 노래를 부르며 가야금도 타는 소첩이라 익히 알고 있는 게 당연한 일 아니오니까?"

"이런 참, 딴에는 그러하군. 어디 그 말을 한번 들어보세."

"술이 거나하며 몸이 풀리고 마음이 활달해지면 춤도 추고 노래도 부르나니, 이는 모두 네[酒]가 시킨 것이라 그리 말씀하셨다고 들었습니다. 그리하여 선비님도 지금 술이 시킨 것이라 소첩에게 말씀하시려 합니까?"

"그랬네. 선생의 주호명酒壺銘에 분명 그랬네."

"선비님도 자주 이른 말을 기억합니다. 술을 마시면 근심은 잊을 만하나, 그 술을 차라리 마시지 않음만은 못하다는, 그 말씀도 선비님이 자주 이르는 말씀이 아니옵니까?"

"그건 그렇다네. 내가 자네 말에 화답하리다."

"역시 삼혹호 선생님의 것이오니까?"

"물론 그렇다네. 그분이 어떤 분인가? 『국선생전麴先生傳』을 쓴 분이 아닌가."

휴휴는 술로 더욱 충혈된 눈을 가까스로 뜨고 이규보 시 한 수를 읊어 냈다.


나 백운거사도 본시 미친 사람으로
십여 년 동안 하는 일 없어

술 취해 노래 부른들 누가 뭐라 하리

白雲居士本狂客
十載人間空浪迹
縱酒酣歌誰復訶

바깥에선 눈이 소리 없이 쌓이면서 얼녹았다. 낙수가 내리는
경계 안팎에서 쌓임과 녹음이 이루어지고 있었다. 휴휴와 죽죽
선은 방 안에 갇힌 채 쌓이는 감정으로 말을 주고받고 있었지
만, 서로 가슴속으로 흐르는 흐름은 완연히 달랐다. 삼척에서
강도까지 팔백오십여 리 길을 가지 못하여 술 마시는 남자와
진주에서 칠백오십 리를 찾아와 아직도 삼척을 타향처럼 서성
거리는 여자와.

# 10

　최만유가 휴휴의 용계 산간 띳집으로 찾아들었다.

　아침 햇살이 서산 끝머리로 더듬어 내리는 시각에 당도하였
으니 서둘러 길을 재촉한 듯싶었다. 향리 아들인 그는 진사이
자 명주 갑부甲富면서 한량 사회에 자주 이름이 오르내렸다.

　휴휴가 답답하면 속을 풀어내고자 명주부로 그를 찾아간 적
은 더러 있었으나, 최만유가 구동 용계를 찾아오긴 초행이었
다. 마침 휴휴가 농토를 갈바래기 하려고 가을갈이를 하던 참
이었다. 이듬해 봄 곡식이 자랄 때 잡초가 덜 일어 김매기가 수
월하기 때문이다.

　밭이랑에 돋아나는 잡초란 사람이 애써 가꾸려는 작물보다
도 근성이 있어서 매끈하도록 뽑아 낸 자리일지라도 비 온 뒤
면 공력도 무색하게 금방 무성히 자라나는 강인한 생명력을 보
였다. 김매기 수고를 덜자면 가을철 풀씨가 여물기 전에 무성
한 것들을 거둬 내고 갈바래기를 해주어야 했다.

본디 식물의 성질이야 같았을 테지만, 안유安裕를 받는 처지와 구박만 받는 처지에 따라 생존에 대한 습성이 달라졌다고 휴휴는 잡초를 제거할 때마다 그런 생각을 하며 내처 환경 여건에 적응하는 자연 섭리에 경외심마저 느꼈다. 그럴 때마다 구동 용계 환경에 쉽사리 적응하지 못하는 자신을 보잘것없는 미물로 비유하기도 했다.

"어이, 휴휴! 열심히 움직여야지, 그렇게 밭이랑만 보다가는 밭골이 꺼지겠네."

휴휴가 잠시 고개를 들어 소리 나는 쪽으로 시선을 보냈다. 키는 작으나 몸집이 넉넉한 최만유가 윤건綸巾 쓴 머리를 흔들며 개울가에서 호탕하게 웃고 서 있었다. 휴휴는 의외라는 표정으로 하던 일을 멈추고 맞소리 지르며 그에게로 향했다.

"어어! 자네가 여긴 웬일인가?"

"산사람 산에서 나오지 않으니 옛길은 거친 이끼에 묻혔네. 속세 사람들이 그대를 푸른 담쟁이로 여길까 걱정되네. 하하."

"허 참, 그건 문순공 이규보 선생의 글귀가 아닌가?"

"스승의 스승 글이니 그걸 알아듣는 문하의 총명은 여전하네그려. 내 그리로 건너가고 싶지만, 물색이 더러워질까 봐 신을 벗지 못하겠네. 그러니 자네가 건너오시게."

최만유 웃음소리가 목구멍만 채워 넘는 게 아니라 계곡마저 가득 채웠다.

"너스레가 많은 걸 보니 예삿일로 찾아온 것 같진 않네."

"시골 선비 행적이 하도 답답해 발걸음이 절로 떨어지기에 나도 모르게 이끌려 오다 보니 이리로 왔네. 그동안 너무 격조했네. 별고 없었는가?"

"나야 청솔 끝으로 스쳐 가는 바람 소리와 잔돌을 타 내리는 물소리만 듣는 처지지만 자네야말로 술독을 몇몇을 비웠는가? 그런데 이리 이른 시각에 온 걸 보면 필시 무슨 사단이 있는가 보이."

그는 대거리도 하지 않은 채 반가운 얼굴로 휴휴 앞으로 손을 내밀어 잡으려 했다.

"아서게. 대빗자루같이 거칠어진 초부樵夫의 손인데, 잡으면 자네 고운 손만 거칠어질 것이야."

휴휴가 장난스레 흙 묻은 손을 뒤로 감추었다. 아닌 게 아니라 떨쳐입고 온 비단옷 자락에 보푸라기를 일으킬 만큼 농사일로 거칠어진 손바닥이다. 이제 붓대를 잡으면 예민하게 전달하는 감각을 제대로 제어하지 못할 만큼 손바닥이 험한 일에 두꺼운 채 거칠어져 있었다.

"그래도 나는 좋네. 그 손이야말로 천하의 재사들을 물리치고 시제試題를 보기 좋게 풀어낸 장한 손이 아닌가?"

최만유는 평소의 성격을 그대로 드러내듯 뱉어 내는 말도 도랑으로 냇물이 타 내리듯 그저 시원시원했다.

"도대체 오늘 무슨 바람이 불어 이리 이른 시각에 나를 찾아 왔는가?"

"잠깐 오늘은 다른 일 뒤로 미루고 나와 함께 하세나."

"그건 또 뭔 소리인가?"

"미안하지만 바로 나설 채비를 하시게. 자네가 죽죽선이 집을 종종 찾는다는 걸 내 이미 알고 왔으니 발뺌은 하지 말게나. 자네를 보면 말이 마구간에 엎디어 있는 형국이니 어쩌겠나. 오늘은 거기 가서 자네의 가슴에 얹혀 있는 답답함이나 풀어 봄세. 나를 그녀에게 멋진 장부라고 소개도 할 겸 말일세."

그렇게 말은 하였으나 최만유 소신은 다른 데 있었다. 진정한 속내는 죽죽선도 만날 겸 휴휴의 답답한 마음을 풀어 주려고 작심하고 찾아왔지만, 에둘러 털어놓지 않고 있었다.

"사람 넘겨짚기는, 어디서 무슨 소리를 들었는지 모르나 근거도 없는 소리는 아예 하지 말게. 소개는 또 뭔 소린가?"

"근동에서 소문난 미녀를 만나는 거 행운이 아닌가? 오늘은 내가 그곳으로 가서 자네에게 술 한 잔 사겠네. 토농이처럼 이리 산골에 박혀 있다간 필시 사람 말을 잊고 산짐승처럼 울기만 할 게 아닌가?"

최만유는 휴휴가 정신 차리지 못하도록 들들 볶아 길 나설 채비를 하게 했다.

그들의 발걸음이 말인들[禁山坪]에 이르자 홍수를 막아 내느라 조성된 수목 사이로 억새가, 오십천 가까이에서는 갈대가 갈품이 뿌옇게 일어 가을바람에 누울 듯 허리를 흔들었다. 백사십삼 리로 이어지는 오십천에는 왜가리, 가마우지들이 황쏘가리나 꺽지 따위를 찾아 주둥이 깊숙이 틀어박고 길손에 눈길조차 주지 않았다. 그것들의 발목을 잡은 물길은 산 꼬리에서 내린 바위 절벽에 부딪혀 머리를 툭툭 틀면서 동해로 거침없이 향했다.

갈꽃이 인 그림자가 강 복판에서 구름이 흐르듯 어른거렸다. 햇빛이 반사하는 강변에다 줄곧 시선을 던지며 두 활개 걸음으로 앞길만 부지런히 헤쳐 가던 최만유가 휴휴를 힐끗 돌아보며 조심스럽게 입을 열었다.

"어제 본 강변이 오늘과 다르니 세월은 참으로 빨리도 가고 있네그려."

"어디 세월뿐만 그러겠나. 우리에게도 금방 늙음이 찾아들지 않겠는가?"

휴휴의 말에 최만유는 목소리를 조금 높였다. 강에서 불어오는 바람이 말소리를 낚아채어 가기 때문에 휴휴에게 뜻을 분명하게 전달하려 했다.

"그래서 말일세. 언 손을 예제로 猊蹄爐에 녹여서 낙숫물 받아 섬복연蟾腹硯에다 먹을 갈아 백성을 위하여 상소를 부지런히 지을 때인데, 휴휴 이 사람아, 낙향한 지 언제인데 아직 계속 이러고 있을 건가? 그러다 보면 뜰에 심은 오동이 한아름은 하마 넘겠네."

걸음을 재촉하면서도 최만유는 가삐 말을 마친 다음 휴휴 낯빛을 또 흘낏 살폈다. 휴휴는 굽이쳐 흐르는 강물을 보며 착잡한 심경을 내뱉었다.

"나라꼴이 이 모양인데 책상머리에서 한지에 박힌 글자들만 익힌 서생이 뭘 어찌하겠는가? 정세가 어지러운 나라에서 학문도 진작 죽두목설竹頭木屑처럼 쓸모없어진 세상이 아닌가?"

지나가는 강바람이 휴휴 갓끈을 흔들어 뺨을 쳤다. 또 다른 한 무리 강바람이 굽이치는 갈대밭에서 강 수면에 닿을 듯 갈대 머리를 누였다가 일으켜 세우곤 했다. 그런 강바람에 최만유가 시려 오는 눈을 찌푸리며 다시 말문을 열었다.

"드센 무신정권에도 외침에 속수무책인 채 정권을 유지하고자 천도까지 한 마당이니 무망한 그들을 제치고 이제 문신들이 나서서 나라 기강을 바로잡아야 하지 않겠나?"

"이 사람아. 아직은 아닐세. 지금은 섬돌 아래도 제 나라가 아닌 세상이니 학문을 한들 입으로 쌈질밖에, 딴에 맨손으로 무얼 더 하겠는가?"

휴휴는 노랗게 물든 갯버들 숲을 바라보며 한해가 또 속절없이 지고 있다는 전령을 만난 것 같았다. 그동안 속으로 억누르고 있던 답답함과 풀어내지 못한 분노가 마음속에서 자욱이 치밀었다. 한참 침묵하고 있던 휴휴가 못마땅한 표정으로 입을 열었다. 말에 격정을 느낄 만큼 힘이 들어가 있었다.

"나는 정중부와 이의민 같은 위인을 증오하네."

"역사의 흐름에서 어디 그들뿐이겠나?"

"군주의 실덕. 그렇지, 왕조를 쇠망에 이르게 한 실덕도 말일세. 위만조선부터 따져 보세."

"위만조선부터라?"

"그렇다네. 위만조선부터네. 위만이 한제漢帝를 배신하고 조선에 와 왕위를 찬탈하는 등 허물을 쌓다가 한무제의 토벌에 무릎을 꿇었고, 신라는 어떠했는가? 지배계급의 실정으로 인한 궁예와 견훤의 반란으로 고려에 귀속되는 결과를 초래하지 않았나. 그리고 고구려는······."

"고구려? 그야 보장왕이 법도를 잃어 권신이 국병國柄을 농단하다 나당의 침공으로 무너진 게 원인이 아닌가?"

"맞네. 후고구려는 궁예의 횡포로, 백제는 의자왕의 주색 향락으로, 후백제는 아비를 유폐한 적자賊子 신검神劍 때문에, 그리고 발해는 고려에 스스로 나라를 바쳤으니 모두 백성이 일으킨 폐단이 아니고 군주의 실덕으로 일어난 결과가 아닌가?"

"나라를 잘 다스리지 못하여 전화에 싸여 백성까지 도탄에 빠뜨리는 군주라면 필시 신료들이 일어나 나라의 망함을 막아야 하네. 옛말에도 있잖은가. 나라를 창업한다는 것은 쉬우나 이루어 놓은 것을 지켜나가는 일은 어렵다고 말일세."

"요즘 강도에는 어떤 무리가 설치기 시작하는지 알기나 하는가?"

"아직 확연하지 않지만, 그들이 부원세력附元勢力이라 말하려고 하는 게 아닌가?"

"나라가 망하려면 바람직하지 못한 외풍이 야금야금 먼저 스며들어오기 마련이지. 그런데 그게 정신 뿌리부터 통째로 흔들기 시작하는 거지. 이미 몽골풍이 개경에서 강도까지 스며들기 시작했다니 말일세."

"몽골풍이라? 역관들의 드나듦으로 묻어 온 것이겠지."


사십오 리 길을 걸어 장딴지가 뻐근해 올 때, 눈앞 저 멀리 강바람이 청정한 대숲을 흔들어 죽죽선이 사는 집의 초가 윤곽까지 살포시 드러내 주었다. 여태껏 한 번도 죽죽선과 면대를 한 적 없는 최만유는 오늘에야 비로소 그녀를 만날 수 있다는 사실에 가슴이 설레었다.

몇 번이나 만날 기회가 있었지만, 그럴 때마다 죽죽선의 사정 때문에 집 안으로 들어가지도 못한 채 근 백 리 길을 답답한 마음을 안고 되돌아가곤 했다. 더군다나 오늘은 죽죽선과 가까이 지낸다는 휴휴와 동행했으니 초면 맞대면에서 오는 어색함과 주저함을 피할 수 있지 않겠는가.

세 사람이 한자리에 앉아 있으면 섬서함에서 벗어나 한결 여유가 생길 게 분명했다. 그런 여유 짬에 둘의 대화에서 빗겨 나서 옆자리에 앉아 눈치를 살피지 않고 상대방을 찬찬히 엿볼 수 있는 이점이 있기 때문일 게다. 최만유는 죽죽선을 찬찬히 바라볼 수 있다는 설렘마저 감출 수는 없었다.

휴휴를 따라 담 밖에 서서 담 너머로 시선을 던지던 최만유는 깜짝 놀랐다. 몇 번 들렀지만 가까이에서 유심히 바라본 건 처음이었다. 죽죽선의 명성에 비하여 거처가 너무나 초라해 보였기 때문이다. 죽죽선은 삼척현에 정착하면서 기방妓房인 연하작방煙霞作坊에서 머무르지 않고 거처에서 머무르다가 부름이 있을 때만 그곳으로 나가곤 했다. 그러니 노파와 아이 하나 데리고 사는 처지에서 낡은 가옥을 사들여 눈비나 겨우 피하고자 했으니 당연히 허술할 수밖에 없었다. 더군다나 여인네들만 거처하는 집이라 때맞춰 지붕 갈이조차 하지 못하니 퇴락이 빨랐다. 최만유 시선에 모든 형편이 한눈에 파악되었다.

"이리 오너라!"

휴휴가 집 안으로 향하여 소리쳤다. 부른 지도 한참 후 사립문을 밀치고 나온 사람은 구월이가 아니라 노파였다. 노파는 일행을 두루 살피다가 휴휴가 있음을 알아채고 두 손을 앞으로 모으며 허리를 굽혔다.

"구동 선비님이 오셨나이까. 그런데 어찌하오리까?"

죄라도 지은 듯 고개를 들지 못하고 불안해하고 있었다.

"노인네께선 지금 안에 주인이 머물고 있지 않다는 말씀을 하시렵니까?"

휴휴는 물음을 던지면서도 늦은 눈썰미에 아차 했다. 죽죽선이 집 안에 있다면 부르는 소리에 구월이가 더 먼저 나풀거리며 뛰어나왔을 터인데, 머리 꽁지도 보이지 않으니 죽죽선은 이미 집안에 없는 게 뻔했다.

"외지에서 귀한 손님이 오셨다는 전갈을 받고 사시巳時에 집에서 나섰사옵니다. 출행하면서 조금 늦을 것 같다는 전갈도 미리 남기고 가셨습니다."

"하, 저런. 이런 낭패가?"

휴휴는 몹시 난감한 표정으로 최만유를 돌아다보았다. 휴휴와 노파의 대화를 듣고 있던 최만유 얼굴은 진작에 노린재나 씹은 듯 찌그러져 있었다. 최만유는 참으로 죽죽선과 만남의 인연은 얄궂다는 생각이 들었다.

그는 먼 눈빛으로 강줄기를 따라 걸어온 사십오 리 길을 멀거니 바라다보았다. 그 위로 떠 있는 구름이 햇빛을 받아 더욱 풍성하게 보였다. 뻐근해 오던 장딴지뿐 아니라 아랫도리로 전신의 힘이 빠져나가고 있음을 알리려는 듯 불현듯 소피가 마려웠다.

# 11

죽죽선은 잠을 설치다 그루잠에 들었다.

간밤에 두 번이나 깨어났다가 늦게 든 잠자리였다. 베갯잇이 물을 머금어 축인 듯 촉촉하게 젖어 있었는데, 식은땀이 아니라 자신도 모르게 흘린 눈물인 듯했다. 삼척에 온 뒤 진주의 일을 잊을 만한 세월이 지났건만 마음 반쪽은 무엇으로도 메울 수 없는 공간이 커다랗게 자리 잡고 있었다. 그것이 시간이 지날수록 병처럼 가슴 아래에서 크게 자라나는 듯했다.

집안에 노파와 구월이 있었지만, 겉으로 스쳐 만난 인연이었을 뿐 깊은 속내까지 넘겨주고 받을 대상은 아니었다. 그도 움직이고 있어 마지못해 사람이려니 여겼을 따름이지 죽죽선에게는 나무토막이나 다를 바 없었다. 늘 참젖을 먹여 준 어머니가 그립고, 성정을 바락바락 드러내며 가무를 가르쳐 준 소교가 보고 싶었다. 그러니 마음 공간의 덜 참이 그녀를 늘 외롭게 했다. 마치 바람이 지나는 길이 마음으로 관통해 펑 뚫려 있는 듯했다. 추위는 뼈까지 닿을 뿐이지만, 외로움은 심장 안까지 뚫고 들어와 깊이 닿았다.

　처음 잠에서 깨어나니 마음이 여러 갈래로 흐르기에 일어나 창을 열었는데 휘영청 달이 대숲과 한 뼘 사이로 하늘에 걸려 있었다. 달빛은 밝기만 한데 사위에 댓잎 소리도 들리지 않을 만큼 고요함만 가득했다. 자기 눈만 살아 그것들을 쫓고 있었다. 다시 누워 뒤채이면서 잠을 청했다.
　두 번째는 꿈이 어지러워 깨어났다. 이번에도 창을 열었더니 달이 진 하늘에 별만 무성한 채 적요했다. 달 진 하늘에다 망연하게 눈길을 주었다. 밤이 깊을수록 별은 더욱 찬란하게 빛날 뿐이다. 주변의 모든 것이 일상과 별다를 바 없을 텐데 유독 오늘 밤만은 달과 별이 마음을 어지럽게 했다.
　연회를 파한 뒤 집에 오면 불현듯 휴휴 모습이 떠올랐다. 일상이 벼슬아치나 향리를 대하는 게 지겹도록 이어졌지만, 대개 가진 인품들이 설고 떫기가 도토리 키 재듯 고만고만했다. 얇도 얕았으나 짓궂은 언사로 하대하면서 무람없이 노리개로만 취급하러 달려들었기 때문이다.
　기녀 집에 드나드는 사내들을 보면 한량 패거리 짓거리만 용케 익혀 나이 먹은 높낮이도 가리지 않고 초대면의 행세마저 주접을 떨었다. 머리를 누가 올려 주었느니, 몇 살에 올렸느니, 이

년 저년 불러 가며 수작을 부리면서 고쟁이 속으로 손을 들이미는가 하면 샅의 한 부분까지 보이라며 갖은 농탕질만 하려 들었다. 그러니 발걸음 한 사내들이 나뭇가지로 스쳐 가는 바람결같이 미미한 존재일 뿐이지 뼈마저 시리게 할 정까지는 거둬들일 수 없는 족속들이었다.

죽죽선은 삼척에 온 뒤 생활이 쪼들리더라도 그런 짓거리를 즐기는 패거리 부름은 한사코 사양했다. 구름처럼 흘러왔다가 바람같이 사라져야 하는 곳이라면 이런저런 삶이 구차하지 않겠으나, 고향 땅이란 무게 때문에 함부로 몸을 내두르기가 내키지 않았다. 옷고름을 스스로 서둘러 풀어 몸을 마구 굴리지 않아도 가진 재주만으로도 한평생 살아날 수 있다고 여겼다. 그러기에 손가락에 피가 맺히도록 가야금 줄을 뜯었고, 어깨뼈가 내려앉도록 춤까지 익혔다.

죽죽선은 고달프게 살아온 지난날을 입 밖으로 내기마저 삼갔다. 어렸지만 어머니와 같이 헤쳐 간 진주길은 가슴에 못으로 박혀 있기 때문이다. 그리고 어미를 그리며 눈물로 지낸 진주 생활도 오직 가슴에 깊이 꼭꼭 묻어 두고 싶었다. 끈기도 좋은 사내가 굳이 신분을 밝히려 들면 당밑거리 장터 부근 장사꾼 딸로 태어나 편모슬하에서 자랐다고 얼버무려 넘길 때가 무엇보다 힘들었다. 그 일이 남의 것으로 여겨지기 때문이다.

휴휴는 자주는 아니지만 와서도 돌아갈 때까지 선비로서의 품격을 무너뜨리지 않았다. 한량에게서 흔히 듣는 '이년, 저년' 소리를 입 밖으로 낸 적은 한 번도 없었다. 마치 피붙이 누이를 마주하듯 말끝을 내리지도 않았다. 그러면서 다만 죽죽선이 가진 재주를 아꼈다.

휴휴가 왔다 간 뒤면 뭐라 형언할 수 없는 허전함이 더욱 짙게 가슴 한 녘에 오롯이 남았다. 더군다나 성질이 고약한 무리에게 참아 낼 수 없는 곤욕을 당하고 난 뒤 미천한 몸이 한없이 저주스럽게 느껴지는 날이면 더욱 그가 옆에 있었으면 위안이 될 것 같다는 생각도 여러 번 했다.

그러나 휴휴는 이야기를 나누는 중에도 시선이 툭하면 먼 곳에 가 있었다. 그 멍하다 싶을 만큼 여겨지는 시선에는 잠깐이나마 깊은 수심이 고여 듦을 볼 수 있었다. 죽죽선은 그 시선이 강도에 가 있을 거라 지레짐작하면서 배려하려고 말 짬을 기다렸다가 뒷말마저 듣곤 했다. 그럴 때면 제 처지도 내처 생각했다. 그의 손이라도 잡고 자신 속내를 들려 주며 감정까지 덜어 주고 싶은 충동마저 일었다.

휴휴가 왔다 간 지 달포도 되지 않은데 그녀 머리에는 여삼추如三秋라는 말이 새삼 떠올랐다. 타인의 이목마저 개의치 않을 사내대장부라면 휴휴가 산다는 구동으로 예상霓裳을 떨쳐 입고 갓끈까지 휘날리며 다녀왔을 거다. 강도로 돌아가 벼슬길에 올라 사내대장부로서 뜻을 펴지 못하고 어머니와 같이 몹시 곤궁하니 농사짓는 그의 심사가 오죽이나 답답할까 싶었다.

그런 차제에 삼척현을 관장하는 안집사安集使 환영 연회에 갔다 오니 노파가 야속하다는 듯 서둘러 말을 전했다. 늦게 온 일을 야속하게 나무라듯 퉁명한 말투였다.

"구동 사시는 선비님이 다른 한 분과 다녀가셨다오."

"구동 선비님이라뇨? 갑자기 무슨 일로 오셨다고 하셨소?"

"온 내막은 말씀이 없으시고 안 계시다고 했더니 들메끈도 풀지 않고 돌아가셨다오."

말을 전해들은 죽죽선의 눈길이 마당을 거쳐 사립문으로 나가 그가 살고 있다는 두타산 쪽으로 행했다. 서운하게 돌아오는 눈길에는 오십천 강물도 묻어 왔다. 아닌 게 아니라 장터 거리에 나갔다가 빈 함지를 이고 돌아온 심경이었다.

찾아온 사람이 휴휴 혼자가 아니라 동행이 있었다면 분명 전할 말도 있었을 터였다. 그냥 선비간의 회포를 풀려면 곧장 주막으로 갔지 이리로 오지 않았을 것이다. 아니 헛걸음을 했다면 분명 돌아가면서 주막에 들러 술잔까지 나누고 서운함을 풀어내면서 헤어지지 않았는가 싶었다.

"그게 언제였소?"

"미시未時쯤 되었나? 그쯤 되었는가 싶네요."

"미시라 바삐 온 걸음이었네……. 같이 온 분은 평소 보던 분이었던가요?"

"쇤네는 처음 보는 분인데 키는 구동 선비님보다 작았지만, 몸은 조금 더 굵게 보였다오. 용모로 보나 옷차림으로 보나 재물깨나 있는 듯 보입디다."

죽죽선은 다시 눈길을 오십천 강둑 멀리 두었다. 집 안에 있으면서도 얼굴도 내밀지 않고 강제로 돌려보낸 듯 마음 한 녘이 영 편치 않아서 그 짓을 거듭했다.

"언제 다시 들르겠다는 언질은 주지 않았소."

"이런 데 오는 남정네들이 어디 그런 정이 있던가요. 그냥 휘적휘적 왔다가 없다고 하면 뒤도 돌아보지도 않고 또 그리 휘적휘적 돌아가는 게 사내들이 아니오."

죽죽선은 그 말이 옳다고 속으로 생각하면서도 고개를 끄덕이고 싶지 않았다. 휴휴만은 그런 부류의 남자가 아니라고 믿고 있는 터였다. 그러나 자욱하니 일어나는 그리움에서는 쉬이 헤어날 수 없었다.


스승 소교는 머리에 향유를 바르는 것까지 삼갔다. 분성적粉成赤이라 화장은 옅었고, 유행하는 본새대로 눈썹을 넓게 버드나무처럼 그려 눈을 깊게 했다. 또한 감람색橄欖色 허리띠에는 채색 끈의 금방울과 향낭香囊을 항상 단정히 차서 움직이면 살내음과 섞여 은은한 체취를 남겼다. 그런 소교가 죽죽선에게 이른 말이 있었다.

"죽선아! 어차피 이 세계는 사내와 마주치는 곳이다. 피해 갈 래야 피해 갈 수 없는 곳이지. 그러나 사내와의 관계에서는 지 켜야 할 본분을 명확히 하여 처신하지 않으면 스스로 천해지는 것이야."

"그것이 무엇입니까?"

죽선은 호기심 가득 찬 시선으로 소교를 바라보았다. 그것도 기녀의 세계에서는 분명히 알고 있어야 할 규약이나 법도라 여 겼기 때문이다.

"우선 사내에 대하여 부류를 파악하여야 그것에 맞는 대응 방법이 나오는 것이지."

"어떤 부류입니까?"

일생 남자와 마주치는 생활을 하자면 퇴기에 이를 때까지는 수없이 겪어 내야 하므로 반드시 알아두어야지 않겠는가. 죽선 은 작심한 바 있어 귀를 기울이지 않을 수가 없었다.

"이 바닥에서 이미 잘 알려진 구분 방법이 있는 거다. 우선 기녀 눈에도 불쌍하여 동정심을 일으키는 사내를 애부愛夫라 고 한다. 이런 사내는 마음이 통하여 조용히 만나 정을 통하지 만, 육욕 사랑에 연연하지 않는다. 즉 가슴이 탈 만한 육체적 사랑은 없지만 깊은 정이 있어서 돌아서면 금방 생각나는 사내 지. 그러면서 왠지 보호해 주고 싶은 마음이 들어 오히려 자기 것을 이것저것 챙겨 주려는 마음마저 드는 거야."

"그다음은 어떤 남자가 있습니까?"

"소위 정부라 부르는 사내지. 돈 많고 풍채가 좋아 인기 있는 사내를 말하지. 이런 사내는 뭇 기녀들이 좋아하는데, 그만 돈이 떨어지면 내채이고, 사내도 이리저리 여자를 자주 바꾸니 각별하게 조심을 많이 해야 하지."

"그다음은……?"

"서로 죽도록 그리워하면서도 사랑을 고백하지 못하고 코앞에서 머뭇거리는 사내인데 이를 미망未忘이라 하는 것이야. 나이 어린 기녀가 이런 사내에게 정신이 빠지면 평생 가슴에 묻어두고 죽을 때까지 속병을 일으키지."

"미망이라 했습니까?"

"그렇다. 미망이라 했다. 그다음 네 번째가 기녀에게 무조건 사랑을 화끈하게 바치는 사내를 화간和姦이라 했고, 기녀에게 미혹된 바보 같은 사내를 치아癡兒라고 부르느니라."


죽죽선은 그런 소교를 생각하며 혼자 희미하게 미소를 입가에 떠올렸다. 지금 이 순간에도 눈앞에서 떠나지 않고 서성이는 모습을 보이는 휴휴는 자기에게는 어떤 부류의 사내일까, 그러한 생각이 머리에 퍼뜩 스쳤기 때문이다.

소교가 기녀와 사내와 만남의 속성에 대해 던진 말이 있었다.

"벼락치기로 만났다가 바람처럼 헤어지는 게 이 바닥의 남녀간 사랑이니 상처를 받고 속으로 끙끙 애태울 필요는 없는 것이야. 쉬이 달아 번개 빛처럼 사라지는 사랑이니 일희일비할 것 없는 게 또한, 이 바닥의 남녀간 애정이다."

죽죽선은 휴휴에 대해 자신이 처한 처지를 보면 정부는 아닌 것 같고 이리 걱정하는 게 애부라서 그럴까. 차츰 마음에 잡는 자리를 넓혀 가서 이리 밤잠마저 설치게 하며 쉽게 찾지 않은 데 대한 바람이 커지는 걸 보면 혹 미망이 아닐까. 죽죽선은 열린 방문으로 새어 들어온 달빛에 이목耳目이라도 끼어들까 싶어 살피는 눈길에도 부끄러움이 섞였다. 얼굴은 혼자서도 제대로 붉어졌다. 강바람에 문풍지가 떨며 울었다. 잠자던 바람이 대숲에서 다시 일어난 모양이다.

# 12

휴휴는 이곳에 있는 한 두타산 중대동中臺洞에 반했다.

그 모양새가 꼬리를 계곡에 묻고 머리는 하늘에다 둔 거북이 형상을 하고 있었다. 구동龜洞이라 이름한 유래가 그런 형상 때문이었다. 그러나 계절 변화에 따라 보는 사람 눈대중으로 그렇게 보이기도 했고, 가당치 않게 보이기도 해서 딱히 기다 아니다 우길 수도 없었다.

구동을 서북쪽에서 동남으로 가로질러 흐르는 시냇물을 안은 계곡이 용계龍溪이다. 나라 곳곳에 용계라고 이름이 가진 계곡이 숱한 데 비해 크게 빼어나지 않는데 여기도 그만했다. 이 계곡 양쪽 가장자리를 따라 밭 이 경頃이 손바닥 형상으로 엇비슷이 드러누운 물매를 하고 있는데 휴휴가 경작하는 땅이다. 오랜 세월 장마철에 흙이 유실되다 보니 서덜이어서 협소하고 살이 깊거나 기름지지 않고 척박했으나, 부지런만 하면 몇 식구 호구에는 먹고 날만 했다.

그 땅 위로 오늘은 아침부터 땅 껍질을 말리려는 듯 화풍이 좋이 불었다. 연사흘 내린 봄비로 불어난 계곡 물소리가 적요하기만 했던 숲 속 정적마저 흩트려 놓았다. 하루 이틀 사이에 나뭇가지에 잎눈이 터 나오자 계곡은 회색 얼룩을 털어 내고 완연한 봄기운이 나기 시작했다.

그런 계곡 변화를 맞으면서 휴휴는 잊고 있었던 하나의 일을 퍼뜩 떠올렸다. 그 기억은 죽죽선의 모습을 떠올리다가 다리가 잡힌 게처럼 스스로 끌려 나왔다. 죽죽선을 만나러 갔다가 빈 발걸음으로 돌아오던 길에 최만유가 던졌던 말인데, 그때 당시는 빈말이라 싶어 곧장 잊었다. 계절이 바뀐 터였으나 문득 종전 모기에 물렸던 곳이 다시 가렵듯 손길을 기다리고 있었다. 그런 곳은 모두 손톱 끝이 아플 만큼 후련하게 긁어 버려야 속이 시원하기 마련인데 여태껏 그대로 두었으니, 개운치 않음을 느끼기에 앞서 무심했다는 생각마저 들었다.


죽죽선을 만나지 못하고 돌아가는 길, 말이 없는 채 앞서 걸어가던 최만유가 휴휴를 돌아다보며 도무지 믿을 수 없다는 듯 입을 열었다.

"아무리 검박하게 산다지만 명성에 비견하여 궁박窮迫해 보이기까지 해서 재물깨나 있는 사람에게 되레 업신여김을 당할까 심히 걱정이 앞서네."

"갑자기 밑도 끝도 없이 시방 무슨 소릴 하고 있는가?"

휴휴는 의아한 얼굴로 최만유와 걸음걸이를 나란히 하려고 옆자리로 나서며 불쑥 말을 던진 그에게 말뜻을 물었다.

"휴휴, 자네는 어찌 죽죽선에 대하여 그리 아둔한가? 아니면 짐짓 그런 척하는가?"

"이 사람 참, 지금 죽죽선을 만나지 못하고 와서 부아가 실실 치밀어서 헛소리하는 게 아닌가?"

휴휴는 속에서부터 꾹꾹 치밀어 오르는 웃음을 참아 내며 빈정거렸다. 그러나 최만유는 그 말에는 바로 대꾸하지 않고 정색하며 휴휴에게 되물었다.

"이 사람아, 내가 오늘 충격을 많이 받았네. 죽죽선이 사는 집이 몹시 곤궁해 과객으로 자처하려는 내가 더 민망했다네. 자네 눈에는 어찌 그런 게 잘 보이지 않던가?"

그제야 휴휴는 최만유 본심이 드러나는 말뜻을 알아차리고 계면쩍어 바삐 대꾸할 말을 찾다가 마땅한 말을 찾지 못하고 말꼬리만 잡았다.

"아, 역시 자네는 재물이 흐르는 길을 보는 눈이 나보다 한층 위일세. 자네 이야길 듣고 보니 딴은 그렇기도 하겠네. 여태 나는 그런 게 눈에 띄지 않았던 건만은 틀림없네."

휴휴는 재물 흐름에 어두운 제 눈썰미를 인정했다. 최만유가 발치 멀리 시선을 던지며 다시 입을 열었다.

"내 참으로 안타까웠다네. 오늘 만나지 못하고 이리 돌아가 다행이지만 만났던들 그 집안에 앉아 바깥을 내다보면 어찌 기분을 즐겁게 가질 수 있었겠는가?"

"이 사람아, 이리저리 가려가면서 기녀 길을 걷자니 그런 형편에서 벗어나긴 어려웠지 않겠나?"

"하기야 그만한 용모와 재주를 겸비한 기녀가 근동에서는 드물긴 하지. 하지만 마땅히 대우를 받아야 할 위치라면 받아야 하겠지. 나에게 생각이 있는데 죽죽선이 받아들이기나 할는지 모르겠네……."

"무슨 방도가 있긴 하는가?"

휴휴는 그 말을 듣고 귀가 번쩍 띄였으나, 최만유의 엉뚱하여 가당치 않게 여겨지는 제안이라도 할까 봐 큰 기대를 걸지 않는다는 표정으로 그를 향하여 반문했다.

"내가 조금 보탤까 하네. 자네 소견은 어떤가?"

"자네가 보태긴 뭘 보태겠다는 건가?"

"크게는 아니지만, 겉으로 보아서 초라함을 면할 정도의 수리비쯤 말일세."

최만유 제안에 휴휴는 내심 깜짝 놀라며 조심스럽게 물었다. 말투는 은근할 만큼 낮았다.

"자네가? 자네에게는 그게 짐이 되지 않겠는가? 재물에서가 아니라 명분에서 말이네."

"그래서 타인들의 이목도 있고 하니 암암리에 진행해 보세. 대신 나와 약조를 하나 해야 하네. 일이 끝나더라도 절대 내 이름을 발설해서는 안 되네. 알겠는가?"

최만유가 그런 말을 던지고 간 지 오래되었을 뿐 아니라 다시 그런 의사를 전해 오지 않았고, 그 뒤에도 같이 죽죽선을 만났지만, 서로 잊은 듯 그의 입 밖으로 내지 않았기에 휴휴는 없었던 일로 여겨 왔다. 그러나 휴휴는 최만유 말이 머리에 잠자고 있다가 불쑥불쑥 떠올라 자꾸만 켕기긴 했으나, 그도 귓가로 스쳐 지나간 말로 치부하려 했다. 또한, 타인의 이목보다 죽죽선이 어떻게 받아들일지 몰라 지금까지 입 밖으로 내지 않고 있었다. 그런데 오늘 죽죽선의 생각 끝에 드디어 그 제안이 묻어 나왔고 내친김에 최만유 의사를 죽죽선에게 전하여 확인해야 발편잠이나 잘 수 있을 것 같았다.

마음을 굳힌 휴휴는 이런저런 처지를 따져 보다 끝내 죽죽선을 찾아가기로 했다. 간혹 그는 삼화사三和寺에서 빌려 온 경문을 읽다가도 막막하고 답답한 생각이 들 때면 죽죽선을 찾았다. 학문과 학식은 물론 문교文交에도 밝은 출중한 선비가 흔치 않은 곳이어서 근동에서는 교류할 만한 마땅한 문사가 주변에는 최만유밖에 없었다.

예로부터 명주부는 문향文鄕이어서 그곳에는 최만유만 아니라도 그와 어울릴 선비가 있었지만, 시골 은둔자에게 백 리의 나들이가 마냥 쉬운 노릇이 아니었다. 그나마 읍내로 나와 죽 죽선과 술병이 놓인 소반을 앞에 놓고 마주 앉아 고시古詩를 주 고 되받으며 때로는 시중의 화제를 주고 되받으면서 답답함을 달래는 일이 위안이라면 유일한 위안이었다.

그나마 죽죽선에게 손님이 없을 때 만남이 가능한 일이었지, 죽서정에서 가야금 소리가 새어 나올 때나 출타했을 때는 휴휴 는 허전함을 감추며 두타산 골짜기에 따개비처럼 붙어 있는 띳 집을 향하여 발길을 무겁게 옮겨 놓아야 했다.

휴휴는 구동에 틀어박혀 있으면 골이 어둑하니 깊고 물이 거 울같이 맑아 처음에는 선경에 든 듯해 별천지로 여기긴 했다. 그러나 자고 나면 솔잎을 흔드는 바람 소리, 바위를 돌아내리 는 물소리, 나뭇가지에 찢긴 채 밭으로 쏟아지는 햇볕, 숲에서 나는 새소리와 마주하는 일상이 이어지자 어제가 오늘 같았고, 내일이 어제나 다를 바 없어 세월 속에 덧없이 갇혀 있다는 생 각밖에 들지 않아 때로는 따분하고 지루하기까지 했다.

그런 것들조차 선좌禪坐에 들지 않은 다음에야 벼슬길을 나 아가야 할 휴휴 처지에서는 깨끗해서 냉하기만 한 방에 갇혀 있는 신세니 위안이 될 수 없었다. 배워 익힌 학문에 대한 의견 을 개진하고 사내로서 품은 뜻을 현실에다 옮겨 이상향을 만들 어 보겠다는 열정이 휴휴 마음속에는 가마에서 넘쳐날 소여물처럼 부글부글 들끓었기 일쑤였다.

청삼靑衫을 떨쳐입은 채, 낙성제에서 동문과 설왕설래하며 혈기를 쏟아붓던 일이 휴휴에게는 이제 밭일하다가 다쳐 아문 왼쪽 검지의 상흔을 보듯 아뜩한 옛일처럼 여겨졌다. 이러다 끝내는 나이에 눌려 밭고랑에 씨를 묻고 잡풀만 솎아 내는 일로 덜컥 늙음을 맞을까 봐 염려마저 들었다.

휴휴는 그런 생각이 미치는 날이면 멀찍이 밀쳐 두었던 서책을 집어 들지만, 눈길 끝이 앞줄을 건너뛰어 행간에서 겹쳐 어른거려서 도刀가 조刁로 보이고, 호戶가 시尸로 보였다. 그런 어른거림 속에서도 관복을 입은 동문수학한 문도들 얼굴이 바둑알처럼 관직 명부에 쫙 깔린 환상도 그의 눈 속으로 들어왔다. 이미 곳곳의 신료 자리에 모두 꽉 차게 메워 자신이 비집고 들어갈 공배空排마저 없어 보였다.

휴휴는 그런 날에는 더욱 죽죽선을 찾아가서 술 한 잔 앞에 놓고 속에 들어찬 답답함을 탁탁 털어 내고도 싶었다.


죽죽선은 때마침 집에 있었다.

심부름하는 구월의 전갈을 받은 죽죽선은 밝은 표정으로 댓돌 아래로 내려와 휴휴를 반갑게 맞았다.

"선비께서 오늘은 어인 일이십니까?"

"간밤에 꾼 꿈이 요사스러워 이리 왔다네."

휴휴는 짐짓 퉁명스레 받았다. 죽죽선이 입 끝 웃음을 손끝으로 가리며 대거리했다.

"한낱 꿈을 빌미 삼아 소첩에게 꾸지람을 주시렵니까?"

"그대와 내가 만날 일이 꿈길밖에 더 있겠는가?"

"오늘 평소 하시지 않던 말씀을 하시는 걸 보면 분명 요사한 꿈을 꾼 듯싶나이다. 소첩이 들을 기회를 주십시오."

죽죽선은 휴휴의 수작을 받아 내는 목소리가 경쾌했으나, 표정은 그만큼 썩 밝지만은 않았다. 더군다나 오늘따라 얼굴 꾸밈이 여느 때와 달리 수수했다. 지분脂粉을 걷어 낸 민낯에 가까울수록 죽죽선은 화사함에서 거리가 있었다. 죽죽선은 항상 까닭 모를 외로움과 수심이 얼굴 바탕에 자리 잡고 있었는데, 지금이 바로 그런 표정이 잘 드러나 있었다. 그런 표정이 바라보는 사람에게는 궁금증을 넘어 마음마저 끌어들이는 묘한 매력으로 다가왔다.

"이 사람아, 언제까지 이곳에다 세워 놓고 선달 취급할 셈인가?"

휴휴가 그녀에게서 시선을 돌리며 사람 서 있게 해서 '선달'이라 빗대 헛기침까지 앞세워 말장난을 쳤다. 죽죽선은 금방 알아듣고 손으로 입을 가려 또 웃었다.

"꿈 얘기에 소첩이 그만 제 할 일을 잊었습니다. 안으로 모시겠습니다."

죽죽선이 먼저 마루에 올라 문을 활짝 열어젖힌 뒤 휴휴를 방 안으로 들였다.

"주안상을 올릴까요?"

"이 사람, 먼 길 온 나그네에게 빈 입으로 되돌려 보낼 참인가? 인심도 야박하고 고약하네."

"오늘은 긴한 말씀이 있을 것 같기에 그걸 듣고자 소첩의 행실이 그만 앞뒤가 자주 어긋났습니다. 용서하시옵소서."

자리에 앉자마자 죽죽선은 들어온 주안상에서 술을 치면서 입을 열었다.

"오늘 하실 말씀이 선비님께 이로운 말씀이면 소첩은 기쁘기 한량없겠습니다."

"자네에게도 나에게도 기쁜 일이 틀림없으니 안심하시게."

"선비님이 강도로 가는 길만큼 기쁜 일이 소첩에게 어디 있겠습니까. 그 말씀이었으면 이 소첩에게는 더없이 좋겠습니다."

죽죽선은 말이 끝날 때쯤 두 손으로 치맛자락을 꽉 잡고 있었고 눈은 반색을 띠고 있었다. 기쁨을 나눌 준비나 하듯 두 귀마저 쫑긋 세웠다. 받아 든 술잔을 입으로 가져가려던 휴휴가 움직임을 멈추고 죽죽선을 건너다보았다. 죽죽선은 입에 바른 소리가 아닌 듯 눈빛에 그윽함이 가득 차 보였다. 휴휴는 맞바라보는 자리에서 그런 이야기를 스스럼없이 하고 있음을 봐서 자기에 대한 죽죽선의 평소 마음마저 짐작할 수 있을 것 같았다.

"임자도 그리 생각하고 있는가?"

웃음이 얼굴에서 사라진 휴휴 물음에 죽죽선은 잠깐 고개를 숙였다가 들면서 부끄럽게 대답을 했다.

"소첩의 바람이 잘못되었다면 벌하여 주십시오. 그러나 평소 제 소견을 말씀드린 것만은 틀림없다고 말씀드리고 싶습니다. 용서하시옵소서. 강도로 가셨다가 금의환향할 때 소첩을 잊어 모른 체할까 그런 걱정이 지레 앞서 그랬사옵니다."

"아, 아니네. 내가 지지리도 못난 짓을 하고 있으니 당연히 염려했을 테지. 고맙네. 내가 어찌 그대를 모른 척할 수 있단 말인가."

"선비님, 소첩이 선비님 뜻에 너무 시건방졌습니다. 송구하옵니다."

"글쎄 아니래도 그러네. 내 심경을 그리 살펴주니 고맙네. 그러나 오늘은 그런 말이 아니네. 임자에 관한 이야기일세."

죽죽선이 자신에 관한 이야기를 한다는 말을 듣고 의아한 얼굴로 휴휴를 쳐다보았다. 그런 이야기를 한다는 게 전에 없었던 일이었다. 그녀로선 궁금증이 일지 않을 수 없었다.

"예? 소첩에 대한 말씀이라니요?"

죽죽선이 반짝 긴장한 채 고개를 곧추 치켜들고 휴휴를 초조하게 쳐다보았다. 휴휴는 잠깐 숨을 고른 뒤 어렵게 입을 열었다.

"자네 거처에 대하여 의견을 듣고자 오늘 이리 왔다네."

"소첩의 거처라 하옵시면?"

방 안을 삥 휘둘러보는 휴휴 눈길을 따라 죽죽선도 방 안의 것들을 찬찬히 훑어보았다. 죽죽선은 비록 화려하지 않은 소박한 것들이나 그것에 부족함을 느껴 본 적이 한 번도 없었다. 그런데 거처라니 그녀는 선뜻 휴휴 말을 이해할 수가 없었다.

"자네 거처에 대해서 들은 말도 있고 해서 말일세."

"소첩은 무슨 말씀이신지 아직은 분간을 못하겠습니다. 소첩이 알도록 쉽게 일러 주시옵소서."

죽죽선의 조급함에 휴휴는 잠깐 망설이다가 최만유 말을 옮기기 시작했다.

"자네, 이 사람아, 자네 명성을 듣고 찾아드는 손도 많은데, 가택이 이리 협소해서 너무 초라해 보인다는 말이 있었다네. 가만히 따져 보니 나 또한 뜻이 같아서 그 말을 전하려 하네."

"선비님, 소첩 팔자에서는 이만도 과분합니다. 선비님의 갑작스러운 언사가 제 처지를 더욱 난처하게 하고 계십니다."

휴휴의 뜻밖 소리에 깜짝 놀랄 줄 알았던 죽죽선은 담담하게 그의 말이 처지에 빗나가고 있음을 일러주기까지 했다. 이에 휴휴는 당황스러워 황망히 입을 열었다.

"아, 아닐세. 쥔보다 찾아드는 손들의 체면도 조금은 걱정해야 하지 않겠는가, 내가 바로 그런 말일세."

148

"그건 그럴 수도 있겠으나, 곡창이 아닌 이곳에서 이만한 누옥이라도 소첩의 팔자에서는 초라하지 않다는 생각을 머릿속에서 여태 버린 적이 단 한 번도 없었습니다."

휴휴는 죽죽선의 사람 됨됨이를 보아 쉽게 받아들이지 않으리라 여겨서 조심스럽게 의사를 건네 본 건데 예측대로 그녀는 단호히 거절했다. 그러나 휴휴는 내친걸음에 의사를 거둬들이지 않은 채 그녀의 뜻을 움직여 보려 했다.

"아닐세. 이 사람아, 그리 자탄하지 마시게. 굳이 뜻이 있다면 일백 석을 거둬들일 만한 부를 가진 사람이 어찌 없겠는가. 내 뜻은 이곳에만 미련 둘 일은 아니란 그 말일세."

"하옵시면?"

"인근 비교적 전답이 너른 한재너미나 뒤뜰이 있긴 하지만, 그래도 그만한 일을 하자면 명주부 쪽에서 사람을 찾아야 하지 않겠는가? 그쪽을 선택할 또 다른 이유는 근방보다 뒷말이 크게 일지 않을 이점도 있을 게 아닌가? 내 뜻은 지금 그러하니 자네 뜻이야 지금 당장 말하지 않고 미루었다가 해도 일없네."

"제 짐작으로 말씀 올리면 명주부 사람이라면 최 진사 어른을 일러서 하는 말씀이 아니 오니까? 삼척현에서도 몇 분이 진작 그런 말씀을 하셨기에 소첩은 마다했습니다. 그런데 그곳 사람이 움직였다 하면 이 고을 사람들은 눈 닫고 귀 막으며 어찌 가만히 있겠습니까?"

"암암리에 일을 진행하면 될 터인데 미리 걱정부터 하는가?"

"옛말에 돌다리도 두드려 가며 내를 건너라 했습니다. 소첩은 이목이 무섭고 소문이 두렵습니다."

"자네 명성에 누가 되지 않기에 내가 굳이 권하는 것일세."

휴휴는 몹시 다정한 표정으로 그녀를 건너다보며 간곡히 일렀다.

"부질없는 일이옵니다. 풀잎에 맺혔다가 지는 이슬 같은 미천한 삶에 어찌 흔적까지 길게 남겨 후일을 욕되게 하겠습니까. 곡식을 위해 뽑혀 나간 잡초는 거름조차 되지 못한다고 이르지 않습니까? 죽은 다음 제 이름을 오래 남기는 일이 어찌 제 삶에 합당하겠습니까."

"그래도 거처란 그렇지 않으이."

"아닙니다. 저는 아비 얼굴도 모르고 태어난 미천한 몸 아닙니까? 그러니 세상에 태어나지 않은 듯 이름조차 남기지 않고 가려고 작심한 마당에 분에 넘치게 살던 거처를 자취로 후세에 남기다니요. 재물을 써 남길 만큼 큰 집보다 소첩과 같이 흔적을 소리 소문도 남기지 않게 이 집 또한, 지금 제 분에 딱히 알맞으니 배려를 거둬 주시기 그저 바랄 뿐이옵니다."

죽죽선은 나대거나 북 치지 않고 조곤조곤 소신을 뱉어 냈다. 말에는 감정의 높낮이가 없었고 이음이 한결같았다. 평소 그녀의 성품을 그대로 드러낸 듯했다. 그러나 휴휴는 끈을 놓지 못하는 종지기처럼 종소리 여운이 가시기 전에 다시 한 번 줄을 잡아당기겠다는 심산으로 물음을 던졌다.

"그래도 불편한 이목도 있잖은가?"

"정이 선비님의 뜻이 그러하시다면 저도 오래전부터 생각해 온 바가 있습니다. 한 말씀을 올려도 될는지 모르겠습니다."

죽죽선이 그윽한 눈길로 조심스럽게 휴휴를 건너다보면서 두 눈을 반짝였다. 금시 그녀는 지금껏 분위기와 달리 대화를 즐기는 빛이 얼굴에 살아 올랐다.

"이제 자네가 나에게 못할 말이 뭐 있는가? 어서 말하게나."

"제가 이곳에 온 이후 느껴 온 생각입니다. 그런 이들의 도움으로 죽서정을 반듯한 누각으로 고쳐 보시는 것이 더 명분이 있지 않겠습니까?"

"서루인 죽서정을?"

휴휴의 귀가 뺨으로 날아온 주먹을 맞은 듯 번쩍 뜨이는 소리였다. 삼척 현령과 마주 앉아 주고받았던 얘기가 머릿속에 아직도 선명하게 남아 있었기 때문이었다. 그는 한낱 기녀로서 품은 뜻도 넓을 뿐더러 자기 생각과 어찌 그리 일치하는지 놀랍기도 했다.

"죽서정이야 물량이 많이 들어가니 냉큼 시작하기 어려운 일이나 자네 거처는 그에 비하며 아주 작은 일 아닌가?"

"의지가 분명하다면 크고 작고가 어찌 구분이 있겠습니까?"

"으음, 그래서 죽서정이라⋯⋯."

"예, 그러하옵니다. 죽서정에 오를 때마다 진주목 남강 바위 벼랑 뒤쪽에 세워진 장원루에서 벌였던 연회가 떠올랐습니다. 그곳의 경물이 이곳 경관에 썩 미치지 못하지만, 정자가 아니라 누각이기에 한층 격에 어울리어 더 운치가 있었습니다. 그래서 제가 이곳에 오고부터 늘 그렇게 비견하면서 아쉬움을 달래곤 했습니다. 경관에 건물이 합당하지 않기 때문입니다."

"나 또한, 그런 뜻을 아니 가져 본 건 아닐세."

"관아에서 재정이 문제라 그리 말씀하더이까?"

"그걸 자네가 어찌 아는가?"

"관아에서 현령이 그런 말씀하셨을 것이 당연하지 않겠습니까? 지금 전쟁으로 인해 가뜩이나 재정이 어렵다는 얘기를 종종 들어왔기에 소첩의 짐작으로 드리는 말씀입니다."

"어떤 대책이 없을까 하고 내내 궁리하는 중이었다네."

"비록 큰 재정이 든다지만 명리에 따라 행하고자 하는 사람들이 뜻을 모은다면 그 일쯤 해낼 수 있지 않겠습니까? 같은 품격의 사람이라도 장원루에 오르는 사람과 죽서정에 오르는 사람의 모습이 달리 비쳐 보였습니다. 바로 여유로움과 옹색함이었습니다."

"그렇게는 보일 수도 있을 테지. 그런 위치에서 보면 자네 집으로 드나드는 사람도 그리 보일 게 아닌가?"

"그런 시선도 있을 테지요. 그러나 일개 기녀가 하찮은 재주를 보여 주는 집과 만 사람이 올라 풍류와 시문을 읊고 과장으로 쓰이는 누각을 어찌 비견할 수 있겠습니까? 기녀 집이야 잠시 쉬며 술과 가무를 즐기는 일이지만 누각은 고장의 경관을 널리 알리고 서로 글재주를 겨루며 외지 손님에게 고장을 알리는 장소니 그 용처와 의미가 사뭇 다르지 않겠습니까?"

"자네 깊은 뜻을 이제야 알게 되어 미안하네."

휴휴는 죽죽선의 깊은 안목에 놀라움을 금치 못하여 더는 거처 수리를 그녀에게 빈말로도 권하지 못했다.

# 13

소뿔도 단김에 뽑을 일이다.

최만유는 내뱉은 말이 식기 전에 실행에 옮기고 싶었지만, 휴휴로부터 소식을 기다리느라 자제했다. 그러니 소식이 닿자마자 최만유가 부리나케 죽죽선의 거처로 찾아들었다. 휴휴가 그의 의사를 죽죽선에게 전언하긴 했는데, 그녀가 일언지하에 냉정히 거절했다는 전갈이었다. 내친김에 최만유는 곧장 자신이 직접 죽죽선을 만나 뚜렷하게 심중의 진의를 확인한 뒤 끝장 보겠다는 심사로 서둘러 찾아든 길이다.

말고삐를 바싹 꼬나잡고 엉덩이를 반쯤은 일으켜 세운 채 백리 길을 숨가삐 달려왔으니 몸이 땀으로 흥건히 젖었다. 최만유가 휴휴와 같이 죽죽선을 찾아오기는 두어 번 있었으나 혼자 찾아들기는 이번이 처음이었다.

그러나 휴휴와 동석한 자리에서 죽죽선과 충분히 안면을 익혀 왔던 터라 어느덧 허심탄회하게 말을 주고받아도 어색하지 않을 만큼 그녀와 구면이 되었다. 처음 품었던 의도와 달리 최만유는 여느 기녀들처럼 죽죽선을 대면하기를 삼갔다.

숱한 기녀들을 멀리서 또는, 가까이서 겪어 왔으나 휴휴가 죽죽선에게 그러하듯 최만유도 느낀 바가 있어 허튼수작은 삼가고 쓰잘머리 없는 허언으로 상대방을 가볍게 저울질하러 들지 않았다. 죽죽선은 서 푼 은병 하나 풀어 던져 놓고 두고두고 뜻대로 즐길 기녀가 아니었기 때문이다. 겉모습을 보면 사내로서 숫기마저 보여 주고 싶은 마음이 일기는 하나 마주 앉아 이야기를 나누다 보면 자주 의관을 스스로 가다듬게 했다. 죽죽선 역시 최만유가 그녀 앞에서 허세를 부리지 않으니 오히려 마주 앉아 있더라도 편안하기까지 했다.

죽죽선과 마주 앉음이 그러하니 기녀를 희롱하여 사내의 격을 높이려는 짓거리 하려고 먼 길 오는 게 아니라 많은 재산을 지켜가기 위하여 이런저런 일에 매일매일 휘둘리는 몸을 잠시나마 쉬고자 찾아오는 길로 굳혀졌다.

최만유는 죽죽선과 마주 앉아 있으면 만사에서 놓여나 자유로운 몸이 된 듯 편안했다. 죽죽선은 그런 편안함에 거슬리지 않는 여자여서 이제야 최만유는 벗 같은 여자를 만났다고 스스로 만족하고 있었다.


말에서 내려선 최만유는 사립문 밖에서 맞는 구월에게 가뿐 숨결을 고르며 입을 열었다.

"아씨, 지금 안에 계시느냐?"

"예, 지금 계십니다."

눈매가 또랑또랑한 어린 계집종은 언제나 공손하고 싹싹
했다.

"손님은 안 계시고? 혼자 계신다면 아씨께 어서 아뢰어라."

"아씨는 혼자 계십니다."

구월은 허리까지 납작 굽혀 급히 예를 표한 뒤 종종걸음으로
대문께에서 돌아섰다.

구월의 전갈을 받은 죽죽선은 환한 얼굴로 마당으로 내려서
최만유를 반갑게 맞았다.

그녀는 최만유를 처음에는 쓸 만큼 재력이 있는 데다 기녀
사회에 너무 밝은 것 같아서 경계를 늦추지 않고 있었으나, 만
날수록 사람의 진면목이 드러나서 가까이 대하여도 욕보이지
않을 같았다. 재산이 많다 해서 남을 업신여기거나 작은 일이
라 여겨 만용을 부리지 않는 처신이 죽죽선의 마음에 들었다.
그리고 기녀 신분만으로 응대하는 게 아니라 한 여인네로 다정
히 대하고 있으니 딱히 틈 없는 사귐이라 말할 수 없지만, 마치
휴휴와 마주 앉아 있는 듯 편안했다.

"진사 어른께서 어인 일로 이리 소첩을 찾아오시었습니까?"

"잘못 온 걸음도 걸음이니 과히 탓하지 마시오."

죽죽선의 물음에 최만유는 밝게 웃으며 늘 하던 말투로 익숙하게 능쳤다.

"마침 들은 말씀도 있어 소첩이 진즉에 진사 어른을 기다리고 있는 참이었습니다. 어서 안으로 들어가시옵소서."

최만유가 들어가 윗자리에 좌정하자 구월이 주안상을 들였다. 죽죽선이 쳐 주는 첫 잔을 받아 들며 최만유는 입을 열었다.

"우선 내가 하고자 하는 얘기를 듣기 전에 들은 말이 뭔지 알아나 보세."

죽죽선은 곧장 대꾸하지 않은 채 물끄러미 최만유를 한참이나 쳐다보았다. 그리고 최만유가 첫 잔을 비워 낼 때까지 입을 다문 채 다소곳이 기다리고 있었다.

"왜, 얘기하지 않으려 그러시오? 사람 얼굴만 쳐다보게."

최만유는 상에다 잔을 내리며 죽죽선에게 되물어 보자, 그제야 그녀는 조심스럽게 입을 열었다.

"들은 말씀인즉 진사 어른께서 소첩 위함이 소첩의 분수에 넘치기에 한 말씀을 올리고자 했습니다."

"위함이 분수에 넘친다? 느닷없이 그건 또 뭔 소리인가?"

"휴휴 선비님께서 진사 어른 말씀을 소첩에게 전했습니다."

"허 참, 그 사람 틀림없이 괜한 소리를 했을 게구먼. 그래 그 말을 그대는 아직도 믿으려 드는가?"

최만유가 짐짓 시침을 뗐다. 휴휴와 만나 나눈 이야기대로라면 죽죽선의 거처 일은 이미 물 건너간 격이니 처음에는 모른 척 발뺌하다가 나중 우격다짐으로 몰아갈 작정이었다. 그래야만 다시 권유할 이유가 생겨나기 때문이다.

"소첩의 거처에 대해 말씀이 있으시다기에 그러하옵니다. 그게 사실이라면 베풀어 주시는 뜻만으로도 미욱한 소첩에게는 영광입니다. 그러나 한세상 있는 듯 없는 듯 살다가 바람처럼 사라질 처지에는 과분하다는 말씀을 먼저 드리고 싶습니다. 그러니 진사 어른의 호의는 받을 수 없습니다."

죽죽선은 단정한 자세를 흩트리지 않은 채 목소리만 낮춰 조곤조곤 말했다. 낯빛에도 한 치의 변화마저 보이지 않았다. 죽죽선의 이야기를 잠자코 듣고 있는 최만유는 제 뜻을 휴휴가 그녀에게 제대로 전했다고 여겼다. 그러나 이렇게 간단히 끝나서는 될 일이 아니었다.

"사람, 참으로 딱하네. 그러지 않아도 내가 오늘 그랬다는 소릴 듣고 서둘러 이리 왔다네. 왜 나의 뜻은 그리 내치기만 하는가? 또한, 사람이 어찌 그렇게 소심하기까지 한가?"

최만유는 나무라듯 섭섭함을 죽죽선한테 토로했다.

"다시 한 번 말씀을 올리자면 진사 어른의 호의가 미천한 소첩에게는 너무 분에 넘치는 처사라서 받아들이기 어렵다는 말씀입니다."

"이 사람 들어보시게. 내가 여기에 드나들 때마다 내 나름대로 미안한 생각이 많이 들었다네. 아무리 단출하게 삶을 꾸린다고 해도 생활의 불편함은 덜어야 하지 않겠는가? 자네 입으로 미천하다지만, 이곳으로 드나드는 처지에서 볼 때는 마땅히 그만한 대우를 받아도 넘침이 없네."

최만유는 마치 아비가 딸에게 타이르듯 말끝 마디마디 힘을 주며 조곤조곤 뱉어 냈다. 그럴수록 죽죽선은 자세를 바로잡아 가며 제 뜻을 굽히지 않겠다는 듯 응대했다.

"아닙니다. 소첩은 비록 고단한 삶을 살지만, 더 많은 백성은 하루 한 끼 먹을거리를 얻기 위하여 어두운 얼굴빛으로 들고나며 고통스럽게 살고 있습니다. 그런 세상 형편에 집이 다소 좁은 데 산다는 게 어찌 큰 허물이 되겠습니까? 그래도 소첩이 사는 집의 굴뚝에선 끼니때마다 연기가 피어오르지 않습니까?"

"그 말은 가히 틀린 말은 아닐세. 그러나 한번 생각해 보시게. 어찌 들으면 그 말이 자네 명분만 고집하지 나의 체면은 아랑곳없단 말이 아닌가?"

죽죽선의 결연한 의지에 최만유는 이젠 서운함을 노골적으로 표정에다 드러냈다. 그는 자신의 선의가 왜곡되는 게 당혹스러웠던 모양이다. 최만유는 답답하다는 듯 앞에 놓인 잔을 들어 단숨에 벌컥벌컥 들이켰다.

"소첩의 무례를 용서하시옵소서. 소첩에게 이번 일은 너무 가당찮기에 진사 어른이 뜻을 거두어 주십사, 하고 말씀드렸을 뿐, 다른 뜻은 없었습니다."

"알겠네. 내 진정한 뜻은 이러하네. 나는 자네가 가지고 있는 재주를 탐하여 가끔 먼 길을 나서곤 하였다네. 그리고 술 한 잔을 앞에 놓고 자네 재주를 보고 있노라면 만사 걱정에서 놓여날 수 있었다네. 그 재주는 나에게 과분한 것이었는지도 모르겠네. 나는 생각이 번잡할 때 기별도 없이 달려와서 개운한 마음을 안고 돌아가면서 몇 닢 놓고 가는데, 그것으로 어찌 보답이라 말할 수 있겠는가? 그러니 지금껏 나에게 준 정에 비하여 거처를 조금 손본다 해서 그게 그리 큰 부담은 아니지 않는가. 참으로 서운하기도 하네그려."

막상 노골적으로 서운함을 크게 드러낸 처신이 최만유로선 미안하긴 했다. 받을 사람의 뜻도 모른 채 임의대로 주고자 했던 성의가 오히려 당사자에게 무례로 비춰 보일 수도 있겠다는 생각이 들기도 했는데 그에까지 못 미침이 오히려 부끄럽기만 했다.

"진사 어른께서 소첩의 볼품없는 재주를 늘 어여삐 살펴주신 것만으로 이곳 생활에 많은 위안을 받고 있습니다. 그동안 진사 어른께서 챙겨 주신 예목禮木도 소첩 처지의 격에 늘 넘칩니다. 그리고 진사 어른의 체면을 말씀해 이르셨는데 소첩이 그것을 사양하는 게 그것을 지키는 것이라 소첩은 그리 믿고 있습니다."

"내가 자네에게 베풀자는 데는 다른 뜻이 없다네. 처음 자네를 먼 눈으로 봤을 때는 비록 미색에 혹하기는 했지만, 자네를 가까이 마주 앉다 보니 생각이 많이 바뀌었다네."

"그 생각이 바뀌었다는 말씀 들려주시겠습니까?"

"이건 농담이 아닐세. 근동 이런 곳에 자네와 같은 사람이 있어야 이런 곳에 출입하는 사람들도 위신을 세울 게 아닌가?"

말을 마친 최만유는 참으로 오랜만에 유쾌하게 웃어 젖혔다. 가슴에 오래도록 품어 오던 죽죽선과 연관된 말까지 시원하게 풀어내니 물 뿌린 마당을 싸리비로 쓸어 낸 듯 가슴이 밑바닥까지 후련했다.

"과한 농담이십니다."

"아니 농만은 아닐세. 이곳으로 드나드는 모든 사람 생각도 다 그러하네. 그러면 이번에는 내가 내 생각을 거둬들이도록 하겠네. 하지만……."

최만유는 미련하게 우기다가는 명분마저 잃고 말 것 같았다. 그러나 미진한 생각만은 쉽게 떨쳐 버릴 수 없었다.

"하지만은 또 무슨 언질이십니까?"

되묻는 죽죽선의 물음에 최만유는 잠깐 머뭇거리다가 작심한 듯 입을 열었다.

"자네의 훗날을 말함이 아니겠는가?"

"진사 어른께서 말씀하시는 훗날이라면 무슨 뜻이 오니까?"

"설마 이 생활로 이 집에서 뼈까지 묻을 생각은 하지 않겠지. 자네가 나이 먹어 힘이 부칠 때를 말함이네."

"앞일을 어찌 예단할 수 있겠습니까만, 그때면 스스로 살아 갈 의미를 찾아야 하지 않겠습니까?"

"그러니 살아갈 의미를 찾는 길로 가야 하지 않겠는가? 내가 지금 그 말을 하려는 것이네."

"그 일이라면 소첩도 모를 일입니다."

"그러니 내가 분명 훗날이라 말하지 않는가?"

죽죽선이 친 술잔을 받은 최만유는 오늘 일에 비록 뜻을 이루지는 못했고, 또한 앞날의 언질마저도 그녀가 분명하게 대답을 하지 않았는데도 기분은 유쾌하기만 했다. 최만유는 하고 싶은 말을 모두 뱉어 낸 탓인가, 마음이 허전하기 이를 데 없었다. 최만유는 죽죽선을 바라보며 물었다.

"내가 이곳으로 드나드는 게 불편한가?"

느닷없는 최만유의 물음에 죽죽선은 촌각도 지체하지 않고 대답했다.

"진사 어른, 불편하다면 소첩이 이 자리에 있을 수 있겠나이까? 불편하다 함은 마음을 어떻게 놓느냐는 일 아니오니까? 이젠 진사 어른께서 소첩의 생각도 알 때가 되지 않았습니까?"

최만유는 뜻을 거두어 들어야 했다. 휴휴에게 죽죽선의 거처인 초가를 눈에 드러나지 않게 수선해 준다고는 했으나 죽죽선이 뜻을 받아들였다면 손댄 김에 기와집으로 재건축해 줄 작정이었다. 비록 용마루를 뜨악 높이고 추녀 끝에다 풍경을 달지 않더라도 모양 좋은 수막새와 암막새를 두른 아담한 청기와 집으로 지어 주려 했다. 장마철이면 추녀에서 누런 지시랑물[낙숫물]이 떨어지는 초가가 아니라 맑은 낙수가 떨어지는 그런 집에 살아야 맑은 목소리와 고혹한 춤사위를 가진 그녀나 죽죽선이란 이름의 품격에 가당할 것 같았기 때문이다.

# 14

뒤뜰 토호土豪 홍종옥洪鍾鈺도 성깔깨나 있어 발끈했다.

평소 급한 성정대로 소문을 물어온 술친구에게 소소한 대목까지 묻지도 않은 채 대충 전하는 말만 듣고 대뜸 그런 반응을 드러냈다. 그런데 발끈한 성정을 드러내고도 속이 풀리지 않는지 홍종옥은 끝내 울화통까지 터뜨려야 시원하겠다는 모양새다. 그는 처음 양쪽에 단단히 붙어 있는 제 귀를 의심했다.

"뭣이라? 아, 시방 내게 뭐라고 말했는가?"

홍종옥은 소문을 전한 술친구가 민망하도록 그를 향하여 몰아세우듯 따져 물었다. 그 기세를 보면 홍종옥은 여차하면 바투 앉아 있는 술친구 멱살이라도 거머잡을 기세로 달려들 성싶었다. 술친구는 평소 어지간한 일에는 눈도 꿈적하지 않을 홍종옥이 민감하게, 그도 과도하게 반응한다면서 맞대응을 참아내며 한 짬 뒤로 물러섰다. 그러자 홍종옥은 우는 닭 모가지를 비틀듯 다시 한 번 그를 몰아세웠다.

"명주 최만유가 무엇을 어떻게 하겠다고 지껄였다는 게야?"

"이런 사람, 말귀도 못 알아듣는가? 그 최만유가 죽죽선이 사는 집을 고쳐 주려 나섰다는 얘기를 여태까지 알아들을 만큼 말했는데 그렇게 되물으면 나는 여태껏 허공에 대고 말했는가? 그도 고치는 게 아니라 청기와 집으로 새로 지어 주려고 했다는 게여."

"아이쿠야아, 이 사람아! 청기와 집을? 최만유가 했다는 그 말이 술 취해 한 소리가 아니라 맨 정신으로 한 소리였단 말이여?"

"분명 그런 말을 했으니 이리 소문나는 게 아닌가? 최만유야 둘째 가라면 서러워할 한량에다 명주부에서도 재산깨나 있다고 소문난 양반이니 그깟 청기와 집 한 채가 몇 푼이나 든다고, 그 양반에게는 푼돈이라도 되겠는가?"

술친구는 화가 잔뜩 나 있는 홍종옥의 속을 더 뒤집어 놓으려고 작심한 듯 어르고 달래면서 뒷말까지 내처 이어나가는데 신명마저 나 있어 목소리가 턱없이 높다랬다.

"그도 한량이니 술 바람으로 한 소리가 아니겠는가? 술자리에서 기녀가 맘에 들면 술꾼이 못할 소리가 없겠지. 청기와 집이 아니라 어디 태산이라도 옮겨 달라면 못 할까? 달도 따 줄 일인데, 그러니 모두 허튼소리가 아니겠는가? 그런데……."

"또, 그런데, 라니?"

"참으로 맹랑하게도 그 일이 죽죽선 집으로 드나드는 휴휴에게까지 그런 소리를 부탁했다는 소문이고 보면 그냥 술 취해 허투루 한 번 지껄여 댄 소리는 아닌 것 같으이……."

"이런 젠장! 삼척 바닥이 그놈의 눈에는 개똥만큼도 보이지도 않나. 이거 자존심이 상해서 환장하겠구먼. 이런 일이 백주에 외지 사내 입에서 나오다니……."

홍종옥은 땡감을 씹은 듯 기분이 몹시 떫었다. 다른 기녀의 일이라면 마당까지 뒤집어엎어 산을 만들든, 고래 등 같은 집을 지어 주어 대문간으로 육두마차六頭馬車가 드나들든, 내 알 바 아닐 테지만 죽죽선에 대한 일만큼은 그냥 듣고만 있기가 차마 거북했다.

물론 죽죽선이 사는 집의 내막을 홍종옥도 모르는 건 아니었다. 그녀의 미색을 탐하여 여러 가지 방법으로 환심 사려 했으나, 죽죽선이 이런저런 사연까지 달아 냉연히 거절해 왔던 터였다. 그런데 벌어진 사태를 짐작해 보면 이빨도 들어가지 않았던 삶은 호박에 잇자국 난 꼴이었다.

죽죽선에게 환심 사고자 홍종옥은 이리저리 달아 본 구실에 내침까지 당해 뭔가 묘수를 부산하게 찾던 참이었다. 그런데 감히 자기로서는 생각지도 못한 방법으로 접근을 시도했다니, 그저 먼 산만 바라보는 사람의 뒤통수를 인정머리 없게 후려치고도 옮기려는 발걸음에다 족을 건 격이었다. 같은 삼시 세끼를 꼬박꼬박 챙겨 먹고도 거기까지 의중이 미치지 못한 자신의 아둔함에 홍종옥은 속이 부글부글 끓어올랐다. 졸지에 돌아올 머저리란 소리를 이제 피해 갈 수 없는 처지가 되었다. 그게 홍종옥을 더욱 속태울 일이었다.

"제 놈이 재물이 있다면 얼마나 있다고 제 바닥에서나 할 짓 거리를 백 리 밖까지 나와 주접떨고 있는 기여. 그 바닥에서도 쌔고 쌘 게 기녀거늘……. 이거 가만히 듣고 있자니 속이 뒤집혀 창자 구석구석까지 아프네."

"그러기 말일세. 이곳 사람을 완전히 비렁뱅이 취급하는 게 아닌가?"

"뭣이? 비렁뱅이, 아이쿠야. 아, 그놈이 시방 그딴 소리를 나에게 했단 말이야? 가슴이 막혀 복장 칠 일이지."

홍종옥은 생각하면 할수록 어귀가 막혔다. 다른 경쟁에서는 몰라도 네가 한 잔 사면 나도 한 잔 산다, 그런 배포로 최만유와 당당히 맞서며 기녀 집으로 드나들었는데 이게 무슨 망신인가 싶었다. 더군다나 근동에서 밥술깨나 먹는다는 위치에서 재력에 밀렸다는 게 홍종옥의 화를 더욱 돋웠다. 또한, 불문곡직하고 죽죽선 집의 수리가 아니라 번듯한 청기와 집을 외지 사람이 지어 주다니, 이 일이 관내 사람들에게 알려지면 홍종옥으로서는 체면을 유지하기 어려울 게 뻔했다.

더군다나 볶은 콩과 기녀는 옆에 가만히 두고는 못 견딘다는 옛말처럼 이제 한창 죽죽선에게 몸과 마음이 들뜨 이리저리 관심 끝 일만 찾기에 고심하던 마당에 웬 날벼락이 정수리로 떨어졌는가 싶었다. 마음을 한 번 주었다가 눈을 돌린 여자일지라도 다른 사내 품으로 간다면 불같이 질투가 일게 마련인 게 사내들 속내라 했는데, 죽죽선에게 아직 마음조차 다가가지 못한 처지니 곁불만 쬐고 있는 신세나 다를 바 없었다.

하물며 최만유보다 죽죽선과 마주 앉았어도 더 자주 앉았을 터인데 선수를 빼앗겼다니 앞에 놓인 것들을 발길로 오지게 걸어차도 풀어지지 않을 만큼 통탄할 일이었다. 한참 눈알만 바삐 굴리던 홍종옥은 술친구에게 대책을 물었다.

"답답도 하네. 뭐 무릎을 탁 칠 만한 묘책이 없겠는가? 아니, 아니지, 그자의 기세를 단박에 보리 이삭처럼 확 꺾어 놓을 방법이 없느냐는 말일세."

"그야 쉽고 간단한 일이 아닌가?"

"으응, 쉽고 간단하다니? 그건 또 뭔 소리인가? 설마 날 놀리려는 소리는 아니겠지?"

홍종옥은 귀가 번쩍 띄어 앉은자리를 앞으로 주춤 내밀어 술친구에게 다가들었다. 술친구의 눈빛이 물속에서 갓 건져 올린 검은 돌처럼 반들반들했다. 그도 자신만만하다는 듯 씩 웃기까지 하는 게 아닌가. 홍종옥 눈길은 그의 입에 초조하게 매달려 있었다.

"최만유가 곳간 자물쇠를 열기 전에 자네가 먼저 열면 되지 않겠는가?"

"옳지, 하긴 그렇지, 그래."

홍종옥은 자신도 모르게 무릎을 소리 나게 쳤다. 왜 그런 멋진 생각을 일찍 하지 못했던가. 다급하면 사고력마저 떨어져 판단을 그르치게 하는가.

"내일이라도 당장 나서 보게. 관내 일은 관내 사람이 하는 게 내가 봐도 순리일 것이니 그리하도록 하시게."

"그러나 죽죽선이 직접 나에게 부탁을 하지 않은 이상 내가 먼저 나서기는 모양새가 좀 그러하지 않겠는가?"

"꼭 자네가 나서야만 하는가?"

이번에도 술친구는 또 선수를 치고 나섰다.

"그렇다면 중간에 사람을 넣자는 얘기가 아닌가?"

"바로 그걸세."

"중간에 사람을 넣는다……?"

술친구의 제안에 홍종옥이 머리를 갸우뚱거렸다. 그러면서 반사적으로 그에 합당한 사람을 마음속으로 재빠르게 고르고 있었다. 그러나 쉽게 대상자가 떠오르지 않아 눈만 껌뻑거리고 앉아 있던 홍종옥이 술친구의 얼굴을 슬쩍 훔쳐보며 불쑥 내뱉었다.

"잔재주가 많은 자네가 한 번 나서 보려는가?"

"내가? 내 능력으로 죽죽선에게 씨알이나 먹히겠는가? 턱도

소설 이승휴  169

없네. 그래도 명망이 좀 있어야 죽죽선에게 말발이 먹힐 게 아닌가? 내 생각에는 한 번쯤 자네가 휴휴를 직접 찾아가 보는 게 합당할 것 같으이."

"그야 나로선 바랄 것이 없지만, 휴휴가 선비 체면에 움직이려고 하겠는가? 더군다나 나와 친숙하지도 않은 사이인데."

"최만유 말도 그가 죽죽선에게 전했다고 하지 않았는가? 암튼 한 번 허튼 발걸음 한다 치고 바삐 움직여 보세나."

아침 이른 시각에 홍종옥이 휴휴를 부리나케 찾아왔다.

문라건文羅巾에 검은 명주옷 흑각대黑角帶 차림에다 검은 가죽신까지 신어 민장民長의 냄새를 흠씬 풍겼다. 문라건이 쌀 한 섬 값이니 재물을 가진 티까지 충분히 드러낸 행색이었다. 그러나 홍종옥은 찾아온 뜻을 휴휴에게 충분히 설명하고도 시원한 답변을 듣기는커녕 힐난부터 받아야 했다.

"감히 어찌 그런 부탁을 시생에게 하려고 했습니까? 기왕 먼 길을 오셨으니 시생이 소견은 드리리다. 우선 재물의 쓰임이 온당치 않다는 생각이 드오. 그 뜻이 의義에 반하는 일이오."

휴휴 말에 미처 응대도 못 한 채 홍종옥은 얼굴빛이 금세 벌겋게 변했다. 전혀 예상치도 못했던 반응이었다. 그러나 휴휴는 홍종옥 입장은 알 바 없다는 듯 앞뒤 재지 않고 내처 말을 이어 나갔다.

"어디 한 번 주변을 잘 둘러보시오. 삼척 부내에서 궁핍하게 보이는 곳이 어디 죽죽선의 집만이겠소? 대충 둘러보아도 더 어려운 곳이 적지 않게 있소이다. 그런 곳에 나눠 줌이 재물을 바르게 쓰는 법이 아니겠소? 그리고 다음은, 그럴 의향이시라면 죽죽선을 찾아가 당사자 앞에서 직접 그런 의사를 묻는 게 바른 처신이 아니겠소이까? 어찌 이치가 그러함에도 한촌 초부에 불과한 시생에게 찾아와 그런 부탁을 하십니까?"

홍종옥이 휴휴를 찾아왔다가 면박만 받고 당혹스러운 표정으로 돌아간 지 달포가 지났을 무렵, 이번에는 한재너머 향리 이장집李章集이 그를 찾아왔다. 휴휴는 그와 구면이었다. 휴휴가 급제하고 어머니를 뵈러 구동 용계로 내려왔을 때, 관내 더할 수 없는 경사라며 당나귀를 타고 하인과 같이 포목까지 챙겨 와 축하해 주었던 인물이었기 때문이다.

"자주 찾아온다는 게 그만 격조했소이다. 마침 삼백주三白酒가 익었기에 조금 담아 왔소이다."

반갑게 나와 맞는 휴휴를 보며 이장집은 연배인데도 허리까지 공손히 숙여 예를 표했다.

"시생의 집에도 비록 녹주綠酒는 아니지만 탁료濁醪는 조금 있습니다."

"물론 그러하시겠지요. 그러나 그도 혼자보다 대작이 술맛을 더 돋우지 않겠소이까?"

"예, 한가하게 보내는 시생에게는 더없는 즐거움이지요."

"한가하시다뇨? 무슨 말씀을……. 비늘을 다듬고 있는 잉어 몸이 아닙니까? 이리 건강하시니 반갑소이다."

"벽촌까지 어려운 걸음 하셨습니다."

휴휴와 이장집이 살평상 위에서 주안상을 놓고 오래된 벗처럼 마주 앉았다. 바람이 잎을 스칠 듯 가볍게 불었고, 그렇게 흔들리는 나뭇잎 그림자가 술잔에 담겨 하늘빛을 흔들었다. 그 술잔에 어린 나뭇잎 그림자에서 무엇을 찾으려는 듯 이장집은 고개를 들어 수목이 둘러싸인 주위를 한 번 휘둘러보면서 지나는 말처럼 한 마디 던졌다.

"이곳 풍광은 사시절 언제 바라보아도 좋소이다. 구로耆老 촌로가 머물러 쉴 만한 곳이지요. 그러나 젊은 선비는 아직 이런 절경에서 한가한 게 이르지 않소이까? 이제 강도로 돌아가셔야지요."

"시생에게는 미련 들여 잡은 것은 많은데, 그것들을 어찌 쉽게 뿌리칠 수 있겠습니까?"

하늘을 더듬어 내린 휴휴 눈길이 방문 앞에 가지런히 놓여 있는 어머니의 미투리에 가 멈췄다. 그 눈길을 따라가던 이장집 시선이 황망히 되돌아왔다. 당혹스러운 빛이 뚜렷하게 얼굴 위에 나타났다. 멈칫하던 그가 겨우 말머리를 찾아 부끄러이

172

입을 열었다.

"효성이 참으로 극진하십니다."

"아니외다. 세월이, 그놈의 세월이 그렇게 사람을 만들더이다. 그런데 바쁘실 텐데 어찌 이리 귀한 걸음을 하시었소?"

"아, 예. 이런저런 소문을 듣다 보니 마음이 어수선하기에 이곳에 오면 마음이 정리될 것 같아서 발길을 잡았습니다. 미리 알리지 않고 결례를 무릅쓰고 이리 찾아왔소이다."

"산촌에서 오직 산천만 바라보며 묻혀 있는 시생에게 물음을 구하시다니요?"

이장집이 이리저리 말을 빙빙 돌리다가 비로소 찾아온 뜻을 밝혔다.

"그저 풍문으로 들었기에 진위야 알 길 없소이다. 다만, 제 말씀을 차분히 들으시고 판단해 주셨으면 하오이다."

"무슨 말씀이신지요. 시생이 아는 게 있으면 답변을 드리도록 하겠습니다."

"우선 세간에서 죽죽선이 사는 집을 개축하고자 하는 명주 최만유의 뜻에 관내 자존심을 내세우며 뒤뜰 홍종옥이 나서 다툰다는 소문을 들었소이다. 나도 죽죽선 집으로 드나들 때마다 재주 많은 여자가 격에 맞지 않는 집에 산다는 생각으로 안쓰러워하곤 했지만, 차마 내색은 할 수 없었소이다. 관내 사람들 이목 때문이었소이다."

이장집의 이야기를 듣고 있던 휴휴가 찾아왔던 홍종옥이 면박까지 받고 돌아가던 뒷모습을 떠올리면서 씁쓸하게 웃으며 그에게 물었다.

"그러시다면 이번에 명분을 얻었으니 설마 나서시겠다는 말씀은 아니시지요?"

"아, 아니외다. 그렇지 않소이다. 아무리 재기가 있는 기녀라도 기둥서방도 아닌데 그런 일에 나설 만큼 명분이 없지 않소이까?"

이장집은 얼굴을 붉힌 채 정색하며 손사래를 쳤다. 모두 죽죽선이 사는 형세에 관심을 가지고 설왕설래하는 게 휴휴는 못마땅하였으나 그렇다고 차마 내색할 수 없었다. 그런 연유가 다 죽죽선의 미색에서 연유된 마음이기에 더욱 그러했다.

"아, 그러시담 그들의 뜻대로 두시지 그러십니까?"

"그런데 그렇게는 되지 않기에 이리 찾아온 걸음이 아니오니까?"

"시생더러 중재하시라는 그 말씀이십니까?"

휴휴가 비아냥거리는 투로 냉랭하게 되물었다. 최만유나 홍종옥, 이장집까지 자신에게 그런 뜻을 밝히는 게 부담스럽다 못해 짜증스럽기까지 했다. 마치 죽죽선의 오라비나 된 듯 그녀의 환심을 사려고 모여드는 사람들이란 느낌이 들어 슬며시 불쾌감이 일었다.

"아니외다. 오래전에 하나의 얘기를 들었소이다. 선비님이 현령을 만나 했던 말씀 말이외다."

"그건 또 무슨 말씀이오니까?"

"죽서정 개축에 대하여 현령에게 건의했다는 말씀을 전해 듣고 모두 깜짝 놀랐습니다. 나 역시 늘 천혜의 절경을 두고도 그것에 누가 될 만큼 초라하게 서 있는 정자가 마음에 걸리곤 하였소이다."

"그 얘기를 들었단 말씀이십니까?"

휴휴는 깜짝 놀랐다. 이미 오래전에 현령에게 던져 본 말이어서 자신도 이미 머릿속에 챙겨두지 않아 잊고 있었던 말이었기 때문이다. 더군다나 현령이 팍팍한 관내 재정 사정을 들어가며 옴나위없다고 머리까지 내저었던 이야기인데, 이장집 입을 통하여 다시 들을 줄은 예측도 못했다. 결국, 그 이야기가 죽죽선의 사저 일로 관내에서 공론으로 떠오르는구나.

휴휴의 물음에 이장집이 웃음을 띠며 말했다.

"발 없는 말이 천 리를 간다고 하지 않았소이까? 하하하."

"귀 밝음에 그저 놀라울 따름입니다."

"해서 드리는 말씀인데, 명분 없는 기녀 집 개축보다 죽서정을 허물고 그 자리에다 번듯한 누각樓閣을 세우는 게 옳은 일인 것 같기에 뜻을 묻고자 이리 찾아왔소이다."

휴휴는 제 귀를 의심했다. 지금 이장집이 분명 누각이라 말하지 않는가. 분명히 들은 소리지만, 뜻하지 못했던 자리에서 들은 말이기에 휴휴는 되묻지 않을 수가 없었다.

"지금 누각을 세우시겠다 그 말씀입니까?"

"예, 그렇소이다. 몽골 지배하에 있는 나라에서 세울 여력이 나 있겠습니까? 그렇다고 궁핍한 현에서 살림을 꾸려 가는 관청에서 세우겠소이까? 제 재산이 비록 보잘것없지만, 갹출이야 기꺼이 못하겠습니까? 다만 전액 부담은 어려우니 최만유와 홍종옥을 설득하여 참여케 했으면 좋지 않겠소이까?"

뜻밖에도 이장집의 대답은 명료했다.

"아, 참으로 감탄했습니다. 지방 관아에서 여력이 있다면 마땅히 할 일에, 또한 개축비도 만만치 않을 텐데 그렇게 하시려고 용단을 내시다니 시생이 나서 도울 일이라도 있으면 한 번 기꺼이 나서 보렵니다."

"다만, 달리 한 가지 청이 있다면 창건 책임자로 이름을 빌려 주시는 게 일 추진이 매끄러워질 것이외다."

이장집의 뜻은 간곡했지만, 휴휴는 선뜻 받아들일 수 없는 일이었다.

"아니외다. 창건자는 시생에게 당치도 않은 일이외다. 건립에 대한 바람은 있었으나 여러분이 출자해서 세우는 것이니 여러분의 이름으로 하는 것이 옳습니다."

"세 사람이면 아무래도 명분 다툼이 일지 않겠소이까? 이 일을 추진하자면 절대적인 관아의 승낙이 있어야 하는데, 잦은 관아 출입과 안독案牘에 관한 일 처리도 우리와 다르지 않겠소이까?"

이장집은 한 발도 물러서지 않으려는 듯 간곡하게 매달렸다.

"관아의 일이라면 시생이 기꺼이 맡을 테지만 창건자만은 사양하오니 뜻을 거둬 주시지요."

휴휴가 다시 완곡하게 거절하자 이장집은 지체하지 않고 서둘러 입을 열었는데 의지만은 분명했다.

"그건 모르시는 말씀이외다. 삼화사三和寺를 창건한 사람이 신라 고승 자장慈藏이라 세간에 알려졌지만, 실제 그가 창건 물자를 들여 직접 지은 것이 아니라 주선만 했을 뿐 아니겠소이까? 절을 짓는다면 불문에 든 고승을 찾아 불전 받치고 그의 이름 빌려 창건해 뜻을 이루겠지만, 이번에는 만 사람이 들고 나는 누각을 세우는 일이 아니오니까? 그래서 진사나 선달밖에 미치지 못하는 우리가 창건자로 나설 수 없는 일 아니오? 적어도 현령으로 벼슬한 사람이 창건자로 나서는 게 당연한 일 아니겠소이까? 그래서 이곳 출신인 선비님이 합당하다는 게 소인의 의견이외다. 그리고 이제 등과도 하셨으니 머잖아 이곳 현령이나 안집사로 부임하지 않겠소이까?"

"그건 장담할 수 없는 일이오."

"누각의 창건에 참여하는 사람들이 뜻을 모으고 간잡이그

림에 필요한 자료를 얻어 작업하는 데도 여러 달이 걸리며 목
재를 건조하는 일도 수삼 년은 족히 걸려 몇 해는 후딱 가 버릴
텐데 그동안 선비님이 관직을 높여 부임하면 되니 창건자로 나
섬이 마땅하오이다.”

# 15

개미구멍으로도 둑이 무너진다는 소리가 입증되었다.

만사 사달이 그러하듯 죽죽선의 거처 개축 말이 재물을 가진 사내들의 오기 싸움으로 번져 누각 세우자는 공론에 닿았다. 차려 놓은 제사상에 축문 하나 더하듯 요행 명분 싸움에서 홍종옥과 이장집이 이해마저 맞았다. 그게 두 사람 모두 낯 깎이지 않고 체면은 세우게 되었다. 죽서정을 허물고 누각 세우는 일에 설왕설래 끝에 뜻대로 합의했기 때문이다. 애당초 최만유도 참여한다고 막무가내로 뻗대고 나서기까지 했으나, 그에 대한 홍종옥의 반대 의지는 암석에 박힌 쇠막대처럼 완고했다.

"이거 원 자존심이 장히 상하는구먼! 아, 우리끼리 해야 할 일을 굳이 외지 사람까지 끌어들여 한다는 게 어디 말이나 되는 소리여? 후세에 길이 남을 누각을 외지 사람 도움으로 세우시겠다? 후대에서 얼마나 선대의 옹색함을 비웃을까?"

홍종옥으로서는 자존심이 몹시 상함을 알리려는 듯 손에 든 부채까지 거듭 내저으며 부들부들 떨기까지 했으니 탱천한 분기를 알 만했다. 휴휴나 이장집이 그런 홍종옥 태도를 보고 당혹할 수밖에 없었다. 이미 반박할 것은 예견하긴 했으나 듣기 거북한 언사로 거세게 뱉어 내리라곤 짐작도 못했던 터였다. 둘이 뭐라 응대할 말을 찾지 못하여 홍종옥만 물끄러미 바라만 보고 있는데, 그는 다른 사람의 눈총은 아랑곳하지 않은 채 마음속에 들어 있던 모진 모서리마저 거침없이 드러냈다.

"만약, 이건 만약에 말입니다. 최만유가 이 일에 참여할 뜻을 꺾지 않은 채 물불을 가리지 않고 뛰어든다면 소인은 이 일에서 발 빼겠소. 그러니 이 자리에서 두 분의 분명한 답변을 듣고 싶소."

홍종옥의 뜻대로 두면 일이 엉뚱한 방향으로 번질 것 같아 휴휴는 금시 자리까지 박차고 일어설 기세로 설쳐 대는 그를 잡을 수밖에 없었다.

"두 분의 부담이 너무 과중하기에 그 부담을 덜어 주고자 시생이 최만유를 추천했던 것이지 다른 뜻은 없었소. 이 점은 분명히 알아주셔야 할 것 같소."

둘의 대화를 잠자코 들으면서 뭔가 꼼꼼히 생각하고 있던 이장집도 침묵을 깨고 대화에 끼어들었다.

"선비께서 하시는 말씀이 일리가 있기는 하오이다. 그런데 소인이 요 며칠 전 진즉에 저 형님을 만나 얘기까지 나눴습니다. 제 뜻도 저 형님 뜻과 크게 다르지 않소이다. 이 일을 분명하게 따져 보면 이문이 나는 사업이 아니고 명분만 내는 일이 아닙니까? 그러니 어렵더라도 어디까지나 현내縣內 사람끼리 뜻을 모으는 게 옳은 일입니다."

이장집은 나이가 위인 홍종옥을 형님으로 칭하며 이미 서로 말까지 맞춰 분명하게 금을 그어 합심했다는 의지를 밝혔다. 이장집 말에 힘을 얻은 홍종옥이 호기를 놓치지 않겠다는 듯 뒤를 이었다.

"바로 그거요. 우리 둘의 능력으로도 능히 감당할 수 있으니 제발 최만유를 제외하고 이 일을 해야 합니다. 이 뜻에 나는 한 치의 양보도 없소."

홍종옥과 이장집은 암암리에 만나서 누각 건립을 이미 약조한 듯했다. 휴휴가 홍종옥의 말까지 듣고 한참 생각에 잠겼다가 내친김에 다짐까지 받으려 말문을 열었다.

"최만유가 건립에 끼지 않아도 두 분께서 모든 경비를 능히 감당해 낼 자신 있다고 시생에게 확답을 줄 수 있겠소?"

"그런 결심도 없이 이런 큰일을 하려고 우리가 덤볐겠소."

"물론 이미 우리는 각오를 단단히 하고 있소이다. 또 우리의 뜻이 부내에 알려지면 촌지로 돕겠다는 사람이 더러 나타나지 않겠소이까?"

마치 그런 물음을 기다리고 있었다는 듯 홍종옥에 이어 이장집도 이구동성으로 같은 뜻을 밝히며 휴휴 앞에서 의지를 확고히 하고 나섰다.

"그럼 좋습니다. 시생이 최만유에게 두 분의 뜻을 분명하게 전하여 알리리다."

합의를 이루고 가벼운 마음으로 일어서려는 두 사람에게 휴휴가 내쳐 물었다.

"앞으로 어떻게 추진할 생각들이오니까?"

홍종옥이 이장집의 얼굴을 한 번 흘깃 건너보고 시선을 교환한 뒤 휴휴의 말에 차근히 대답했다.

"관아에 관한 일은 선비님이 맡으셔야 하겠으며, 대목을 골라 간잡이그림을 그리게 하는 일은 아우님이 하시지요? 소인은 소용될 목재부터 알아보리다."

휴휴가 누각의 건립에 가장 중요한 부분에 관한 의구심이 일어 미심쩍은 표정으로 또 물음을 던졌다.

"이곳에 그만한 일을 처리할 대목이 있기는 있소?"

"아, 도편수 말이 오니까? 형님, 대목 하면 이 근동에서는 심치곤沈致琨이 말고 또 누가 있습니까? 큰 목잴 다루는 데는 그를 능가할 자가 없지 않소이까? 아마……."

이장집이 홍종옥을 건너다보며 동의를 구하는 표정으로 휴휴의 말에 응답했다. 홍종옥도 휴휴의 의구심은 당치도 않다는 표정으로 냉큼 동조하느라 말을 늘였다.

"그만한 대목이 근동에는 아마 없지, 암 없고말고. 누각을 세우자면 큰 두리기둥을 세워야 하는데 그래도 근동에서 두리기둥 다듬는 솜씨는 그가 제일이라고 소문이 자자하게 났잖은가? 워낙 떠도는 처지라 만나기가 수월하지 않을까가 걱정은 걱정이지만 말일세."

휴휴는 두 사람의 말을 믿겠다면서 자리를 털고 일어났다.

"좋습니다. 이제 시작이니 아직 그리 서두르지 않아도 되나 각자 맡은 일이나 추진하기 위하여 준비한 다음에 자주 만나 상의하도록 합시다."

심치곤이 도편수 도제徒弟로 일했던 게 한창 힘이 솟구치는 스무 살 때였다. 그때 배워 익힌 건축 기술을 생업 삼아 절간과 누각이나 큰 정자를 지어 왔다. 지을 때마다 건축물 매무새가 빼어나서 나이를 더해감에 따라 이름도 나날이 근동으로 퍼져 나가 그의 손을 거쳐 이름까지 얻은 것들이 한둘 아니었다.

열 마리 황소고집으로 우직한 그는 일터에 앉아 술을 마실 때도 자리의 요철凹凸을 가리지 않았다. 앉은자리가 기울면 엉덩이가 기울어져 비뚤어진 앉음새에서도 그 자리를 평평하게 고르거나 괴지 않은 채 불평 없이 술만 마셨다.

심치곤은 어차피 고르고 평평하지 않은 게 세상살이인데 소소한 일에 연연하다 보면 불편해서 살 수 없다고 했다. 그런 심치곤이 원목을 다룰 때는 나무의 둥치를 쓰다듬고 나뭇결에 깊숙이 스며 있는 목향木香에 취한 채 다듬질에 넋을 놓았다. 살아 천 년 죽어 천 년 가는 나무를, 땅에 묻히면 수년 내에 썩어 빠지는 인간이 자르고 깨는 짓이 무모할 만큼 무례하다며 일손을 잡았다 하면 잡된 생각은 아예 멀리했다. 혼을 불어넣는 일인데 정제되지 않은 마음으로는 다룰 수 없는 일이라면서 손거칠게 나무를 다듬는 목공들을 호되게 나무라곤 했다.

이장집이 휴휴와 홍종옥과 약조한 뒤 대목인 심치곤의 행방을 수소문하여 심부름꾼을 보내긴 여섯 달이 지났을 무렵이다. 이장집이 보낸 심부름꾼은 그가 일러준 대로 어림짐작하고 이 부근이라 싶어 길 가는 마을 노인에게 물었더니, 그는 얼굴을 들어 하늘의 해 위치부터 가늠해 보면서 대꾸했다.

"심 목수의 집이야 여기서 한 오 리쯤 가야 하려나. 그런데 이 시각쯤이면 집에 없을 기구만……."

"그럼 지금쯤에는 어디 있습니까?"

노인의 이상한 길 안내에 심부름꾼은 허튼 농지거리인가 싶어 서둘러 물었다.

"저기, 저 모롱이 초가가 보이는가?"

심부름꾼이 눈을 들어 노인의 손끝을 따라 시선을 보냈다.

"예, 제 눈에도 똑똑히 보입니다."

"저기, 저 집이 군치리집이오. 아마 지금 시각쯤이면 필시 거기 가면 심 목수를 만날 수 있을 거요."

가까이 가지 않아 확인할 수 없었으나 개장국과 술을 파는 집이 심부름꾼의 시선 안으로 들어왔다. 그런 그에게 노인은 밀고나 하듯 심치곤의 일상을 넌지시 귀띔했다.

"아마 지금쯤 혼자서 개장국으로 술을 마시고 널브러져 있을 기구먼. 그 사람은 일이 있을 때는 코빼기도 보이지 않다가 일없는 날이면 늘 그런 모양새로 살아가지."

노인이 말을 뱉고 나서 확신에 찬 표정까지 지었다.

"술을 많이 마시는 사람입니까?"

"암, 제 말이 그래. 절간을 지을 때였나 봐. 보를 건너지르려다 그것이 내려앉아 상일꾼이 머리에 상처를 입고 죽었다고그래. 저도 자책을 많이 했을 테지. 그런 뒤 밤에 자려고 누웠다가도 그 일이 머리에 떠올라 잠을 잘 수 없어 벌떡 일어나 앉곤 했다지 아마. 그럴 땐 별짓을 다 해도 잠을 이룰 수 없었다고 해. 원래부터 술을 조금 마시긴 했지만, 그런 일을 겪은 다음부터 술을 마시고 그 술에 취해야만 정신을 잃고 곯아떨어지곤 하다 보니 그게 이제 저도 모르게 버릇이 된 기라."

"그런 일 당하면 어디 정신이 있겠습니까? 저라도 괴롭겠습니다."

"평소는 사람이 그렇게 유순할 수 없는데, 술만 들어갔다 하면 말 그대로 발광지약發狂之藥을 먹는 듯 개차반 짓을 하지. 태어난 성정을 버리고 사람이 어떻게 그리 변했는지 정말 모를 일이야. 심 목수를 찾아왔다면 얼른 저 집에 가 보시게."

심부름꾼이 노인에게 고개 숙여 감사 뜻을 전하고 군치리집으로 발걸음을 옮겼다. 그러나 군치리집에는 만나야 할 심치곤은 그림자도 보이지 않았다. 술청은 텅 비어 파리들만 날다 앉다 했는데, 문 열린 방에서 주모가 졸음에 겨운 눈으로 데면데면하니 심부름꾼을 맞았다.

"고기에다 술을 드릴까요?"

"아니라오. 물어볼 말이 있소. 여기에 오늘 심 목수란 양반이 오지 않았소?"

주모가 귀찮다는 표정으로 입안에서 충치가 보일 만큼 입을 크게 벌려 하품했다. 길목 집이다 보니 손님보다 객꾼들의 들고남이 잦아 정나미를 퍼줄 수가 없다는 표정이었다. 그래서 겨우 입만 벌려 데면데면 대꾸했다.

"어제는 왔었는데⋯⋯."

"그럼 오늘은 집에 있겠네요?"

"아니지, 아닐 거요. 어제 와서 한단 소리가 오늘 교주도交州 道로 일 때문에 간다고 했다오."

"교주도 어디라고 말은 하지 않던가요?"

"나야 그 사람 안식구가 아니니 소상한 건 모르지요."

"하, 이런 낭패가 있나. 혹 언제쯤 온다는 말은 없었던가요?"

"한참 있어야 한다는 소리만 합디다. 그러니 자세한 건 내사 알 리가 없지요."

"하 이걸 어쩐다. 집으로 가 볼까나⋯⋯."

"사람이 없는 집에 가 본들 무슨 소득이 있겠는가요? 오래도록 시간을 지체할 때는 안식구도 데리고 간다고 들었네요."

"쩝. 내가 다시 한 번 여기를 올 테니 심 목수가 돌아오면 한재너미 이장집 어른께서 반드시 보자 한다고 일러 주시오. 긴한 일이라고 덧붙여 주시고요."

"그 한재너미에서 떵떵거리며 잘 산다는 이장집 말이요?"


심부름꾼이 빈 걸음으로 돌아온 지 얼추 한 달이 지났을 무렵, 심치곤이 제 발로 이장집으로 찾아왔다. 물론 보름 전에 심부름꾼이 한 번 더 군치리집을 훑어 심치곤이 사는 본가까지 빈 발걸음이긴 했지만 다녀왔다. 청지기가 갓두루마기 차림이 아니고 허름한 차림새를 한 그에게 물었다.

"뉘신 데 어인 일로 오시었소?"

"소인 심치곤이오. 찾았다기에 주인장을 뵈러 왔소이다."

목청의 울림이 커다랬고 말에 주저함이 없었다. 청지기는 단걸음에 뛰어들어가 이장집이 머무는 방 앞에서 아뢰었다.

"어르신 심치곤이란 자가 찾아왔습니다."

"뭐라? 심치곤이라 했느냐?"

이장집은 귀가 번쩍 뜨여 서둘러 일어나 문을 활짝 열어젖뜨
렸다. 두 번이나 사람을 보내고 수소문까지 해놓았지만, 행적
도 알 수 없었던 심치곤이 골바람 들이치듯 제 발로 찾아들다
니 반가운 일이었다.

"예, 어르신. 지금 대문 밖에 서 있습니다."

"이리로 모시고 바삐 주안상을 들여라. 어서."

바삐 대문께로 달려 나간 청지기에 묻어 심치곤이 마당 안으
로 성큼 들어섰다. 맨머리 차림인데 거칠게 일어선 머리카락은
반백이 넘었고, 구레나룻이 불그스레한 빛의 뺨을 싸고 있었
으며, 짙은 눈썹을 앞으로 더 밀어 내듯 광채가 나는 눈이 이마
아래로 깊이 박혀 우묵하니 들어가 있었다. 키도 육 척이 넘을
듯한데 장골이라 곰 한 마리가 집안으로 들어선 듯 마당이 꽉
찬 느낌마저 들었다.

마당 안으로 들어선 심치곤은 마중하려는 이장집을 안목에
두지 않고 이미 대문 밖에서 주변 경관과 마당 안 가옥들의 앞
음새를 살펴보았을 텐데도 더 자세히 보려는 듯 가옥 외양에다
이리저리 태평하게 눈길을 주고 있었다.

이장집이 바삐 자리에서 일어나 댓돌 아래로 내려서 맞았다.

"어서 오시오. 심 대목이시오? 반갑소이다. 오시느라 수고가
많았소. 나 이장집이오."

이장집은 심치곤의 투박한 손을 잡으며 초대면의 인사치레

를 정중히 했다. 심치곤도 육중한 몸을 굽혀 인사했다.

"좋은 집터에 집이 참으로 참하게 앉았습니다. 목수 일을 하는 심치곤이오. 찾으신다기에 이리 왔습니다. 연락받은 게 늦어 이제 왔습니다."

"고맙소. 자, 우선 안으로 듭시다. 긴히 드릴 말이 있소."

심치곤이 이장집의 안내로 방 안으로 들어와 그와 무릎을 맞대고 앉았다. 이내 다리가 만卍 자문 판각板刻의 해주식海州式 소반에 술과 안주를 가득 담아 내왔다.

"자, 먼 길 오시느라 고생하셨소."

"무슨 일로 소인을 보자고 하였는지요?"

"하하. 우선 목이나 먼저 축입시다. 자, 자, 한 잔 받으시오."

이장집이 청자병을 들어 심치곤의 잔에다 술을 채웠다.

"감사하오. 말씀을 주시지요."

"보자고 한 것은 다름이 아니라 어려운 부탁을 좀 하려고 찾았던 것이오."

이장집 말에 심치곤은 손에서 빈 잔을 내리며 고개를 휘딱 치켜들었다. 그러나 크게 달갑지 않은 표정이었다.

"어디 귀댁의 제각祭閣이라도 손볼 일이 있소?"

"그만한 일로 일 바쁜 심 대목을 내가 왜 찾았겠소. 다름 아닌 죽서정 일이오."

이장집의 말에 심치곤은 의아해진 표정으로 자신의 청각을 확인하려는 듯 되물었다.

"지금 분명 죽서정이라 하셨는데 부내 서쪽 벼랑에 있는 그 서루를 말함이겠지요?"

"바로 그렇다오. 자, 술잔이 비었소. 한 잔 더 받으시오."

"죽서정, 그 서루라……."

"그렇소. 바로 그 일로 찾았소. 그게 지금 정자로 되어 있질 않소? 그것을 헐어 내고 누각으로 건립하려고 그러오. 그러니 심 대목이 일을 맡아 주십사 하고 사람을 풀어 집으로 보냈던 것이오."

심치곤이 바로 대답은 멈춘 채 가득 찬 술잔을 단숨에 비워 내고 기름진 안주를 피해 김치 쪽만 입안으로 가져가 우적우적 씹었다. 그러면서 눈은 상 모서리에 두고 있었으나, 생각을 깊이 하는 듯 눈동자가 허공에 머문 채, 한참이나 움직이지 않고 있었다.

이장집이 답변을 느긋하게 기다리면서 빈 잔에다 다시 술을 쳤다. 잔이 차자 심치곤은 갈증이 나는지 손을 스스로 뻗어 와 술잔을 집어 거침없이 들이켰다. 목을 타 넘어가는 목울대 소리가 정적이 쌓이는 방 안의 고요 탓으로 이장집에게도 뚜렷하게 들렸다.

"다른 도편수를 찾아보진 않았소? 소인에게 벅찬 일인데……."

"아니라오. 심 대목의 명성을 익히 알고 있기에 달리 사람을 찾지 않았소. 근동에서 그만한 일을 할 도편수는 심 대목밖에 없다는 게 이 일을 추진하는 우리들의 공통된 견해요. 그러니 어찌하겠소?"

심치곤은 또 허공에다 시선을 박아 놓은 채 입을 다물었다. 짧은 시간임에도 눈빛 변화가 빠르게 변했다. 그러다가 이장집을 난감하게 건너다보며 한숨을 내쉬듯 짧게 내뱉었다.

"아하 참, 이 일을……."

심치곤은 말을 그렇게 뱉어 내곤 이장집이 쳐 주는 술잔을 거듭거듭 비워 내면서 확답에 골몰하고 있었다. 이장집은 서두르지 않고 간간이 대작하며 천천히 답변을 기다렸다. 방 안은 심치곤의 내쉬는 콧숨으로 긴장감이 더했다. 그런 분위기를 찍어 내고 심치곤이 감고 있던 눈을 치뜨며 무겁게 말문을 열었다.

"우선 그 일을 하시려고 계책 하셨다면 어떻게 누각을 세워야 할지 모여서 의론이라도 하지 않았겠소. 어디 모여서 나눈 얘기부터 한번 들려주시오."

"간잡이그림이라고는 말할 수 없지만, 얘기들을 나누면서 이리저리 붓으로 그려 본 것은 있는데 한 번 보시겠소?"

"아, 그런 것이 있었소? 있다면 한 번 보여 주시오."

이장집이 일어나 사방탁자에 놓인 두루마리 가운데 하나를 들고 왔다. 휴휴와 홍종옥, 이장집이 여러 차례 정자 누각에 조예가 있다는 사람을 불러 이런저런 의견을 주고받아가며, 또 이리저리 다니면서 눈에 익은 대로 붓으로 윤곽을 어렴풋하게 잡아 놓은 두루마리였다.

이장집이 주안상을 옆으로 밀친 뒤 그 자리에다 심치곤이 보기 좋은 방향으로 두루마리를 풀어 펼쳤다. 그러면서 가볍게 토를 달았다.

"대충 잡은 것이오. 가구架構는 정면 오 칸 측면 이 칸으로 누각 바닥은 우물마루이고, 천장은 연등천장[椽背天障]이며, 우물마루 바닥 밖으로는 계자난간鷄子欄干을 두르고, 기둥 사이는 벽체나 창호 모두 없애 개방한 모양새요."

이장집 말을 귀로 듣는 한편, 심치곤은 유심히 그림을 들여다보면서 혼잣말로 중얼거렸다.

"우물마루, 연등천장椽燈天障, 우물천장, 합각合閣, 눈썹 천장, 익공식翼工式 공포, 겹치마 지붕 팔작지붕……. 이쯤이면 대략 이해는 하겠소."

"더 알고 싶은 부분은 없소?"

"기단이나 초석 부분을 어떻게 하실는지 이 그림에는 분명치 않는데, 뭐라 서로 의견들을 나누진 않았소?"

"기단이나 초석을 별도 만들지 말고 지반은 훼손되지 않도록 바위를 그대로 살리자는 의견이 압도적으로 많았소."

"기둥 세울 부분의 돌은 그랭이질 해서 짓도록 하겠다, 그런 말씀이군요. 현장에서 바위의 형상과 재질을 소상히 살펴보고 나서 결정할 일이지만, 운치 하나는 제대로 살릴 것 같소. 그 외 더 얘기한 것은 없소?"

"추녀의 높이인데, 누각에서 올려다보면 성 밖 갈암 너머 산머리 선이 살포시 덮어 나란히 보이게 추녀허리를 잘 잡도록 하여 시선에 가로막힘이 없도록 하는 게 옳다는 의견이었고, 또한 아래로 굽어 보면 벼랑 끝이 곧 절경인 바 절벽 밑까지 보여 푸른 물빛이 분명하게 눈에 들어오도록 건립하는 게 좋다는 의견이 있었소."

"또 다른 얘기는 없었소?"

"그곳이 부내 서쪽 벼랑 끝 높은 위치에 있질 않소? 계절 바람이 심한 이곳 풍토에 그곳은 바닷바람과 산바람, 강바람이 마주치는 곳인데, 장마철에는 습기가 끼고 누기도 찰 것이고 철 따라 다른 바람길과 일월의 위치를 잘 가늠하여 볕과 바람의 소통이 잘 되도록 누의 방향을 잡고 지형을 잘 다듬도록 해야 한다는 얘기들도 있었소."

"그런 일까지 얘기를 나눴다면 모두 깊이 생각들을 하셨소. 그런데 소인이 이 자리에서 당장 일을 맡는다 못 맡는다 대답은 드릴 수가 없소. 죽서정에 들러 직접 눈으로 확인한 다음 답변을 드리도록 하겠소."

"모두 삼척현을 돋보이게 하는 일이니 도와주시오. 그 외 달리 말할 것이 있소?"

심치곤이 자리에서 일어설 기미를 눈치 챈 이장집은 서둘러 물었다. 주춤 다시 자리에 앉은 심치곤이 주요한 일을 챙기지 못한 듯 새삼 물었다.

"목재는 임의로 베는 데 어려움이 많으니 물량에 대한 것을 대 줘야 하며, 도제, 돌쟁이 등 한다는 일꾼의 우두머리들은 나와 같이 오래도록 손발을 맞춘 사람을 쓰지만, 곁꾼이나 날삯꾼, 목도공, 삯꾼들은 그날의 필요 수만큼 동원해 주셔야 하고, 삯은 당일치기로 나가야 하오."

"그러합시다. 현장을 둘러보시고 오실 때 우선 대충이나마 간잡이그림과 주요 물목과 수량을 적어 오시오. 우리도 모여 의논을 해야 하기 때문이오."

"예, 그러하지요. 달포 이내는 오기 어려울 같소. 그러나 바삐 서두르겠소. 마지막으로 부탁 하나 하려오. 후세에 이름이 남지 않도록 소인의 이름은 후대에 넘길 종이에서 빼 주시오."

이장집이 깜짝 놀라 되물었다.

"그건 또 어인 일이오? 대목의 함자銜字를 빼 달라니요?"

"지금껏 집을 짓고 이름을 남긴 적이 없소. 창건자만 있어도 좋은 건물은 빛이 나는 법이오. 대목은 오직 그것으로 만족해야 하오. 보고 훌륭하니 누가 대목을 했을까 하는 의문을 품게 함이 옳지, 구경하다가 누가 대목을 했다는 소리를 듣고 그제야 놀라는 게 무슨 의미가 있겠소?"

말을 마친 심치곤이 대답은 필요치 않다는 듯 육중한 몸을 가볍게 일으키며 밖으로 뚜벅뚜벅 걸어 나갔다. 이장집은 뭐라 배웅도 하지 못하고, 고개만 몇 번 끄덕였다.

# 16

시냇가 버들눈이 트자 물가 이끼도 퍼렇게 살아났다.

수목이 무성하여 물소리가 깊숙이 들렸는가 싶었는데, 벌써
서릿발이 발밑에 밟혔다. 올해도 시월이 저물어 북쪽에서 날아
온 고니가 눈에 띄었고, 청솔은 솔가리를 쌓아 놓고 가지 몸피
만 불려 놓았다. 또 한 해 세모가 휴휴 이마에 닿았다.

두타산정 너머로 해가 기울자 산 그림자가 빗쟁이처럼 마당
을 가로질러 성큼성큼 다가들었다. 바람이 황장목 가지에 매
달려 울었고, 댓돌 아래로 낙엽이 구르다가 멈추고 멈추었다가
구르는 소리가 문밖 가까이서 들렸다. 어제 이맘때 지웠던 하
루처럼 또 그런 하루가 어둠에 묻혀 가고 있었다. 시간이라는
것이 낮에는 미적미적 지루하게 흐르다가 저녁 무렵이면 벽이
무너지듯 급작스레 흘러 기울어졌다.

마치 약조한 사람을 기다리듯 죽죽선이 휴휴 눈앞에 이리저
리 밟혔다. 죽죽선을 향하는 휴휴 마음은 자신마저 알다가도

모를 일이었다. 주둥이를 삼노끈으로 단단히 조여 묶어 놓았는데도 밑살이 터져 나가는 부대負袋와 같았다. 마음의 여유가 없어 여기저기 시선을 돌릴 처지가 아니고, 또한 자신의 행동 하나하나까지 이웃들이 많은 관심을 가지고 지켜보고 있는 차제에 근신하자 했지만, 사위가 고요할 때면 다시 죽죽선과 나눈 대화들이 생생하니 머리에 떠올라 이런저런 상상에 잠기게 했다. 변고라면 변고인데 작정한들 고쳐지지 않았다.

이날도 삼화사에서 빌려 온 경문을 읽다가 고개를 언뜻 들었는데 눈앞에 가로 놓인 곡두처럼 죽죽선의 모습이 떠올라 보였다. 늘 바라보던 산색이 새롭고 바위를 돌아내리는 물소리마저 달리 들리며 달빛 받은 나무 그림자가 문에 매달려 요동치면 불현듯 사람이 그리워지는데, 휴휴도 그때면 죽죽선을 만나러 가고 싶은 마음이 일었다. 언제나 죽죽선은 손잡을 만한 거리에 있었다. 그녀와 손을 잡고 싶은 마음이 일 때마다 휴휴는 강도에 있는 종조모 원元 씨를 내처 생각했다.

휴휴한테는 원 씨가 일찍 지어 준 짝이 있었다. 지금은 멀리 떨어져 있지만, 반드시 돌아가야 할 처지에서는 그 짝을 어떤 이유에서든 내칠 수는 없이 평생 곁에 두어야 할 여인이었다. 다만 지금은 강도에서 휴휴의 한 녘 마음만 간신히 붙잡고 있는 셈이다.

휴휴에게는 어머니의 존재보다 더 특별난 여인이 대복경大僕卿 임천부林天敷의 아내인 종조모 원 씨였다. 정유년(1237) 열네 살 나던 해 갑자기 아버지를 여의고, 학문을 계속하느라 삼척현으로 간 홀어머니와 헤어져 그녀의 보살핌으로 청소년기를 보냈기 때문이다.

원 씨는 휴휴의 훈육에서는 홀어머니보다도 더욱 엄격했다. 아버지와 사별한 홀어머니가 친정인 삼척현으로 돌아갈 때도 휴휴를 강화도에 잡아 둔 사람은 원 씨였다. 홀어머니가 떠나기 전날, 원 씨는 휴휴에게 강화도에 남아 있어야 할 연유를 분명하게 밝혔다. 마치 삼자대면이라도 하듯 바로 옆에 홀어머니도 있는 자리에서였다.

"지금 세월에서는 아무리 학문이 뛰어나더라도 혼자서는 일어날 수 없느니라. 사내대장부로 출세하자면, 우선 좋은 스승을 만나야 하고 좋은 문생들과 사귀어야 하는데, 벽지僻地인 삼척현에서 어미 품에 묻혀 당장 눈앞에 벌어진 가사에 매달리다 보면 필시 농사꾼이나 나무꾼이 되겠지. 물론 그것이 홀로 살아갈 어미에게는 당장 살아가는 데 보탬이 되겠지만, 사내로서 품은 뜻은 일찍 버려야 하겠지."

"……."

원 씨 달변達辯에 홀어머니는 아무런 대꾸가 없는 채 세워진 오른쪽 무릎에다 두 손을 얌전히 얹고 다음 말을 차분히 기다리고 있었다. 모두 지당한 언사여서 중간에다 뭐라 다른 말을 끼워 넣을 여지가 없었다. 보다 못한 휴휴가 홀어머니를 대신해 물었다.

"할머님, 자식이 어머니께 효도하는 게 마땅하지 않습니까?"

휴휴 물음에 원 씨는 홀어머니에게 주었던 시선을 거둬들여 아예 휴휴한테로 향했다.

"자식이 부모에 대한 효도라는 게 딱히 옆에서 가사 일이나 돕는 게 모두가 아니지 않느냐? 학문하여 벼슬을 얻고 편안히 봉양하는 것이 자식으로서 올바른 효도다. 그런데 이제 그곳에 가 있으면 학문과는 멀어질 게 정한 이치가 아니냐? 너는 어쩌하든 과거에 오른 젊은이들을 길러 낸 스승과 그 제자들 사이에 오가는 뜻을 가진 문도門徒와 교류하여 발 폭을 넓히고 안면도 쌓아 두어야 하느니라. 타고난 재주가 아무리 비범하다 해도 그런 연고 없이는 벼슬길로 나아갈 수 없는 게 현실이다. 그러니 어미가 있는 삼척으로 가지 말고 이곳에 반드시 남아야 하느니라. 그러니 이 할미 뜻을 따르도록 해라."

원 씨는 아예 막대기로 땅에다 금을 그어 구획을 짓듯 명확하게 일러 주려고 했다. 그러나 휴휴는 한 번 더 자벌레처럼 꿈틀하고 싶었다.

"할머님, 어머니를 혼자 어떻게 그 먼 곳으로 보냅니까?"

휴휴는 저항하듯 소리쳤다. 곁에서 잠자코 듣고 있던 홀어머니가 중간에 끼어들며 엄히 휴휴를 타일렀다.

"이 어미는 상관없다. 너는 어미 생각 말고 종조모님 말씀을 따르라."

홀어머니 말에 이어 원 씨는 다시 윽박지르듯 휴휴의 의지를 꺾으려 들었다.

"너는 학문하는 무리에 섞여 있어야지, 그 궁벽한 벽지에서는 사내로서 뜻을 이루기는 요원한 일, 구만리 창천 같은 갈 길을 에둘러 포기할 셈이냐?"

"하지만……."

휴휴는 쉽게 물러서기 싫었다. 아버지를 일찍 여읜 처지에서는 홀어머니가 유일한 혈육이기에 그 옆에 가까이 있어야 할 것 같았다.

"네가 평생 흙에 묻혀 살겠다면 그곳으로 가거라. 내 굳이 말리지 않으마."

원 씨의 냉정한 말에 홀어머니가 서둘러 입을 열었다.

"아닙니다. 아이를 이곳에 두고 가렵니다. 부디 거둬 주시기 바랍니다. 너는 종조모님의 말씀에 따라 이곳에 남아라. 이 어미는 그곳에 네 외가 사람도 있으니 내 걱정은 하지 말고 뜻을 이루고 나서 이 어미를 찾아와도 가히 늦지 않다."


홀어머니가 떠나간 강화도의 생활에서 휴휴는 늘 외롭고 쓸

쓸함에 시달려야 했다. 아무리 원 씨가 알뜰살뜰 챙겨 주었지만, 먼 삼척에 있는 홀어머니 모습이 언제나 그립기만 해서 마음 한 녘은 텅 비어 있었다. 더욱 강화도 하늘 끝에서 떨어지는 해가 남긴 짙은 노을이 퇴창으로 들이비치는 시각이면 휴휴는 홀어머니가 가슴이 떨리도록 보고 싶었다.

휴휴는 친구와 마주 앉아 있는 자리에서 말이 없다가도, 그 사이에 술이 놓이면 마신 양만큼 많은 말들을 쏟아 냈다. 마치 가슴속에 쌓인 쓸쓸함을 깡그리 비워 내려고 일부러 그런 짓거리를 하는 것 같게 보였다.

원 씨는 한눈을 팔지 못하도록 단단히 단속하는 데도 학문에는 뜻이 없고 헛되이 세월만 보내며 술만 마시는 휴휴에게 홀어머니에 관한 말을 절대 입 밖으로 내놓지 않았다. 그러나 틈틈이 정신 줄을 놓고 있다면서 흐트러진 자세에 일침을 놓는 일도 잊지 않았다.

"이제 나이가 열다섯이니 대장부다. 잡념을 털어 내고 학문에만 힘써라."

휴휴는 외로움을 참아 낼 수 없을 때, 마니산 동쪽 기슭에 자리 잡은 정수사淨修寺를 찾아가곤 했다. 그보다 가까운 곳에 전등사傳燈寺가 있었으나 사람의 왕래가 잦아 번거로웠다. 경사진 길을 타올라 가파른 돌계단을 오르면 대웅전 앞뜰이 이마에 와 닿는다. 그 뜰에 올라 동쪽 경계를 바라보면 서해가 갯벌을 머금고 시원하게 눈길을 빨아들였다. 비록 서해로 뻗어 난 바닷길이라도 끝없이 헤쳐 가면 육지 건너 홀어머니가 있는 동해에 닿을 듯도 했다. 휴휴는 그곳에 머물다가 해 질 무렵에야 느린 걸음으로 돌아오곤 했다.

또 강도에 봄이 오면 진달래꽃이 만산을 뒤덮는 고려산高麗山 적련사積蓮寺에 올라 먼 하늘을 보면서도 마음은 홀어머니가 있는 삼척에다 두었다. 봄 산을 보는 휴휴 가슴 밑에서 물 끓듯 모정이 솟구쳐 올랐다.

봄꽃인 진달래가 산자락을 물들이자 침엽수들이 쑥색 치마에 분홍신을 신은 듯했다. 홀어머니가 삼척으로 떠나면서 버리고 간 신발이 그곳에 던져졌다는 생각이 들었다. 어머니라 외쳐 보고 싶은데 부름이 목 아래에서 토막토막 끊겼고, 이내 목젖을 누르며 튀어나오는 꺽꺽 괴이쩍은 소리마저 음식이 체한 듯 목에 답답하게 감겼다. 아닌 게 아니라 노간주나무 잎이 목구멍에 찔린 듯 홀어머니를 부를 때마다 휴휴는 목이 아팠다.

미간에서 손가락 반 마디 간격을 두고 양옆으로 뻗어 나간 실눈썹에서나, 부드럽게 다문 도톰한 입술에서나 단정함을 잃지 않은 홀어머니는 잠자리에서 일어나며 참빗으로 머리를 빗어 맵시를 고친 다음에야 아침을 맞는다. 그런데 그 자리가 오늘도 휴휴의 눈앞에서 비어 있었다.

홀어머니는 집 안으로 들어서는 휴휴에게 따르기 시작하는 눈길은 또한, 잠이 들어야 멎곤 했다. 그러다 삼척현으로 떠난 홀어머니의 자리는 열두 폭 병풍 가운데 한 폭을 도려낸 듯 휴휴의 눈앞에서 한 녘을 텅 비우고 사라진 것 같았다. 그것이 두고 간 참빗과 함께 마음에 남은 열한 폭의 그림들마저 빛바래게 했다.

원 씨는 처음에는 휴휴의 방황에 속을 어지간히 태워 내면서 잘 참아 냈다. 어린 나이에 홀어머니를 멀리 떠나보내서 외로움도 많이 타려니 여겨 가며 어지간한 일에는 모른 척하려고 외면했다. 그러나 휴휴는 여전히 배움은 뒷전인 채 또래들과 어울려 술 마시기를 즐겼다. 참다못한 원 씨는 벼르고 벼르다 하루는 휴휴를 앞에다 불러 앉히고 모진 소리를 했다.

"못난 것. 어머니가 그토록 그리우냐? 이 할미가 널 삼척으로 보내 주랴?"

"아닙니다. 할머님."

"그럼 동문과 어울리자면 술을 끊을 수는 없다손 치더라도 학문을 내팽개칠 만큼 술을 마시면 되겠느냐? 이 할미는 어린 몸이 술로 인해 상할까 봐 늘 걱정되느니라. 그러니 학문에 더욱 매진하기 위해 주량을 대폭 줄이도록 해라."

"예, 할머님. 앞으로 그리하도록 하겠습니다."

휴휴는 원 씨 앞에서 그렇게 약조를 했으나, 술 마시는 버릇은 여전히 고치지 않았다. 오히려 깜박 정신을 잃을 만큼 마시는 횟수가 나날이 늘어나기만 했다.

매미가 푸른 하늘을 찢어 놓을 듯 귀청이 따갑도록 우는 어느 날, 휴휴는 문헌공도文憲公徒 낙성제樂聖齋에서 주관한 하과회夏課會에 객으로 참가했다. 문헌공도는 본디 최충崔冲이 고급 관리로 충원할 인재를 전문으로 양성하고자 설립한 교육 기관인데, 그의 시호인 문헌공에서 따온 이름으로 개경에 설치되었던 사학 12공도 중의 하나였다. 실제 문헌공도 출신으로 과거에 급제하지 않은 사람이 없을 만큼 명망이 높아 각지에서 수제들만 모여들었다.

낙성제 역시 문헌공도 성명제誠明齋 출신인 이규보와 김창金敞이 천도한 강화에서 복구한 교육 기관이어서 글깨나 한다는 자들이 여기저기서 모여들어 문생들로 북적였다.

휴휴가 참여한 하과회는 과거시험에 대비하기 위하여 오뉴월 절에 들어가 오십여 일간 고문, 고서의 당송시唐宋詩를 공부하며 시와 부賦를 짓는 여름 수련회다. 시와 부를 지을 때는 초에 금을 그어 그곳까지 촛불이 닿기 전에 글을 짓는, 일명 각촉부시刻燭賦試의 급작急作 형식이었다. 휴휴는 형식에 맞추어 빠르게 문장 짓는 기술을 연마하여 경주하는 경연에 참가한 셈이다.

휴휴는 하과장에 모일 때부터 박항, 박추朴樞와 공문서를 가지고 낙성제 도회소都會所 연미루鳶尾樓에서 어울려 시문을 주고받을 만큼 기분이 한껏 들떠 있었다. 마지막 날 관례대로 시험을 치른 뒤 영내 유생들을 위로하기 위하여 연회가 베풀어졌다. 연회 자리에서 긴장이 풀린 휴휴는 주변 친구들이 권하는 대로 주저 없이 술잔을 받아 마셨다. 문생들도 휴휴가 처음에는 긴장된 기분을 풀어내려고 마시는 술이려니 여기면서 재미삼아 부추기듯 계속 술을 권했다.

그러나 휴휴는 비록 바로 벼슬자리로 나가는 시험은 아니었으나 홀어머니를 멀리 보내고 외로움에 시달려 가면서 배운 학문에 대한 평가를 받았다는 게 기쁨에 앞서 슬픔이 일었다. 과거에 뽑혀 관리로 나아가기 위해선 모정에 대한 그리움도 참아내야 하는 현실이 때로는 야속하기만 했던 탓이다.

휴휴는 술을 마실수록 마음이 풀어지는 게 아니라 허전하기만 했다. 그럴수록 술맛이 달아올라 술잔을 앞으로 거듭 끌어당겼다. 옆자리 앉은 동료들도 앞다투어 술잔을 건네며 휴휴의 폭주를 부추겼다.

"어이, 승휴! 오늘 이 자리에 종조모님도 없으니 실컷 마셔보자고. 자, 마셔! 마시자고!"

"아암, 학문은 자네들한테 미치지 못할지 모르지만, 술 마시는 데는 누가 나를 앞서? 하하."

휴휴는 겉으로는 호탕하게 웃으며 오늘만은 건너오는 잔을 마다치 않고 받았다. 그러나 술을 이겨 내는 장사는 술 역사에도 존재하지 않았다는 걸 그도 알고 있었다. 연회가 끝날 무렵에는 팔다리가 꼬일 만큼 대취해서 양쪽 겨드랑이에 한 사람씩 따라붙어야 했다. 입으로 들어간 술이 눈으로 나올 듯 눈동자까지 흐릿하게 풀어져 있었다.

길을 되짚어 나가던 휴휴는 비척거리는 걸음을 바로잡고자 길가 나무둥치를 얼결에 잡았다. 오줌소태에 효험이 있다고 알려진 배롱나무가 그곳에 있었다. 분홍색 꽃을 잔뜩 단 나무가 흔들리며 '내가 바로 파양수怕癢樹요' 하며 간지럼을 타듯 했다.

휴휴 눈앞으로 홀어머니 모습이 갑자기 다가들었다. 그는 손을 내밀어 홀어머니 손을 와락 잡았으나 딱딱할 뿐 익숙하게 기억되었던 온기가 없었다. 그의 과격한 몸짓에 배롱나무가 심하게 꽃 머리를 흔들었다. 휴휴는 속에서 치닫는 덩어리를 울컥 토해 냈다. 눌러 왔던 울음 덩어리였다.

"으흐흐 흑! 흑, 흑, 흑."

숫제 울음이 아니라 길 가던 사람들이 돌아볼 정도의 대성통곡이었다. 진작 만취한 몸으로 돌아가는 휴휴 뒷모습을 걱정스럽게 바라다보던 하과장 선생인 홍렬洪烈이 불안하여 두 팔을 휘저으며 그를 향하여 부산하게 뛰어왔다.

"승휴, 정신 차려! 정신을 차리라고. 길거리에서 이렇게 통곡을 해서야 되겠느냐?"

"흑, 흑, 흑."

"왜 우는 거야? 뭐에 서러워서 이리 크게 우는 거야?"

"흑, 흑, 흑."

"왜 우는지 말을 해! 우는 이유가 있을 게 아니냐?"

"흑, 흑, 흑."

휴휴는 고개만 가로저으면서 우는 사유는 대지 않은 채 아이처럼 울음소리만 더욱 꺼이꺼이 높일 뿐 그치지 않았다. 홍렬은 다시 휴휴의 몸을 흔들며 물었다.

"우는 이유를 모르면서도 운다고?"

아무런 대답도 하지 않던 휴휴가 그제야 고개를 크게 끄덕였다. 홍렬은 속으로 웃음이 치밀어 오르면서도 딱하다는 생각이 들었다. 우는 이유를 대지 못하고 울음은 그치지 않는 제자의 기이한 행동이 당혹스럽기도 했다. 휴휴는 끝끝내 대답하지 않고 앞으로 향해 비척거리며 걸음을 옮기기만 했다.

며칠 뒤, 홍렬이 지은 시 한 편이 도성에 널리 퍼졌다. 동문이 만나는 때와 장소를 가리지 않고 그 시를 언급하며 휴휴의 기이한 행보를 화제로 삼아 낄낄대면서 그를 주광酒狂이라 놀려 댔다. 술에 취한 채 까닭 없이 울었던 휴휴를 홍렬이 이태백에 비유하여 놀린 시 내용 때문이었다.

선생이 길가에서 운 것을 괴상하다 말라
적선謫仙은 항상 술에 취했지
교태로운 말 걸끄럽고 새끼 꾀꼬리 지저귀는 듯
느린 걸음 광기 많아 춤추는 봉황이 뛰듯 하네.

성가가 더욱 높아지니 시 비단결 같고
천지에 뛰어드니 술집이 고향일세
개원開元의 남은 버릇 지금도 남았으니
궁녀가 얼굴을 씻기는 사나이가 아닐까?

莫怪先生泣路傍 謫仙酣醉是尋常
嬌言帶澁難鶯囀 軟步多狂舞鳳蹌

聲價更高詩錦繡 乾坤驅入酒家鄕
開元餘習今猶在 莫是宮娥酒面郎

휴휴가 성혼의 나이에 이르자, 원 씨가 일찌감치 짝을 찾는 일에 관여하고 나섰다.

"짝을 찾는 일도 그러하다. 고려는 개국 초부터 호족豪族 종실 세력과 외척 세력으로 얽혀 있는 사회였느니라. 앞으로 너에게 짝이 될 여자도 네 앞길에 디딤돌이 될 수 있는 집안의 여식이라야 하지, 인척이 득세하는 이런 판국에서는 서민의 자식으로는 벼슬자리는 어림도 없다는 걸 명심해야 하느니라."

"할머님, 명심하겠습니다."

"내 일찍이 보아 둔 아이가 있느니라. 집안 배경을 두루 살피는 안목에서는 내가 너희 어미보다 월등히 낫느니라. 네 어미가 너를 나에게 맡길 때, 내 이미 네 어미에게서 내락을 받아 두었느니라."

원 씨는 태어날 때부터 사내로 태어났으면 대장붓감이라고 이웃들이 한 마디씩 할 만큼 얼굴에 이목구비가 진흙탕에 지나간 소 발자국처럼 큼직큼직하게 박혔다. 멀리서 보아도 눈에 띌 만큼 시원스러운 용모를 지니고 있어 갓 차림만 하지 않았지 숫제 대장부같이 보였다.

자라면서도 용모에 걸맞게 사내아이들을 뺨칠 만큼 힘깨나 써서 사내아이들이 앞에서 꼴값을 떨면서 깝죽대면 참아 내지 못하고 업어 둘러 매쳤다. 출가해서도 집안 살림을 움켜쥐고 남편인 임천부의 바깥출입에 기가 꺾이지 않도록 뒷받침에 소홀히 하지 않았다.

원 씨는 그렇다고 곳간의 열쇠 패에만 집착하는 안방 여인네가 아니었다. 집으로 손님이라도 찾아들면 술상에 오르는 주효酒肴에 신경을 쓰기보다 손님의 신상에 더 많은 관심을 보였다.

손님이 들면 어느 가문의 자제이고 어느 선생의 문하이며 언제 무슨 과거로 합격했는지도 관심을 나타내며, 객이 돌아간 뒤 임천부에게 방문객에 관하여 낱낱이 물어 기억했다. 그녀는 손님의 신상 파악으로만 그치지 않고 남편에게 인물 평가에 대한 소견을 밝히며 처세에 대한 조언도 서슴지 않았다. 바깥일은 남자가, 집안 살림은 여자가 하는 게 엄격한 양반집에서는 보기 드문 일이었다.

그녀는 만사가 사람의 됨됨이에 따라 좌우된다고 철저히 믿는 성격의 소유자였다.

그런 성격이니 휴휴와 사귀려 드는 주변 인물에 대하여 까다롭게 일일이 관여했다.

"그 사람 문하라고? 제자를 알려면 선생을 보고, 선생을 알려면 제자를 보라고 했는데 내가 보기엔 영 아닌 것 같구나. 그러니 될 수 있는 한 그 아이와 깊이 사귐을 삼가도록 해야 하느니라."

"할머님, 그래도 지금 궁도에서 알아주는 세도가의 자제가 아닙니까?"

"당장 세력을 손에 잡고 있은들 일순간 잘못된 처신으로 손아귀에 쥔 세력만 아니라 목숨까지 내놓는 세상이 아니더냐.

사람을 보는 눈은 코앞만 보지 말고 먼 뒤를 보는 안목이 필요
하느니라."

"할머님, 제가 소견이 어렸습니다."

"이 할미가 보기에는 어제 왔다 간 서생은 지금은 하찮은
집안의 자제지만 지닌 인품이 범상치 않더구나. 자주 친교를
갖는 게 나중에 너에게 이로울 것 같아 이 할미가 이르는 말
이니라."

# 17

일흔셋 된 최자崔滋가 눈을 감았다.

경신년(1260) 칠월이니 복중伏中이라 날씨는 무더웠다. 최자
의 부음이 휴휴에게는 날벼락이었다. 처음 부음을 전해들은 휴
휴는 멍하니 장대비가 내리는 하늘만 한참 동안 쳐다봤다. 진
작 잡목 숲에 떨어지는 빗소리는 산 갈피에서 울음으로 돌아와
마음속에 잠자고 있던 정분을 흔들고 있었다. 먹구름이 구동
거북이 형상의 목까지 낮게 내려와 바람 부는 방향에 따라 비
를 무더기로 이리저리 뿌려 댔다.

정신을 차린 휴휴는 바쁜 걸음으로 방 안에 들어섰다. 두루
마기를 찾아 입고 갓끈까지 조심스레 맨 뒤 돗자리까지 한 손
에 폈다. 방향은 궁도인 북서쪽이었다. 무릎을 꿇고 머리를 돗
자리에다 무겁게 내렸다. 휴휴의 눈에선 하염없이 굵은 눈물방
울이 뺨을 흥건히 타 내렸다. 휴휴는 멈추지 않고 다시 돗자리
위에다 얼굴을 박으며 큰 소리로 통곡했다. 이제 눈물이 눈으

로 나오는 게 아니라 입안에 고였다. 입으로 가득 괴는 것을 뱉어내도 목 아래에서 참고자 하는 울음이 또 넘어왔다.

휴휴는 일손을 놓은 채 며칠 큰소리로 통곡하며 슬퍼했다. 낮에는 밭에서 일하다가도 밤이 되면 술을 마시면서 이목에 아랑곳하지 않고 울음소리를 높였다. 예전 술에 취해 우는 휴휴에게 원 씨가 일찍 타이른 소리가 있었다.

"선비로 가는 길에 반드시 지켜야 할 덕목이 많지만, 그 가운데 하나가 희로애락에서도 함부로 과하지 않도록 자신을 추슬러야 하느니라."

그러나 이 순간만은 휴휴는 원 씨의 타이름을 지켜낼 수 없었다. 감성이 민감한 휴휴에게는 울음이 스승의 죽음에 대한 마땅한 표현인지도 몰랐다.

이제 학문에서 스승을 잃은 것이다. 아니 그보다 벼슬길로 나아갈 통로를 잃은 셈이다. 동문의 좌주로 기대고 있던 언덕이 와르르 허물어져 내렸고, 그나마 근근이 잡고 있었던 강도로 향하는 집념의 끈이 끊어진 형국으로 돌변했다. 강도로 돌아가기를 노심초사하던 휴휴에게는 중앙 관가로 나아가려는 외나무다리가 불어난 계곡 물에 휩쓸려 떠내려간 형국이나 다를 바 없었다.

휴휴의 스승은 최자이고, 그의 스승은 이규보였다. 그리고 문통文統까지 이어 내린 관계였다. 셋은 서른일곱과 스물한 살 차하差下가 지지만, 관학官學인 국자감 출신의 관료가 아니라 사학인 문헌공도 출신 관료이라는 것과, 음서제에 의해서가 아 니라 과거에 급제하고도 기회를 잡지 못하여 십여 년간이나 한 직이나 초야에 묻혀 있다가 벼슬길로 나아가는 것도 엇비슷하 였다. 게다가 초년의 겪은 불운까지 똑 닮았다. 이규보는 구관 문求官文으로, 최자는 그의 시를 본 이규보의 천거로 벼슬을 얻 어서 입관했기에 기회만 조금 달랐을 뿐이다.

황려黃驪 사람 이규보의 성격은 맺힘 없이 자유분방하여 거 침이 없었다. 그는 이미 열네 살에 글을 짓는 솜씨가 뛰어나 기 재奇才라 이웃의 부러움을 샀으나 과거 운은 그대로 따르지 않 았다. 송나라 시대지만 이규보는 만당풍晚唐風에 영향을 받은 대로 문풍이 자유분방한 성향이어서 지엽적인 형식주의에 옭 아 묶여 있는 과거체科擧體 글을 싫어했다. 아니 극도로 실용적 이라 탐탁지 않게 여기기까지 했다. 그는 개인적 정서를 노래 하기보다 사회적인 책임 의식을 더 강조하는 과거체 문장에 이 따금 한 마디씩 하곤 했다.

"흥 멋대가리 없이 허세만 잔뜩 부려 비쩍 마르게 꾸민 그것 도 글이라고……."

그러나 이규보는 과거장에 들어섰으나 외곬으로 과거 문체에서 벗어나 있는 답안지로 사마시司馬試에서 세 번이나 냉정하게 외면당하여 보기 좋게 낙방했다. 동문수학한 문생들은 하나둘 앞서 벼슬을 얻어 관모를 쓰고 입궐하였으나, 그는 해마다 과거장에 응시자로 드나드는 신세에서 벗어나지 못했다.

자존심이 어지간히 상한 이규보는 마음을 고쳐먹고 과거체로 답안지를 써낸 기유년(1189) 명종 임금 십구 년 사마시에선 수석으로 비로소 급제할 수 있었다. 그가 아직 아집과 객기가 덜 가신 스물세 살 때다.

그런데 과거에 급제한 이규보는 목을 뽑아 오늘일까, 내일일까, 기다렸지만 마땅한 벼슬을 얻을 수 없었다. 이태나 기다리다 못해 스물다섯 살 때 개경 천마산天摩山에 들어가 백운거사白雲居士라 자칭하며 시문을 지으면서 고사에 등장하는 현자들처럼 때를 기다릴 작정이었다. 그러면서 이규보는『장자莊子』를 읽고 청풍명월과 벗하며 세월을 낚으려 작심했다. 그러나 한 해를 겨우 버티다 개경으로 돌아오자 그를 기다린 것은 무관자無冠者의 궁핍과 사회로부터의 냉대였다. 그런 처지를 잊어버리고자 신이사관神異史觀을 바탕으로『동명왕편東明王篇』과『개원천보영사시開元天寶詠史詩』를 지으며 집필에 전념했다. 그러나 궁핍에 더나 견뎌낼 수 없었던 그는 자존심을 거둬들이며 최충헌 정권의 권부에 있는 조영인趙永仁, 임유任濡, 최선崔詵 등에게 구관문을 보내기로 했다. 당시 중추원中樞院 인사 행정의 권한을 쥔 승선承宣에게 보낸 구관 시에는 이런 것도 있었다.

금림禁林의 버들에 의탁하길 기대하오니
원하건대 긴 가지 하나를 빌려 주소서.

禁林期託柳　願借一長條

그러나 조정에서는 이규보가 구관 시를 보냈어도 이렇다 할
반응조차 없었다. 구름 위 푸른 산처럼 솟아 있던 이규보의 결
기가 또 한 번 무참하게 꺾였다. 그는 부심 끝에 문생들의 조언
을 받아 최충헌의 초청시회招請詩會에 참석하여 그를 국가적인
대공로자라는 칭송 시를 짓고 나서야 간신히 머리에 벼슬을 얹
을 수 있었다. 중앙 관직에 본격적인 활동하기는 마흔하나였으
니 과거에 급제한 지 십팔 년만이었다.

해주海州 사람이며 벼슬이 국자감 학유國子監學諭까지 오르고
문학 비평서인 『보한집補閑集』을 지은 최자는 스물다섯 살 나던
해인 임신년(1212) 강종 임금 원년 문과에 급제하였으나 또한
관운이 트이지 않아 한직인 상주사록尙州司錄에 머물렀다. 재
주가 묻힌 게 최충헌崔忠獻의 뒤를 이어 모든 실권을 손안에 거
머쥔 최이崔怡의 눈에 띄지 않았던 탓이다.

216

최이는 기벽이 하나 있었다. 그는 등용 대상자를 관리함에 있어 엄격하다 못해 지나치다 싶으리만큼 괴변을 떨었다. 우선 과거에 통과한 자를 네 등급으로 분류했는데, 학문과 문장에 능하면서 관리 능력이 뛰어난 자를 일등급으로, 학문과 문장에는 능하나 관리 능력이 모자라는 자는 이등급, 관리 능력은 우수하나 학문과 문장이 미처 따르지 못하는 자를 삼등급으로 매겼고, 두 가지 모두 미달하는 자는 최하등급으로 분류했다.

그렇게 분류된 명단을 자신이 직접 병풍에 써 두었다가 빈 관직을 충원할 때마다 곶감 꼬치에서 곶감을 빼듯 요처에다 하나하나 메웠다. 최자는 불행하게도 최하등급에 속해 십 년을 보내고도 승진의 기회를 잡지 못하고 말단 한직에 오래도록 머물러 있었다.

그런 최자가 지어 놓은 「우미인초가虞美人草歌」와 「수정배시水精杯詩」란 시가 우연히 당시 이름을 날리던 이규보의 눈에 띄어 세상에 비로소 알려지게 되었다. 마침 어느 날 무신정권의 최고 집정자인 최이가 이규보에게 물었다.

"그대 다음 문병文柄을 잡을 후계자로 누굴 여기고 있소?"

이규보는 마치 물음을 기다리고 있었다는 듯 서슴지 않고 냉큼 답변했다.

"당연히 학유學諭 최안(崔安: 최자)이 제일이고, 급제 김구金坵가 그다음이외다."

그 말을 들은 최이는 최자가 최하 등급에 있는 자인지라 등용을 하자면 검증이 필요했다. 우선 글재주를 가늠하려고 열 번이나 최자에게 시험에 들게 하고 이규보에게 등급을 매기게 했다. 그런데도 놀랍게도 최자는 장원을 다섯 번, 차상을 다섯 번이란 성적을 냈다.

이에 놀람을 금치 못한 최이는 다시 관리 능력을 시험하려고 최자를 급전도감녹사給田都監綠事를 시켜보았다. 그러자 최자는 갈증 난 사람이 물을 마시듯 기다리고 있던 차라 숨겼던 재주를 유감없이 드러내며 매사를 민첩하고 근면하게 처리하는 능력을 보였다. 일거에 학문과 문장에도, 일에도 능력이 있는 '능문능리能文能吏'의 인물로 평가받아 비로소 한직에서 벗어나 쌓인 서러움을 씻었다. 과거에 오른 지 십 년만인 서른네 살 되던 해였다.

물론 최자의 사회 진출에 또 하나 요인이 있긴 있었다. 그의 아내가 임효순任孝順의 딸이었다. 임효순은 최충헌의 딸을 아내로 맞아들인 사람으로 밀직부사까지 오른 귀족 가문의 고관이었다. 그런 연유로 최자는 임효순 가문뿐 아니라 최충헌 집안과도 인척 관계를 맺었으니 알게 모르게 인척의 영향을 받은 힘이 적지 않았던 셈이다.


최자는 강도에 있으면서도 삼백 년의 고풍이 서려 있는 개경

땅을 늘 그리워했다. 마음속으로 그리워하는 게 아니라 문생들에게 기회가 닿을 때마다 고려 도읍지 개경 일을 들려주었다. 특히 연등회燃燈會 저녁에 베풀어지는 봉은행향奉恩行香을 눈앞에 그리듯 생생하니 전하기도 했다.

개경에는 아홉 개의 넓고 평탄한 거리에 흰 모래가 평평하게 깔렸으며, 예성강으로 흘러 들어가는 큰 내가 양편 집 사이로 파고들어 유유히 흘렀다. 그러나 모래와 자갈이 뒤섞인 지형에다 성을 쌓다 보니 높낮이가 제각기 달라 들쑥날쑥했다. 개경 거리에는 행랑이 수백 칸으로 기다랗게 세워져 있는데, 백성들의 벌집과 개미 구멍같이 좁고 누추한 집들이 가지런하지 못한 채 어지럽게 보이는 심항深巷이기에 이를 가리기 위해 그렇게 지어졌다.

그러나 선의문宣義門으로 들어서면 중국풍이 불어 수십 가호마다 화려한 누각이 하나씩 세워져 있어 가진 자들의 사치를 짐작하게 하는 한편 그런 광경이 나라 안 곳곳이 얼핏 융성한 듯 보이는 데도 한몫하고 있었다.

해마다 여월如月 보름이면 연등회 저녁을 위하여 임금이 하루 전에 봉은사奉恩寺로 태조의 진영眞影에 분향재배하는 봉은행향奉恩行香을 했다. 임금의 환궁을 맞는 개경 거리는 모든 관리가 직위의 높낮이에 따라 비단을 이 산 저 산에다 걸어 놓고, 군부軍部에서도 화려한 비단까지 마련하여 거리에 길게 늘어

뜨려 놓아서 보는 사람의 넋을 송두리째 뽑아 놓았다. 또한, 휘장과 글 병풍을 좌우에 펼쳐 두고 기녀들이 다투어 풍류를 울리고, 머리 위로 늘어 달린 갖가지 등불은 거리를 대낮과 같이 밝혀 달이 떠올라도 그 빛을 알지 못할 지경이었다.

임금의 행차가 들어설 때쯤, 무지개색 치마를 입은 문무 양부兩部의 기녀들이 화관을 쓰고 임금이 환궁할 때 아뢰는 풍악을 연주하며 승평문昇平門 밖까지 나와 행차 수레를 맞이했다. 그때면 절정을 이뤄 저녁 끼니를 거른 자라도 배고픔을 잊고 인파에 휩쓸려 자기도 모르게 환성을 내질러 댔다.

그러했던 거리가 서리黍離함에 옛정을 놓게 했다. 고종 임금 이십일 년(1234) 왕도가 강화로 옮겨가자 수십 년 안에 북방에 자리 잡은 주州와 군郡이 몽골군의 발길 아래 겨릅대로 지은 움막처럼 졸지에 개망초만 무성하게 자라는 폐허가 되었다.

그런 이야기를 문생들에게 들려줄 때면 최자는 술잔을 자주 비워 내면서 먼 허공에다 눈길을 준 채 눈시울을 붉혀 한숨만 내쉬었다. 그러나 최자는 입으로는 심회를 소상히 밝히지 않았다.


휴휴가 최자를 만난 건 기연奇緣이랄 수 있었다.

낙성제에서 주관한 하과회에 참가했다가 대취한 휴휴를 보고 주광이라고 놀려 대며 지은 홍렬의 시를 접한 최자는 웃음을 입에다 빙긋이 물었다. 언뜻 스승 이규보의 행적이 연상되었기 때문이다.

스승 이규보 앞에서 술과 시, 거문고에 대해서는 말을 내놓지 말라고 했다. 술은 지고 가라면 못 지고 가도 마시고 가라면 다 마시고 갈 호주가好酒家에다, 연적硯滴에 물이 마를 때까지 시를 지어도 태작馱作이 없었으며, 거문고를 타면 합석한 사람은 물론 머무는 곳이 방 안인지 산중 폭포수 옆인지도 몰랐다.

이규보는 기상이 장하고 말이 웅대하며 창의가 신기로웠다. 홍렬의 시를 읽으면 휴휴가 아니라 스승이 술에 취하여 활개를 저어 비척거리며 강도의 길을 걷고 있는 듯 눈앞에 어른거렸다. 시를 본 최자는 생각하는 바가 있어 휴휴를 만나 보고자 사람을 보냈다.

최자는 집으로 찾아든 휴휴와 이런저런 일에 관하여 이야기를 나눈 뒤 글을 짓게 해보니 타고난 인품과 뛰어난 글재주가 있어 보여 마음에 들었다. 자기의 문하에 두고 싶었다. 최자가 기쁜 마음으로 휴휴에게 물었다.

"어릴 때 어디서 글을 익혔는가?"

"예, 아홉 살에 책을 읽기 시작하여 열두 살 나던 해, 원정국사圓靜國師 경지鏡智의 방장方丈에 들어가 글을 익혔습니다."

"경지의 방장이라……, 그때 선생은 누구였는고?"

"신서申諝 스승이었습니다."

"으음, 그래. 그곳에서 어떤 글을 익혔는고?"

"좌전과 주역 등을 배웠습니다."

"지금 어디서 머물고?"

"열네 살 나던 해 생부를 여의고, 복원군이 종조부인데 지금 그곳에 머물고 있습니다."

"복원군이라면 대복경大僕卿 임천부林天敷 어르신이 아닌가?"

"예, 그러하옵니다."

최자는 휴휴 성품이 맘에 들었다. 그래서 다짜고짜 의향을 물어보았다.

"내 문하에 들지 않겠는가?"

최자 말에 휴휴는 당혹스럽기까지 했다. 관직에서의 영향력이나 문명에서 전성기에 이른 최자의 문하란 장래를 보장받을 수 있는 위치에 들기 때문이다. 휴휴는 입을 열어 가까스로 대답했다.

"저를 받아 주신다면 더한 영광이 없겠습니다."

"그럼 그렇게 알고 있겠네."

"예, 스승님, 학문을 부지런히 익혀 기대에 부응토록 하겠습니다."

말을 마친 휴휴는 일어나 최자에게 큰절을 올려 사제 인연을 맺는 예의까지 표했다.

이후 비슷한 처지의 경로를 밟아 온 이규보의 문하로 들어간 최자도 뛰어난 시문과 스승의 도움으로 승승장구했고, 휴휴 또한 최자가 지공거로 주관한 과거에 급제하여 벼슬에 오를 자격을 얻음으로써 문하로서 의무를 다했다. 이렇게 세 사람의 초년 관운은 운명처럼 엮이듯 엇비슷하게 닮아 있었다.

이제 스승 최자가 세상을 떠났으니 휴휴는 그가 없는 강도로 가 본들 자리를 얻어 관직으로 나간다는 보장이 없었다. 무신 집권기인 고려 조정에서 문신들은 무신정권의 눈칫밥을 먹으며 살아가야 했다. 이런 무신들에게 대항하자면 과거를 통해 등장하는 세력들을 끌어모을 수밖에 없고 보니 과거를 주관한 사람과 급제한 사람과의 관계뿐만 아니라 급제한 동문끼리 유대가 더욱 강화될 수밖에 없었다.

이들은 좌주와 문생, 동문으로 호칭했는데, 좌주와 문생은 아버지와 아들 같은 관계였고, 동문은 형제와 같이 끈끈한 관계를 맺고 있었다. 그런데 좌주인 최자가 죽었다니 홀어머니를 모시고 농사짓고 있지만, 형편만 나아지면 언제라도 떠나야 한다고 벼르고 별러 오던 휴휴로선 가고자 했던 길이 끊긴 거나 마찬가지였다.

과거에 오르고도 십 년의 세월을 허송한 최자의 입장에서도 홀어머니를 뵈러 떠났다가 전황戰況에 막혀 돌아오지 못하는 제자를 안타까운 심경으로 분명 기다리고 있다가 눈을 감았을 것을 생각하니 통곡하지 않을 수 없었다. 그런 연상을 하면 할수록 최자의 죽음으로 인한 충격에 휴휴는 망연자실하여 건너편 산만 멍하게 바라보는 버릇이 생겼다.

# 18

하루하루는 지루했으나 나날은 빠르게 지나갔다.

집 떠난 노비가 제 발로 걸어 들어왔으나 마침내 전염병에 걸린 홀어머니를 수발하다 몇몇도 같이 병석에 누웠다. 역병疫病이었으나 홀어머니는 이미 오래전부터 몸이 쇠약해져 있었다.

홀어머니가 쇠약해진 근원은 동번역적의 병화로 집이 불타고 노비들이 죽거나 뿔뿔이 흩어져 떠난 일로부터였다. 그녀는 손에 일손을 잡고 있어도 떠난 노비들을 늘 생각했다. 추노推奴를 풀어 잡아올 수도 있었으나 떠날 때의 정황을 떠올리며 사람 탈을 쓰고 차마 그럴 수 없었다. 홀어머니는 피붙이처럼 지냈던 것들이 빈손으로 보냈다는 자책감 때문에 늘 가슴 아파했다. 눈 감기 전에는 잊지 못할 일이라 밥상머리에 앉을 때마다 그때 일을 생각하며 혼잣소리를 내뱉었다.

"내가 해도 해도 못할 짓을 했던 거지. 그때 아무리 어렵더라도 말리고 붙잡아야 했는데 난리가 끝나지도 않았던 마당에 알

몸으로 내보내다니…….”

그렇게 내뱉고도 직성이 풀리지 않는다는 듯 뒷말을 이었다.

“그도 이제 어느 하늘 아래에서 곤궁함에서 벗어나 밥술이나 먹고 사려나…….”

홀어머니는 눈물만은 보이지 않으려 돌아앉았지만, 끝내 치맛자락을 집어 올려 눈가에다 댔다.

홀어머니는 그 일 이후, 아침에 일어나자마자 참빗으로 머리를 단정하게 빗어 내리는 일도 힘겨워했다. 날이 새자마자 눈앞에 보이는 건 농사뿐이고, 그것을 휴휴 혼자 하니 몸 하나 간추릴 여유마저 없었다. 그런데 봄이 되자 노비들이 스스로 돌아와 험한 일은 치러 냈지만, 홀어머니는 예전처럼 건강을 회복할 수 없었다. 더구나 돌림병으로 홀어머니는 침상에 누워 있는 게 오래되었고, 종들마저 죽거나 몸져 일어날 수 없어 휴휴는 심부름꾼 하나 없이 벌어진 일들을 하거나 숫제 생각마저 접을 때도 있었다.

휴휴로선 모든 게 암담해지자 다시 마음속에서 갈등이 일어나기 시작했다. 용계에 머물고부터 한시라도 생각에서 떨쳐 버릴 수 없었던 게 벼슬로 나아가 관료로서 이상을 실행하고자 하는 욕구와 시골 눈앞에 벌어져 있는 현실을 감당해야 한다는 책임감이었다. 그 사이에서 때로는 자신도 마음을 다잡을 수 없을 만큼 우왕좌왕하고 상황에 따라 이리저리 휘둘리고 있었다.

휴휴는 도저히 자신 생각부터 명확하게 정리하지 않으면 스스로 무너질 것 같았다. 오랜 생각 끝에 양단으로 달리는 사념을 정리하려고 붓을 들었다. 휴휴는 홀어머니의 병간호하는 틈틈이 용계 계곡 개울가를 거닐며 자신의 처지를 빗대어 병과시病課詩를 짓기 시작했다. 그러나 시를 지으면서도 이리저리 휘둘리는 마음을 잡지 못해 방 안에서나 개울가에서나 끊임없이 자신과 치열하게 싸움을 해야 했다.

날마다 사립문 나와
시냇물 근원을 거닐고
시냇가 순록馴鹿들도
점점 친숙해져 한무리 되었네.


시냇물과 더불어 희롱하며
오래 앉아 있으니 푸른 이끼 따뜻하고
때때로 마을 늙은이 찾아와
나를 논평하며 웃으며 말하네.


日日出柴門 散步溪之源 溪邊麋與鹿 漸熟還同群
相與弄溪水 坐久蒼笞溫 時有村叟至 謂我笑且言

휴휴는 병과시에 이렇게 마을 늙은이를 대담자로 등장시켰다. 비록 병과시는 마을 늙은이와 웃으며 말하는 문답 형식을 빌었지만, 휴휴는 그를 가상인물로 내세워 과거에 오르고도 홀어머니의 공양 때문에 한촌에 박혀 있어야 하는 자신의 처지에 대하여 마음에서 일어나는 갈등을 양비兩非 입장에서 풀어내고자 했다. 처음에는 마을 늙은이 처지에서 어렵게 학문을 닦아 과거에 급제한 휴휴를 향하여 분에 넘치도록 치켜세우기에 입술의 침을 모두 말린다.

그대 거취 보고
나는 매우 성의 있는 고언 드리고 싶다오
그대는 소년 때부터
운몽택雲夢澤을 가슴에 삼키려 했소.

나이 다하고도 항상 진중하고
박 잎 삶아도 펄펄 나부끼나니
시험장에서는 호랑이 잡기를 기약했고
학문 바다에서는 고래같이 물 뿜길 기약했소.
기름에 불붙여 시간을 이었고
여러 해 동안 동산을 엿보지 않았소
예와 의를 지팡이로 삼고

시경 서경으로 지팡이로 삼았소.


그대 행실 더욱 융성했고
그대 문장 날로 더욱 두터워졌소
그대 글과 그대 행실은
맑은 향기로 왁자지껄 전했소.


觀君所去就 愚蒙甚獻芹 君自少年日 雲夢胸中呑
窮年恒几几 瓠葉烹幡幡 詞場期虎獲 學海期鯨噴


휴휴에 대하여 갖은 언사를 동원하여 한없이 추켜세우던 마
을 늙은이가 돌변하여 그의 정곡을 예리하게 찔러 왔다. 그래,
비록 품은 꿈은 그렇게 장대하였으나 지금은 어떠한가. 띳집에
사는 것도 처량한데 어머니가 아프나 탕약조차 한 재 끓이지
못하고, 비속이 병고로 죽어 방 안에 가득해도 불 지핀 지 오래
되어 식은 부엌을 지켜보면서도 이상에 사로잡혀 있는 휴휴의
처지를 나무라며 비아냥거리기 시작했다.


집은 한갓 네 벽만 섰는데
비바람이 다투어 흔들었소
문밖 자취는 비로 쓴 듯하고

부서진 부엌 언제 불을 지폈던가?

가마솥 가득한 올챙이 득실거리고
살쩍을 맴돌며 나는 모기는 앵앵거리며
아내는 울고 아이들은 춥다고 울부짖고
학업에 연루되어 새매같이 쭈그려 앉음이 병이 되었소.

家徒四壁立 風雨爭搖掀 門外跡如掃 破竈何曾爨
滿釜飜科斗 繞鬢雷飛蚊 妻啼兒呼寒 坐學病鷗蹲

근래 또 병까지 걸려
열기가 불타는 듯했고
홀어머니께서 침상에 계시니
마음은 매우 번거로웠소.

탕약도 마련하기 어렵거늘
북당北堂에 어찌 원추리를 심을 수 있겠소?
증자曾子는 부질없이 탄식을 머금었고
초사楚辭에서는 공연히 초혼을 썼겠소.

종들은 죽어 방에 가득하고

머리를 나란히 함이 자라와 같았소
병든 몸도 오히려 둘 데 없거늘
어찌 다시 부엌일을 하겠소?

밤마다 홀로 촛불을 잡고
앉아서 동쪽이 밝기를 기다리며
살붙이들은 아직도 길을 떠도는데
재앙을 장차 누구와 나누겠소?

세간 사물을 다 보아도
빈천이 누가 그대와 같겠소?
처신이 이와 같거늘
어느 겨를에 길쌈을 하겠는가?


邇來又罹病 熱氣如惔焚 嫡親在蟻床 意思殊惛惛
湯藥尙難具 樹背焉得萱 曾參謾含唶 楚些空招魂
臧獲殭滿室 幷頭還似黿 病骨尙無措 那復供炮燔
夜夜獨秉燭 坐侍扶桑暾 骨肉尙行路 災患將誰分
閱盡世間物 貧賤孰如君 行身且如此 何暇理絲棼


마을 늙은이는 휴휴의 빈한한 처지 곳곳을 예리하게 찔러

가며 마음껏 조롱하고는 비록 청운의 꿈을 품지 않았던 내 처지는 오히려 지금 어떠한가, 휴휴에게 한번 들어보라면서 어깨를 한껏 거둬 올리는 말을 들먹였다. 마을 늙은이가 오래된 장독에서 퍼낸 된장 냄새가 가득 날 것 같은 속내를 그대로 드러냈다.

나는 시골 늙은이로
젊어서부터 밭 갈며 김매기를 일삼느라
검술 무예는 배우지 못했고
유술儒術 학문도 배우지 못했다오.

공자도 알지 못하고
곽거병霍去病도 알지 못하지만
다만 쟁기는 잡을 줄 알아
넓은 땅에서 근육으로 노고했다오.

마소는 얼마나 모았던가?
벼는 얼마나 많았던가?
종들이 항상 즐거워했고
처첩들도 항상 기뻐했다오.

고기는 항상 상에 가득했고
술도 항상 동이에 가득했으며
근엄하게 한 대청마루 위에
엄숙하니 앉았으니 스스로 높았다오.


儂是田園叟 小少事耕耘 釰術不學虎 儒術不學文
不識孔夫子 不識霍將軍 但知操末秬 博地勞其筋
馬牛何戢戢 禾稼何芸芸 僅僕常衎衎 妻妾常欣欣
有肉常滿机 有酒常滿樽 深沈一堂上 儼坐以自尊


　한층 신명이 잡힌 무당의 굿판처럼 마을 늙은이가 내친김에
한 발짝 냉큼 더 내디뎌서 휴휴의 가장 예민한 모서리, 즉 찌든
가난 앞에 선비인 척하는 의연함에 대한 허상을 날카롭게 찔러
왔다. 그 언사의 바탕이 고금을 넘나들어서 마치 구성진 노래
에 굿거리장단을 더 얹는 격이었다.


깨끗하게 세상살이하면
예로부터 배척받았고
충성으로 고소대姑蘇臺에서 간하다가
촉루검钃鏤劍이 오원伍員에게 돌아갔다오.
문 닫고 태현경太玄經 기초하다가

청록각天祿閣에서 양자운揚子雲이 몸을 던졌고
굴원屈原은 홀로 스스로 깨어 있으므로
상강湘江 물가로 내쫓겼소.


潔己以處世 自古逢排捱 推忠諫姑蘇 鐲鏤歸伍員
閉門草大玄 芸閣投子雲 屈原獨自醒 竄逐湘江濆


  마을 늙은이는 선비의 곧은 결기로 세상을 산다는 게 얼마나
어려운가를 고사까지 들어 조목조목 엮어 냈는데, 휴휴가 배운
학문 이치에서도 크게 벗어나지 않았다. 오히려 그러함이 자신
의 학문에 기틀이 되었기 때문이다. 또 그러함이 버려야 얻는
길임을 뚜렷하게 일러 주고 있었다.
  여태껏 마을 늙은이의 야유와 질책을 가만히 새겨듣고 있던
휴휴도 이제 인내심이 극에 달해 더나 듣고 있을 수만은 없었
다. 자존심이 상할 뿐더러 한촌에서 궁경躬耕 해야 하는 자신의
처신을 눈곱만큼도 알아주지 않은 직설 언사에 바짝 독까지 올
랐다. 휴휴는 처음 점잖게 맞대응을 해야겠다고 작정은 했으나
말문을 열자 그만 격한 감정이 솟구쳐 이내 본심을 여지없이
드러내기 시작했다.


  청컨대 그대는 앞에서 들으시오

봉황은 비록 덕이 쇠미해져도
참새와 지껄이는 데에 끼지 않소.

기린이 비록 때가 아닐 때 나와도
우리 속 원숭이를 바라지 않듯이
용이 잠겨 비록 쓰이지 못하더라도
살무사를 부끄러워하지도 않소.

천리마가 늙어 비록 마구간에 엎드려도
소금 끄는 수레에 멍에 씌우기 바라지 않듯이
군자 또한, 이와 같으니
멀리 올라가기를 기러기와 고니와 같다오.

불우한 때를 당해서는
더러운 흙에 옥이 묻히는 것이고
형산荊山의 박옥은 화씨和氏를 만나야 하듯이
영인郢人의 가치는 도끼를 운용함을 만나야 하오.
바람이 진실로 가만히 합치됨을 꾀하면
하루아침에 붕새가 날 듯할 것이고
한나라 궁궐에서 계책 올리면
주나라 들에서 네 마리 붉은 말을 달릴 것이오.

촉산蜀山 나무를 다 베어

바퀴 깎아 수레 만들 것이고

초산楚山의 쇠를 모두 주조해

수없이 단련하여 구슬도 자를 것이오.


…將子來前聞 鳳凰雖德衰 不參鳥雀喧

麟出雖非時 不祈檻中猿 龍潛雖勿用 不羨蚯哉蚓

驥老雖伏櫪 不願鹽車轅 君子亦如是 退擧如鴻鷗

當其不遇時 糞土埋興璠 荊璞遇和氏 郢質逢般斤

風期苟暗合 一旦方鵬騫 漢殿獻籌策 周原馳駟騵

兀盡蜀山木 斲輪營頓轓 鑄盡楚山鐵 百鍊截瑤琨


휴휴는 속이 달아오르고 마음이 급하긴 급했다. 말이 자꾸 급하고 빠르니 거듭 꼬여 들며 허투루 나갔다. 얼마나 자신의 주장을 강조하려고 '비록'이란 말을 네 번씩이나 번복해서 내뱉었겠는가. 휴휴는 마음을 다 드러내기도 전에 제 감정에 겨워 그만 울음까지 토해 내고 싶었다. 더군다나 말을 하긴 하였으나 마을 늙은이의 별 반응이 없는 표정에 휴휴는 더욱 초조한 심경으로 작심한 듯 내뱉었다.


짧은 칡 베옷으로 추위와 더위를 막고

거친 음식으로 아침과 저녁을 먹으며
백구白駒와 골짜기를 이리저리 떠돌다가
청승靑蠅이 울타리에 앉는 것을 배격하리.


책을 써서 이 세상을 교훈하고
검소한 자세를 후손에게 남길 것이고
같은 또래들이 배척하고 비웃으며
소인배들이 시기하며 원망한다 해도.


短葛禦寒署 蔬糲供朝昏 優游白駒谷 排擊靑蠅樊
修書訓當世 躬儉貽後昆 儕輩雖排笑 群少雖猜冤


　휴휴는 참아 내는 데 한계를 느꼈다. 악악한 감정으로 내뱉으면 내뱉을수록 답답함과 허전함을 동시에 느꼈다. 더군다나 이젠 마을 늙은이 표정에는 사람의 기분을 상하게 하는 야릇한 비웃음까지 실려 있었다. 아니 당신 말이 맞고 내 생각은 틀렸소, 내가 사죄하리다, 그런 승복을 기다렸는데 조금도 물러설 기미가 보이지 않고 오히려 실실 비웃기까지 하고 있지 않은가. 드디어 휴휴는 인내하지 못하고 참아 내던 속엣것을 울컥 쏟아 냈다.

우물 안에 앉아 푸른 하늘을 보면
어찌 천지 혼돈의 기운을 알며
대롱 속으로 표범 가죽의 한 점만 본다면
어찌 빛나고 화려한 무늬를 알겠소?

떠나시오. 저 마을의 늙은이여
그대가 간여할 바가 아니오. 하니
마을 늙은이는 선 채로 불안해하다가
망연자실하여 놀라 달아났다.

坐井觀靑天 焉知氣煙熅 管中窺一斑 焉知炳蔚紋
去矣彼村叟 非子所云云 村叟立不定 自失而驚犇

휴휴는 자신의 마음 한 녘에 관솔처럼 붙박여서 갖은 잡념을
키워 오던 '저 마을 늙은이'를 밖으로 냉혹하게 쫓아냈다. 강도
에서 내려온 이후 얼마나 많은 나날을 마을 늙은이와 부질없음
을 알면서도 싸움질만 계속해 왔던가. 아니 오히려 그렇게 하
지 않고는 한시라도 구동 용계에서 버텨 내기 어려웠던 건 또
한, 사실이었다. 그러나 지금 형세에서는 더는 마을 늙은이를
견디어 낼 수 없어 그를 내보내고 마음을 정리한 것이다.
  모두 짓고 붓을 던지니 오언시 백스물두 운韻이었다. 휴휴

는 이날 홀어머니와 노비들의 병구완하고 있음에도 불구하
고 무거운 마음을 도저히 참아 낼 수 없어 취하도록 술을 마
시고 쓰러졌다.

# 19

휴휴는 어제 바라보았던 앞산에다 오늘도 시선을 두었다.

복사꽃이 눈앞에서 눈부시게 일었던 걸 어제 본 듯했는데 개박달나무 몸피에서 일어난 껍질에 눈이 쌓였다. 달리 자세히 살피지 않아도 겨울 계곡이 적막하게 변한 게 절로 환히 보였다. 일상으로 이어지는 그런 세월을 지운 지 벌써 십 년이나 되어 이제 휴휴의 이마에 서른아홉의 나이가 넘어 장년 문턱까지 다다랐다. 한창 중앙 정치 무대에서 활동해야 할 나이인데, 몸은 초야에 묻혀 감나무 가지 끝에 매달린 까치밥처럼 제철을 놓치고 찌들어 가는 자신의 처지에 깊은 한숨이 절로 나왔다.

지금 휴휴 시선은 주위 사물에 가 있었으나 머릿속에는 며칠 전 죽죽선에게서 들었던 말이 꽉 차 있었다. 오래도록 그녀와 대면해 왔으나 그처럼 노골적인 충고를 받은 적이 한 번도 없었다. 사내대장부로서 일개 아낙이나 기녀에게서 충고를 받았대서 느낀 충격이 아니라 속뜻을 깊이 담은 진중한 소청이었기에 뭐라 반론할 여지가 그에게 없었다.

"선비님, 오늘은 소첩이 간곡히 드릴 청이 있습니다."

죽죽선이 옆에 앉아 술을 치면서 여느 때와 달리 휴휴의 표정까지 조심스럽게 살펴 가며 말문을 열었다. 죽죽선 입장에서는 오래전부터 마음속으로 작심하고 담아 오던 말을 오늘 기어이 휴휴한테 간곡하게 전하리라 작정하고 있었기에 눈에는 결기까지 넘쳤다.

"이 사람, 무슨 말을 하려고 그리 몸을 사려 정색하는가?"

휴휴는 여느 날과 마찬가지로 대수롭지 않은 표정을 지으며 가볍게 물었다.

"소첩의 처지에서는 주제넘을까 삼가 망설여집니다. 그래도 들어보시렵니까?"

휴휴가 편안하게 바라보는 데도 죽죽선은 주저주저하며 말머리를 풀어내지 못하고 있었다. 휴휴가 그런 그녀의 조바심을 누그러뜨리며 들을 모양새를 취했다.

"하, 이런 사람. 이미 말하고자 작심한 듯한데 뭘 그리 뜸까지 들이는가. 어디 무슨 말인가 들어보세나."

휴휴는 가볍게 받아 넘기며 여유롭게 술잔을 들어 목까지 축였다. 죽죽선이 휴휴 앞에 놓인 잔에다 술을 가득 채워 놓고 눈을 마주하며 말했다.

"소첩의 소견이 비록 사리에 어긋나더라도 심히 나무라지 마십시오. 긴히 드릴 말씀인즉 오늘부터 소첩의 집을 찾지 마시옵소서."

죽죽선의 목소리는 서두르지 않고 지극히 차분했을 뿐만 아니라 담담하다 못해 오히려 냉정하기까지 했다. 휴휴가 아래로 내리려던 눈길을 바로 치켜떴다.

"아니 찾지를 말라니? 그건 또 무슨 해괴한 소린가?"

휴휴는 예상 밖의 부탁에 놀라며 정색해서 되물었다.

"내 그대 거처 출입이 불편해서 그러는가?"

"예, 선비님. 소첩의 처지가 그러하옵니다."

죽죽선은 파리하게 단장한 이마를 죄까지 지은 듯 더 낮게 내리며 공손히 휴휴 말을 받았다.

"하, 하. 괜한 시선들이네. 난 그런 시선에 신경을 쓸 사람이 아닐세. 나도 그러니 자네도 그런 말에 크게 괘념치 마시게."

휴휴는 죽죽선을 건너다보며 호탕하게 웃었다. 죽죽선이 타인으로부터 터무니없는 질시를 받는 게 어이가 없었기 때문이다. 죽죽선한테 부어지는 주변 시선들을 휴휴가 모르는 바는 아니었다. 근동 한량들이 다투어 그녀와 가까이 하기를 원하고 있다는 것을 휴휴도 이미 알 만큼 알고 있는 처지였다.

"소첩이야 이미 화류계로 풀린 몸이니 이런저런 소리를 들어 욕될 것이 없으나 선비님은 구만리 창천을 앞에 둔 분인데 결코 일개 기녀 일로 앞길을 그르쳐서는 아니될 그런 분이 아니옵니까?"

죽죽선의 말투는 나직했으나 휴휴와 일을 오래도록 많이 생각해 온 듯 말끝이 단호했다.

"그대는 관여할 일 아니네. 나의 부내 나들이를 그렇게 야속하게 막을 심산인가?"

"예, 그러하옵니다. 그게 소첩이 바라는 바입니다. 제발 그리하시옵소서."

응대하는 죽죽선의 목소리는 조금도 흔들리지 않았다. 그렇게 당황하지 않고 소견을 나타내는 모양새를 보면 오래전부터 생각을 다듬어온 듯싶기도 했다. 휴휴는 난감한 표정으로 죽죽선을 마주 바라보았다. 직접 귀로 들은 바는 없으나 달리 떠도는 말들이 있을 법도 하지 않겠는가. 아니 자기만 듣지 못해 모르고 있을 수도 있다는 생각마저 들었다.

휴휴는 몹시 서운한 마음이 일었다. 첩첩산중 용계 구동 생활이 답답할 때 그나마 숨통을 터놓고자 찾아드는 유일한 곳이었는데, 냉연히 내침을 당하고 보니 적잖이 서운했다. 휴휴는 흔들리는 마음을 다잡으며 다시 물었다.

"그대 뜻이 정녕 그러한가?"

"선비님은 나들이에 관한 일이겠으나 소첩에게는 희망이기에 간절함이 그와 같사옵니다."

"진정 그러하다면 내 한번 생각해 보리다."

"생각할 여지마저 버리시기 바랍니다. 선비님은 제 곁에 머물 분이 아니기에 반드시 그러하셔야 소첩은 마음을 편안히 놓을 수 있습니다."

"머물 곳이 아니다……?"

"예, 분명 그러하옵니다. 무람없이 말씀드리자면 예로부터 혼인과 출사出仕는 때가 있다고 어려서부터 들었습니다. 박옥璞玉도 진흙에 묻혀 있으면 제 가치를 얻지 못하며 용이 비구름을 만나 승천치 못하면 추어鰍魚나 습어鰼魚와 또 무엇이 다르겠습니까?"

"그건 모두 극히 옳은 말이긴 하나……."

"그래서 소첩이 감히 선비님께 말씀 여쭙니다. 소첩 집으로 드나들며 술로 세월을 보내시지 말고 하루라도 빨리 강도길을 서두르시어 봉새로서 날갤 펴시기를 간청하옵니다. 지금 형세를 따져 보면 천리마가 헛되이 소금 수레를 끄는 것과 무엇이 다릅니까?"

죽죽선의 목소리는 깊은 계곡 너른 바닥으로 흐르는 물소리처럼 잔잔했으나 내면에는 감정의 높낮이가 분명 있었고, 말끝은 격함 탓인지 가늘게 떨리고 있었다. 그리고 부끄럽게 물든 눈을 들어 휴휴 얼굴을 그윽이 바라보기까지 했다. 하소연이 담긴 눈길이었다. 그 눈길에는 오히려 먼 길 나서려는 사람을 잡고서 놓아 주지 않으려는 연민과 같은 것이 촉촉하게 배어 있었다.

휴휴는 할 말을 더나 찾을 수가 없었다. 망연하니 앉아 있는 휴휴를 보며 죽죽선은 치마폭을 여미고 조용히 일어났다. 휴휴의 눈길도 위로 따라올라 일어선 죽죽선의 얼굴에다 주었다. 갑자기 일어난 행동을 어떤 짐작으로 받아들여야 할는지 휴휴는 당혹스럽기까지 했다. 그러나 죽죽선은 아랑곳없이 다시 한 번 옷깃을 여민 다음 살포시 내려앉으며 머리를 깊이 숙여 절을 올렸다.

"소첩의 절을 받으소서."

"이게 도대체 무슨 짓인가?"

휴휴는 깜짝 놀라 질책하듯 나무랐다. 그러자 죽죽선은 숙였던 이마를 반듯하게 들었다. 흔들리는 눈빛인데 눈시울이 젖어들고 있었다.

"소첩의 간절한 소망이옵니다. 곁들여 한 말씀 올리려 하기에 제 뜻을 받아 주십사 하는 마음을 드리려고 올린 인사니 꾸짖음을 거둬 주시기 바라옵니다."

"말해 보시게."

마음을 겨우 진정시킨 휴휴는 퉁명스럽게 내뱉었다.

"술을 좋아하는 것이 이 나라 백성의 근성이라고 송나라 사람이 그리 말했으니 굳이 가릴 바 아니오나 소첩은 선비님이 술을 너무 즐겨 주상酒傷 입으실까 심히 염려하여 말씀드리나이다. 제 근심은 거기까집니다."

휴휴는 무거운 마음으로 자리에서 일어났고, 이내 발걸음을 집으로 향하여 떼어 놓았다. 오늘따라 일상 걸었던 길은 아득히 멀어 보였고, 그 길을 가야 하는 발걸음이 한없이 무겁고 허전하기만 했다. 오십천 강변을 거슬러 올라 돌아가는 길, 모두가 어제 것이 아닌 듯 하나하나 경물이 낯설게 눈으로 스쳤다. 눈발이라도 내릴 양 하늘은 꾸물꾸물 했고, 바람마저 거칠게 일었다. 걸음을 옮길 때마다 두루마기 자락으로 찬 기운이 겹겹이 스며들었고, 갓끈이 언 뺨을 때렸다. 안팎으로 고르게 추위가 느껴지는 날이었다.

휴휴의 한없이 흔들리는 마음을 안고 걷고 또 걸었다. 불과 얼마 전 병과시를 써 나가면서 자신과 냉정한 싸움을 벌이지 않았던가. 현실과 이상의 갈등을 견뎌 내지 못하고 마음속 '마을 늙은이'를 쫓아내서 이제 현실 하나로 결심이 굳어졌다고 억지 부리듯 마음을 굳히다시피 했는데, 오늘 죽죽선이 모진 마음으로 다시 그것을 사정없이 흔들어 놓았다.

# 20

계해년(1263) 겨울에도 용계 구동에는 많은 눈이 내렸다.

설해목이 드문드문 드러난 산에서 꿩이나 노루가 먹이를 찾아 집 앞까지 내려올 만큼 눈은 계곡 그득 쌓였다. 외지 나들이가 불편할 수밖에 없는 설호雪沍의 계절이다.

노비들이 아침 일찍 일어나 띳집 지붕에 쌓인 눈부터 쓸어내리고 나서 마을길을 트려고 집을 비운 동안 휴휴는 집 주위 눈 가래 끝에 남은 눈을 싸리비로 쓸어 낸 뒤 굽혔던 허리를 곧추세웠다. 그리고 설원으로 변한 사위를 천천히 둘러보았다.

땅 위에 드러났던 모든 것들이 제격을 감추고 눈 속에 파묻혀 그냥 눈뿐이란 느낌이어서 자신을 드러내 보이려고 안간힘써 대는 것들이 자연의 섭리 앞에서 얼마나 하잘것없다는 걸 일러 주는 듯했다. 보고 보아도 끊임없이 시선 안으로 들어오는 설경을 멍하도록 바라다보면서 자신마저 눈 속에 갇혀 옴쭉도 할 수 없도록 갇혀 있다는 느낌이 들었다.

휴휴는 시를 짓는 버릇대로 차운次韻을 생각했다. 만약 지금 시를 짓는다면 운으로 운雲 자와 은隱 자가 마땅히 들어가야 제격일 듯싶게 모든 것들이 눈 속에 묻혀 있었다. 그런 생각이 불현듯 머리에 스쳤다는 게 자신에게는 뜻밖의 경우였다. 그의 붓끝으로 이루어진 거의 모든 시가 차운이나 호운呼韻에 의했던 것임에 비하면 발상 자체가 분명 예외였다. 경물에 대한 자의적인 정서에서 시상을 포집해서 표현해 내는 방식이 아니라 남이 지은 시에서 운자를 따서 격식에 따라 표현해 내는 방법으로 시를 지어 왔기 때문이다.

그 방법은 어찌 보면 남의 시에 대하여 비평을 겸한 우위까지 드러내려는 야박한 경쟁 심리를 부추기는 일면이 없지 않았다. 따라서 더 많은 고전을 인용하려고 여러 가지 책까지 읽지 않으면 남보다 능가하는 시를 지을 수 없다는 패배 의식에 사로잡히기 일쑤였다. 그러니 태반의 시가 고문을 압축해 놓은 편람과 같아 현학적인 아취雅趣에서 벗어나지 못하고 있었다.

시대의 문학 풍조가 그러하니 반절半切짜리 시詩 한 편을 읽어 내자면 옆에다 고전을 키만큼 쌓아 두어야 했다. 또한, 차운한 시에 다시 차운하니 차차운次次韻하는 일까지 빈번하게 벌어져 어떨 때는 그 경쟁 심리가 살벌함을 금치 못하기도 했다.

휴휴는 눈을 보고 마음이 이른 김에 먹 갈아 붓을 들고 싶었다. 싸리 빗자루를 기대 세워 두고 손 씻으려 우물가로 지적지적 향하는데, 한 마리 말을 더 거느리고 온 관속이 곧장 마당으로 들어서지 않고 사립문 밖에서 말을 멈추게 하고 말안장에서 내려섰다. 그리고 바삐 눈길을 헤쳐 온 사정을 말하듯 거친 숨까지 한꺼번에 내몰아 쉬었다. 가쁜 숨을 고른 관속은 머뭇거리지 않고 마당 안으로 곧장 들어서서 휴휴 앞으로 걸어왔다.

"이승휴 선생님 되십니까?"

사내의 몸은 무복 차림에 어울리듯 날렵했고 눈매의 서늘함과는 달리 언사는 안온하고 정중했다.

"예, 그렇소만……."

휴휴는 말을 받으며 사내를 눈여겨보았다. 무척 낯익은 듯했다. 그러나 이름은커녕 어디서 만났는지 장소조차 분명하게 머리에 떠오르지 않았다. 분명 삼척 관아에서 본 듯한 얼굴인데 아리송하기만 했다. 그런 궁금증을 풀어 주려는 듯 관속은 지체하지 않고 곧장 신분을 밝혔다.

"대정隊正 김창선金昌宣 인사드립니다. 지금 모셔 오라는 안집사의 분부를 받잡고 이리 급히 왔습니다."

"지금 안집사安集使라 말했소?"

"예, 그러하오이다. 병부시랑 이심李深 대감이십니다."

"아, 나도 존함은 조금 알고는 있소이다. 그래 안집사께서 무슨 일로 날 찾으시오?"

휴휴도 삼척현을 다스리는 안집사의 함자가 이심이란 걸 전언으로 들어 알고는 있었다. 그러나 일면식도 없어 됨됨이는 물론이거니와 용모마저 여태껏 모르고 있는 터인데 찾는다니 의아할 수밖에 없었다. 관아와 잦은 왕래가 없는 자신을 만나려고 궂은 날 먼 길로 사람을 보낸 연유가 몹시 궁금하기도 했다.

"소상한 건 소장도 모르겠나이다. 가는 즉시 관아로 모셔 오라 분부만 했을 뿐 사유는 소상히 밝히지 않으셨습니다."

"하 참, 이렇게 길 험한 날 사람을 여기까지 보내다니!"

휴휴는 김창선을 향하여 심하게 혀를 내찼다. 산속까지 눈길을 헤쳐 온 소이가 딱하게 느껴졌기 때문이다. 그는 그런 눈길에는 아랑곳하지 않은 채 휴휴를 재촉했다.

"의관을 갖추실 때까지 예서 기다리고 있을 테니 서둘러 주셔야 하겠습니다."

휴휴는 비록 무관無冠의 몸이지만, 험한 길로 사람을 보냈으니 응하지 않을 수가 없었다. 휴휴는 김창선을 잠깐 바깥에서 기다리게 하고 서둘러 안으로 들어가 옷을 갈아입었다. 김창선은 한 발짝도 움직이지 않고 그 자리에 서 있었다.

말고삐를 넘겨받은 휴휴가 궁금증을 참아 낼 수 없다는 듯 김창선에게 다시 물었다.

"삼척현에서 지금 나와 관련된 일이라도 벌어졌소이까?"

"전혀 그런 일은 없습니다. 안집사 대감이 현령에게 일렀기에 저는 명만 받고 이리 달렸을 뿐이지 벌어진 큰일은 없는 듯

합니다."

휴휴는 물음을 던지지 않았다. 하달만 받고 달려온 김창선에게서 어떤 정보도 얻을 수 없다는 것을 알아차렸기 때문이다.


동계東界를 관장하는 안집사 이심은 병부시랑을 지낸 정4품 관리였다. 삼척현에 도착한 이심은 겨울철이라 권농사勸農使에 관련 업무는 건너뛰고 현령이 처리한 형옥쟁송刑獄爭訟의 문서를 살펴본 뒤 처리가 바름을 칭송하고 이내 조세 수납 상태를 꼼꼼히 따져 물었다. 그리고 왜구에 대한 방비 상태를 살펴보러 요전산성을 둘러본 뒤 오불진 나루에서 함선의 관리 상태와 방비 현황까지 살펴보았다. 관아로 돌아온 일행은 안무 결과 보고서를 작성했다. 작성을 끝낸 일행은 죽서정에 올라 주변 경관을 잠시 살펴본 뒤 조촐한 연회에 참석했다가 숙소로 돌아와 하룻밤을 묵었다.

아침에 일어나니 온통 눈밭인데 샛바람마저 차게 불었다. 눈이 그친 하늘을 쳐다보며 여정을 조정하고 있는데 현령이 일찍 숙소로 찾아들었다.

"대감 밤새 잠자리는 불편하지는 않았습니까?"

"아주 편히 잤다네. 그런데 밤새 눈이 이렇게 많이 쌓일 줄은 몰랐다네."

"이곳, 이 철에 내리는 눈은 동풍 때문에 적설량이 많습니다.

좀 더 지체하시다가 하늘의 변화를 보고 떠나심이⋯⋯."

"글쎄다. 나도 그 생각에 지금 망설이고 있다네. 참 내가 현령에게 물어볼 말이 있네."

이심은 안무 일로 경황없어 잊고 있었던 하나의 일을 현령 모습을 보는 순간 머리에서 떠올렸다. 안무 일정으로 떠나기에 앞서 임자방 출신 관리들이 그에게 부탁한 일이 있었다.

"예, 말씀하십시오."

"이곳에 이승휴란 자가 있는가?"

"예, 대감. 임자년 과거에 오른 이승휴 말씀이 아니오니까?"

"아, 그렇다네. 바로 임자방에 오른 그 이승휴⋯⋯."

이심 얼굴에 비로소 안도의 빛이 떠돌았다. 이제 그의 소식을 챙겨갈 수 있게 되어 다행이라 여겼다. 그러지 않으면 올라가 임자방 관리들을 어떻게 대면할까 걱정까지 했는데, 그의 근황을 전할 수 있어 다행이라 여겨졌다.

"그 이승휴라면 이곳에서 사십오 리나 떨어져 있는 구동에 모친을 모시고 살고 있습니다."

"사람을 보내 그를 불러다줄 수 있겠는가?"

"대감, 지금 말씀입니까?"

"곧 떠나야 하니 지금 만나보고 싶으이."

"예, 대감. 사람을 보내 불러들이도록 하겠습니다."

"내 이번에 그자를 만나보고 올라갈 걸세. 그자의 시문을 본

적 있는데, 최자의 문하로서 글재간도 있을 뿐더러 경개耿介가
엿보여 쓸 만한 인재로 보이더구먼. 아직도 환도를 않은 까닭
이 그에게 있는가?"

"계축년 전쟁으로 귀경길이 막힌 이래 몽골군이 철군할 때
까지 요전산성에 있었는데, 난중에 난적으로부터 가산까지 약
탈당하여 가세가 어려워 모친을 도와 농사를 짓다가 작년에 이
곳을 휩쓴 역병으로 모친의 병구완에 매달린 것 같습니다."

"하, 저런 험한 일을 당했구먼……."


사람이 떠난 지 한 시진도 채 지나지 않아 휴휴가 의관을 갖
춰 바삐 관아로 들어섰다. 관병을 보냈더니 쉴 사이 없이 말을
휘몰았던 모양이다. 옆에서 들어도 휴휴의 높아진 숨결이 귀까
지 분명하게 들렸다. 휴휴가 가쁜 숨을 몰아쉬며 예를 표했다.

"시생 이승휴, 시랑 대감을 뵈옵습니다."

"오, 그대가 이승휴인가?"

"예, 그러하옵니다. 대감."

"이리 가까이 앉으시게. 일찍이 내가 그대의 시문을 보아서
이름은 익히 알고 있다네. 이번 안무길을 나서며 임자방 문생
들이 자네의 안부를 나에게 물었다네. 이곳에 오자마자 자네
를 만나려고 했으나 일정이 바빴고, 날씨마저 험해 생각을 잊
고 있다가 오늘 아침에서야 비로소 생각이 미치었다네. 미안

하이."

휴휴가 보기에는 초면인데도 구면이듯 목소리가 은근하고 다정다감했다. 상대방 처지를 염두에 둔 듯 사람의 성정을 건드리지 않고 차근히 말을 이어 나갔다. 일찍 벼슬자리에 앉았다 해서 흔히 부려 대는 만용이나 거드름은 애당초 눈에 뜨이지 않았다.

"궁벽한 벽촌에 머무는 시생을 그렇게 챙겨 주시니 몸 둘 바 모르겠습니다."

"내 그대에게 물어보겠네. 어이해서 과거에 오른 인재가 십여 년이 지나도 이곳에 머물고 있는가? 그렇다면 이젠 벼슬에 뜻이 없다는 뜻인가?"

"아닙니다. 전란에 가산을 동번역적에게 모두 잃어 노자를 마련할 여유가 없었고, 또한 수간모옥數間茅屋에서 자영하면서 어머님의 병구완 때문에 먼 길을 떠날 만큼 몸이 자유롭지 못했습니다."

"하아, 궁경봉모窮耕奉母 때문이라고 하였는가?"

"예, 시생의 처지가 그러한지라 강도로 나아갈 길을 재촉할 수 없어 여태 벽촌에 머물고 있었습니다."

"허 이런, 이런 사람 보았나. 과거에 오르면 이미 나라의 몸이란 걸 어찌 잊었단 말인가?"

"예, 송구하옵니다. 본분을 잊은 것이 아니오라 시생이 처한 형세 워낙 어려워서 잠시 처지를 잊었습니다."

"나라는 지금 명철한 임금께서 위에 계시고 어진 재상들이
그 앞에 있어 인재를 발탁하여 등용하고자 하여도 인재 구하기
어려움이 많은데, 궁벽한 산속에서 헛되이 늙어 군신의 의리를
저버리는 것이 어찌 도리에 옳다고 하겠는가?"

이심은 휴휴에게 질책성 돈권敦勸 하던 말을 끊고 현령을 향
하여 말머리를 돌렸다.

"현령은 들으시게. 당장 이승휴에게 환도할 수 있도록 노복
과 말을 내어 주도록 하시게나. 벽촌에서 일생을 보내서는 안
될 사람이네."

"예, 대감. 받들겠습니다."

현령의 대답을 챙긴 뒤, 이심은 다시 휴휴에게 큰 소리로 엄
하게 명령하듯 말했다.

"본관이 말미를 줄 테니 자당께 문안 여쭙고 벌여 놓은 일을
마무리하고 달포까지 도성으로 향하도록 하시게."

"시생, 시랑 대감 영을 받들어 그리 모시겠습니다."

워낙 간곡한 언사라 휴휴는 마음을 고쳐먹지 않을 수가 없
었다.

# 21

휴휴 발걸음이 갑자기 빨라지기 시작했다.

뜻하지 않게 강도로 떠나게 되니 모두 한꺼번에 해내야 할 일로 보였다. 떠나가면 쉬이 되돌아올 수 없는 길임을 알기에 남은 달포까지는 일정이 빠듯해서 발걸음을 빨리 떼어 놓아야만 걸린 일들을 추슬러 놓을 수가 있었다. 시급히 처리할 일들이 여럿 되었지만, 제일 먼저 해야 할 일은 죽서루 건립에 대한 약조였다. 지금껏 모든 진행은 이장집과 홍종옥의 주선으로 진행되었으나, 이런저런 사정으로 진척이 뚜렷하게 이루어지지 않고 있었다. 강도로 떠나기에 앞서 그들에게서 약조 이행에 대해 확고한 다짐을 받아 두어야 마음이 놓일 것 같았다.

휴휴는 이장집에게 서둘러 사람을 보내 회합의 뜻을 전했다. 물론 그 자리에 홍종옥뿐 아니라 도편수인 심치곤도 함께하자는 토를 달아 보냈다.

마침 휴휴의 심경을 꿰뚫어 본 듯 이장집 대문간을 벗어났던 심치곤이 간잡이그림을 대충 그려서 되돌아온 건 여섯 달이 지나서였다. 달포 남짓 지나면 온다고 약조한 사람이 일에 매여서 그랬는지 뜬금없이 늦어지고 있었다. 시간이 많이 흘렀지만, 이장집은 독촉하려고 사람을 심치곤에게 굳이 보내지 않았다. 외양으로 보나 성품으로 보건대 함부로 장담하고 나서 슬그머니 꽁무니를 내빼며 하나의 혀로 두 가지 말은 할 사람이 아니란 믿음을 가졌으므로 분명 피치 못할 사정이 있어 늦어지거니 여기고 있었을 뿐이다.

　"발걸음이 많이 늦었소이다."

　심치곤은 마당으로 들어서자마자 객을 맞아야 할 이장집에게 큰 소리로 방문을 알렸다. 늦게 왔으면서도 목소리만은 구김살 없이 호탕할 만큼 당당해서 집안을 울렸다.

　"마침 잘 오셨소. 그러잖아도 오늘 아니면 내일 올까 기다리고 있던 참이었소."

　이장집은 마침 휴휴가 보낸 사람을 만난 뒤라 때맞춰 찾아든 심치곤이 덧없이 고맙기만 했다. 마치 휴휴의 기별을 엿듣고 서둘러 온 듯 찾아든 걸음이 용하다는 생각마저 들었다. 심치곤이 이장집 뒤따라 신발을 벗으며 지체된 사유를 밝혔다.

　"교주도 일을 원체 서둘러 달라기에 짬을 낼 여유조차 없었소. 그래서 이제야 오게 됐소. 기다리게 해서 정말 미안하오."

"그런 사연을 알 리 없는 처지지만, 뭔가 필시 일이 있으리란 짐작은 못 한 바 아니라오. 쉽게 약조를 어길 사람이 아니란 걸 애당초 믿었기 때문이외다."

"그렇게 믿어 주시니 고맙소."

심치곤이 사람 좋게 웃으며 아이처럼 순박하게 머리를 꾸뻑 숙였다.

"그래, 교주도 일은 이제 마무리된 것이오?"

"예, 단청까지 마무리했으니 이제 그 건물은 제 손에서 떠난 것이지요. 그러니 지금부터 이 일에 매달릴 수가 있게 되었소."

그들 사이에 간단히 차려 낸 주안상이 놓이자 이장집은 궁금증을 참아 낼 수 없다는 듯 물었다.

"그래, 어떻게 준비는 좀 하시었소?"

"예, 제 나름에서는 한다고 했는데, 한 번 보시겠소?"

"아, 아니오. 그러잖아도 구동 선비에게서 내일 회합하자고 어제 사람을 보내 왔소. 뒤뜰 홍종옥에게로 아침나절에 사람을 보내고 뒤미처 심 도편수한테도 사람을 보낼 참이었는데 미리 알 듯 이렇게 잘 오셨소."

"내 그저 뒤통수가 왠지 근질거린다고 했더니만 정작 오긴 잘했구먼요. 그런데 구동 선비님에게 무슨 일이 있답니까? 한동안 조용했던 분이……."

"좋은 일이 있을 것 같소이다. 이번에 본 현에 들른 안집사 권유에 따라 이제 강도로 나갈 모양이오. 그러면 곧 벼슬길에 오르지 않겠소? 그러니 어찌 경사가 아니겠소. 이곳에서 떠나기 전 죽서루 건립에 관하여 얘기하자는 전갈을 어제 받았던 참이오."

이장집 말에 심치곤도 얼굴을 밝게 펴고 활짝 웃었다. 어쩐지 좋은 조짐임이 분명해 보여 건립을 추진하는 일도 뜻대로 풀려 나갈 것 같은 예감마저 들었기 때문이다.

"하, 이런 드디어 관직으로 나가게 됐으니 참 기쁜 일이오. 이 일이 더욱 뜻을 얻을 수 있게 되겠군요."

"아무래도 관직에 나아가 승상 자리에 오르면 누각의 창건자로서 격에 맞질 않겠소이까? 그러니 지금 수고할 것 없이 준비해 온 간잡이그림을 내일 모두 모인 자리에서 펼쳐 보도록 합시다."

"간잡이그림 속의 누각 모양이 궁금하지도 않소?"

"하, 그거 이를 말씀이오? 그러나 내 당장은 내일까지 기다리며 궁금함을 참겠소이다."

"참으시겠다니요?"

"그렇소이다. 내 당장은 궁금하나 했던 소리를 다시 또 하게 해서 심 도편수의 번거로움만 더할 뿐이 아니겠소? 조금 참았다가 내일 모두 모인 자리에서 한 번에 설명한 뒤 서로 의견들을 나눠 보도록 합시다."

"아, 그것도 좋은 생각이오."

"그러니 오늘은 예서 편히 쉬며 하룻밤 묵고 내일 그들이 오면 모인 자리에서 얘기를 나누도록 합시다."

"그러시담 하룻밤 신세를 져야겠소."

"불편할는지도 모르니 양해를 하시구려."

"내 일생의 잠이 늘 객지 떠돌이 잠인데 괜한 걱정은 하지 마십시오."


이튿날 홍종옥이 진시辰時에 도착했는데, 아예 가양주家釀酒를 걸러 독에 담아 당나귀에다 싣고 시종侍從까지 데리고 왔다. 이장집은 청지기를 시켜 술독을 내리는 데 거들게 하고 홍종옥에게 우스갯소리를 던졌다.

"뒤뜰 형님, 소가小家에 술이 없는지 어떻게 아시고 미리 이리 가득 챙겨 왔소이까?"

그 말을 받은 홍종옥은 하늘을 쳐다보며 한 번 크게 웃음소리를 쏟아 놓고 맞받아 능쳤다.

"허, 허. 아우님 드시라고 가져온 건 아닐세. 드디어 폭포수를 타오를 잉어가 뜻을 얻게 되었으니 그냥 올 수 없어 몇 잔 챙겨 왔을 뿐이네. 그러니 자네 몫이 아니라 구동 선비 몫이라네."

"그러시담 심 도편수 몫은 저더러 내오란 말씀과 같습니다. 하하하."

"암 그러하네. 아우님이 모신 도편수가 아닌가? 그러니 아우님이 챙기시게나. 암튼 이번 일에 수고 많으이."

"모두 도와주시는 덕으로 공치사를 이 아우만 받습니다."

한참 만남 인사에 대한 수작을 끝낸 다음 홍종옥은 그제야 눈길을 심치곤에게 돌렸다.

"하, 이런 인사가 늦었소이다. 심 도편수 잘 지냈소? 오늘 일찍 오셨군요."

"예, 염려해 주시는 덕분을 잘 지내고 있소. 오긴 어제 와서 이곳에서 하루 유했소."

"그럼 기별을 받고 바로 오셨군요?"

"아니라오. 간잡이그림이 그려지고 올 때도 되었기에 찾아들었는데 까마귀 날자 배 떨어지는 격으로 마침 회합이라니 잘된 일이오."

"아하, 그러셨소. 빨리 그림을 보고 싶군요."

말을 마친 홍종옥은 이번에는 이장집에게 웃음을 띠며 입을 열었다.

"아우님, 아직 구동 선비는 오지 않았소? 강도로 간다니 참으로 잘된 일이지요?"

"금방 오지 않겠소. 강도로 가는 일이야 잘된 일이고말고……. 자, 먼저 들어들 가서 기다립시다."

휴휴도 뒤따라 사시巳時 못미처 대문 안으로 성큼 들어섰다.

서로 수인사를 나누고 좌정을 삥 둘러 틀고 앉았다. 이내 안주상按酒床이 나오고 앞에 놓인 잔들에 홍종옥이 가져온 술이 채워졌다. 휴휴에게 잔을 권하면서 이장집이 분위기를 띄웠다.

"오늘은 참으로 기쁜 날이외다. 많이들 드십시오. 오늘 이 술은 뒤뜰 형님이 강도길을 축하하러 당나귀에 실어 온 가양주입니다."

"아주 귀한 걸 시생에게는 과분한 선물이오."

"아니외다. 강도로 돌아가기로 하셨다는 소문을 듣고 어찌나 기쁘던지, 진정 축하를 드립니다. 오늘 모임이 더욱 뜻이 있어 비록 포양주抱釀酒가 아니어서 맛없는 술이지만 즐겁게 나눠 마시고자 조금 챙겨 왔습니다."

홍종옥이 잔을 눈높이로 들어 올려 입을 열자 이내 이장집, 심치곤이 뒤이어 휴휴의 강도행 축하 인사를 했다.

"장도를 축원하오이다."

"큰 뜻을 이루시길 비옵니다."

우선 그들은 강도로 돌아갈 휴휴를 위하여 축하주부터 즐겁게 나눴다. 몇 순배 돌고 나서 휴휴가 좌중을 향하여 오늘 회합의 취지를 말했다.

"갑자기 강도로 가게 되어 이리 급히 모여 의견을 나누고자 하였소. 어렵게 뜻을 모은 일이니 시생이 강도로 가더라도 초심을 잃지 않고 중단 없이 추진해 주십사 하고 간청하고자 모이게 하였소이다."

휴휴 목소리는 나직했으나 느슨하게 풀어져 있던 추진력을 옥죄이듯 한 힘이 들어가 있었다. 아닌 게 아니라 휴휴 판단에서 그런 시선이 없지 않아 있었기에 이참에 확실하게 언질을 잡아 두어야 할 성싶어 모이자고 한 것이었다.

홍종옥이 제일 먼저 휴휴 말에 반응을 나타냈다.

"한재너미 아우님과 소인은 이미 약조한 일에 변함이 없소이다. 선비님도 지금 바삐 강도로 가시지만, 언젠가는 금의환향할 게 아니오. 그때가 언제일지 모르지만, 아이들도 아니고 어른들이 한 약조니 조금 지체되더라도 변함없이 추진해 나가기로 하겠소."

"이제 겨우 걸음마를 떼어 놓았을 뿐이외다. 목재를 건조하는 일도 일이 년에 끝날 일이 아니외다. 그때까지는 선비님도 고향 쪽으로 시선을 돌릴 여유가 없지 않겠소이까? 우리 모두에게 구동 선비님이 강도로 가시는 일이 오히려 이 일을 하는데, 부적 힘을 솟구치게 하는 일이외다. 그러니 중단이란 있을 수 없는 일이 아니오니까?"

이장집 말투에서 누각 건립의 의지가 더욱 굳어져 있음을 느끼게 했다.

"두 분 의지에 시생이 감복했습니다. 심 도편수는 그간 고생하셨을 텐데 그 결과물이라도 이 자리에서 좀 보여 줄 수 있소?"

그들은 술상을 옆으로 미루고 그 자리에다 심치곤이 그려 온 간잡이그림을 펼쳤다. 아직 겉모양만 그려서 자세한 치수는 나타나 있지 않았으나 실사를 한 듯 반듯한 누각이 서쪽 바위 끝에 나비처럼 날렵하게 올라앉아 있었다. 어떤 선은 굵게 또 어떤 선은 가늘게 그려져 어떤 그림임을 분명하게 보여 주었다. 간잡이그림을 이곳저곳 유심히 살펴보던 휴휴가 심치곤에게 설명을 청했다.

"먼저 심 도편수가 간잡이그림에 대해 말씀을 좀 해주시오."

이에 심치곤이 기다리고 있었다는 듯 지체하지 않고 입을 열었다.

"지난번에 주신 그림대로 현지를 둘러보고 대충 그려 본 것이오. 우선 외양의 모양새가 중요하기에 어느 정도 합의하는 대로 치수를 넣어 건립용 간잡이그림으로 완성하려고 했소."

"잘한 일이오. 우리가 말한 대로 정면 오 칸 측면 이 칸이라……, 양쪽에 바위 끝을 걸쳐 놓았는데 누각의 넓이는 심 도편수가 보기에도 넉넉하더이까?"

이장집은 예전에 대충 그려 넘겨 준 그림을 기억하며 가장 궁금했던 부분부터 물었다.

"양쪽 바위 안으로 누를 잡아야 하니 크게 너르게 나오지는 않겠지만, 대략 어림짐작해서 남에서 북으로 마흔한 자, 동에서 서로 열일곱 자 남짓 될 것이니 그만하면 누각으로서는 협소하지 않을 것 같았소."

"지금 정자는 오각이어서 상관은 없지만, 새로운 누각의 방향은 위치를 봐서 어떻게 잡을 작정이오?"

"이 자리가 동에서 서쪽으로 바라보면 좌우 복판이고 가장 높은 양쪽 끝을 걸치고 앉아 먼젓번에 말씀하신 장마철 습기 같은 걸 걱정하지 않을 만큼 통풍에 양호한 자리며, 서쪽에 서면 마주 오는 오십천을 가슴에 안으면서 난간을 절벽 선과 나란히 해서 시선까지 정리하여 좌우로 살펴보아도 가리는 게 없도록 놓아야 옳을 것 같았소."

"누하층樓下層의 높이를 어떻게 잡았으며 기둥 앉힐 자리는 어떻게 생각하였소?"

이번에는 휴휴가 기단 구상에 관하여 궁금증을 풀어 보려 했다.

"양쪽 바위 높낮이가 달랐소. 남쪽이 높고 북쪽이 낮아 기움이 북으로 쏠리는 형상인데 기단이 놓일 제일 낮은 곳의 높이가 대략 일곱이나 여덟 자면 충족하겠다는 생각이고, 기단 부분을 아주 유심히 살펴보았소. 소목에게 그렇게 말씀하셨지요? 기단이나 초석을 별도 만들지 말고 지반이 훼손되지 않도록 바위를 그대로 살리자고 말이오."

"그게 가능할 일이었소?"

홍종옥도 눈빛을 빛내며 끼어들었다.

"기둥을 세울 수 있도록 바위를 그랭이질 해야 하는데 바위 재질에는 문제가 없을 것 같았고, 절벽 바위 선을 자연스럽게 살려 하층 기둥을 세우자는 의견이 참으로 옳다고 생각하였소. 아마도 길고 짧은 누하층 기둥이 서로 달라서 나중에 먼빛으로 보면 누각의 미를 독특하게 살릴 것 같았소."

심치곤의 말은 막힘없이 어떤 물음에도 그저 시원시원했다. 목수로서 관록이 안목으로도 충분히 드러나서 자신감이 넘쳐 보였다. 심치곤의 설명을 유심히 듣고 있던 이장집이 뒤미처 끼어들었다.

"추녀 높이가 먼 산 능선과 나란히 할 수 있겠소."

"누마루에서 추녀 높이를 열 자 남짓 잡으면 능선과 나란함이 가능할 것 같으며 그에 합당한 지붕 형식을 취할 것이오. 그리고 계자 난간을 절벽 쪽으로 내달면 절벽 바로 밑 물의 흐름까지 볼 수 있을 것 같았소. 더는 궁금하신 말씀이 없소?"

"누각의 꾸밈새는 전번과 달라질 게 있을 것 같소?"

호기심으로 눈빛을 밝게 한 이장집은 신명이 돋아서 거듭 물었다.

"아직은 자세한 간잡이그림을 그려 봐야 알겠으나 대체로

266

누각의 양식인 우물마루, 연등천장, 우물천장, 합각, 눈썹 천장, 익공식 공포, 겹치마 팔작지붕, 그런 형태가 아니겠소? 그러나 그곳으로 지나는 바람이 예사 바람이 아니니 지붕에는 생각할 여지가 많이 있었소."

심치곤의 설명을 들으며 내내 고개를 끄덕거리고 앉아 있던 휴휴가 나섰다.

"단청에 대하여 특별나게 생각하는 게 있소?"

"단청장丹靑匠의 소견을 아직 들어보지는 않았소. 간잡이그림이 완성되면 그것을 가지고 현지에 가서 서로 의견을 나누어 근본으로 삼고 누각의 외양이 드러나고 해의 움직임에 따라 그림자의 깊음과 옅음이 달리 드러나면 그에 따라 안료顔料의 배합을 달리해야지 않겠소? 물론 궁이나 절간처럼 화려하지 않게, 오직 강변 절벽에 선 누각답게 칠해야겠지요. 자칫 화려하여 주변 경관을 초라하게 보이도록 해쳐서야 쓰겠소? 천 년을 갈 건물답게 꾸며야 후대에 욕을 먹진 않겠지요."

심치곤이 자신감 넘치게 말을 마치자 이장집은 환해진 얼굴로 받았다.

"우리 믿음에 확답을 주어 고맙소. 자, 그다음 얘기는 목이나 축여 가면서 얘기합시다."

그러면서 옆으로 미루어 두었던 술상을 다시 복판으로 끌어당겼다. 안주가 다시 데워 나왔고 빈 술병이 여러 번 채워졌다.

이장집이 쳐 준 술잔을 받아 든 심치곤은 한마디 했다.

"과히 염려들 마시오. 내 이름을 남기지는 않지만 내 솜씨를 오래도록 남길 건물이오."

심치곤의 목소리는 자나 깨나 규구준승規矩準繩을 손에서 놓지 않았던 삶을 살아온 도편수답게 그의 뻣뻣하게 일어선 센 머리카락처럼 결연했다. 아름드리나무와 겨뤄 온 뚝심을 내보이듯 속내를 여지없이 드러내 보이고 있어 자리에 앉은 사람에게 한없는 믿음을 주고도 남았다.

# 22

강도로 떠나기 이틀 앞서 휴휴가 죽죽선을 찾아왔다.

만날 때마다 강도 타령을 입에 달았던 죽죽선에게 간다는 한
마디 말도 없이 떠나기는 너무 박정하다고 여겼다. 죽죽선이
휴휴에게는 틈 없는 사귐의 사이는 아니지만, 누이 같은 여자
였다. 겨드랑이 안에 넣어야 풀릴 언 손을 녹일 수 있는 화로와
같은 여인. 우울한 날 궁핍해서 시린 마음을 안고 그녀를 찾아
가 이런저런 얘기를 나누고 있노라면 어느덧 빈 곳이 들어차고
언 마음의 한 녘이 따뜻해졌다. 깊이 정분을 준 적도 없는데 답
답할 때마다 그럭저럭 십 년을 오가며 마주 앉다 보니 쉽사리
손아귀에서 놓을 수 없는 정이 쌓였는지 훌쩍 떠남에 신경이
쓰였다.

삼척으로 낙향하고부터 술 마셔 풀어진 마음도, 처지에 대한
비관도, 나이답잖게 늘 어르고 달래 주니 휴휴의 처지에서 다
른 사람에게 전하지 못하는 말도 죽죽선이 앞에서는 스스럼없

이 내뱉을 수 있었기에 더욱 그러했다.

죽죽선이 연회 자리나 술자리에 나가지 않고 몸을 근신한 지 닷새가 지났다. 휴휴가 강도로 가게 되었다는 소문도 귀동냥으로 전해 들었을 뿐이었다. 처음 그 소문을 들었을 때는 눈시울 붉히며 두 손을 가슴께에다 누르고 제 일처럼 기뻐했다. 휴휴가 듣기 싫어할 만큼 소청했던 일이 이제 이루어졌으니 머리에 인 짐을 내려놓듯 마음이 홀가분하기까지 했다.

그러나 공교롭게도 그 소식을 들은 날 밤 꿈길에 죽죽선은 어머니를 만났다. 언제나 눈앞 잡을 수 없는 공간에 뚜렷이 자리 잡은 얼굴, 서릿발을 뭉개고 밭고랑에 틀어박힌 채 언 듯 부은 듯 푸르뎅뎅하게 불은 얼굴, 숨결조차 맡을 수 없는 그 얼굴이 눈을 뜨고 바투 있었다. 그런 어머니가 자기를 품고 있다가 밭고랑에다 야살스럽게 내팽개쳤다. 손을 내밀었지만, 어머니는 손을 뒤로 감추고 뒷걸음쳐 멀어져 갔다.

꿈속에서 어머니를 만나 울음까지 풀어내서 그런지 잠자리에서 일어나 동경에 비춰 보니 눈두덩이 소복하니 부풀어 있었다. 좀체 꿈에서나마 보이지 않았던 어머니였고, 꿈 내용이 불길하여서 그동안 아무리 힘이 들더라도 어머니에 대한 그리움을 덮어 두려 했는데, 새삼 모정이 가슴에서 물굽이 일듯 소용돌이쳤다.

가슴속에서 소용돌이 일던 모성에 대한 감정도 가라앉자 뒤이어 외로움만 속속들이 자리를 잡았다. 그 외로움은 삼척현이 고향이라며 뿌리내리려는 죽죽선 다짐을 또 한 번 뒤흔들어 헝클어 놓았다. 할멈과 구월도, 한 잔의 술도, 가야금 가락도 그 흔들림을 잡아 주지 못했다.

몸이 무겁다는 구실로 집 안에 머문 닷새 동안 죽죽선은 이른 잠자리를 피했다. 강 건너 갈암에서 개 짖는 소리가 그칠 때가 지났어도, 바깥의 적요함에 귀문을 열어 놓고 있었다. 귀문으로 댓잎에 스치는 바람 소리가, 갈암에서 넘어오는 다듬잇방망이 소리가, 이런저런 소리로 변하여 고막까지 닿아 심란하게 마음을 흔들었다.

초저녁잠에 빠진 구월을 생각하며 문까지 열고 나가기도 조심스러웠다. 구월이 원체 예민한 아이라서 바깥의 바싹거림에도 금시 깨어나 뒤따라 나오곤 했다. 그러나 허전한 마음에서 일어나는 답답함을 참을 수 없어 죽죽선은 인기척마저 줄이며 밖으로 나왔다.

인적의 기미는 없는데 겨울밤 하늘에 걸린 달이 빛을 내린 눈앞 대숲 빈자리. 말로만 전해 들은 죽장사竹藏寺가 가지 끝에서 몽롱하게 나타났다가 사라지곤 했다. 그녀는 빈 마음을 내려놓지 못한 채 방으로 되들어와 누웠다.

닷새째 마지막 날, 기다림도 시름처럼 놓고 나면 만사에서 헤어나리라 여기고 있는데, 그녀가 머무는 방 앞에서 구월이 나직이 아뢰었다.

"아씨, 구동 선비님이 오셨습니다. 모실까요?"

꿈길에서 듣는 소리이듯 죽죽선은 화들짝 놀라 자신도 모르게 귀밑머리를 쓸어 넘기며 바삐 되물었다.

"혼자이시더냐?"

"예, 혼자 오시었습니다."

"그래, 어서 바깥채에다 모시고 안주상을 준비시켜라."

죽죽선은 이미 단정하게 매무새를 다듬고 있었던 터라 지체할 필요가 없었다. 다만 동경으로 얼굴 모습만 흘낏 살펴보았을 뿐이다. 닷새 만에 급작스레 활짝 피어난 부끄러운 웃음이 눈가에 가득 퍼져 있음이 예전과 달라 가슴께에다 손을 얹으니 가쁜 숨을 쉬는 게 느껴졌다. 발걸음도 가벼워 세 발치가 한 걸음에 내닫듯 빨리했다.

죽죽선이 방 안으로 들어서자 오십천 강바람을 맞으며 걸어온 탓인지 얼굴이 얼얼하게 얼어 콧잔등이 불그스레 물든 휴휴가 환한 얼굴로 맞았다. 그는 죽죽선을 보자 여느 때와 다른 투로 인사를 했다.

"오늘따라 곱구려."

휴휴 앞으로 죽죽선이 몸을 내리며 시선만 살포시 치켜들었다. 웃음꽃이 시들지 않은 채라 부끄럼도 그대로 남아 있었다. 죽죽선이 오늘따라 더욱 다소곳해 보였다.

"강도 일정에 바쁘실 텐데 소첩에게 어인 걸음이오니까?"

서운함을 감추고 있는 목소리가 오늘따라 유독 투명했다.

"내 의지로 온 발걸음이 아니네. 빌려 탄 말이 김유신 말이니 이리로 온 건 당연사가 아닌가? 하, 하, 하."

휴휴는 오랜만에 죽죽선 앞에서 시원스레 우스갯소리로 능쳤다. 가볍게 옮겼던 발걸음인데 돌아갈 때 가벼운 마음으로 돌아가고자 말투를 가벼이 했는데 뜻밖에도 유쾌했다. 휴휴의 말을 새겨들은 죽죽선도 망설이지 않고 냉큼 응수했다.

"소첩이 천관天官이라면 타고 온 말을 베시고 그냥 돌아가시렵니까?"

죽죽선은 여전히 입가에서 잔잔한 웃음을 물고 있었다.

"나더러 천관원사天官怨詞를 들으라 그런 말과 다를 바 없네그려."

"그러나 미천하고 남루한 소첩이 어이 천관에 이르겠습니까?"

주고받는 수작을 한바탕 끝내고 유쾌한 기분으로 둘은 술상을 마주했다. 죽죽선이 공손히 술을 치면서 마음에 묻어 두었던 말을 끄집어 냈다.

"소첩, 진정으로 강도로 가시는 일을 감축하나이다. 참으로 긴 기다림이라 소첩 또한, 밤잠을 이루지 못할 만큼 기쁘기 한량없었습니다."

"앞으로 만나기 드물 텐데도 떠남이 그리 기쁜 것인가?"

술잔을 받아 든 휴휴가 죽죽선을 그윽이 바라보았다. 늘 보아 오던 사람이 오늘은 새로운 사람으로 앞에 앉아 있는 듯 정다워 보였다.

"잡지 않아 서운하다 그런 말씀이옵니까? 아니옵니다, 한사코 아니옵니다. 떠나서야 돌아올 일도 생겨나지 않겠습니까? 소첩에게도 기다림을 하나 갖는 일이니 그 일로 또 살아가야 할 연유도 생기는 게 아니오니까?"

죽죽선은 말을 마치고도 머리를 가볍게 가로저었다. 눈가가 물기로 반짝였다. 휴휴에게는 그것이 기쁨에 의한 것인지 슬픔에 의한 것인지 도저히 알 수가 없었다. 휴휴는 갑자기 숙연해지려는 분위기를 피해 가려는 듯 술을 목 너머로 넘겨 울컥 치닫는 감정을 막아 냈다.

"이곳에 머무는 십 년 세월 동안 나를 무탈하게 도와주어 참으로 고마웠네. 참으로 좋은 말벗을 이곳에 두고 떠나게 되어 무척이나 서운하네. 피붙이도 아닌데 진정 고마운 일이지."

뱉고 보니 휴휴의 처지에서는 오늘 찾아온 사유를 분명히 밝힌 셈이다. 빈말 인사가 아니라 반드시 떠나기 전에 건네주어야 할 언사였는데 이런저런 이야기를 하다 보니 어렵지 않게 전하게 된 것이다.

"매사 부족하여 부끄럽기 이를 데 없습니다. 소첩 또한 선비님이 이곳에 머물렀기에 객지보다 더한 고향에서 만사 시름을 놓을 수 있었으니 행복했습니다. 앞으로 더한 행복은 이곳 벽촌에서 선비님이 관직에 나아가 만백성의 뜻을 살펴 임금의 선정에 이바지하여 공명을 듣는 일이옵니다."

"그 마음이 진정 고맙네. 어렵게 나아가는 처지니 내 그대의 뜻을 머리에 오래도록 두겠네."

"이제 떠나시며 쉬이 올 수 없는 길인데 오늘만은 소첩이 올리는 술을 마음껏 드시기 바라옵니다."

"이를 말인가. 어차피 지고 가지 못할 술인데, 그렇지 아니한가?"

"지당한 말씀이옵니다. 이제 제 가야금 소리를 들으시렵니까?"

"무엇보다 귀에 담아 가야 할 소리가 바로 그게 아니겠는가? 마음까지는 가져가지 못하니 그것이나 당연히 듣고 담아 가야지 않겠는가."

죽죽선은 세워 두었던 가야금을 내려 줄을 희롱하기 시작했다. 청아한 소리가 방 밖 댓잎에 이는 바람 소리까지 물어 들였다. 죽죽선은 흐르는 가야금 소리에다 맑은 목청을 얹었다.

간 봄 그리매

모든 것이 올 이 시름

아름다움 나타내신

얼굴 주름살 지니려 합니다

눈 돌이킬 사이에나마

만나 뵙도록 지으리

낭郞이여, 그리워하는 마음 가는 길

다북쑥 우거진 구렁텅이에 잘 밤 있으리.


去隱春皆理米

毛冬居叱沙哭屋尸以憂音

阿冬音乃叱好支賜烏隱

皃史年數就音墮支行齊

目煙廻於尸七史伊衣

達烏支惡知作乎下是

郎也慕理尸心米行乎尸道尸

蓬次叱巷中宿尸夜音有叱下是


　낭도郎徒인 득오得烏가 그의 상사인 죽지랑竹旨郞을 사모하여 불렀다는 「모죽지랑가慕竹旨郞歌」였다. 죽죽선의 입에서 흘러 나왔을 때 노랫가락에서 별리에 따른 해후邂逅의 냄새가 짙게 풍겼다. 열은 감정이라도 켜켜이 쌓아 남에게 건네주면 천 근

276

의 무게만큼이나 무거워하지 않겠는가. 휴휴나 죽죽선은 그것을 짐처럼 안아야 했다.

휴휴가 강도로 떠난 뒤 죽죽선에게는 모든 일이 정지된 듯했다.

마음이 풀려 있으니 매사에 흥미를 잃었고, 흥미가 없으니 의욕도 잃었다. 마지못해 때운 끼니 음식이 입안에서 모래를 씹듯 겉돌았다. 그러니 음식에서 아무런 맛을 느낄 수 없었다. 이래선 안 되지 하는 생각을 하지만 냉큼 행동으로 옮기지 못하고 분명치 않은 것에 잡힌 듯 미적거리기만 했다. 하루가 열흘처럼 흐르기만 했다.

그런데도 휴휴를 손잡아 보내지 못한 일이 허허롭기만 해서 아쉬움만 더할 뿐이다. 흔적은 없었지만 비우고 떠난 자리의 공간은 널찍했다. 그 공간으로도 봄은 어김없이 찾아들었다. 마당을 벗어나면 상수리나무가 그늘을 내려놓았다. 그 그늘에서도 갈잎으로 묻힌 채 자취를 감추었던 도토리에서 싹이 돋았다. 그 싹은 겹겹이 쌓인 갈잎 하나하나를 뚫고 부지런히 햇볕을 찾아 나섰다. 열망을 찾듯 대지를 뚫고 나오는 무언의 것이 움직이고 말을 할 줄 아는 사람보다 열망에서는 더 당차 보였다.

# 23

막상 강도에 도착했으나 휴휴는 막막하기만 했다.

산과 도성은 예전 눈에 익었던 대로 정겨웠으나, 거리의 풍속은 십여 년 전과 많이 달라져 있어 새삼 딴 세상에 와 있듯 모든 게 낯설기만 했다. 지난 십 년은 강산만 변모시킨 게 아니라 풍습마저 바꿔 놓았다. 또한, 대몽골 항쟁에서 대내외적으로 나라 이름까지 슬기롭게 지켜 낸 강인한 민족이라 했지만, 원나라와 건곤일척乾坤一擲으로 겨룬 터라 나라 안 살림은 도탄에 빠졌으며, 사학을 세워 유교로 제도까지 확충하고 절을 지어 호국정신마저 일깨웠던 바람까지도 몽골풍 앞에 개망초 줄기처럼 무참하게 꺾여 있었다.

뜻을 고쳐먹고 단숨에 태산이라도 떠 옮기려는 기세로 강도로 왔으나, 휴휴는 시간이 흐를수록 이곳저곳 바삐 찾아다니느라고 다리 힘까지 풀린 채 나날이 지쳐갔다. 스승 최자가 여태 관직에 있었다면, 또 그렇게 엄하기만 했던 원 씨가 강도에 생존해 있었다면 다리에서 그리 빨리 힘이 빠지지 않았을 것이다. 휴휴의 처지는 영락없이 미아였다.

휴휴는 여러 생각 끝에 최자와 같이 과장科場에서 동지공거로서 자신의 발탁에 한 몫한 황보기皇甫琦를 찾아갔다. 그도 이미 연로하여 상국相國의 지위에서 해정解政되어 집에서 한가로이 소일하고 있었다.

대문을 밀고 들어서자 흰 수염발이 성성한 황보기가 청지기의 소리를 듣고 나타났다.

"이 사람, 자네 승휴가 아닌가? 이런 사람, 이제야 이렇게 얼굴을 볼 수 있다니 이리 반가울 수가……."

황보기는 반갑게 휴휴의 손을 덥석 잡으며 열두 해 만에 두타산 산바람에 그을리다가 초라한 행색으로 강도로 돌아온 무관無官의 문하를 반갑게 맞았다.

휴휴는 머리를 조아려 그에게 큰절을 올리는데 손가락이 가늘게 떨리고 눈물이 핑 돌았다. 너무나 익숙하게 눈에 익은 강도와 지난 일들을 일시에 떠올리게 하는 스승 앞에 서니 비로소 강도로 왔다는 현실에 감정이 울컥 솟구쳤다. 마치 올 수 없는 길을 바람 자락에 묻어온 듯 그저 자신도 황보기 앞에 앉아 있는 일이 실감나지 않았다.

"그동안 스승님 안후安候를 올리지 못하여 송구스럽습니다. 시생을 용서해 주십시오."

"일찍 못 올 사정을 풍문으로나마 듣긴 들었다네. 그곳에서 전장에도 참여하고 자당의 병구완도 했다는 일까지 말일세. 선비로서 또 자식으로서 할 도리는 했네. 참으로 고생 많았네."

"온다, 온다 하면서도 잇따른 변고로 떠나올 수 없었습니다."

"물론 그랬을 테지. 세상이 온통 끓는 무쇠솥 안과 같았으니……. 그런데 세상 참 많이 변했네. 자네도 바로 느끼지 않았는가? 바깥세상으로 나가 보면 온통 몽골풍이 불어서 어떨 땐 이게 우리네 땅인가 의문이 들 때도 있다네."

"시생 역시 낯선 세태 변화에 아연했습니다."

"경신년(1260), 몽골이 나라 이름을 원元으로 바꾸고 나서 일시에 그런 북방 문화가 생활 곳곳에 스며들기 시작했다네. 이것이 앞으로 좋은 조짐일지 나쁜 조짐일지는 아직 모르지만, 바람직한 우리네 것이 사라질까 봐 걱정이네."

"강도에 며칠 지나지 않았는데 옛것은 잘 보이지 않고 몽골풍이 먼저 눈에 들어찼습니다."

"아직은 은밀하지만, 이미 유행으로 번질 조짐까지 보인다고 하더군. 궁내 여인네들 사이에서도 머리에 족두리라는 것에 관심을 보인다고 하더구면. 또 옷고름에 장도를 차는가 하면 시집가는 색시가 두 볼에 연지臙脂라는 것을 찍는다네."

"우리네 풍속에서 보면 정말 요망하기 짝 없는 것들이 아닙니까?"

"그뿐만이 아닐세. 몽골에서는 상인을 장사치나 시정아치라고 부르며 나랏일을 맡아 하는 사람을 벼슬아치라고 부른다고 해서 서서히 그 말이 이제 일상어가 되어 가고 있다네."

"그게 옳은 일인지 그릇된 일인지는 모르겠습니다만, 앞으로 풍속이 많이 어질러질 게 틀림없어 보입니다."

"그리고 몽골에서는 곡물을 증류해서 마시는 소주란 술이 있고, 밀가루 반죽에다 꾸미 같은 걸 넣어 찐 것을 만두라 부르면서 먹는 것도 있다고 전하더군. 아직은 암암리에 그런 낌새가 보일지도 모르지만 두고 보게나. 머잖아 온갖 괴기한 풍속이 이 나라에 만연하지 않겠나."

"지배를 받다 보니 음식답잖은 것을 먹다니 기가 막힐 일입니다."

"어쩌겠는가? 그게 그들의 습성인 것을……. 문제는 제 것을 일찍 버리고 힘을 가진 나라의 것이라서 무조건 받아들여 우리의 좋은 풍습이 아예 사라질까 봐 염려하는 것이지."

"아직은 모든 것이 암암리에 이뤄지고 있지만, 두고 보십시오. 예견하건대 십 년이 지난 뒤면 나라 풍속이 홀떡 뒤집힐 것입니다."

황보기는 나라 풍속의 변화를 걱정하다가 휴휴의 얼굴을 살피며 말머리를 돌렸다.

"참 자네는 임자방 급제자 소식은 듣고 있었는가?"

"아직 자세히는 전해 듣지 못했습니다. 그들은 변란에도 무고하겠지요?"

"자네는 못 들을 수도 있었겠네. 나라 안이 온통 전쟁터라 풍문이라도 그곳까지 가지 못한 채 끊겼겠지. 가장 어린 나이에 을과 삼등으로 오른 김승무金承茂, 그리고 홍저洪貯는 지금 직사관直史館으로 등용되어 일하고, 최수황崔守璜은 태학太學의 박사博士로 임명되었다네. 자네만 이렇게 무관으로 내 앞에 앉아 있으니 내 가슴이 답답하네."

나이 마흔하나가 되도록 휴휴는 기껏해야 두루마기에 갓 차림이었으나, 문하들은 관복을 입고 저마다 익힌 학문을 바탕으로 나라를 위하여 요직에서 뜻을 펼치고 있지 아니한가. 지난 십여 년의 세월은 자신만 궁벽한 오지에 버려둔 채 동문을 데리고 앞서 훌쩍 달아나 버렸다는 느낌마저 들었다. 이제 휴휴는 그들의 위치에 가닿을 수 없는 처지로 나앉은 형세였다. 더군다나 강도에는 기탁해야 할 최자나 원 씨마저 없지 않은가. 휴휴는 앞길이 훤히 뚫린 길이라 여기고 찾아온 팔백삼십여 리의 길 끝이 아뜩한 절벽으로 맞닿아 있음을 비로소 절감했다.

황보기의 입장에서도 답답하기는 마찬가지였다.

가뜩이나 늦은 나이에 과거에 올라 십여 년을 초야에 묻혀 있었으니 정무에 대한 감각도 무뎌 있을 것이고, 먹은 나이도 있어 초임 자리가 마뜩하지 않을 게 뻔했다. 그나마 자기는 지금 관계에서 은퇴하여 줄기에서 떨어져 나간 시든 박과 같은 처지가 아닌가.

제자를 위해 며칠 고심하던 황보기는 임금[원종]께 간곡한 마음을 담아 차자箚子를 올렸다. 황보기의 도움으로 갑자년 (1264) 정월, 비로소 휴휴는 동문원同文院 수제修製라는 벼슬에 임명되었다. 휴휴가 기다려 왔던 관료 사회로 진입한 초임 자리였다.

그러나 임명 사실을 전해들은 황보기는 한숨을 내쉬고 들이쉬며 크게 낙담했다. 동문원 수제 자리는 휴휴의 학문과 문장을 보건, 관리 능력으로 보건, 인품이나 나이로 보건, 한참이나 격이 떨어지는 한직이기 때문이었다. 황보기는 거듭 실망감을 감추지 못하며 이런저런 방법을 찾고자 했다. 그렇다고 그나마 임명된 자리를 못마땅하다고 재차 상소도 할 수 없는 일이었다. 어렵게 차자를 올려 얻은 벼슬인데 차마 임금의 뜻을 거스를 수는 없었다.

오래도록 이리저리 고심하던 황보기는 깊은 탄식을 뱉어 내며 휴휴에게 방책을 일러 주었다.

"과거에 오른들 지금은 반룡攀龍의 시대가 아닌가? 이 또한, 한가한 관직이니 이미 소외되었도다. 하물며 도목정사都目政事 상에 허다한 사람이 언제나 가득 차 있으니 어느 때에 어대魚袋

와 부절符節을 얻어 차겠는가? 더는 허송세월 보내지 말고 자네가 직접 시를 지어 글 하는 재상과 여러 학사에게 보내어 벼슬을 구하도록 하는 것이 옳을 것 같네."

황보기의 조언을 들은 휴휴는 처음에는 많이 망설였다. 비록 급제하였더라도 권부에 인맥이 없는 자가 흔히 하는 수법임을 모르는 바 아니지만, 선뜻 응하기는 마음이 썩 내키지 않았다. 구동에서 한때 어떠했던가. 우거진 조상 무덤에 풀을 내려 제사 올리고, 흐르는 시냇물을 마시며 제 몸이 닳아 없어질 때까지 비굴하지 않게 그곳에서 살자고 속으로 울음을 토해 내며 병과시로도 읊지 않았던가. 그런 결기가 이제 가루처럼 부서져 내렸으니 할 말을 잃을 수밖에 없었다.

휴휴가 아는 유교적인 선비 정신이란 예로부터 그랬다. 통달하면 나아가 뜻을 펴고, 다하여 막히면 들어와 끙끙 앓으면서도 시가詩歌를 읊으며 몸과 마음을 갈고닦아야 했다. 나라에서 부름이 있기까지는 칠십 노구나마 임금이 보낸 가마에 오를 힘만은 길러 놓아야 했다.

그런데 막상 이심의 권유에 따라 강도로 돌아와 보니 품었던 이상은 간 곳 없고 먹은 나이와 한직의 관이 머리에 씌워져 있을 뿐이다. 그러니 어떻게 하든 신진사대부의 대열에 합류해야만 한미한 처지를 벗어날 수 있다는 현실 앞에서는 모든 게 한낱 꿈으로 끝날 것 같았다.

그러나 휴휴는 고관과 동문인 학사들에게 구관시求官詩를 써 자신이 곤궁한 처지에 처해 있다는 사실을 알린다는 게 영 내키지 않았다. 과거에 오르기 전에 더러운 곳을 뜯어고쳐 새바람을 일으키자 했던 뜻에서도 크게 어긋나고 있었기 때문이다.

며칠 번민해 가며 고심하던 휴휴는 생각을 고쳐먹어야 했다. 구동에 홀어머니를 두고 어렵게 결심한 길을 한직의 자리가 마뜩하지 않다고 내팽개치고 차마 그냥 돌아갈 수는 없었다. 세태에 따를 수밖에 없다는 판단을 했다. 아무리 재주가 뛰어나 과거에 통과해 본들 신료들의 천거 없이는 권문세족과 부원배附元輩 틈바구니를 뚫고 들어가 관료로 임명되기 어려운 세태라는 걸 이미 예전부터 속속들이 알고 있던 휴휴였다.

사대부란 곧 학자적 관료를 말한다. 신진사대부들이 무신정권 이래로 권문세족과 부원배를 뚫고 들어가는 길은 형극荊棘의 길이라 하지 않았던가. 난세에서도 경개耿介로써 자신을 단속하며 바른 사대부의 길로 갈 결심을 했던 휴휴로서는 마음을 고쳐먹지 않을 수 없었다.


최의崔竩를 죽여 무신정권의 종지부를 찍은 별장 출신 김인준金仁俊을 몰아내고 최상 권력 자리에 오른 유경柳璥, 한때 휴휴의 좌주였던 시중 이장용李藏用을 비롯하여 재상급 유천우兪千遇, 최윤개崔允愷, 한취韓就와 학사급으로 최령崔寧, 원전元傳,

허공許珙, 박항朴恒, 최수황, 김승무, 홍저 외에도 신진사대부인 관료들 다수에게 구관시를 지어 보냈다. 임자방 춘장春場에서 같이 과거에 오른 최수황, 김승무, 홍저 등 동문에게 보낸 구관 시는 이러했다.

몇 년이나 몰락해 강산에 부쳐졌던가?
다시 서울 땅 밟으니 꿈결 같아라
옛 친구는 모두 천상의 귀한 몸 되었는데
학철涸轍 곤궁함 뉘라서 구원하리.

서로 만나니 얼굴 모양 변했다고들 하고
말을 하자니 먼저 입이 굳어짐이 부끄럽다.
일찍이 금란지계 맺은 인연을 적지 않으니
때때로 회포 풀고 한 번씩 갓을 털기도 한다네.

幾年流落寄江山 更踏京塵似夢間
故舊皆爲天上貴 困窮誰救轍中乾
相逢盡怪形容變 欲語先羞舌胗頑
曾忝金蘭緣不淺 寬懷時復一彈冠

구관시로 인해 그해 유월 하순에 이장용, 유천우, 최윤개, 한

취, 네 정승이 차자箚子를 올리고 유경이 임금께 아뢰어 칠월 팔일에 천거되어 경흥도호부慶興都護部 판관겸장서기判官兼掌書記로 녹봉祿俸을 받았다. 녹봉을 받은 휴휴는 그달 하순에 강도에서 출발하여 삼척현에서 어머니를 만나 인사하고 명주부에 도착하니 팔월 상순이 되었다.

# 24

유경鍮檠 촛대에 촉루燭淚가 고여 흐를 시각이다.

죽죽선을 찾아 휴휴가 왔다. 휴휴가 경흥도호부에서 외직을 마치고 도병마녹사都兵馬錄事인 내직으로 들어가기 전에 들른 발걸음이다. 휴휴는 바쁜 일정을 쪼개고 나누어서 짬을 냈다.

휴휴가 왔다는 구월이 말에 비록 팔뚝에 앵혈鸎血을 새겨 놓지 않았지만, 그를 맞은 죽죽선은 열예닐곱 살 처녀처럼 가슴이 콩당콩당 뛰었다. 먹은 나이가 부끄럽게 마음이 남자 때문에 이리 크게 설레기는 진주부를 떠난 이후 처음이었다.

강도로 떠났다가 명주부에 외직으로 나왔다는 소식만 들을 뿐 공사에 바빴던 탓인지 그동안 휴휴는 시간 내서 죽죽선을 찾아오지 않았다. 마치 발걸음을 끊은 듯한 그런 처신에도 관리들의 입장을 누구보다 잘 알고 있는 죽죽선은 초임 자리라서 술자리를 자제하고 기녀집 출입마저 삼가는 거라 여겼다.

그러면서도 죽죽선은 부임 소식을 듣고부터 행여나 하는 마음으로 이제나저제나 얼굴쯤 비치지 않을까 해서 구월에게 이슥해서야 문단속하도록 일렀다. 기다림이라는 게 마땅히 보상받을 일이 아니고 임의로 끝낼 일도 아닐 터이다. 기녀의 일생이 기다려야 하는 삶이란 걸 모르는 나이는 아니었다. 알면서도 마음이 내닫는 길을 막아 낼 재간이 없었다.

계해년 강도로 향한 휴휴를 허전한 마음으로 보내고 나서 새삼 느껴졌던 크나큰 공간을 보며 견딜 수 없었던 외로움을 아직도 생생하게 기억하는 그녀는 멀리 떠나 있으면, 자연히 잊히기 마련이라는 말도 거짓임을 깨달았다. 가까이 있지 않음으로써 오히려 마음은 휴휴에게 더욱 기울어져 있었다. 참으로 사람이 사람에게 흘러가는 정의 까닭은 알다가도 모를 일이었다.


그런데 오늘 갑작스러운 소나기로 고곡澗谷에서 물이 흐르듯 죽죽선의 집으로 휴휴가 바람처럼 찾아왔다. 죽죽선의 가슴에서 고여 있던 감정이 흐름을 찾은 듯 격랑으로 높게 일었다. 이제 의관을 입은 차림새도 녹봉 먹는 선비 풍모까지 한껏 드러내서 한층 의젓해 보였다. 그런 휴휴의 변모를 바라보는 죽죽선은 먹은 나이가 눈웃음에 가려져 그늘로도 나타나지 않았다. 희로애락을 얼굴에다 연출해 내는 솜씨가 서툴렀을 뿐 가슴에 손을 얹으면 뛰는 맥박까지 가깝게 느낄 수 있었다.

"참으로 오늘은 귀한 걸음을 하시었습니다."

"이리 쉽게 올 수도 있는 길을 나서지 않았던 내가 너무 박정하네."

죽죽선이 애틋한 인사에 휴휴도 격조했던 나날에 쌓인 소회를 풀어내듯 목소리가 낮고 은근했다. 또한, 그것이 예전과 또 다른 느낌으로 죽죽선의 귀에 닿아 마음을 흔들었다.

"그리 쉽게 나들이를 하셨다면 이런 기다림이 생기기나 하였겠나이까?"

"하아, 말은 옳은 소리니 듣기는 좋네. 이제 내직으로 들어가게 되어 다시 또 멀리 가게 되었으니 얼굴이나 보고 떠나야지 않겠는가?"

휴휴 말에 죽죽선은 깜짝 놀랐다. 소문이 빠른 기녀 사회에 몸담고 있는데도 휴휴가 내직으로 들어간다는 소식은 까마득히 모르고 있었기 때문이다. 그리 빨리 내직으로 들어갈 줄은 예견하지도 못했던 탓도 있었다.

"그 말씀이 정녕 진담이라면 감축할 일입니다. 소첩이 오늘은 조도祖道를 올려야 하겠습니다. 그러시담 언제쯤 강도로 가시렵니까?"

"그리 멀지도 않은 사흘 뒤네. 그런데 조도라? 그래서 그대에게 축하주가 아니라 작별주를 마시러 늦은 시각임에도 이리 찾아왔다네."

"바쁘신 와중이신데 소첩에게 시간을 내주셔서 기쁘기 한없습니다."

죽죽선은 가슴이 서서히 메어 왔다. 신분이 하늘과 땅 차이인데 휴휴가 베풀어 주는 정에 기녀로서 과분함을 느꼈다. 타인의 살뜰한 시선을 어디 한 번이나마 제대로 받아 본 적이 있었던가. 설혹 아니더라도 돌아서며 손가락질이 꼭뒤에 매달린다는 걸 각오하고 썩은 섶다리를 밟듯 매사 조심하며 살아온 나날이었다.

죽죽선은 눈빛마저 빛내며 휴휴에게 말을 건넸다.

"예전에 소교 스승이 옛말이라면서 이르더이다. 정든 친구와 마시는 술은 천 잔도 적고, 의기투합하지 않는 사람과 나누는 말은 반 마디도 많다고 말입니다. 해서, 오늘은 가야금에다 당나라 이군옥李群玉의 시 한 수를 올려 소첩의 마음을 미리 전하려 합니다."

"내 그대 가락을 듣지 않고 떠나면 발걸음이 떨어지기나 하겠는가?"


멀리 갈 그대 긴 밤 마주 앉아
빗소리 외로운 절에 가을 깊어 가는데
청컨대 동해물이 얼마인가 재어 보소
이별의 이 수심과 어느 것이 더 깊은가!

遠客坐長夜 雨聲孤寺秋
請量東海水 看取淺深愁

아자亞字 살문에 달그림자가 도둑처럼 지나갔다.

오고 건네는 말이 조곤조곤 길어져도 정인간의 대화를 나누듯 문밖으로 새어 나가지 않으니 분위기만큼은 익을 대로 무르익었다. 죽죽선이 휴휴의 눈치를 조심스레 살피며 말문을 열었다.

"소첩이 살아온 얘기를 스승 소교 선생 외는 들려준 적이 여태껏 없었나이다. 그런데 오늘은 어쩐 일인지 소첩도 모르게 제 살아온 얘기를 선비님께 전해 드리고 싶나이다. 하찮은 삶이지만 들으시겠나이까?"

지금 초조하게 이는 마음은 죽죽선도 모를 일이었다. 오늘만큼은 휴휴에게 제 살아온 이야기를 하고 싶다는 생각뿐이었다. 그것도 한없이. 비록 그 삶이 심히 굴곡진 하천下賤 한 것이어서 타인에게 짐스럽더라도 풀어내야 지금껏 가슴에 얹혀 있는 체기가 내려갈 것만 같았다. 세상에 누구 한 사람쯤은 자기의 삶을 알고 있어야 한다는 생각이 문득 들었기 때문이다. 벗어놓자는 게 아니라 혼자 감당하기에는 버거운 짐이었다. 그러나 죽죽선에게는 여태껏 '그 한 사람'이 없었다.

"……."

그러나 죽죽선의 간곡함에도 휴휴는 듣지 못한 듯 처음에는 아무런 응답은커녕 표정의 변화마저 없었다. 말없이 잔을 들어 입으로 가져가 갈증이나 풀어내려는 듯 벌컥벌컥 넘겼다. 누구에게나 굴곡진 사연이 있는 법, 자신의 삶도 차마 기억하고 싶지 않은 토막들도 있지 않았던가. 그런데 그런 순간이 극한에 이를 때, 타인에게 의탁하려는 심경도 없지 않아 있어 죽죽선이 지금 그런 처지에서 하는 소리가 아닐까, 그런 지레짐작으로 잠시 말을 끊고 있던 휴휴가 입을 열었다.

"누구나 때로는 가슴에 깊이 묻어 두었던 말을 털어놓고 싶은 때가 있는 법이네. 그것을 오늘 나에게 그러고 싶다면 내가 그 얘기를 기꺼이 듣겠네."

휴휴가 스스로 마음마저 열어젖히자 죽죽선도 덩달아 스스럼없이 말문을 열었다.

"소첩의 어미는 이곳 당밑거리에서 태어나 소첩을 낳았습니다. 소첩에게 머리를 얹어 준 진주 목사 어른이 제게 첫 서방입니다. 물론 소첩을 이곳으로 데려다준 것도 그분이십니다."

죽죽선의 입에서 묶였던 콩 자루의 끈이 풀린 듯 지난 일들이 콩처럼 쏟아져 나와 휴휴의 귀로 들어갔다. 어머니 치마폭에 싸여 삼척현에서 떠나 진주목까지 흘러간 이야기며 겨울 밭에서 쓰러져 죽은 어머니와 소교에게서 기녀 놀이를 배운 일까지 모조리 쏟아 냈다.

휴휴는 더러 묻기도 했지만, 간간이 술로 목을 축이면서 죽죽선의 이야기도 묵묵히 들어가며 한숨까지 내쉬어 그녀의 힘듦을 도와주기도 했다.

　"그렇게 그런 세월만 살다 보니 눈물을 흘리는 일도 잊고, 한숨 내뱉는 일도 그럭저럭 잊혀 가더이다. 그렇게 적응하는 게 사람의 팔자가 아니겠습니까?"

　말을 마친 죽죽선은 기운이 많이 소진되어 있었고, 눈가에는 격정으로 스며 나온 물기가 진작에 말라붙어 있었다. 휴휴가 달다 쓰다 말없이 죽죽선의 손을 잡아 주었다. 몇백 마디 말이라도 그에 응대할 말이 될 수 없다고 생각했던 탓이다.


　이미 밤이 이슥하여 구름과 숨바꼭질하던 달도 졌다.

　"구월이 침소를 마련해 두었습니다. 이제 밤도 깊었으니 비록 누추한 곳이지만 하룻밤을 유하고 가시옵소서."

　죽죽선은 얼굴빛을 고치면서 휴휴의 떠남을 잡았다. 이미 야행할 시각마저 넘겼으니 또한, 그럴 수밖에 없기는 했다. 죽죽선이 구월을 불러 방으로 모시게 일렀다. 휴휴는 의관을 풀고 구월의 시중까지 들어 가며 얼굴과 손발에 묻은 하루의 먼지마저 털어 냈다. 구월에게 세숫물을 넘기니 두 손 높이 들어 공손히 받쳐 받은 뒤 머리를 숙여 무릎걸음으로 물러남이 죽죽선에게서 바른 가르침을 받은 듯 예절이 밝았다.

낯선 잠자리지만 적당히 마셔 알맞게 취한 탓인지 쉽게 잠이 찾아왔다. 얼마나 잤을까. 뒤척이는 잠결에서 인기척을 느꼈다. 밤이 이슥하여 모든 소리가 그쳐 작은 인기척도 크게 들리는 시각이었다. 휴휴가 실눈만 떴다. 흐릿하게 밝힌 취침용 촛불 빛이 가려져서 방 안은 은은하게 비치는데, 죽죽선이 가벼운 옷차림으로 휴휴의 옆에 앉아 말없이 내려다보고 있었다.

휴휴가 잠에서 깨어남을 알아차린 죽죽선은 나직이 입을 열었다.

"소첩 죽죽선이옵니다. 소첩의 이러함이 선비님의 면을 깎는 일이옵니까?"

죽죽선의 나직한 목소리는 은근했고 열기마저 느껴졌다. 휴휴는 상체를 벌떡 일으켰다. 잠자리에서 금방 일어났는데도 코끝으로 여인네의 연한 체취가 스쳤다.

"내가 어찌 그대에게 삿된 마음을 품었다고 나무랄 수 있겠는가?"

휴휴는 다가오는 죽죽선의 손길이 부끄럽지 않게 손을 쥐어 잡았다. 달아오른 열기가 이미 손 안으로 흘러 들어왔다. 은은히 가려진 촛불이 어둠 속에서 뒤척이는 모양을 희미한 그림자로 보여 주었다. 죽죽선이 나직하니 뱉어 냈다.

"가시버시 시절 없이 이미 사내를 안 몸입니다."

"마음이 허락하지 않은 몸은 제 몸이 아닐 수도 있지 않겠는

가. 더군다나 머리를 올릴 때 일 아닌가? 분명 어렸을 때일 터
니 온전히 제 뜻은 아니었을 것이네."

"그 말씀은 위안으로만 삼겠습니다."

"오늘만은 옛일을 잊도록 하세."

"스스로 내 몸을 알지 못해 뜻을 굳히기도 전에 이미 초심을
잃은 몸이옵니다. 그 일 이후 뜻 두어 몸을 준 적은 여태 없습
니다. 미천한 몸이 먼 팔백여 리 객지에다 버리지 않고 고향으
로 돌아온 것만도 천행이라 여겨 감사하다고 하늘을 쳐다봄도
어려운 처지가 아닙니까? 두 눈이 뜨여 있을 때 모든 게 소중한
것이지 눈을 감고 나면 모두 부질없다는 게 소첩의 생각입니
다. 그러니 오늘은 주시면 받을 몸입니다."

죽죽선은 말을 길게 뱉어 냈다. 눌러 오던 감정이 정점에 다
다라 터져서 그런지 다른 때와 사뭇 달랐고 격정 또한, 거칠었
다. 휴휴는 죽죽선의 말을 모두 받아 안으려는 듯 파도처럼 밀
려오는 죽죽선의 몸을 깊이 떠받았다. 말은 그쳤지만, 열기로
들뜬 몸이 아름 곳곳에 허전하지 않게 가득 들어찼다. 둑이 터
져 갇혔던 물이 쏟아져 나오듯 가슴에 남아 있던 말이 다시 죽
죽선의 입에서 나왔다.

"칼끝을 품은 사람의 손길은 생채기를 남기지만, 마음을 품
은 손길은 정을 남긴다고 했습니다. 지금은 정이 담긴 생채기
가 났으면 좋겠습니다."

말은 울음처럼 격렬했지만, 죽죽선의 몸도 가볍게 경련하며 토해 내는 열정 또한, 멈춤이 없었다. 죽죽선의 느낌도 그랬다. 오래도록 참아 오던 것이 육신에서 올올이 풀어져 나가고 있었다. 두 짝 열개裂開가 활짝 열린 바깥세상을 속 시원하게 내다보는 기분이 그때에서야 비로소 전신으로 스며들었다.

개들이 짖어 대는 소리가 그치는가 싶었을 때 눈을 붙였는데 비몽사몽 헤매다 보니 이내 닭이 홰치며 닭 울 때임을 알렸다. 아직 풀어내야 할 정이 오롯하여 미진하기만 한데, 밤이 머지 않아 새려 했다. 겨울밤은 짧아도 너무 짧았다. 하기야 탄탄히 감긴 명주 실꾸리에서 실이 풀려나오듯, 풀어내고 풀어내도 끝이 보이지 않은 게 마음을 오건네는 남녀 사이의 정분일 텐데 시간이 무슨 수로 그것을 담아 내겠는가.

휴휴는 옆 잠자리에 든 죽죽선의 품에서 벗어나며, 이마에 흐른 머리칼을 넘겨 주자, 남정男情을 넉넉하게 취한 자취나 드러내듯 홍조紅潮가 이마에서 묻어날 듯 피어나 있었다. 죽죽선은 구봉침九鳳枕 자수마저 무색하게 붉은 꽃이 넘쳐나도록 핀 듯 고혹했다.

휴휴는 떠날 채비로 의관을 갖춰 입고 난 뒤, 다시 한 번 그녀의 손을 잡아 온기까지 남겼다. 정이란 무한한 것이어서 늘 덜 차는 것 같아 허기를 무한정 느껴야 하는지도 몰랐다. 같이 지새운 긴 밤에 여한이 없을 텐데도 떠나는 사람이 남아 있는 사람에게 작별 의식이나 치르듯 꼭뒤가 당겨 눈만 남겨 놓고 갈 듯 또 뒤로 돌아봤다. 딴에는 먼눈을 생각해서라도 서둘러서 뒷문에서 벗어나야 했지만, 미련으로 서성거리는 끝이 더 길었다. 휴휴는 까치 발걸음으로 밤도둑처럼 마당에서 벗어났다.

이미 어슴새벽이 발아래 와 있으므로 떠날 길을 부지런히 톺아 나가야만 했다.

# 25

삼일우三日雨가 그치고 날이 들었다.

천기와 지기가 화합하여 봄날은 화창했지만, 동쪽 용문 바위 성혈性穴에도 이끼가 낀 듯 푸르스름한 풍기風氣 끼었다. 부내에서 자손이 귀한 아녀자들이 칠월 칠석날이면 남몰래 성혈 터를 찾아 일곱 구멍에 좁쌀을 담아 놓고 발원한 다음, 그것을 한지에 담아 치마폭에 감추어 바삐 돌아가는 일도 더러 있다고, 할멈이 이른 적이 있었다. 죽죽선은 비록 기녀의 몸이지만, 그 아녀자의 심경을 알 것만 같았다.

죽죽선은 그곳에서 지나쳐 죽서정을 돌아내리며 휴휴를 생각했다. 어차피 떠나보내고 잊어야 할 사람이었지만, 몸은 넋에서 알맹이만 빠져나가고 껍데기만 남은 것 같았다. 전신에서 맥진이 빠져 달아났으니 만사가 시들했고, 기운마저 깨나른하여 손끝 하나 까딱이기 싫었다. 오늘따라 그녀의 시선에서는 더러 낯익은 주변 것들이 서름서름해 낯설어 보이기까지 했다.

모든 걸 덜어 내고 몸을 추슬러야 했으나 쉽게 털고 일어날 수 없도록 육신이 물밑 돌처럼 가라앉아 있었다.

죽죽선에게 미치는 생각 또한, 그러했다. 그녀는 맺혔던 생각을 풀어 버리고 스스로 위로하고자 했다. 그녀는 여자로서 소망했던 갈망은 풀었으나, 흡족함과 달리 아쉬움이 마음 한 녘으로 점점 깊어지고 있었다. 받는 처지에서 정이란 금 간 독에다 물을 채우는 일처럼 미진함은 여전히 남아 마음의 공간을 넓혔다. 그녀는 휴휴를 품어 안을 수 없는 사람이기에 쉬이 잊으리라 여겼는데 그마저 섣부른 추정이었다. 미처 제 몸의 반응을 예견조차 못 했으니 지금 생각하면 미욱하기가 이를 데 없었다.

죽죽선은 숱한 사내들과 술자리에 앉았지만, 여태 진정 내 남자라 여겨 본 자가 없었다. 신분의 미천함을 몇 가지 잔재주로 겨우 앞가림해 왔는데, 더한 천대를 받으면 모든 것이 무너져 일어설 수 없을 처지로 내몰리는 끝이 두려워서 스스로 문을 꽝꽝 걸어 닫고 살아왔다. 그러니 바람처럼 떠도는 한량 아무개나 쉽사리 마음을 열어 몸을 맡길 수가 없었다. 어차피 태어날 때부터 제 의지를 잃어버리고 남의 뜻에 매인 몸이었다.

그러나 휴휴에게 갔던 정은 온당하다는 믿음에는 한 치의 의심도 없었다. 신분을 두고 능히 희롱하는 관계이므로 가벼이 넘겨도 기녀로서는 크게 낯이 깎이는 일은 아니나 휴휴에게만은 그런 대접까지 받고 싶지 않았다.

스친 옷깃을 여미고 잠깐 품었던 감정을 털어 버리면 될 사이가 아니었다. 휴휴를 보내면서 여자로서 얻을 것 모두 얻었다고 흡족히 생각하며 자위하기도 했지만, 비우고 간 공간이 턱없이 너무 넓었다. 차제에 휴휴와 연상되는 주변의 모든 것들이 그 공간의 모서리에 툭툭 부딪혀 생채기를 냈다. 죽죽선은 이제 무엇으로 그 공간을 메워야 넘치도록 꽉 들어찰는지 한걱정이었다.

휴휴와 같이 드나들던 최만유가 혼자서 서너 번 발걸음을 했다. 혼자라서 그런지 말수도 줄었고 머무는 시간마저 짧았다. 죽죽선은 최만유가 근동에서 내놓으라는 한량이라 들었는데, 휴휴와 동행해서 그랬는지 있는 자랑하거나 잰 체하지 않았고, 그녀에게 던지는 언사까지 다른 기녀에게 하듯 비루하지도 않았다.

죽죽선은 휴휴한테서 거처를 손보아 주겠다는 전갈을 받아서 그를 불편하게 여겨 왔던 것이 사실이지만, 진의를 알고부터는 최만유의 속뜻까지 알게 되어 오해한 자신이 심히 부끄러웠다. 그러나 주변 눈들이 꺼림칙하여 고마운 뜻만 전하고 도움은 에둘러 정중히 사양했다.

서로 그런 마음을 주고받은 뒤부터 최만유는 죽죽선 앞에서

편한 자세를 가졌고, 그녀 또한, 휴휴를 대하듯 다른 사람보다 살뜰하게 대하곤 했다. 휴휴가 떠난 다음 최만유가 찾아오면 누가 먼저랄 것도 없이 휴휴 주변 이야기부터 오고 건넸다. 그러니 둘이 마주 앉아 있어도 마치 세 사람이 앉아 있는 듯했다. 휴휴가 떠난 자리에 남아 있는 최만유는 이제 죽죽선한테는 속마음까지 털어놓을 수 있는 유일한 말벗이 되었다.

며칠 전 찾아와서 돌아갈 때, 최만유는 출가한 딸네 집에 찾아왔다가 돌아가는 아비처럼 간곡한 언사로 죽죽선의 눈에 띄게 나빠진 건강을 염려했다.

"오늘 보아 하니 얼굴이 많이 여위어 보였고, 몸마저 부실하여 무척 무거워 보였는데 몸이 회복될 때까지 어디 조용한 곳에서 좌정하며 조금 쉬었으면 하는데, 그럴 뜻이 있는가?"

최만유가 겉으로 보아도 뚜렷하게 쇠약해진 죽죽선을 보고 몹시 안쓰러운 표정을 지었다.

"소첩에게 주시는 말씀 감사히 받겠습니다. 몸살인 듯하니 몸조리를 조금 하면 곧 추스르고 일어날 것이옵니다."

죽죽선은 최만유의 고마운 말을 고개 숙여 받으며 다소곳한 웃음까지 지어 보였다.

"본인이 말은 그리하지만, 내가 보기에는 꼭 그렇지 않아 보이니 이리 걱정하는 게 아닌가."

"아니옵니다. 다음 뵈올 때는 그런 염려를 받지 않도록 마음과 몸을 잘 추슬러 놓겠으니 염려 마시옵소서."

"내 그리 자네를 믿고 가도 되겠는가?"

최만유는 얼굴에서 걱정스러운 표정을 거둬 내지 못하고 다짐이라도 받아 두려는 듯 되짚어 물었다. 최만유 눈에는 죽죽선이 요즘 들어 부쩍 활기를 잃어 보였다. 나이를 먹은 여인네의 고적함은 미세한 표정에서도 금시 드러나기 마련인데, 죽죽선은 최만유 앞에서 굳이 아니라고 머리를 가로젓고 있었다.

"예, 걱정하지 않도록 하겠나이다."

"우길 일을 우겨야지. 내 눈에는 아무래도 편안한 곳에서 좀 쉬어야 할 것 같네. 그럴 의향이 있다면 뒷날에라도 일러 주게. 내 오늘은 그만 일어서겠네. 가까운 시일 내에 다시 오겠네."

최만유는 자리에서 일어나면서도 미심쩍은 시선으로 죽죽선을 다시 바라다보았다. 알면서도 속아 준다는 말이 뇌리에 스쳐 최만유는 쓰게 웃었다. 그는 마당에서 벗어나면서도 다시 한 번 뒤돌아 죽죽선이 서 있는 방문 앞을 한참 바라보다가 천천히 발걸음을 떼어 놓았다.

이제 그녀도 기녀로서 꽃다운 시절을 지나 내림길로 들어설 나이에 이르렀다. 갖춘 기예와 뛰어난 자태가 미흡했다면 일찍 퇴기로서 골방에 앉아 시름과 한숨을 눈먼 노파 바늘 실 꿰듯 청승을 떨고 있을 게다. 그러니 이제 가을 부채가 아니겠는가.

그러나 죽죽선은 아직은 시들지 않은 꽃으로 대접받고 있었다. 그렇게 안팎으로 고혹하지만, 나이를 먹어가면서 찾아오는 체력의 한계는 피하려야 피할 수 없는 일이지 않겠는가.

고단한 삶을 타고난 그녀는 한량들 앞에서 계속 춤을 추고 노래를 불러야 할 터이다. 최만유는 그렇게 타고난 그녀의 운명이 참으로 안타까운 일로 여겨졌다. 그녀에게 편한 여생을 마련해 주고도 싶어 그런 언질을 건넨 적도 있었지만, 죽죽선은 목숨까지 내놓을 듯 강하게 거절했다. 이 모든 것이 어머니가 진주까지 데리고 가 지워 준 운명의 짐이라면서 단 한 마디로 거절했다. 그런 처지기에 바꿀 수 없는 자신만의 것이니 남의 도움으로 어찌할 수 없는 거라 토를 달며 극구 사양했다.

이 또한, 최만유 가슴을 아프게 했다. 아직도 최만유의 가슴에는 처음 보았던 죽죽선의 고혹한 모습과 뛰어난 재능이 눈앞에 가로놓여 있었다. 그런 끌림은 자신도 어찌지 못하는 일이란 생각을 아직도 거둬 내지 못한 채 명주부에서 삼척현으로 부지런히 오가는 걸음을 반복하고 있었다. 아니 이미 그녀의 매력에 너무 깊이 들어가 헤어 나오지 못한 채 마음이 기울어진 상태였다.

죽죽선이 방 안에서 마당으로 나서려는데 하나의 소리가 담을 타 넘어왔다.

해로가薤露歌가 높이 들려 강물 소리까지 덮었다. 성안에서 또 누군가 죽어 갈암 땅에 묻히려고 도강하고 있었다. 육신에서 혼이 빠져나간 시신이 땅에 묻히려 강을 아슬하게 건너가는 참이다.

물줄기가 절벽에서 부딪쳐 휘돌아나가는 곳은 큰물이 나갈 때마다 밀어붙여 놓은 자갈들이 쌓여 물길은 다른 곳보다 얕게 흘렀는데, 갈암 사람들은 그곳에다 외나무다리를 놓았다. 그 외나무다리가 부내로 들고나는 통로 구실을 했다.

일찍 나룻배만 놓으면 될 일에 웬 외나무다리냐고 말꼬리를 잡고 뒤트는 사람들이 있었지만, 갈암의 적은 인구에서는 오일장 날에만 붐비는 승선의 뱃삯으로 한 해 한 가족의 생계를 연명하겠다고 선뜻 나서는 사람이 없었다. 그러니 천상 그곳에는 외나무다리가 제격에 맞는다고 마을 노장들이 일러 주었다. 비록 외나무다리가 큰물이 질 때마다 거센 물결로 유실되긴 했으나, 그도 많아야 일 년에 한두 번이니 복구에 드는 물자나 인력에는 크게 부담이 되지 않는다는 논지였다.

죽죽선이 고개를 들어 바라보니 상여가 사람들 어깨에 떠받혀 외나무다리로 건너가고 있었다. 보통 마을 사람이 죽어 묻힐 산지가 성 안이라면, 그 마을의 장정들이 품앗이로 나섰으나 외나무다리로 강을 넘어야 할 때는 전문 상여꾼들이 품삯까지 두둑이 받고 나섰다. 물론 상여를 외나무다리로 건너본 경험이 풍부한 자들이다.

그런 전문 재주가 있는 상여꾼들은 해로가에 맞춰 외발로 비끼어서 발을 느릿느릿 옮기며 아슬아슬 외나무다리를 건너갔다. 그것은 개미들이 큰 먹이를 운반하듯 상여꾼들의 바쁘면서도 신중한 움직임이 분명했으나 멀리서 바라보면, 아직도 풀어내야 할 이승에 대한 미련을 버리지 못하여 한없이 현세에서 미적대는 것같이 느리고 답답하도록 더뎌 보였다. 이승에서 하나의 생이 강물을 넘어가며 그렇게 지고 있었다.

죽죽선은 엉뚱하게도 해로가를 듣는 순간 거문고와 가야금을 손에 익힐 때 소교가 정과정곡鄭瓜亭曲을 가르치며 들려준 얘기가 떠올랐다.

호가 과정瓜亭인 정서鄭敍는 십이 년간 귀양살이를 포함해 이십 년이나 의종毅宗의 부름을 기다렸다. 누명을 쓴 채 떠나는 그를 향해 분명하게 언약했던 의종의 말 때문이었다.

"그래, 오늘은 참으로 어찌할 수 없구나. 가서 기다리면 짐이 곧 부르겠다."

그 말만 믿었던 정서는 의종의 허언虛言을 참아 내며 기다림을 거문고 가락에 얹었다. 그리고 손가락 끝에서 피가 나도록 술대로 줄을 뜯었다.

소교가 정과정곡을 두고 그녀에게 일렀다.

"사람에게 정이란 것이, 또 그것에 대한 기다림이란 것이 마음에서 피어난 곰팡이 같은 것인데, 그 감정이 밴 게 바로 이 곡조여. 따라서 가락을 뽑아 낼 때는 그런 감정을 듬뿍 묻혀 피 멍울처럼 뱉어 내야 제 맛이 나는 게야."

죽죽선도 이 순간 강도로 간 휴휴에게 이 곡을 보내고 싶었다. 비록 듣지는 못할지라도 순간만은 마음속에서 풀어놓고 싶었다. 그녀는 가야금을 두고 거문고를 품었다. 술대를 움직여 가락을 골라 냈다.

님 그리워하며 옷을 적시지 않는 날 없다
봄 산의 두견새와 비슷하다.
옳으니 그르니 사람들이 마구 묻는다
새벽달도 별도 아는 것을

憶君無日不霑衣 政似春山蜀子規
爲是爲非人莫問 只應殘月曉星知

죽죽선은 밤이면 목 아래에서 가래가 끓어올라 타호唾壺를 머리맡에 두었다.

몸이 신열로 부다듯했다. 아파도 처방을 할 수 없었다. 몸이 아프면 긴 장대를 세워 놓고 비손하거나 굿이나 해야 하는데, 그 짓은 소란스럽고 번거로울 뿐 아니라 처지가 문제였다. 무엇보다도 기녀의 신분으로서 '나 여기 아프다오.' 하면서 필시 동네방네 소문날 일은 차마 할 수 없었던 탓이다. 옛말에 이르듯 마음이 딴 곳에 가 있으면, 보아도 보이지 않고, 들어도 들리지 않으며, 음식을 먹어도 맛도 모른다는 게 그른 것 하나 없다는 생각마저 들었다.

죽죽선은 이제 모든 걸 내려놓을 수밖에 없는 자리까지 온 것 같았다. 때라는 게 놓쳐도 다시 또 온다는 믿음마저 가질 수 없는 시각까지 버텨 온 그녀였다. 마음이 이징가미같이 조각났지만, 종사從死할 계제도 아닌데 풍색風色조차 말이 아니고 몸이 마음을 이기지 못하니 곧음만으로는 견뎌낼 재간이 없었다.

죽죽선은 모질게 결심하며 은장도를 품고 밖으로 나서려 일어섰다. 세상 모든 이치가 그럴 것이다. 생각을 간략히 하면 실행도 간단해지는 법이다. 이 일 저 일 생각지 않으려 했다. 미련의 끈만 더 길게 할 게 아닌가. 뜻밖에도 긴장된 마음이 쉽게 가라앉았다. 여닫고 나간 문을 다시 제 손으로 열지 않겠다는 각오로 방문을 소리 죽여 열었다.

달빛 내린 바깥은 잔 추위가 여태 남아 있었다. 죽죽선은 발걸음 소리를 남기지 않으려는 듯 조심스럽게 마당으로 내려섰다. 뒤돌아보면 모든 것들이 시선을 잡을 것 같아 앞에다만 눈길을 주었다. 대문께로 향하여 막 두어 발짝 옮겨 놓으려는데 등 뒤 목소리가 발걸음을 확 잡아챘다.

"아씨!"

다급한 구월의 목소리가 등 뒤에서 들렸다. 늦은 밤 출입을 삼가는 죽죽선의 행동이 예사롭지 않다고 느꼈던 모양인지 평소와 달리 말투가 경망스러웠다. 죽죽선은 구월의 말소리에 잔뜩 끌어모았던 긴장이 내려앉으며 전신에서 맥이 쑥 빠져나갔다. 속마음이 계집종에게 들킨 것 같아 민망하기까지 했다. 마치 디딤돌에 서서 담 너머의 낯섦을 훔쳐보려는 순간 구월이 그 돌을 확 낚아챈 꼴이었다. 들숨 날숨 없는 지경에 처했으니 깊은 한숨이 가슴에서 절로 일었다. 그렇다고 그냥 방 안으로 되돌아가자 해도 처지가 우스운 꼬락서니가 되어 버려 어정쩡 그 자리에 멈춰 섰다.

"야밤에 자지 않고 웬 소란이냐?"

"제가 소란한 게 아니라……. 아씨가 아직 잠자리에 들지 않았는데 저더러 자지 않는다고 그러십니까? 그런데 지금 어딜 가시려고 이리 나섭니까? 저에게 알리지도 않으시고……."

밤이라도 나들이할 때면 미리 언질을 주었던 죽죽선이 구월의 눈에도 오늘은 이상하게 느껴졌던 모양이다. 아니 왠지 모를 불길함마저 머리에 스쳤는지도 몰랐다. 용계 선비님이 강도로 떠난 뒤부터 활기를 잃은 모습이 구월의 시선에서도 확연히 느껴져 말은 못 한 채 이런저런 눈치를 살피며 숨죽여 행동만 지켜봐 왔기 때문이다.

죽죽선은 가까스로 마음을 진정하여 목만 가다듬어 차분히
말했다.

"아니다. 바람을 좀 쐬러 나왔다. 나와 좀 걷자꾸나."

구월은 서슴지 않고 대문을 벗어나는 죽죽선의 뒤를 말없이
따랐다. 대숲이 가까이 있었다. 굳게 박힌 억센 뿌리, 그것이
곧은 성질의 것임에도 허리를 휘는 대나무에서 잎들이 심하게
떨고 있었다. 죽죽선은 발걸음 소리까지 맞추며 뒤따르는 구월
의 성실함이 야속했다. 비록 덩치는 작았으나 지금은 죽죽선
앞길을 꽉 틀어막아선 바윗덩어리 같았다.

"구월아, 넌 내가 좋으냐?"

"예, 아씨. 늘 어머니와 같습니다."

"그래? 내가 없으면 할멈과 살아야 할 것인데……."

그 말에 구월은 깜짝 놀라며 흘낏 죽죽선을 쳐다보았는데 죽
죽선도 무심하게 나온 제 말에 스스로 놀랐다. 달빛에서도 불
안해하는 구월의 모습이 뚜렷이 보였다. 구월은 죽죽선 뒤로
바짝 더 따라붙었다. 그런 반응을 모르는 척하며 한참이나 걸
음만 옮기던 죽죽선은 마음을 고쳐먹고 구월에게 일렀다.

"잠시 쓸데없는 생각했다. 구월아, 이제 그만 돌아가자꾸나."

언제나 몸이 마음에 따르지 못했는데 오늘도 그랬다. 어머
니 치맛자락에 붙어 진주까지 갈 때부터 삼척현으로 목사 일행

310

으로 따라와 목숨을 부지한 여태까지 고비 때마다 마음과 몸이 달리 움직였다. 온전한 제 것이 아니라 남에게 받은 것이어서 제 맘 제 뜻에 따를 수 없는 건지도 몰랐다.

죽죽선은 고개 들어 스러지는 달빛을 쳐다보았다. 올해는 여느 해와 달리 달포나 늦은 잔 추위가 꽃핌을 길게 가로막을 모양이다. 바람은 밤이 깊을수록 더욱 차가워졌다.

이틀이 지나 사흘째 날, 아침이 밝자 죽죽선의 거처가 발칵 뒤집혔다. 그녀의 그림자조차 집안에 남아 있지 않았기 때문이다. 죽죽선의 방에는 사물들이 말끔히 간추려져 있어 평소 성격 자취가 그대로 남아 있었는데, 그것들의 주인 자취는 행방이 묘연했다.

사람이 집안에서 사라진 기미를 알아차린 할멈과 구월은 처음에는 쉬쉬하면서 집 안팎만 샅샅이 뒤졌다. 눈앞에서 사라진 것이 쥐나 고양이가 아니라 사람이라 금시 눈에 띌 것인데 눈 씻어 가며 찾아봐도 집안에는 있지 않았다. 며칠 전 밤에 일어난 일을 구월로부터 전해들은 할멈은 갑자기 불길한 생각이 미쳐 죽서정으로 달려갔다. 먼저 절벽 밑을 훑고 근처 대밭을 뒤졌다. 그러나 죽죽선의 자취는 쥐도 새도 모르는 듯했다.

더럭 겁이 난 할멈은 구월과 같이 오십천 강변을 따라 오불진까지 더듬어 갔으나 죽죽선이 걸쳤던 옷가지 하나 찾아낼 수 없었다. 밤새 흘러내린 강물에 몸을 던졌다면 흐른 시간을 봐서 먼 바다까지 갔으리라.

평소의 느낌은 그렇지 않았으나 막상 일이 벌어진 뒤면 근자에 벌어진 모든 일이 예사롭지 않았다고 입을 모으는데, 할멈이라고 예외는 아니었다. 우선 요 며칠은 초대에 응하지 않거나 찾아오는 손님도 만나기를 삼갔다. 몸이 조금 부실해 보이긴 했으나 예전에는 그런 몸 상태에 아랑곳없이 연회 자리에 나갔던 열성에 비견하면 병 축에도 끼지 않아 그러려니 했다.

그뿐만이 아니었다. 몸 마음이 피곤하더라도 집안에서는 할멈이나 구월에게 늘 밝은 얼굴을 보였다. 찾아온 손님들에게 불손하면 어김없이 화를 내며 닦달했지만, 그릇을 하나둘 깼대서 혼쭐을 내지는 않았다. 죽죽선은 늘 입버릇처럼 둘에게 일렀다.

"할멈이나 나, 그리고 구월이 너, 싫어도 힘들어도 잘 참으며 살아가야지. 우리는 남을 부려 본 적이 없는 처지에 있는 사람들이 아니냐. 그러니 서로들 의좋게 잘 지내자."

모두 타고난 팔자가 그래서 하나같이 외톨이로 세상살이하는데 서로 의지하지 않으면 어찌 살 것이냐고 기회 있을 때마다 어르고 달랬던 죽죽선이었다. 그런데 요즘은 작은 일에도 자주 짜증을 내는가 하면 툭하면 자신의 입에다 올렸던 '먼 데다 한눈을 팔기'도 했다.

얼굴이 새카맣게 변한 구월이 저녁이 되어서야 관아를 찾아가 죽죽선의 실종을 알렸다. 관에서도 한갓 기녀의 실종이 아니라 죽죽선의 일이라 이튿날부터 부내를 뒤지며 행방 추적에 나섰다. 그러나 죽죽선의 그림자마저 찾을 수 없자 할멈과 구월을 관아로 불러들였다.

"행방불명이 되기 전에 누가 집을 찾았더냐?"

현령이 직접 나서 문초했다. 겁에 잔뜩 질린 구월이 퉁퉁 부어오른 눈으로 껌벅이며 묻는 말에 냉큼 입을 열었다.

"명주부 사시는 최만유 진사 어른이 오셨을 때도 집안에 계시었습니다."

"명주 최만유라 했느냐? 그게 어느 시각쯤 되었더냐? 그리고 얼마나 머물렀고?"

이번에는 할멈이 문초에 답했다.

"저녁 무렵이니 유시酉時쯤 되었습니다. 진사 어른은 한 시진쯤 머무르다 떠났습니다."

"혼자였더냐?"

"예, 예전에는 휴휴 선비님과 동행했지만, 선비님이 강화로 가신 뒤부터 일상 혼자 오시는데 그날도 그러셨습니다."

"무슨 얘기들을 나눈 것 같더냐?"

"밖으로 새어 나오지 않을 만큼 목소리가 낮았고 그나마 잦지 않아 무슨 말씀들이 오간 지는 쇤네는 알 길이 없었습니다.

방 안에 손님이 계실 때는 저희는 불러야 다가갑니다. 또한, 최만유 진사 어른은 술을 드시더라도 늘 조용한 분이었습니다."

할멈은 나이 먹은 여인네답게 소상하게 대답했다.

"진사 어른이 가는 걸 보았느냐?"

"예, 혼자였는데 대문을 벗어나 말에 오르며 오늘 대숲은 유난히 푸르구나, 그런 말씀을 던지고 떠났습니다."

"대숲이 유난히 푸르다고? 그런 소릴 했단 말이냐?"

"예, 쇤네의 귀에는 분명 그렇게 들렸습니다."

현령은 둘에게 문초하는 짓이 부질없음을 알았다. 오히려 명주부로 사람을 보내 최만유에게 정보를 캐내는 게 옳을 것 같았다. 그러나 최만유를 만나고 온 사람이 그가 내뱉은 말을 현령에게 그대로 전했다.

"떠날 때까지 아무런 낌새를 느끼지 못했다면서 혼잣소리로 아까운 재주꾼이 없는 삼척현으로 발걸음 할 일이 이제 없구나……. 그렇게 내뱉으며 장탄식을 하였습니다."

관아에서는 죽죽선의 시신도 찾지 못했으니 이리저리 미루지 않고 행방불명 실종자로 처리할 수밖에 없었다.


봄꽃이 스드럭부드럭 시들어진 자리로 바람이 지나가는 계절까지 지나도 죽죽선의 집은 인적이 끊긴 채 문은 굳게 닫혀 있었다. 그 일 이후 삼척현에서 죽죽선을 본 사람은 아무도 없었다. 사람들은 가슴께에다 은장도를 품은 채 한스러운 삶을 접고 장서長逝의 길을 떠났는지도 모를 일이라며 굿이라도 해서 원귀를 달래 주어야 한다고 이리저리 떠들긴 했으나 어느한 사람 앞으로 헤치고 나서서 주선하려는 자가 없었다.

죽죽선이 사라진 일도 모르고 오랜만에 그녀를 찾아온 어느선비가 망초와 띠가 마른 안마당에다 눈길을 준 채 이웃에게 안부를 물었다.

"오래전에 떠났나요?"

"오래되긴 됐는데 글쎄 떠나는 뒷모습을 본 사람이 없는데꼭 떠났다고 해야 하나……, 그러니 딱히 떠났다고 말하긴 좀그러하네요."

"하 참, 사람 박정하긴 아무런 말도 남기지 않고……."

"그렇긴 하지요? 그러고 보니 남겨야 할 흔적은 없고 쓸데없는 풍문만 남았네요."

선비는 옛정에 대해 섭섭함을 감추지 못하고 이웃에서 필묵을 빌어다가 굳게 닫힌 문에다 그토록 죽죽선이 선망했던 이규보의 시 한 편을 적어 붙이고 떠났다.


눈빛이 종이보다 새하얗기에
채찍 들어 이름 석 자 써 두고 가니
바람아 부디 눈을 쓸지 말고

주인이 돌아오기 기다려다오

雪色白於紙 擧鞭書姓字
莫敎風掃地 好待主人至

316

# 26

병부시랑 진자사陳子俟는 삼척현 사람이다.

그가 안집사로 삼척현을 찾았을 때는 봉황대 서쪽 돌비알에 푸새가 퍼렇게 바위틈을 메워 푸른 눈썹처럼 둘렸고, 잡목 숲에서 매미 울음이 고막을 찢을 듯 들리는 병인년(1266) 초여름이었다.

이때 휴휴도 삼척현에 연고가 있는 탓으로 진자사의 요청에 따라 흔쾌히 안무 일행과 합류했다. 그들 일행은 삼척현으로 행하는 도중 여주의 북루北樓에 들러 주위 경관을 살펴보면서 차운하여 시를 지으며 한참 숨만 고른 뒤 내친걸음을 내디뎌 삼척현으로 향했다.

일행은 삼척 현령의 마중을 받으며 관아에 들러 안무까지 마친 다음 곧장 죽서정에 올랐다. 진자사를 따라 죽서정에 오른 휴휴는 일행과 달리 가슴에서 감회가 물 끓듯 했다. 서쪽으로 향하여 서니 눈앞 가득 오십천 수계와 두타산 자락이 들어차

경관은 예나 다름이 없었다. 그러나 동쪽을 살피니 민가가 눈에 띄었다. 죽죽선이 살았던 집이다. 비록 집은 허술하여 무너져 내려앉듯 했으나 마당으로 들어가는 길에는 아직도 드나들었던 발자취가 그곳에 남아 있는 듯 지난 일이 지금과 다를 바 없이 눈앞에 알씬거렸다.

비록 한촌이었으나 한 사람만 사는 곳이 아닌데 죽죽선 한 사람이 없는 삼척현은 반쯤 텅 빈 것 같았다. 온전한 제 삶만 살았던 사람이 아니라 남을 위하여 제 삶마저 무명하게 살았던 사람의 부재가 휴휴에게는 너무나 커다랗게 느껴졌다. 필시 죽은들 미천한 몸이었으니 묘갈墓碣은커녕 무덤조차 남기지 않았을 터이다. 지금은 대숲에 이는 바람 소리만 높고 그 소리를 잠재우던 가야금 소리는 허공으로 사라져 귓전에서 멀어져 간 지 오래다.

휴휴는 자욱이 밀려오는 정회를 누르며 절벽 아래로 돌아나가는 오십천만 물끄러미 바라보았다. 가람은 물로 이름을 얻었으되 흘러간 것을 품지 못했고, 꽃도 강물에 잎을 띄었으나 사연을 담아가지 못하듯, 흘러간 세월 또한 그와 같았다. 오늘따라 심하게 흔들리는 갓끈이 턱밑에서 춤을 추었다. 불어온 바람이 바싹바싹 타들어 가는 입안으로 들어가 목젖에 써느렇게 부딪혔다. 망연히 서 있기조차 힘든 자리였다.

죽죽선의 실종이 개경에 인편으로 닿기는 해거름 녘이었다. 뜬소문이 돌아 귀에 닿기에 앞서 그래도 인편으로 먼저 당도한 셈이다. 개경 나들잇길을 나선 사람에게 부탁한 최만유의 서찰이었다. 화급하게 달려온 발걸음을 증명하려 듯 사내는 지친 몰골에 퀭한 눈을 가까스로 뜨고 있어 온 길의 고단함이 어떠했는지 말하는 듯했다. 서찰을 받아 든 휴휴에게 사내는 역적 모의 문서나 전하듯 은근한 목소리로 말했다.

"보신 뒤 사르라고 일렀습니다."

사내는 떠나면서 심부름 값이나 단단히 챙긴 듯 휴휴에게 신신당부하기를 잊지 않았다. 분명 최만유의 성격에 비춰 보면 두세 번 더 이르고 일렀을 터였다.


─잘 계시는가? 좋지 않은 소식 전하네. 죽죽선의 행방이 묘연하네. 실종되었다지만 확인할 길 없고, 그래서 혹 우려할 일이 벌어지지 않았으면 좋겠네. 삼척현에서 다시 그런 사람을 볼 수 없다니 서운하기 그지없어 내 이리 적어 인편으로 보내네. 기쁜 소식이 아니어서 미안하네. 잘 계시게.


휴휴가 헉 들이마시는 숨이 목구멍에서 턱 막혔다. 그 소식은 휴휴에겐 벼랑에서 굴러 내린 바위가 넋 놓고 있는 가슴팍으로 확 달려들어 안기는 듯했다. 휴휴는 저물어 오는 서쪽 하늘을 망연히 바라다보았다. 이미 해가 진 하늘에는 빛이 없었다. 곰곰이 생각해 보아도 제일 먼저 머리에 떠오른 것은 하룻밤을 같이한 인연뿐인데, 어쩐지 그 일과 무관하다는 생각은 들지 않았다. 필시 그것이 원인도 될 수 있겠다 싶어 휴휴는 길게 한숨을 내뱉으며 죄를 지은 듯해서 붉혀진 얼굴을 더 깊이 숙였다.

"어찌 내가 이런 일을……. 내가, 내가 아주 몹쓸 일을 했구나. 어렵게 고향으로 돌아온 사람에게 그도 편안하게 머물지 못하게 했으니 이 일을 어이한다……."

선비로서 마음의 통절함을 풀어내는 수단은 오직 글뿐인데, 그마저 오히려 죽죽선한테는 욕됨이 분명하니 소리 없이 모질게 자책할 도리밖에 달리 방도가 없었다. 그럴수록 휴휴의 눈앞에는 그녀의 모든 모습이 고스란히 펼쳐져 보였다.

그렇게 오고 싶어 했던 삼척현에 왔어도 늘 꿈꾸는 듯한 시선으로 오십천을 바라보곤 했던 죽죽선이었다. 그런 그녀가 삼척현에서 자취를 감추었다니 험악한 일부터 먼저 떠올렸으나 휴휴는 그런 망측한 상상에서 억지라도 벗어나고 싶었다. 삼척현에 가면 숨어 있다가 술래의 위치로 내려온 휴휴의 등 뒤에서 냉큼 나타날 것으로 믿고 싶었다.

그런데 이제 처지가 바뀌어 숨어 버린 사람은 나타났으나 술래여야 할 죽죽선은 이미 그곳에 없었다. 이제 강도로 숨었던 사람이 죽서정 주변과 그녀가 살았던 집 주위만 두리번거리고 있음을 알기나 하는지, 휴휴는 현지에서 절망을 느꼈다. 그리고 상상도 못 할 험악한 일을 당했을 수도 있다는 예감마저 머릿속으로 꽉 들어찼다. 그만큼 비워 낸 공간이 너무 널찍했다. 그 예감의 끝은 오십천을 타고 바다로 갔을지도 모른다는 추측에 다다랐다. 이제 바다를 보면서 그녀를 회상해야 했다. 휴휴는 부끄러운 마음을 지우지 못한 채 눈앞에 것들을 외면하듯 두 눈을 감았다.

휴휴는 일행과 정선현으로 떠나기에 앞서 죽서정 현판 시에 차운한 시액詩額을 남겼다. 그러나 죽죽선에 관한 것은 차마 글 안에다 끼워 넣을 수 없었다. 죽죽선과의 관계를 부정하려는 것이 아니라 그녀에 대한 격정이 아직 물 끓듯 해서 평심平心을 잃고 있었던 탓이다.

　　중천에 고운 빛깔로 높이 솟구쳐
　　햇빛 가린 구름이 용마루와 기둥에서 춤추고
　　푸른 바위에 기대어 나는 고니 바라보면서
　　붉은 난간 잡고 노니는 물고기 헤아리네.

　　산은 들판을 감싸 둥근 경계를 이루었는데

이 고을은 높은 누로 유명해졌구나.
벼슬 버리고 여생을 보내고 싶지만
미력이나마 밝은 임금이 되도록 돕기 바란다네.


누에 오르니 장한 기상이 북두처럼 높고
발을 걷으니 안개 화려한 기둥이 감도는데
푸른 물결 파문은 뛰노는 고기 때문이고
백사장의 전자篆字는 한가로이 노니는 새 때문이네.


농사籠紗 봄 연못의 글귀에 걸려 있고
장월仗鉞은 도리어 주금晝錦을 중시했네
흰 수염만 만지작거리느라 글쓰기 어려우니
진자사 만남이 미명彌明을 만났던 일처럼 부끄럽네.


半空金碧駕峥嶸 掩映雲端舞棟楹
斜倚翠嵒看鵠舉 俯臨舟檻數魚行
山圍平野圓成界 縣爲高樓別有名
便欲投簪聊送老 庶將螢燭助君明
登臨壯氣斗峥嶸 捲箔雲烟繞彩楹
碧浪破紋魚競躍 白沙成篆鳥閑行
籠紗曾掛春池句 仗鉞還垂晝錦名

撚盡雪髥難下筆 却慚候喜對彌明

휴휴는 시를 짓고 나니 문득 스승 최자의 시론詩論이 떠올랐다. 지금 지은 시가 휴휴가 생각해도 다소 장황한 느낌이 들었던 탓이다. 일찍 최자는 후학들에게 정자나, 누대, 누각, 또는 누관樓館에서 시를 지을 때 일러 주던 말이 아직도 귓가에 생생히 남아 있었다.

'대개 고적이나 명승지 등을 유람하며 읊어 남긴 시나 노래는 말을 간단히 하고 뜻을 남김없이 읊은 걸 잘 된 것으로 삼고 있다. 그러니 반드시 과장됨이나 아름다운 수식이 많을 필요는 없다. 따라서 시를 지을 땐 다만 한두 연聯의 글로써 경치를 그림같이 묘사하되 안계眼界에 들어찬 풍경을 바삐 지나가는 나그네가 읽게 한 뒤 입으로 게으르지 않고 마음으로 감상하는 데 싫증이 나지 않도록 하여 음미하고 감상하면서 흥을 내게 할 뿐이다.'

휴휴는 최자의 시론을 이해하는지라 그에 마땅히 따르고자 하였으나 인연이 깊은 곳의 아름다운 경물에 취하여 어쩔 수 없이 길게 써 놓고 붓을 던진 것이 영 개운치만 않았다.

정선현으로 가는 길에 진자사가 아쉬운 듯 삼척현에서 떠나는 소회를 밝히더니 옆에 있는 휴휴에게 물음을 던졌다.

"승휴 이 사람아, 강도에서는 삼척현에 가면 둘을 보고 오라고 했네. 그 둘이 무엇인지 자네는 알기나 하는가?"

느닷없는 진자사의 물음에 휴휴는 한참이나 대답은 못 한 채 눈만 휘둥그레 뜨고 있었다. 휴휴는 여태껏 그런 소리를 타인에게서 한 번도 들어본 적 없었기에 의아할 수밖에 없었다.

"시생 잘 알지 못하고 있습니다."

"허 참, 이 사람, 그러고도 어디 가서 이곳 사람이라고 말할 수 있겠는가? 다들 그런다네. 이곳에 가면 죽서정에 올라 절경을 보아야 하는 게 그 첫째고, 명기인 죽죽선의 가무와 가야금 소리를 듣고 오라는 말이 둘째네. 그 둘을 보지 못한다면 삼척행은 헛걸음이라 했거늘……."

휴휴는 진자사 입 밖으로 나온 죽죽선이란 소리에 가슴이 또 다시 가시에 찔리듯 뜨끔하지 않을 수 없었다. 마치 자신에게 죽죽선의 행방을 물어오는 말로 들렸기 때문이다. 후끈 달아오르는 얼굴색을 감추려고 애먼 하늘만 올려다보는데, 그곳에는 비라도 내릴 듯 검은 구름이 몰려다니고 있었다. 휴휴는 목을 가다듬은 다음 평온함을 애써 드러내며 입을 열었다.

"대감, 소문만 앞선 것이 아니겠습니까?"

"하긴 죽서정은 정자보다는 그 절벽과 주위의 경관이 더 빼어나 오히려 그런 것들이 볼 만도 하지. 그런데 죽죽선의 재기는 이 근동에서는 따를 기녀가 없을 만큼 출중하다는 게 이미 정평이 나 있지 아니한가?"

"대감 그러하오나……."

진자사는 휴휴의 생각에는 아랑곳없이 혼잣소리나 하듯 또 한 번 죽죽선에 대하여 진한 아쉬움을 드러냈다.

"참으로 안타까운 일은 죽죽선의 일이지. 죽서정이나 주변 경관이야 언제든 이곳에 오면 볼 수 있을 테지만, 내 말은 죽죽선은 다시 이곳에서 만날 수 없다는 게 통탄할 일이란 말일세. 앞으로 이런 변경에서 그런 기녀가 또 나올까? 삼척현에서도 명물을 잃었으니 참으로 애석한 일이지."

"앞으로 그녀의 명맥을 이을 기녀가 나오지 않겠습니까?"

"내가 장담하건대 절대 그런 기녀는 나오지 않을 걸세. 두고 보시게. 스스로 어디론가 정처 없이 떠났다면 모르되 사람에게 해코지를 당했거나 강물에 스스로 투신했다면 원인 제공자가 천벌을 받아야 마땅하겠지."

진자사는 확신에 찬 목소리로 잘라 말했다. 마치 휴휴의 행위를 호되게 질책하는 듯했다. 죽죽선이 삼척현에서 자취를 감춘 뒤 여러 뒷말이 나돌았다. 죽죽선이 미색이라 사내의 꼬임에 멀리 떠났다는 말과 지켜온 절개와 곧은 심지를 봤을 때 죽서정 절벽 아래로 뛰어내렸다는 말들이었다. 휴휴는 굳이 어느 쪽도 믿고 싶지 않았다. 피치 못할 사정으로 잠시 외지에 머물렀다가 제자리로 돌아올 사람으로만 여겼고 또한, 반드시 그러리라 희망하고 있었다.

휴휴는 진자사 입에서 죽죽선의 이야기가 길어지자 듣기 매
우 거북하여 화제를 바꾸고 싶었다. 그래서 죽서정에 대한 견
해를 넌지시 물었다.

"대감, 죽서정에 오르실 때 무엇을 느끼시는지요?"

"죽서정 말인가? 내 이곳에 올 때마다 늘 마음이 설레어 빠짐
없이 죽서정에 오르는데, 막상 죽서정에만 오르면 말을 못 할
정도로 가슴이 답답하다네."

휴휴는 내심 죽서정 이야기가 나온 김에 삼 년 전부터 추진
하고 있는 누각의 건립에 대한 의견도 들어볼 속셈으로 던진
말인데, 뜻밖에도 진자사의 반응은 예측하는 방향으로 빠르게
나타났다. 휴휴는 벌목 허가와 건립에 필요한 간잡이그림 완성
도가 미비하여 그에게 아직 건립 계획을 밝히지 않았으나 얼추
윤곽이 드러날 만큼 추진되면 안집사인 그에게 도움을 청하려
맘먹기도 했었다. 그도 삼척현 사람이니 설마 뒷짐만 지고 있
지는 않을 것 같았기 때문이다. 휴휴는 좋은 기회라 여겨 말할
분위기를 만들어 내고 싶었다.

"대감, 그도 삼척현에 대한 애착 때문이옵니까?"

"그러네. 더구나 그런 처지니 심사가 편하지 않지. 다름 아
니라 죽서정이 절경에 뒤지는 게 늘 안타깝다는 생각이 들었지

만, 나라 형편이나 이곳 사정을 누구보다 잘 아니 그 또한, 더 어려운 일이 아닌가?"

진자사 역시 죽서정이 주변 경물들에 비견하여 초라함을 공감하고 있었다. 휴휴는 또 한 번 가슴이 뜨끔했다. 이목을 끌 수 있는 일이라서 여간 조심스럽지 않기에 드러내지 못하고 있었을 뿐이었다. 그러나 휴휴는 이런 좋은 기회를 그냥 놓치고 싶지 않았다.

"그러잖아도 대감의 힘을 빌려야 할 일이 있어 말씀드릴 자리를 기다리고 있었습니다."

휴휴는 적기라 생각했기에 결심했다. 그도 삼척현 사람이니 죽서루의 건립을 반대할 이유가 없을 것 같았기 때문이다. 아니 오히려 독려하며 도와주지 않겠는가.

"내 힘을 빌리다니? 그건 또 무슨 소리인가?"

"대감도 염려하시듯 죽서정이 너무 경관에 어울리지 않기에 누각으로 바꾸자는 의견이 몇몇 사람으로부터 있었습니다."

휴휴의 말에 진자사는 놀라움을 금하지 못하면서도 반가움을 드러내며 반문했다.

"지금 의견이 있었다고 말했는가? 그래 삼척 현령이 그런 의사를 비치든가?"

"아닙니다. 시생이 국난으로 이곳에 있을 때 현령에게 그런 일을 타진한 적이 있긴 있었습니다."

"그래, 그랬더니 현령이 건립하자고 하던가?"

"아니옵니다. 국난으로 건립비 마련이 어렵고, 향리에게서 금품을 걷자니 그만한 재력을 가진 자도 없는 곳이어서 어렵다고 일언지하에 난색을 표했습니다."

휴휴의 말에 기대를 걸었던 진자사는 현령이 난색을 나타냈다는 말에는 수긍하면서도 서운함을 감추지 못했다.

"아무리 애향심을 가졌더라도 본관도 그런 말을 했을 것이네. 그만하고 말았는가?"

"아니옵니다. 우연한 기회에 명주부 토호가 의향을 저에게 주었습니다."

"아무리 재산이 있다 한들 재실도 아닌 누각을 짓는 일인데 개인 혼자 가능한 일이 아니라고 보는데……."

진자사도 잘 알고 있다. 공공으로 사용할 누각을 짓는다는 게 재물이 있는 집의 제실祭室을 세우는 일처럼 개인 능력으로만 될 일이 아니다. 들어갈 비용도 만만치 않을 뿐더러 관아 허가를 받고 관내 사람들의 동의를 얻어야 성공할 일이기 때문이다. 진자사는 휴휴 말을 제지하려 했으나 더 들어보고 판단을 하고자 그의 다음 말까지 기다렸다.

"그 얘기를 전해들은 삼척 향리들이 대대로 오래 남을 건물을 타지 사람의 추렴으로 건립한다는 게 말이 되느냐고 자존심을 내세우면서 의욕에 넘쳐 건립 의사를 밝혔고, 지금 조심스럽게 추진하고 있습니다."

휴휴 말에 크게 반길 줄 알았던 진자사가 오히려 어두운 얼굴빛을 했다. 그 표정을 살핀 휴휴가 근심하는 근원을 알고자 조심스럽게 물었다.

"대감, 크게 걱정할 일이라도 있습니까?"

"참으로 뜻은 좋으나 관에서 할 건축 공사를 백성의 손으로 한다? 관리들이 제재가 심하지 않겠는가? 이 일 저 일 구실 대며 미적미적 미루다가 어렵게 일을 벌여 놓으면 그것으로 저마다 치적을 쌓으려고 물불 가리지 않고 덤벼들어 일이 우스운 꼴이 될까 봐 그러네."

"그래서 제가 말씀을 드리는 것이옵니다. 국난에 흩어진 민심을 수습하기 위해서 이곳에 상징적인 건물이 필요하고 기왕 지사 빼어난 절경에다 멋진 누각을 지어 그냥 지나치는 시인 묵객들을 잡아 고장의 이름을 높이려고 그런다는 뜻으로 도움을 주셨으면 합니다."

"나야 마다할 이유가 없지만, 노역은 관의 도움을 받아야 하지 않겠는가?"

"잘 아시지만, 이곳도 예외 없이 전쟁으로 인해 백성들이 농번기임에도 밭에 씨마저 뿌리지 못할 지경으로 노역에 시달려 있습니다. 그러니 자진 노역도 몇몇으로 힘들 것입니다. 모두 건립 기금에서 충당하려고 뜻을 모으고 있습니다."

"재산이 있는 향리들은 뜻있는 일일 테고 나 역시 듣던 중 가장 반가운 소식이네. 자네들의 의지가 굳이 그러하다면 내가 힘써 돕도록 하겠네."

"대감, 참으로 감사합니다. 천군만마를 얻은 듯합니다."

# 27

파발이 압록강 부근에서 발생한 살인 사건을 전했다.

거슬러 올라 을유년(1225), 몽골 사신 저고여著古與가 압록강 부근에서 환국길에 죽임을 당했다는 소식이었다. 그 사건을 구실 삼아 몽골은 겉으로는 화친 교섭을 진행하면서도 암암리에 철예탑撒禮塔을 선봉장으로 세워 고려로 급습했다. 몽골 사신이 피살된 육 년 뒤인 신묘년(1231), 고종이 임금에 오른 지 십팔 년 되던 해다. 이로써 삼십구 년간 아홉 번이나 출정을 거듭하는 몽골 침략사의 첫 장은 일개 사신의 죽음으로 서막이 올랐다.

조정에서 허둥지둥하는 사이 몽골 병사들은 태풍처럼 밀고 내려왔다. 곳곳에서 성주들이 성을 빼앗기고 목숨만이라도 부지하고자 뿔뿔이 달아나기에 급급했다. 그러나 노도와 같은 몽골 세력에 당당히 맞서는 무리가 있었다.

충주성忠州城이 몽골의 1차 공세에서 공격받기는 그해 섣달이었다. 몽골군에 맞서야 할 충주성에는 그 나름대로 저항할 자위 부대가 이미 조직되어 있었다. 부사 우종주于宗柱가 거느린 지배층인 양반 별초兩班別抄와 판관 유홍익庾洪翼이 거느린 피지배계층인 노군奴軍과 잡류별초雜類別抄가 바로 그들이었다.

그러나 두 집단은 서로 출신 성분이 다르다 보니 대우에서 차별이 심했다. 당연히 지배계층으로 이루어진 양반 별초가 보다 상급 대우를 받아 노군과 잡류별초에서는 불만이 많이 쌓였다. 그런데 막상 싸움이 벌어지자 우종주와 유홍익을 비롯한 양반 별초들은 몽골의 기세에 지레 겁을 집어먹은 채 성과 백성을 버리고 혼비백산 달아났다. 그러나 노군과 잡류별초는 끝까지 사투하면서 몽골군을 물리치고 성을 굳건히 지켜냈다. 이때 이들을 지휘한 사람은 대원사大院寺 주지를 역임한 승려 우본牛本이었다.

몽골군이 물러간 뒤 달아났던 우종주 무리가 성내로 낯을 빳빳이 세우고 점령군처럼 돌아왔다. 성 안으로 돌아온 그들은 승자 연하며 전쟁으로 일어난 피해 상황을 살핀다면서 성내 곳곳을 샅샅이 뒤졌다. 이때 관아와 그곳 사저에서 사용하던 은그릇까지도 숫자를 세어 조사하는 일도 벌어졌는데 없어진 그릇이 많았다. 그들은 목숨 걸고 성을 지켜낸 노군과 잡류별초들을 겁박하며 책임 소재를 따져 물었다.

"없어진 은기銀器는 분명 너희의 짓이니 당장 가져오도록 해

라. 그것은 분명 사물私物이 아닌 만큼 이를 어길 시는 국법에 따라 엄히 다스리겠다."

이에 노군과 잡류별초의 우두머리들이 황당함을 뛰어넘어 분노마저 치밀어 입을 모아 그릇됨을 바로잡아 누명에서 벗어나려 결연한 자세로 맞섰다.

"은기는 몽골군이 약탈한 짓이지 우리가 한 일이 아니오."

그러나 호장 광립光立을 따르는 무리는 노군과 잡류별초의 말을 믿으려 들긴커녕 오히려 그들에게 도둑의 혐의를 들씌워 죽이려고 모의까지 했다. 이에 노군과 잡류별초들이 그들의 배신감에 분노를 느껴 동요하며 공론하고자 나섰다. 우본이 흥분하여 언성을 높였다.

"몽골군이 왔을 때는 제 목숨만 지키고자 앞다퉈 도망친 자들이 이제 와 몽골군이 약탈해 간 것을 우리에게 죄를 뒤집어씌워 죽이려 획책하고 있지 않은가? 이렇게 당할 바에야 차라리 먼저 손을 써야지 않겠는가?"

드디어 노군과 잡류별초들은 뜻을 모아 반란까지 도모하게 되었다. 반란의 주모자 우본은 그들의 눈을 피해 계략을 짰다. 그는 노군의 장례를 지내는 데 참여한다는 구실을 내세워 관군을 속이고 비상사태 때 알리는 나각螺角을 불어 무리를 긴급히 소집했다. 무리가 모여들자 먼저 죄를 씌우려고 앞장섰던 자의 집부터 몰려가서 집에 불 질러 버리고, 권세를 가진 자 가운데 평소에 불만의 대상이 되었던 사람들은 남김없이 잡아 죽였다. 그러면서 고을 곳곳을 돌며 공포감을 조성했다.

"만일 이들을 숨기는 자가 있으면 그 가족도 모두 죽이겠다!"

말을 실행에 옮겨 본때를 보이려는 듯 혹 숨겨 둔 흔적이 발각되면 부인과 어린아이까지 모두 살해했다. 일이 걷잡을 수 없는 방향으로 크게 번지자 임금은 임진년(1232) 후군진주後軍陳主 이자성李子晟에게 삼군을 이끌고 가서 토벌할 것을 명했다.

"후군진주 이자성은 어명을 받아라. 지금 당장 삼군을 이끌고 가서 우본을 비롯한 그 도당을 토벌토록 하라!"

임금의 명을 받은 이자성은 삼군을 통솔하여 달천達川에 이르렀으나 마침 장맛비로 강물이 불어나 도강할 수 없었다. 도강하기 위하여 병사를 시켜 다리를 놓으려는데 노군과 잡류별초 우두머리 몇 사람이 개울 건너편에서 크게 소리를 질렀다.

"우리가 주모자를 죽이고 항복하려 한다."

이에 이자성이 칼을 빼내 들고 앞으로 썩 나서며 엄중하게 대꾸했다.

"그렇다면 약속하건대 너희를 다 죽이지는 않을 것이다."

그 말을 들은 노군과 잡류별초 우두머리 몇 사람들은 성안으로 돌아가서 주모자인 우본의 머리를 베어 왔다. 그러나 관군이 이틀간 달천 건너편에 머무는 동안 노군과 잡류별초 가운데

건장하고 용맹한 자들은 모두 도망쳐 산속으로 숨었고, 남아 있는 자는 병약하거나 허약한 자들뿐이었다. 성안으로 들어간 관군은 잔당을 모조리 잡아 죽이고 노획한 재물과 우마牛馬 등을 가져다 나라에다 바쳤다.

이것이 사서史書 한 갈피에 쥐 오줌 흔적만큼 남아 있는 노군奴軍 난의 전모인데, 그 근본에는 몽골에 대한 백성의 저항이 있었다.

대외 명분에는 삼십구 년간 전쟁했다고는 하나 전사戰史에 이름을 올릴 만한 빛난 전쟁터는 단 한 곳도 없었다. 초원에서 약탈로 세를 불린 몽골의 침략 방식은 적당한 군림과 복종을 허락하지 않았다. 그들의 공격 앞에서 택할 수 있는 일은 오직 두 가지 길밖에 없었다. 국운을 걸고 저항하거나 무조건 항복하여 전답을 빼앗기고 노비로 전락하는 선택뿐이었다. 송나라를 대국이라 섬겨 온 고려는 초반에 국력이 미약하다고 판단한 몽골의 노예가 되는 길을 피하고자 과감히 저항의 길을 택했다. 북방족에게는 언제나 무력으로 강함을 자랑했던 고려기에 그러한 선택이 신료들은 당연한 길이라 여겼다.

그러나 노도와 같은 몽골의 군사력 앞에서 고려가 저항하는 방식은 그들이 침입해 오면 군관민이 험준한 산성이나 섬으로 피하여 관문을 닫아걸고 그들이 지칠 때까지 버티며 진을 빼다

스스로 물러가게 하는 입보 작전이 유일한 전술이었다. 그러다 보니 작은 성에서의 싸움에서 병사보다 백성의 희생이 많았고, 그런 희생에 저항하고자 똘똘 뭉쳐 거세게 싸우다 보니 오히려 백성이 거둬들이는 전과가 많았다. 무신 정권이 권력을 유지하기 위하여 강화도로 천도하여 문까지 걸어 잠그고 숨어 있는 동안 백성들은 몸마저 던져 끈질기게 저항하며 지켜낸 게 고려의 국호와 왕권이었다.

임진년(1232) 최우가 재부宰府와 중추원中樞院 신료들을 소집하여 강화도 천도 문제를 논의했으나, 그의 위세에 눌려 신료 모두 감히 먼저 입을 열어 말하려 나서는 자가 없었다. 서로 눈치를 보는 가운데 찬 기운만 분위기를 짓누르고 있었다. 그 냉하고 답답한 침묵을 깨고 예순여섯에 이른 노신老臣 참지정사 유승단俞升旦이 허연 수염을 한 번 천천히 쓰다듬어 내린 뒤 작심하고 성큼 앞으로 나섰다. 국론이 갑론을박할 때 언제나 명쾌한 논조로 앞장섰던 노신이어서 신료들은 일제히 그의 입에서 나올 말에 귀를 세우고 있었다.

"아니 되오이다. 작은 나라가 큰 나라에 사대하는 일은 예로부터 이치에 닿는 일이오. 예의로써 섬기고 믿음으로 사귄다면 저들 역시 사람인 이상 무슨 명분으로 매양 우리를 괴롭히겠소이까? 그러나 도성을 버리고 종묘사직을 돌보지 않으며 섬에 숨어 구차하게 세월만 보낸다면, 변방의 백성들 가운데 젊은이들은 모두 칼에 맞아 죽고 노약자는 끌려가 노예나 포로가 되게 하는 것이 어찌 국가의 옳은 계책이라 말할 수 있겠소이까? 천도는 아니 될 일이오."

그러나 이자성에 의해 노군의 난이 평정된 그해, 드디어 신료들의 갖은 반대를 뿌리친 최 씨 정권은 정부를 이끌고 강화도로 천도한 다음 그곳을 강도江都로 불렀고, 오련산五蓮山마저 송도 고려산을 본떠서 고려산高麗山이라 명명했다.

이 무렵 최 씨 정권에서 대몽항전의 강력한 전투 병력은 바로 삼별초三別抄였다. 삼별초란 야별초夜別抄의 좌별초左別抄, 우별초右別抄와 신의군神義軍으로 구성된 세 개의 별초군別抄軍을 총칭한 것으로, 용맹한 군사를 선발해 조직한 특수한 군대 조직이었다.

기축년(1169) 명종 임금 이십육 년 최충헌이 집권하자 지배 계층의 극심한 수탈에 견디다 못한 백성들이 곳곳에서 저항하여 봉기했다. 그러나 대규모가 아니라 늘 도적, 산적, 화적 등으로 부를 만큼 규모가 작았다. 관아에서는 이들을 몰아서 초적草賊이라 불렀다. 이들의 도전으로 몽골과 더불어 최 씨 정권의 안팎으로 도전을 받게 된 최우가 초적을 토벌하기 위하여 조직한 것이 바로 야별초였다.

애당초 나라 안보에서 아니라 정권 안보를 위하여 만들어진 조직이기에 집권자의 사병처럼 이용되어 백성의 항쟁뿐 아니라 정적政敵 제거 도구로도 동원되었다. 특히 그들 가운데 신의군의 출신 성분은 몽골군에 포로로 잡혀 있다가 탈출해 온 장정들로 구성되었는데, 그 기세가 마치 표범과 같이 날랬다.

삼별초는 정치 권력과 깊숙이 유착되어 있어 사병에 가까웠지만, 나라 재정으로 양성되고 국고에서 녹봉을 받으며 강도를 수비함은 물론, 몽골군이 침입한 본토로 파견되어 싸움에서 크게 전과를 올리기도 하여 무신 정권에 커다란 군사력을 제공했다.

몽골의 강렬한 요구에도 실권을 거머쥔 무인들의 반대로 미뤄 오던 출륙환도出陸還都는 경오년(1270) 임유무林惟茂의 피살로 무인정권이 무너지자, 임금은 몽골의 지시에 따라 개경행을 받아들여야 했다. 임금의 환도길을 몽골군이 호위한 터고, 개경은 이미 몽골의 장수인 두련가頭輦哥와 몽가독蒙哥篤의 병력이 주둔하여 그들의 세력 아래에 있었다.

이는 곧 삼별초의 세력을 무력화하여 바로 해산을 의미했다. 강화도에 남은 삼별초는 낙동강 오리알 같은 처지일 수밖에 없었다. 개경에서 내린 임금의 환도 명령에 삼별초는 즉각 불응했다. 개경으로 가면 몽골군의 수중 안에 스스로 갇히는 형국이었기에 그들은 오직 강화도에서 버텨야 했다.

이에 임금은 주요 병력과 많은 관리가 아직 강화도에 남아 있었기에 그들의 세력화를 우려했다. 그리하여 장군 김지저金之低를 급히 파견했다. 김지저는 강화로 들어가 삼별초를 혁파하고 삼별초 명부를 압수해 돌아왔다. 명부까지 빼앗긴 삼별초는 몽골군의 보복을 두려워하지 않을 수가 없었다. 발등에 불이 떨어진 장군 배중손裵仲孫은 사태가 화급함을 깨달았다. 그는 야별초 지유脂諭 노영희盧永禧 무리를 설득했다.

"이제 더는 버텨 낼 명분이 우리에겐 없다. 개경은 이미 몽골군의 수중에 있고, 우리의 명부까지 빼앗아 갔으니 필시 우리가 들어가면 무기를 빼앗고 우리뿐만 아니라 온 가족이 개죽음을 당할 것이다."

"그러면 임금을 그들에게 빼앗긴 우리는 어찌하면 좋단 말이오?"

사태의 심각함을 깨달은 노영희가 어떤 일엔건 남 먼저 뛰어드는 성격대로 충혈된 눈을 굴리며 대책을 물었다. 이에 배중손이 좌중을 한 번 삥 둘러보고 나서 격한 목소리로 말했다.

"이제 임금이 그들의 수중에 있으니 우리의 임금이 아니오. 그러니 우리도 이곳에서 명분을 얻자면 그 임금을 폐하고 새로운 임금을 세워 그들과 싸워 나라를 지켜내야 하지 않겠소?"

"예에? 반란을 꾀하자는 소리요?"

"그렇소이다. 이래 죽으나 저래 죽으나 죽기는 마찬가지요.

그래도 끝까지 싸우다가 죽음을 맞는 게 무장의 도리요."

"그럼 새로운 임금으로는 누구를 옹립하는 게 좋다고 생각하고 있소?"

이번에도 노영희가 또 나섰다. 지금 상황에서는 가만히 앉아 목 앞으로 다가올 칼끝을 맥놓고 기다릴 수만 없었다. 개죽음을 당하기 전에 칼을 뽑아 전의를 불살라야 직성이 풀어질 것 같았다. 다행하게도 주요 군사력은 아직 이곳에 남아 있었고, 몽골에 저항하는 백성들은 광범위하게 삼별초를 지지하고 호응하고 있지 않은가. 노영희의 물음에 한참이나 침묵하고 있던 배중손이 입을 열었다.

"아직 이곳에는 왕족은 물론 많은 관리가 남아 있소. 또한, 많은 백성이 우리를 지지하고 있소. 덕망이 있는 왕족 가운데서 뽑아 임금을 세우면 필시 남아 있는 관리들은 몽골의 지배를 받는 개경의 임금보다 이곳의 새 임금을 따르지 않겠소?"

"그야 그럴 테지요. 우리가 관리들을 붙잡아 통제하면 나랏일 하는 데는 어려움이 없긴 하겠지요. 그런데 누굴 새 임금으로 옹립할 작정이시오?"

"왕족인 승화후承化侯 왕온王溫을 임금으로 세우는 게 좋을 것 같소이다."

"아, 왕온이라면 관리들이나 백성들에게 신망을 얻을 수 있으니 모두 받아들입시다."

340

그들은 일단의 삼별초를 규합해서 원종을 폐하고, 왕족인 왕온을 반몽정권反蒙政權의 임금으로 옹립하는 찬역簒逆을 꾀했다. 경오년(1270), 더위가 한창 익어 가는 유월이었다.

미처 임금을 따라 개경으로 돌아가지 못하고 삼별초에게 사로잡혔다가 천신만고 끝에 탈출한 휴휴는 어렵게 환도하여 궁에 들어가니 임금[원종]이 반몽 정권에 기탁하지 않고 돌아온 그의 충근忠勤에 크게 기뻐했다. 억류되어 있으면서도 배중손이 옹립한 왕온王溫을 따르지 않고 자기를 향하여 탈출한 일을 충근으로 보았다.

"그대 고생이 많았다. 그래 그들의 형세가 어떠하든가?"

휴휴는 임금에게 삼별초 상황을 고한 뒤 전황에 대한 계책도 아뢰었다.

"적들이 절반쯤 착량窄梁을 지나게 될 때 정예 군사들을 보내 적들의 선단들을 횡단하여 끊어 버리고 강도를 굳게 지킨다면 착량을 지나오는 자들은 형세가 고립되게 될 것이며, 착량을 지나지 못한 자들은 근거지를 잃게 될 것입니다. 그리하여 적들이 앞뒤에서 서로 호응할 수가 없게 되면 적들을 격파할 수 있을 것입니다."

이를 들은 임금이 그도 묘책이라 판단하여 중서문하성과 중추원에 하명하여 의논케 했으나 이들은 차일피일 미적거리며 실행에 옮기지 않았으니, 돌이켜 짐작해 보면 극한 상황에 몰린 용맹한 삼별초의 마지막 전의에 위축된 게 아닌가 싶기도 했다.

또한, 휴휴는 자신이 삼별초 군영에서 목격한 사실을 낱낱이 상소했다.

"전하, 소신이 살펴본 바에 따르면 군수 물자들이 전방까지 잘 공급되지 않는가 하면 전국에 고질적인 횡렴橫斂, 그리고 조정 안팎에서 제멋대로 물자를 수탈하여 영선營繕을 일삼아 백성들에게 큰 고통을 주어 폐단이 크므로 이에 대하여 대책이 필요하옵니다."

## 28

때는 계유년(1273) 삼월 열사흘이었다.

원나라 세조 쿠빌라이가 옥책과 옥보를 황후 홍길랄씨弘吉剌
氏에게, 또 옥책과 금보는 황태자 진금眞金에게 건네준 날짜가
바로 그날이었다. 뒤미처 닷새 지나 원나라는 왕후와 황태자
의 책봉을 만천하에 반포하며 대국으로서의 위세를 주변 국가
에 크게 드러내고자 했다. 고려로 향하는 사신이 조서를 가지
고 개경에 도착하기는 책봉을 반포한 지 육십사 일이 지난 오
월 스무하룻날이었다.

사신을 맞은 고려에서는 임금과 조정 신료들이 원나라로 보
낼 축하 사행단을 꾸려 보내기 위하여 머리를 맞대고 모여 앉
아 숙의하고 있었다. 막중한 행사인 만큼 경창궁주慶昌宮主의
소생인 적자 삼남 순안후順安侯 왕종王悰을 수석격인 하진사賀
進使로 삼고, 지추밀원사 어사대부 상장군 송송례宋送禮 외 여
덟 명의 수행 관원과 하급 관리들까지 일사천리로 쉽게 뽑았으

나, 서장관의 선정에서는 쉽사리 결론을 내지 못한 채 서로 갑론을박 주고받고 있었다.

그런데 임금은 중서문하성과 중추원의 양부에서 서장관을 세 번이나 선발해 추천했으나 합당한 인물이 아님을 내세워 일찌감치 거듭 내쳤다. 이유인즉, 서장관 자리는 외교 문서를 담당하는가 하면 사행 중에 일어난 모든 일까지 낱낱이 기록하는 일 외에 일행을 감찰하고 집물什物까지 관리해야 하는 자리인지라 문재文才는 물론 관리 능력까지 모두 겸비한 인물이어야 했는데, 추천된 인물의 면면들은 임금 눈에도 미흡하기만 해서 마뜩지 않았던 탓이다.

신료들이 다급한 마음으로 설왕설래하고 있자 참다못한 임금이 그들에게 의견을 되짚어 물었다.

"이승휴가 어떠한가?"

임금의 휴휴 천거에 신료들은 반사적으로 화들짝 놀라며 난감한 표정을 지었다. 염두에 전혀 두지 않았던 인물의 발탁을 거론했기 때문이다. 휴휴는 벼슬에 있는 자가 아니라 이미 계유년에 식목녹사式目錄使 직에서 파직된 처지였다.

"전하, 지금 이승휴는 벼슬이 없는 자입니다. 하오니 서장관 격에 미치지 못하니 깊이 통찰해 주시옵소서."

"예, 전하. 그런 자를 보내선 안 됩니다. 통찰해 주소서."

신료들이 이구동성으로 크게 외치며 이마를 조아려 부당함

344

을 사뢰었다.

"제관들은 지금 그자가 벼슬이 없다고 했느냐? 사람을 천거하는데 다만 재주로써 추천하면 되지, 관직이 있고 없음을 과연 상관할 필요가 있겠는가?"

임금은 신료들에게 타이르듯 명분에서 벗어나 실리에 따를 것을 종용했다. 그러나 신료들은 선뜻 임금의 뜻에 동의하지 않고 다시 한 번 엉덩이를 뭉그적거리며 머릴 조아렸다.

"전하, 전례가 없는 일이옵니다. 더욱 이번 사행의 중차대함을 미루어 볼 때 벼슬이 없는 자를 보내면 원나라에 대한 예의가 아닌 줄 아뢰옵니다. 혹 그것이 앞으로 두고두고 흠이 될까 신들은 염려되옵니다."

"지금 중차대하다, 그리 말했소? 짐이 문재文才가 출중하고 일 처리에 경오가 바른 그를 보내려 함이오. 그러하다면 그보다 나은 서장관 감이 있는지 어디 있다면 제관들이 한번 짐에게 추천해 보시구려."

이에 신료들은 할 말을 마땅히 찾지 못하여 더나 앞으로 머리를 내밀어 반대 의사를 나타내는 신료가 없었다. 아니 오히려 양부에서 추천하는 모양새를 갖춰 부랴부랴 휴휴의 임명 절차를 서둘러서 임금 재가까지 일사천리로 받았다.

담당 관리가 휴휴를 찾아와 서장관으로 임명되었다는 임금의 명을 전하며 가져온 나라의 직함, 표表, 전장牋狀, 반전盤纏,

집물什物 따위들을 맡겼다. 마침 휴휴가 '애먼 죄'로 파면당한 지라 관료 생활에 회의를 느껴 고향으로 돌아가 노년을 보내려고 작심하고 있던 차에 입궐하라는 명을 받았으니 그로서는 난감한 일이었다. 이에 휴휴는 바로 입궐하여 아뢰었다.

"주상전하의 뜻은 하해와 같사오나 신은 이미 사물의 진위를 어렵게 가릴 만큼 재주도 부족하고 몸도 쇠약하며, 또한 탄핵을 받은 몸인지라 신보다 젊고 글재주도 뛰어난 서장관을 택하심이 마땅하다고 아룁니다."

휴휴는 마흔아홉 나이까지 늙음에 빗대어 극구 사양했다. 이에 임금은 환관 내장군 김자정金子廷을 시켜 즉각 하명했다.

"내가 경오년 도성을 나설 적에 충근忠勤함을 보고 그대의 성명을 벼루갑에다가 써둔 것이 지금까지 책상 위에 그대로 놓여 있느니라. 그리고 계유년 그때 입은 죄는 지은 사람이 따로 있는 데도 네가 스스로 해명하지 않고 의리로써 남의 죄까지 뒤집어쓰고 있다는 것을 내 또한, 모르는 바 아니다. 그러니 그대는 모든 일을 잊고 나라를 위해 이 일을 힘써 거행하라!"

임금은 미처 자신을 따라 개경으로 돌아가지 못하고 삼별초에게 사로잡혔다가 그들이 옹립한 왕온을 따르지 않고 강도를 탈출한 휴휴의 경오년(1270) 충성스러움을 기억하고 그 일까지 거론하며 충성을 요구했다. 그뿐만 아니라 계유년에 관련된 일마저 소상히 언급하여 휴휴의 '애먼 죄'를 근본적으로 풀어

주기까지 했다.


그 '애먼 죄'는 계유년(1273) 연초에 벌어졌다.

휴휴가 식목녹사로 재직하고 있을 때였다. 하루 앞서 고위직 관직의 발령이 있었다. 그런데 아무 공적도 없는 자가 뻐젓이 영의정으로 특진하고 마땅히 승진해야 할 삼관三官이 모두 승진에서 탈락하는 인사 대참변이 일어났다. 예상치 못한 제배除拜에 크게 충격을 받은 신료들은 신년 조하朝賀 자리에 모여 오뉴월 논바닥 개구리처럼 와글거리는가 하면 탈락의 쓴잔을 마신 자는 끓어오르는 분노를 참지 못하고 노골적으로 콧숨을 쐬 엑쐬엑 내쉬기까지 했다. 또한, 성정이 가파른 자는 앞뒤 가리지 않고 극언까지 서슴없이 뱉어 내며 자조 자탄했다.

"젠장맞을 나랏일 어찌 이 모양이야. 스스로 탄핵하는 선비만도 못하다."

어수선한 분위기에서 신료들은 갈 데까지 가 보자는 심보로 내친김에 모두 사면장을 써서 임금에게 올리고자 했다. 사태의 심각성을 알아차린 휴휴는 그들을 간곡하게 말렸으나, 한 사람도 그의 말에 귀 기울이려는 사람이 없었다. 휴휴는 하도 답답하여 올린 장계를 가져다보니 집정관이 뇌물을 받았다고 터무니없이 비난한 부분도 눈에 띄었다. 이에 휴휴는 그 대목을 장계에서 빼야 마땅하다고 강한 어조로 주장했다.

"비록 장계를 올리더라도 언사를 이렇게 해서는 옳지 않소이다. 바쁠수록 돌아가라는 말도 있질 않소. 만약 그 진위가 밝혀지면 그 뒷일을 어찌 감당하려고 이러시오?"

신료들은 휴휴 말이 바른지라 그제야 뇌물을 받았다는 구절은 빼 버리고 다시 올리는 게 좋다는 의견만 모은 뒤 뿔뿔이 헤어졌다. 그런데 며칠 지나 승상부에서 그들에게 불경죄를 씌워 잘잘못까지 가리게 되자, 그들은 자신들이 저지른 죄에서 피할 명분으로 휴휴가 장계를 기초했다고 '애먼 죄'를 뒤집어씌웠다. 그 말을 승상부가 믿어 장계의 기초를 죄목으로 삼아 임금에게 상소했다. 그러자 임금이 좌승선 홍자반洪子潘을 시켜 캐물었다.

"장계의 내용이 장의狀意와 방문傍聞이 서로 어긋나니 어째서인가? 그 연유를 끝까지 조사하여 보고토록 하라."

여러 재상이 사태의 심각함을 그때야 비로소 깨닫고 부랴부랴 휴휴에게 앞뒤 사실을 캐물었다.

"전하께서 장계가 실제와 틀린다고 하시는데 도대체 어인 일인가?"

이에 휴휴는 당황하거나 낯빛 한 번 붉히지 않고 소신을 거침없이 밝혔다.

"이미 엎지른 물이어서 그 일을 다시 소명할 필요도 없거니와 또 양부의 장계를 주상이 이미 믿고 계신 차제에 소인이 사실대로 진술할 것 같으면 뒤따를 불신이 더 무섭지 않겠소? 하나의 미물이 지금껏 주상 은덕을 입는 것은 좋은 일이나 양부 장계가 사안을 논하매 있어 매우 정밀하지 못했다는 과실이 후대에 길이길이 남지 않겠소이까? 소인은 결코 그러함을 그냥 보아 넘길 수 없어 이제는 그렇게는 죽어도 못하오이다."

휴휴는 의리를 내세워 사건을 소명하지 않고 면직이라는 벌을 달게 받아들였던 일이다.

임금은 김자정을 시켜 어명까지 내리고도 마음이 내키지 않아 휴휴를 불러들여 술과 과일을 내려주었다. 그런 다음 임금은 더는 구실을 찾을 수 없도록 휴휴의 입마저 서둘러 틀어막으려는 듯 백금 세 근까지 내리면서 신하로서 나라에 충정할 것을 요구했다.

"과인이 듣자 하니 너의 집이 가난하다지. 이것으로 행자에 보태어 쓰도록 하라. 그리고 서장관에 임하여 나라에 충성하도록 하여라."

사행단이 대도大都:燕京로 향하여 장도에 오르긴 윤유월 초아흐렛날이었다.

휴휴에게 표表, 전錢, 장狀 등과 노자路資, 집물什物들이 맡겨졌다. 먼 길 여정이라 가져가야 할 물목이 많았고, 따르는 관속들도 또한 많아서 행보가 한없이 더딘 와중에서도 그는 하루해가 어떻게 지는지 모를 만큼 눈코 뜰 사이도 없이 바빴다.

한없이 느린 행보라 사흘 지나서야 사행단 일행은 겨우 패수湏水 나루에 도착했는데, 마침 장대비로 흙탕물이 강으로 폭포수처럼 몰려들었다. 거친 날씨로 여행길이 암담하기 그지없었다. 뒷날 휴휴는 그 뜻하지 않았던 사태에 놀람을 글로 적어 『빈왕록賓王錄』에다 남겼다. '어두운 골짜기에 동이로 퍼붓듯 쏟아지는 비가 갈림길에 이르자 붉은 황토물로 콸콸谷暗山盲雨瀉盆 到頭岐路赤流奔' 흘렀다고 당시 폭우를 서술해 남길 만큼 그날 날궂음은 극에 달했다.

대도가 초행이라 일행 모두 의기양양한 기세로 개경에서 떠날 때 만수산에 봄꽃들이 만개했는데, 하늘의 변화를 미처 살피지 못하여 하필 궂은 날만 골라 길 떠난 듯해서 인간 안목의 한계에 쓴웃음마저 치밀었다. 일행은 폭우가 쏟아지는 패수지만 잡힌 여정을 생각해서 무릅쓰고 건너야만 했다. 아직은 출행 초기의 패기와 낯선 길에 대한 호기심이 남아 있어 서로 추켜세우기도 하고 독려도 하면서 고생고생하며 강을 건넜다.

그러나 고행은 그곳에서만 끝나지 않았다. 빗줄기는 하늘이 구멍이라도 뚫린 듯 끊이지 않고 연이어 내렸다. 요하遼河 하류인 요양遼陽에 이십일 만에 기진맥진 도착했는데, 그때까지 거센 비바람이 몰아치는 우중 행군이어서 일행은 추위에 몸만 떨었던 게 아니라 험난한 여정에 지쳐 병자까지 하나둘 속출하고 있었다. 일행은 파김치가 된 육신을 추스르고 말은 배불리 먹여 충분히 쉬게 하느라 여드레를 내처 묵었다.

한 달 동안 줄기찬 비와 동행하며 경사길로 도착한 심주瀋州에서 일행들은 또 며칠을 지체할 만큼 사행길은 고난의 연속이었다. 마치 평탄한 길을 두고 일부러 험로를 골라가듯 했다. 휴휴는 심주의 동강東江인 혼수嘽水를 건너면서 거칠게 흔들리는 뱃전에 서서 앞길이 걱정되어 주위 상황을 살펴보고 있을 때였다. 뱃사람들이 서로 주고받는 말소리가 귓전에 닿았다.

옆에 있던 역관이 그들의 말을 듣고 일러 주었다.

"자칫 큰일 날 뻔했네."

"왜, 무슨 일이 있었는가?"

"이 사람아, 풍랑이 심할 때 약한 밧줄이 거의 끊길 뻔했는데 이리 폭풍이 잦아드니 천만다행일세."

"어려서부터 이 일을 해왔지만, 오늘같이 힘든 날은 그리 흔치 않았다네."

"밧줄이 끊겼다면 모두 죽었을 게 아닌가?"

"죽어 고기밥이 되는 건 당연하지 않겠나."

그들 소리를 옮겨 들은 휴휴는 얼굴에 핏기마저 싹 가심을 느끼며 소름이 돋았다. 그러면서 자신도 모르게 가슴을 쓸어내렸다. 제일 먼저 머리에 떠오른 생각은 자신의 한목숨이 아니라 왕자 왕종의 안위였다. 밧줄이 끊어졌다면 그의 안위를 지켜내기에는 불가능했을 것이고, 돌아올 죗값은 고스란히 그의 몫이기 때문이다. 휴휴는 그날 일이 하도 힘들어 우기에 혼수를 건넌다는 일에 대한 어려움을 시문으로 기록했다.

여름비 열흘 동안이나 이어져 추워지더니,
길을 재촉하던 나그네 한가로움 얻었네.
혼수曛水 온갖 생각만도 견딜 수 없거늘,
요하보다 백배 고난을 또 어떻게 말하랴.
염여퇴灩澦堆 구당협瞿塘峽도 오히려 험난하지 않고,
꼬불꼬불한 촉도蜀道도 어렵지 않네.
길 떠난 지 수개월 동안 무슨 일을 이루었는가.
이 심정 하루도 편할 날이 없어라.

暴雨連旬枉作寒 便敎忙轡賭餘閑
未堪曛水千般慮 又導遼河百培難
灩澦瞿塘猶未嶮 崎嶇蜀道不爲難
登途數月成何事 心緒都無一日安

빗속의 고행길은 칠월 열엿새 날 요양행성 대녕로 안에 있는 참역站驛인 악두참渥頭站에 도착함으로써 드디어 끝났다. 내처 걸음을 재촉한 사행단 일행은 개경에서 출발한 지 쉰닷새만인 팔월 초나흘 날에야 목적지인 대도에 닿을 수 있었다. 악천후와 험로를 뚫고 도착한 일에 체면쯤 차릴 신분인데도 휴휴는 가슴속에서 울컥 치밀어 오르는 덩어리가 있었다. 힘없는 나라 신료로서 험로를 헤쳐 온 신분의 초라함에서였다.

사행단 일행을 중서성에서 보낸 역관 선사宣使와 총관總管이 중도성中都城에서 오 리나 되는 곳에서 음식을 준비하여 놓고 반갑게 맞이했다. 일행은 그곳에서 푸짐한 음식으로 힘든 노정에서 굶주린 배를 불린 다음, 숙소로 정해진 총관總管인 루婁씨의 사저로 안내되었다. 그곳에는 한림학사 후우현侯友賢과 현충顯忠이 관반사館伴使 자격으로 와 그들을 기다리고 있었다.

휴휴는 이때 처음 만난 후우현은 대도에 머무는 동안 시문을 주고받으면서 서로 교분을 돈독히 쌓았다. 그는 다섯 살 때 이미 오경五經에 능통해 황제가 불러 학사로 삼고 신동이라 불렀던 인물이어서 시문에 능했을 뿐만 아니라 붙임성도 있었다. 특히 휴휴의 시와 표문을 보고는 마음 깊이 감복해 늘 외우곤 했다. 뒷날 휴휴가 원나라에 갈 때마다 그의 도움을 받아 소임을 제대로 원만히 처리할 수 있도록 도와주었던, 휴휴에게는 원나라 행적에 중요한 인물이었다.

본디 원나라 세조가 사행단의 진하陳賀를 제일 먼저 받아야 했으나, 마침 그가 여름 궁전이 있는 개평부開平府에 머물고 있었다. 따라서 사행단은 그가 행궁으로 돌아올 때까지 기약 없이 긴장한 채 기다리고 기다려야 할 처지에 놓였다.

그렇게 엿새가 지나도록 원나라 세조가 돌아오지 않자 할 수 없이 황후가 먼저 대도성 만수산萬壽山 동편전東便殿에서 홀로 사행단의 진하를 받았다. 일정이 하루라도 지체될까 봐 악천후에 험로를 죽음도 불사하고 달려온 수고까지 생각하면 맥이 풀려 허망하기만 한 일이었다. 그러나 기약 없는 기다림이어서 일행은 긴장을 풀지 못한 채 초조하게 원나라 세조를 기다릴 수밖에 달리 방도가 없었다.

대도에 당도한 지 스무나문 일이 지나서야 비로소 나라 안을 두루 살피고 돌아온 원나라 세조에게 만수산萬壽山 광한궁廣漢宮의 옥으로 꾸민 궁전에서 사행단이 늦은 진하를 올릴 수 있었다. 고려 세자 왕거王昛는 이미 임신년(1272) 섣달에 원나라에 볼모로 와 있었던지라 왕종과 같이 진하를 했다. 행사 절차가 끝나자 궁전에서 잔치를 베푸는데, 인시寅時에 시작해 신시申時까지 장장 열두 시간이 지나서야 끝날 만큼 잔치는 성대했다.

팔월 스무엿새 날, 비로소 진하사 왕종이 표문表文을 올려 축하를 했는데 내용은 다음과 같았다. 표문이란 신하인 자가 자기의 생각을 임금께 적어 올리는 글인데 휴휴가 기초했다.

천상의 풍운이 도움을 주는 경사스러운 모임의 잔치(….)

바다 한구석 보잘것없는 신臣이

벌써 은덕에 배가 부르네.

영광이 그지없거니,

감격스러움 어찌 끝이 있으랴.

중사中謝 운운 공유恭惟 운운

한 사람이 중심에서 자리를 잡으매

사해四海에 외지가 따로 없구나.

원근이 찾아와 기뻐하매

화하華夏와 만맥蠻貊이 모두 순종하고,

베풂이 두텁고 사랑이 넘치니,

조수鳥獸와 어별魚鼈까지도 하나같이 환호하네.

만국에 태평을 이루고 나서,

양궁兩宮께 아름다운 호號를 더해 주시네.


곤도坤道는 한층 더 빛나고,

천둥 같은 위엄은 더욱더 빛나리라.

기쁨에 찬 열국들 앞다투어 옥백을 가지고 달려가고,

작은 삼한三韓도 별도로 만수무강을 빌었네.

엎드려 생각하니 배신陪臣은,

문왕 때부터 우악優渥한 성권聖眷을 받아,

어린아이가 어머니의 품에서 재롱을 부리는 것 같다네.

이때 큰 경사의 소식을 듣고서,

조촐한 행장을 서둘러 꾸려서 조근朝覲을 왔었네.

처음 오른 먼 길이기에 마음은 붕정鵬程보다 더 빨랐으나

때마침 장마를 만나서 길은 도리어 경해鯨海로 변하고 말
았네.

파도는 끝없이 거세고,

빗물 또한 질펀했네.


발걸음은 급히 앞으로 나가려 해도,

움직일 때마다 지체되어 뒤처지고 말았네.

벌써 개평부에는 제때 닿을 수 없었고,

어느덧 대도성으로 직진하게 되었네.

멀리서 행궁을 바라보매 운소雲霄 아스라이 눈이 모자라
더니,

이윽고 보련寶輦이 돌아오자 몸소 일월 광명을 우러러보
았네.

어떻게 하면 남다른 은총에 보답하여,

경사스러운 연회에 참석을 허락받을까.

중도에서 지연되던 어제는 저절로 마음만 초조하더니,

황제를 시종하는 오늘 아침에는 황홀하기 꿈과 같아라.

위엄 있는 얼굴을 지척에서 모시고 떨어지지 않으니,

이 감명 참으로 보통의 갑절일세.


天下風雲之慶式晏OO 海隅蓬艾之微臣

旣飽以德 光榮罔極 感大何涯 中謝云云恭維云云

一人宅中 西海無外 遠來近悅 惟華夏蠻貊率從

施厚仁澇 曁鳥獸魚鼈咸若 致太平於萬國

加鋭懿號於兩宮


坤道彌光 震滅愈赫 懽然列城爭持玉帛以駿奔

蕞爾三韓 別有岡陵之切祝

伏念倍臣

自文王優承聖睠 如嬰兒嬌在母懷

玆聞大慶之音 趣辨單裝而覲

初登遠道心愈疾於鵬程

適値淫霖路返爲之鯨海 波搖活蕩

雨又淋漓


行難急於圖前 動輒淹而落後

業已未及於開平府

居然直進於大都城

遙望行宮 目斷雲霄縹渺 俄廻寶輦 躬瞻日月之光明

何圖對以殊恩 俾許參於嘉會

半路遷延之昨日 徒自焦神 中宸侍從之今朝 怳然如夢

威顔不遠於咫尺 銘鏤諒倍於尋常云云


이 표문을 선미사宣美使 보라달甫羅達이 몽골어로 번역하여
원나라 세조에게 올렸다. 번역서를 두루 살펴본 원나라 세조가
문서 처리를 담당하는 영사令史들에게 물었다.

"우리말로써는 사실의 내용은 잘 알겠는데, 한문으로서의
격식은 어떠냐?"

이에 이미 표문 초본을 읽어 본 영사들이 모두 입을 모아 원
나라 세조에게 아뢰었다.

"예 황제 폐하. 고려국에서 올린 표문이 문장 격식에서는 한
치의 허술함도 없사옵니다."

"으음 그러하다면 매우 훌륭한 표문이로다. 과연 학문을 아
는 나라다."

그런 상황을 자초지종 지켜본 선위사宣慰使 강수형姜守衡이
총총걸음으로 왕종이 머무는 거처로 찾아들었다. 강수형은 본
디 고려인이었으나 몽골에 포로로 잡혀가 원나라 궁중에서 고
려 관계의 통역을 담당하고 있는 위인이었다. 그는 왕종에게
원나라 세조 말을 자세히 전한 뒤 자신도 감격에 겨워 흥분을
감추지 못한 채 입을 열었다.

"우리나라가 원나라에 신하로서 관계를 맺은 이래 이처럼 성대한 일은 예전에 한 번도 없었습니다. 이미 소문이 바깥으로 번져 중국 학사들 가운데 표문 초고를 구해 보려는 자가 한 둘이 아니랍니다."

강수형 말을 전해들은 사행단 일행은 모두 기뻐했고, 특히 왕종은 기쁨을 감추지 못한 채 표문을 기초한 휴휴의 공로를 크게 치하했다. 그 뒤 왕종이 궁궐에 출입하며 세 번이나 원나라 세조를 만났는데, 그때마다 그는 표문을 가지고 고맙고 감사하다는 말을 그치지 않았는가 하면, 이번 사행단 일정에서 휴휴와 시문을 주고받으며 부쩍 사이가 가까워진 후우현까지 나서 왕종에게 휴휴의 문장을 크게 칭송했다.

"무릇 올린 표장表章을 두고 삼성과 낭리들이 다들 훌륭하다고 칭찬이 대단했습니다. 이는 모두 진하사의 덕목입니다. 경하드립니다."

삼성三省이란 권력을 통제하고 집행하는 중서성中書省, 문하성門下省과 상서성尙書省을 말함이다. 이에 속한 관속과 황제의 문서를 관리하는 낭리들이 표문을 보고 칭찬했다니 왕종이 기뻐하는 연유를 충분히 알 만도 했다. 사행단 수행 관리 우두머리인 책봉사冊封使로 동행했던 동지추밀원사 송송례도 탄복하며 기회가 닿을 때마다 입에 침이 마르도록 휴휴를 칭송했다.

"문장이 중국을 감동하게 한다는 말은 필시 임자를 두고 하는 말이 아니겠소."

그런 야단법석에도 휴휴는 마음이 썩 유쾌하지만 않았다.

그는 천복사天福寺와 여강瀘江의 석교를 구경한 날도 그러했지만, 장조전長朝殿 낙성식을 참관한 날밤에는 도시 잠을 이룰 수가 없었다. 거리의 인파와 행사 규모가 국내 사정에 비교하여 상상도 할 수 없을 만큼 충격적이었기 때문이었다. 그저 서책으로나마 막연하게나마 느껴 왔던 사대事大의 실체를 몸소 느꼈다. 국토는 끝 간 데 없이 광대하고 백성은 거리마다 넘쳐나게 많으니 개벽한 이래로 이런 큰 나라를 눈앞에 직접 보기는 처음이었던 탓이다.

"예, 전하……."

"오호, 그러오……."

몇몇 신료들이 이마를 맞닿을 듯한 협소한 궁궐에서 임금 숨결을 귓전에 선명하게 들어가며 국사를 논하는 그런 나랏일은 문뜩 개미 역사役事와 같은 격일 뿐이라는 생각마저 들었다. 말로만 들어왔던 대국의 장대함은 예상을 뛰어넘어 온몸에 소름이 돋을 듯 숨마저 막혔고, 그 충격은 크게 남아 쉬이 잠을 이룰 수 없었는데, 귀국해서 좁은 나라 안에서도 신료들과 의견을 달리하여 이러쿵저러쿵 분열된 국론을 다투어야 할 것을 생각하니 그저 나라 앞일이 암담하기만 했다.

휴휴는 무엇보다 먼저 장조전의 위용과 낙성식 행사 규모에 놀라 입을 다물지 못했다. 연경의 중도성은 본디 대금국大金國의 도읍지였다. 중도성은 금나라 장종章宗이 세운 쉰여섯 채 건물로, 위에는 광한궁廣漢宮이 있고 남쪽에는 원춘전元春殿이 마치 원나라의 국력을 상징하듯 화려한 위용으로 서 있어 보는 사람을 미리 주눅 들게 했다.

그곳에서 오 리 남짓 거리인 만수산萬壽山에다 원나라는 산을 에워싸 사면으로 사십 리나 되는 성을 쌓은 다음 동쪽에다 새로이 궁궐을 지었는데, 바로 그 건물 이름이 장조전이다. 원나라는 남서로 뻗어 나가는 국력을 과시하려고 계획에 따라 지은 궁궐인 만큼 웅장함은 물론 정교한 목공 기술자들을 동원하여 세운 건물이어서 아름다움이 극치를 이루고 있었다. 휴휴가 보아도 고려 어디서든 비교할 수 없는 건물로 보였다.

그날 거행한 장조전의 낙성식 행사는 원나라의 위용을 만천하에 노골적으로 드러내려는 야심만만한 의지가 다분히 깔리어 있었다. 계유년(1273) 팔월 스무이레 원나라 세조는 지배 아래에 있는 제후들을 대대적으로 낙성식에 참석하도록 칙령을 내린 만큼 시작부터 남달랐다.

낙성 행사 전 이미 장조전에는 수많은 깃발과 해 가리개가 가득 내걸려 하늘의 햇빛을 가린 채 바람에 펄럭여 그것들은 쳐다보는 사람들의 시선을 현란케 해서 저절로 감탄의 소리를 지르게 했다. 새벽부터 여러 제후와 그 관속들이 길을 메우듯 가득하니 몰려드는데, 하나같이 조복을 입은 채 장화를 신었으며 손에는 홀笏을 쥐고 있었다. 그 광경은 흡사 개미집을 파헤쳐 놓은 자리에 개미 떼가 우글거리는 형상을 연상시켰다.

각문사閣門使란 자가 각기 서열대로 인도하여 배례 순서가 정해진 자리로 나아가게 했다. 그 자리는 지면에다 납으로 만든 노란색 칠로 구획진 뒤 흰 용수龍鬚의 자리를 깔아서 바둑판처럼 방괘方罫를 이뤄 놓았는데, 그 자리에 서 있을 사람의 관호官號까지 미리 써놓아 마치 서책 위에 사람을 세워 놓은 듯했다.

각문사의 안내에 따라 참석자 모두 관호가 새겨진 자리에 서자 원나라 세조가 편전에서 잔뜩 거드름을 부리며 나타났는데 위용이 장내를 압도하고도 남았다. 그는 천천히 전상殿上으로 나아가 황후와 함께 문무백관들을 굽어 보게 높은 보좌에 올라 앉았다. 이내 원나라 식으로 하례를 받기 시작했다. 각문사가 화통을 삶아 먹은 듯 목청을 돋우어 높고 크게 외쳤다.

"국궁鞠躬! 배홍拜興! 배홍!"

반수班首가 세 발짝 앞으로 나아가 멈춰 선 뒤 두 번 절하고 일어나 곧추선 다음 홀을 꽂고 몸을 굽혀 황제에게 존경의 뜻을 나타냈다. 그리고 세 번 발바닥을 보이지 않고 오금조차 구부리지 않은 채 좌우로 발을 떼어 옮긴 다음 왼쪽 무릎을 꿇고 머리를 세 번 조아리며 목이 터져나갈 듯 다시 고함을 냅다 질렀다.

"산호山呼! 산호! 재산호!"

황제의 만수무강을 비는 만세 소리의 고함은 하늘까지 닿을 듯해서 서 있는 사람들 모두 장중하고 엄숙함에 기가 눌려 오금까지 저리게 했다.

하례를 마친 뒤 군복으로 갈아입고 상전에 올라가는데, 정해준 좌석의 위치가 직분에 따라 제각기 달랐다. 서편 첫 줄에 황태자, 한 위차位次를 건너서는 제후 여섯, 두 위차 건너서는 고려 세자 왕거, 둘째 줄에는 제후 일곱, 또 두 위차 건너서는 고려 하진사 왕종, 셋째 줄에는 승상丞相을 수석으로 십여 명 정도의 관원, 거기서 두 위차 건너서 고려 수행원 열인데, 재신宰臣과 재신 다음 제관諸官들의 다음 줄 가운데 고려 열, 상서尙書와 시랑侍郎의 뒷줄 가운데도 고려 열이었다. 맨 뒷줄 끝에는 여러 나라의 사절 보좌들이 앉았다. 위차로 따져 접대의 예우를 보면 고려에서 온 하례객에게는 홀대하지 않고 우대한 셈이었다.

동편에는 여자들의 자리였다. 여러 궁주宮主, 공주公主 스무여 명이 각기 시녀 두세 명씩 데리고 띄엄띄엄 앉았다. 그리고 좌석이 없는 자로서 선사, 봉어奉御, 수재秀才, 영사令史 무리는 앞에 벌려 섰는데 전내殿內는 턱없이 넓어서 공간이 휑하니 보일 만큼 널찍이 남아돌았다.

많은 인원이 차고도 남은 공간이 하도 널찍하게 보이기에 휴휴가 한림학사 후우현에게 물은즉 그가 대수롭지 않게 넌지시 대답했다.

"이 전정殿庭은 만 명의 인원을 수용할 수 있는데, 이번 시연 인원이 겨우 칠천 명뿐이외다. 그러니 그렇게 보일 수밖에 없을 겁니다."

말을 곱쳐 되새겨 보면 과히 넓음을 알 만도 해서 휴휴는 혀를 내두르지 않을 수 없었고, 참가한 인원이 엄청났음을 짐작할 수 있었다.

황태자가 일어서서 술잔을 올리자 피리와 쇠북이 당상堂上과 당하堂下에서 연주되고 이를 신호 삼아 기악들이 다투어 울렸다. 이어 춤과 노래가 조화를 이루어 장엄하고도 경건하게 궁전 행사가 이루어졌다. 이내 여섯 제후가 차례대로 세조 앞으로 나아가 헌수 의례를 했다. 엄격하고도 장중한 낙성식은 신시申時 초에야 끝났는데, 그곳에서 오래도록 살아온 이가 감탄의 목소리를 뱉어 냈다.

"병란 이후 이 같은 행사는 지금껏 한 번도 없었다."

그 이튿날 왕종에게 표문을 올려 전하려 하는데, 새벽이 지나고 날이 밝은 뒤에 가서 올릴 수밖에 없었다.

깊이 잠을 이룰 수 없는 휴휴는 엄청난 국력을 가진 원나라에 저항하다 끝내 살아남기 위해 무릎을 꿇은 고려를 생각했고, 이내 대책 없는 사대주의와 왕조 수립 이후 나날이 쇠퇴하는 국력을, 그리고 단군 조상을 가졌다고 자부하던 겨레를, 요동의 소국을 호령했던 고구려의 광개토대왕을 내처 생각했다. 그러면서 북방 변경 한낱 야만 오랑캐로 얕잡아 보았던 몽골의 융창隆昌한 힘을 오늘 눈앞에서 똑똑히, 그도 온몸에 전율을 느끼면서 지켜보았다. 선비로서 자존심이 상했고, 관모를 쓴 한 나라의 관리로서 뼛속 깊이 수치심마저 일었다.

그러면서도 이번 사행길에서 진하 행사장에서나 낙성 행사장에서 고려인에 대한 배려에서 국가의 존망에 걸린 강화란 어떠한 것인가를 피부로 분명하게 느끼기도 했다. 5차 침입이 한창이었던 계축년(1253)에 우부승선 최린崔璘이 일찍 몽골의 국력을 파악하고 그들과의 화친 강화를 주장한 사례도 있었다.

"그들의 침입한 자리에 백성들 가운데 목숨을 부지한 자가 열에 두셋밖에 되지 않으며 그들이 귀환하지 않으면 백성들이 농사를 짓지 못하게 되어 저들에게 투항할 것이니 강화도 하나를 지켜낸다 한들 그것으로 어떻게 나라 구실을 하겠습니까?"

또한, 강도를 사수하고자 했던 무신정권이 무너진 뒤 최자까지 나서 화친 강화를 강하게 주장한 적도 있었다.

"강도는 땅이 너르다지만 사람이 적어 나라를 지켜내기가 어려우니 나가서 항복하는 것이 마땅히 옳습니다."

처음 사대주의를 비판했던 휴휴도 번민을 하면서도 겨레를 보존하고 왕권을 회복하기 위해선 스승 최자처럼 그 길이 온당했다고 여겼다. 지금껏 중화권의 작은 나라들은 중국과 책봉이나 조공으로 사대 관계를 유지하면서 독자적인 나라를 경영하는 게 하나의 질서로 여겨 왔기 때문이다.

지금은 몽골 지배 아래 다른 나라와 달리 원나라 세조와의 관계가 우호적이긴 했다. 그들의 군대가 가는 길 앞에 무수한 나라가 지도상에서 없어지고 백성들이 노예로 전락하고 있는데 비견하면 그나마 국호를 지켜가며 독자적으로 풍습을 지켜가는 것도 다행이라고 휴휴는 생각했다.

그런 까닭이 있긴 있었다. 고려가 몽골이 강화의 조건으로 요구한 태자 왕거를 볼모로 그들에게 보내긴 기미년(1259) 사월이었다. 마침 가는 도중 남송을 공격하던 몽골군 대칸 몽케가 전쟁터에서 죽었다. 후계자는 그의 아우들인 둘째동생인 쿠빌라이와 막냇동생인 아리크부카였다. 서로 대칸이라 칭하는 후계 다툼에서 처음에는 몽케와 함께 출정을 나와 있던 쿠빌라이보다, 수도를 수비하던 아리크부카가 왕족의 협력을 받아 우세하는 듯했다.

그런데 공교롭게도 몽골로 향하던 태자 행렬은 판단을 거듭한 끝에 수도로 향하지 않고 출정에 나와 있는 쿠빌라이 진영으로 향했다. 대칸의 정통성 확보에 혈안이 되어 있던 쿠빌라이는 고려 태자 일행이 도착했다는 전갈을 받고 하늘마저 자신을 돕고 있다고 아전인수격으로 받아들이며 기쁨을 감추지 못하여 감격스러운 목소리로 내뱉었다.

"고려는 만 리나 되는 큰 나라다. 당 태종이 친히 정벌에 나섰어도 굴복시키지 못했던 나라가 아닌가? 그런데 지금 그 나라의 태자가 스스로 내게 왔으니 이는 분명 하늘의 뜻이 나에게 있음이 아니겠는가?"

몽골의 후계자 자리가 병권을 거머쥔 쿠빌라이에게 넘어오고, 이때 몽골이 고려의 풍속을 강제로 고치지 않도록 하겠다는 협상 결과를 받아 쥔 것도 자신을 먼저 선택한 데에 따른 쿠빌라이의 보상적 성격의 결과였다. '불개토풍不改土風', 엉성하게 보이는 이 네 글자에는 국호, 나라와 영토, 왕실과 정치제도를 포함한 각종 제도와 온갖 풍습 등을 보전해 주겠다는 약속이 담겨 있었다. 이때 태자와 쿠빌라이 사이에 합의된 사항들은 '세조구제世祖舊制'라 칭하여 중요한 협정 때마다 새롭게 제시되어 원나라 간섭으로 고려 독립이 위협을 받을 때마다 방어할 수 있는 근거로 삼았다.

나중에 고려 세자와 쿠빌라이 공주 사이의 혼인이 이루어져 부마 나라 관계로 맺어짐으로써 더욱 강화하게 되었다. 몽골은 이런 사대 관계를 아직 국교가 없는 일본과 베트남에까지 사신

을 보내 고려의 사례를 들어 이를 따르라고 요구할 만큼 고려
와의 관계를 중요하게 생각했다.

　사행단 일행은 이번에는 원나라 황태자의 하례식에 참석하
여야 했다. 그러나 연일 대궐 안에서 베풀어진 연회에 황태자
가 참석하느라 밖으로 나설 겨를이 없어 뒤로 미루어지기만 했
다. 그러다가 대도성의 진국사鎭國寺 북쪽 고량하高粱河의 언덕
에 전막氈幕을 치고 고려 사행단의 하례를 받기는 팔월 스무아
흐레였으니 대도에 도착한 지 사십사일째였다.

　왕종을 포함한 고려 사행단은 모두 고려식 공복으로 갈아입
고 선사宣史들의 안내를 받아 고려의 예절대로 배견拜見하고 잔
치에 참여했다가 일찍 숙소로 돌아왔다. 기다려 온 일정에 비
하여 짧은 하례여서 긴장이 풀어지며 허전하기까지 했다.

　숙소로 돌아온 일행은 그동안 하례로 미루어 두었던 대도 남
서쪽 교외에 있는 호천사昊天寺 구경길에 서둘러 나섰다. 호천
사는 금나라 황제가 태후의 명복을 빌기 위하여 지은 건물인
데, 사면이 모두 이 리나 좋이 될 만큼 규모가 컸다. 이곳에 구
층 목탑이 가장 먼저 눈에 띄어 휴휴도 일행 이백여 명과 같이
선두로 올라가려고 앞다퉈 부지런히 올랐다. 그런데 삼층에 이
르러서는 모두 지쳐 발걸음마저 멈추고 가삐 숨을 몰아쉬며 주
저앉아 더는 오르려고 하지 않았다.

그러나 휴휴는 모처럼 나선 길이라 그대로 돌아가기 아쉬워 다시 힘을 북돋워 끝까지 오르려고 발걸음을 떼놓았다. 이를 본 상서 송빈宋份과 낭장 윤복균尹福均이 뒤따르기에 셋은 맨 꼭대기 층까지 정신없이 기진맥진 올랐다. 구층에 오른 휴휴는 가쁜 숨을 몰아쉬며 앞을 바라보는데 현기증이 일어 금방 아래로 떨어질 것만 같았다. 그곳에서 집들이 꽉 들어찬 도성 거리를 굽어 보니 집들을 물론이려니와 오가는 필마들과 사람들의 움직임이 마치 개미 떼를 보듯 했다. 휴휴가 두 사람을 보며 탄식해서 내뱉었다.

"오른 자가 입이 딱 벌어지는데 지은 자는 어떠하였으리."

문득 송나라 소식蘇軾의 시『진흥사시眞興寺詩』글귀의 그런 탄식이 떠올라 두 사람에게 읊어 주었다.


이제 사행단이 진하 일을 마치고 대도를 떠나게 되었다. 구월 하룻날 중서성의 명령을 받은 단사관이 사행단에게 잔치를 베풀었는데, 해 질 녘에 끝날 만큼 조촐했다. 본디 이 잔치의 주관은 중서성 승상들이 하기로 했는데, 그들은 중요한 업무를 보느라 나오지 않아서 단사관이 대신했다. 이튿날 후우현이 대표로서 다시 사례했다.

떠나기 이틀 앞서 중서성 낭사郎舍의 안내를 받아 왕종이 궁궐을 향해 절을 올렸다. 이는 고려로 돌아갈 사람은 명령을 든

고 올리는 작별의 예의에 따른 의식이었다. 그동안 안내를 도맡아 수고한 두 낭사를 위해 잔치까지 열고 마련해 간 토산물을 전달하여 앞일의 신표로 삼았다. 두 낭사가 복명한 뒤에는 원나라 두 총관과 더불어 늦도록 술자리를 가져 그동안 서로 간의 노고의 말을 주고받으며 우의를 다졌다.

드디어 대도를 떠나는 날이었다. 원나라로부터 가볍고 따뜻한 옷을 하사받은 데 대한 감사의 사의대표謝衣代表를 관반館伴인 학사 후우현을 통해 원나라 세조께 전하도록 한 다음 말을 타고 귀국길에 올랐다. 사행단의 행차가 계문薊門 동쪽 교외로 나오자 세자 왕거가 먼저 나와 석별의 자리를 마련해 놓고 기다리고 있고, 그동안 수고한 후우현을 비롯한 네 명의 원나라 관리들이 진귀한 물건들을 가지고 와 잔치까지 베풀어 주어 작별인사가 길어질 수밖에 없었다. 특히 휴휴와 후우현이 석별을 아쉬워하며 나눈 정이 유독 각별하여 사행단의 부러움을 샀다.

사행단이 대도에서의 공식 일정을 모두 끝내고 귀국길에 올라 구월 스무닷새 날 압록강에 도착했다. 그해 시월 초이틀에야 황해도 우봉현牛峰縣 소재 홍의역興義驛에 도착하니, 내장 김자정金子廷과 급사 허입재許立才가 선전관을 모시고 마중 나와 있었다.

하루 지나 개경으로 들어가려는데 재추宰樞들이 서보통문西

普通門 앞으로 나와 위로연을 거행했다. 뜻이 고마워 마지못해 위로연에 참석했으나 여정이 빠듯하여 마주 앉아 보지도 못한 채 작별인사만 나누고 왕종을 선두로 궁궐로 들어가 임금[원종]에게 배례까지 올리는 것으로 사행의 의무를 모두 마쳤다. 굳이 손가락으로 꼽아보면 장장 백열이틀 간의 긴 여정이었다.

귀국해서는 임금이 크게 기뻐하며 사행단 일행을 내전으로 불러들여 융숭한 잔치를 베풀어 주며 위로를 했다. 그리고 일행의 신분에 따라 차등을 두어 값진 옥을 나누어 주고 휴휴에게는 각별하게 쌀 삼십 석까지 더 얹혀 하사하면서 표문을 기초한 공로를 높이 치하했다.

임금은 이에 그치지 않고 표문의 초고를 올리라 명하고 그것을 읽어 본 다음 휴휴를 잡직서령雜職署令 겸 도병마록사都兵馬錄事란 관직을 제수했다. 이로써 휴휴는 다시 정식 관복을 입고 궁궐에 드나들게 되었다.


훗날 휴휴는 사행록인 『빈왕록賓王錄』을 정리하여 펴내면서 사행단 일행으로 원나라에 갔다 온 소회를 이렇게 간단히 적었다.


—우연히 유고를 찾다가 다시 침묵에 잠기노니 농부가 어떻게 정음正音에 맞을 수 있으랴. 스스로 우습구나. 가난한 집안

일물一物도 없으면서 공연히 헌 빗자루 갖고 천금千金을 누리려
했네.


偶尋遺草更沈吟 擊壤那能中正音 自笑貧家無一物 空將弊
帚亨千金


갑술년(1274) 유월 열아흐렛날 임금[원종]이 승하했다.

휴휴는 다시 나라의 부름을 받았다. 이번에는 임금의 승하를
원나라에 부고하고자 고부사告訃使를 보내는데 서장관으로 따
라나섰다. 유월 스무하룻날 개경에서 떠나 칠월 열이튿날에 개
평부에 도착했으니 스무이틀쯤 걸렸다. 처음 원나라에 올 때보
다 날씨가 좋고 일행이 많지 않아 반보다 더 줄어든 여정이었
다. 그러고 휴휴는 이번에도 후우현의 도움을 받아 수월하게
맡은 일을 처리할 수 있었다.

다음 날 원나라 황제에게 고애도포告哀悼表를 올리고 이곳에
와 있는 세자 왕거에게 왕의 유언을 전했다. 그 자리에서 휴휴
는 왕거가 원나라 황제의 부마가 되어 무관 복장으로 그를 섬
긴 지가 이미 오래이니 혹 어떤 상복과 예장禮章을 입을는지 혼
자 판단하기 어려울 거라 여겼다. 해서 왕거에게 언질을 은밀
하게 사뢰었다.

"세자 저하, 황제께 아뢰어 상을 당하여 우리나라의 의관과

전례의 내력을 소상히 아뢴 다음 그에 따르고자 한다고 여쭈시기 바라옵니다."

세자 왕거는 휴휴의 조언에 따라 그대로 원나라 황제에게 아뢰었다. 아뢴 지 닷새 뒤에야 황제는 그것에 대한 판단을 명으로 승상에게 일러 보냈다.

"궁주宮主는 뒤에 떠나고 국왕은 먼저 본국으로 돌아가서 집상執喪하라. 경은 이미 작위를 이어받아 왕이 되었으니 너희 나라로 가거든 너의 조상들이 정한 제도를 조금도 실추시키지 말고 그대로 행하라."

원나라 황제는 태자 왕거를 바로 고려 국왕으로 책봉하고 서둘러 귀국길에 오르게 했다. 이에 휴휴는 세자의 어가御駕를 호종扈從하고 개평부에서 떠나 팔월 스무나흗날 개경 남산궁南山宮에 입궁했고 바로 임금에게 인사하고 물러남으로써 두 번째로 서장관으로 간 임무를 무사히 마쳤다.

휴휴가 고부사의 서장관 임무뿐 아니라 고려의 전통 법도에 따라 국상을 치르는데, 공이 매우 크다 해서 조정에서 그를 합문지후閤門祇候로 임명했고 이내 감찰어사監察御史 우정언右正言 자리에 앉혔다.

## 29

죽서정 자리에 죽서루竹西樓가 앉았다.

을해년(1275) 삼척현 서쪽 벼랑 위 가장 높이 솟아오른 양쪽 바위 끝을 타고 긴 날개 호랑나비처럼 화려한 단청의 몸으로 사뿐히 내려앉았다. 비로소 단청 누각의 화려함으로 오십천 물빛이 요동치고 태고의 절벽까지 움직이는 듯하여 명승名勝으로 이름값을 제대로 했다. 주변 경관이 죽서루를 빛낸 게 아니라 번듯한 누각으로 그것들을 돋보이게 해서 마치 신승神僧이 바둑돌을 집어 정곡에 놓은 묘수와 같았으니 그 조화에 사람마다 입 열어 쉽게 다물지 못했다.

두리기둥을 웅장하게 품은 전면 오 칸 측면 이 칸 누각은 내부 기둥마저 없애 속내까지 감춤 없이 시원하게 드러내서 등루登樓한 사람의 가슴마저 활짝 열게 했고, 누각에 오르면 동서로 흐르는 청풍에 오싹한 한기까지 느껴 옷깃마저 여미게 했다.

또한, 누각을 괴고 있는 하층 기둥은 모두 열세 개나 됐다. 모든 놓인 자리가 평탄하게 다듬질한 땅에 놓인 주춧돌 위로 세운 게 아니라 어떤 것은 그랭이질한 자연 암반에, 또 다른 것들은 다듬질한 주춧돌에다 서로 높낮이를 달리하여 살려 낸 누각의 아랫선이 천연덕스럽게 지붕 선과 대칭을 이뤄 동쪽 멀리서 보노라면 석상누각石上樓閣이 구름 속으로 흐르는 것 같아 마치 자신이 그 흐름에 몸을 내맡긴 듯했다.

서쪽으로 길러 낸 난간에 앉으면 단애의 아찔함에 괄약근括約筋이 오므라들었으며 눈 속으로 들이비치는 청라 같은 물빛과 간절함을 일으켜 세우는 산들이 가슴속으로 일시에 몰려 들어왔다. 높이 든 시선이 그러하여 더 높은 뜻을 품게 되니 등루한 수고에 능히 값할 만했다. 그런지라 누각에 오른 남녀가 정인情人으로 변하지 않을 수 없었고, 선비가 오르면 반드시 청운을 기약했으며, 시인 묵객이 입을 다물고 가기에는 자존심에 상처가 심할 수밖에 없었다.

이제 명색이 '다락'인데 유연장遊宴場, 오락장娛樂場 또는 공회당으로써 유흥이나 오락하는 장소란 의미를 넘어 문인과 시인들이 모여 시나 노래를 부르며, 수학 또는 수도하는 누각으로 때로는 시험장으로도 이용되고, 현령이 귀한 손님을 접대하는 환영관의 역할까지 할 수 있게 되었으니, 이로 인해 지방 이름을 객지로 더 널리 알리게 되었다. 더군다나 풍치가 좋고 전망이 양호한 곳에 넓은 마루와 사방의 조망이 가능하도록 툭 터놓는 죽서루야말로 누각으로서의 품격은 상격上格이었다.

누각의 간잡이그림이 완성되었을 때 새로운 건물의 이름을 어떻게 붙이는 게 옳은가 서로 의견을 나눈 적이 있었다. 물론 건립을 추진하는 세 사람 사이에 벌어진 논란이었다.

제일 먼저 자신의 소견을 밝힌 건 이장집이었다.

"이미 죽서정이 그 자리에 있어 오직 정자에서 누각으로 모양만 바뀌니 제 생각에는 이름은 그대로 이어받아 죽서루로 그냥 쓰는 게 좋을 듯하오이다."

이에 홍종옥이 그러함이 당치도 않다는 듯 목청을 높였다.

"아우의 의견은 좋소만 내 소견은 이렇소. 어차피 큰맘으로 어렵게 시작하여 새로 짓는 건물이니 이참에 아예 산뜻하게 새로운 이름을 붙이는 게 옳지 않겠소? 예를 들어 신서루新西樓나 학익루鶴翼樓 같은 거로 말이요. 그리 짓는다면 학문하신 구동선비가 지어야 하지 않겠소?"

둘의 의견이 팽팽하게 계속 이어지자 잠자코 듣고만 있던 휴휴가 그 둘 사이에 끼어들었다.

"두 분 모두 일리가 있는 말씀이외다. 죽서정이라 붙임은 그 서 있는 자리가 삼척현 서쪽 대나무 숲 옆 절벽이니 흔히들 서루西樓, 서루라 불러서 그러했고, 또 호사가들은 소실된 죽장사竹藏寺 서쪽이라 하여 그리 이름을 붙였다 하니 당찮아도 당차도 의미가 있는 이름임에 틀림은 없소. 시생의 소견인즉 그것이 건물의 모양새를 일러 지은 것이 아니라 삼척현의 지형 방향에 깊이 연관된 이름이니 그대로 정자 의미를 빼고 죽서루라 그냥 씀이 옳을 것 같소이다."

휴휴의 말을 경청한 두 사람은 똑같이 좋다고 동의하여 누각의 이름에 대한 논의가 마무리되는가 싶었는데 홍종옥은 느닷없이 휴휴 눈치를 흘깃 훔쳐보면서 한 마디 불쑥 더 보탰다.

"그 두 가지 뜻에 이제 한 가지 의미를 더하면 되겠소."

홍종옥의 말에 두 사람은 무슨 소릴 하려고 그러는가 싶어 눈길을 돌렸는데, 이장집이 워낙 엉뚱한 소리를 자주 하는 홍종옥에게 걱정스럽게 되물었다.

"뒤뜰 형님, 한 가지 의미를 더하다니요. 그게 대체 무엇입니까?"

두 사람은 동시에 홍종옥의 입에다 시선을 주었다. 홍종옥이 제 생각이 스스로 만족한 지 먼저 웃음부터 띠고 입을 열었다.

"누각의 건립에 애당초 관련 인물이 죽죽선이 아닙니까? 그의 거처를 수리해 주고자 해서 발단된 일이니 이곳에서 이름을 드높인 그 사람을 더하면 마치 금상첨화가 아니겠소? 그 동쪽에 유명한 죽죽선이 살았다, 그런 의미를 덧붙여 죽서루라 하였다, 어떻소? 그럴듯하지 않소?"

"……."

같은 말을 들은 두 사람의 놀람은 똑같았으나 반응은 서로 사뭇 달랐다. 무의미한 듯 보이던 것도 의미를 지어다 잘만 가져다 붙이면 뜻을 갖는다는 이치에는 동의하겠으나, 죽죽선을 대했던 처지에서는 머릿속으로 떠오르는 생각들이 다를 수밖에 없었다. 이장집은 이름이 이미 강도까지 알려진 죽죽선이라 그런 것도 누각의 뜻에 들어가는 게 더 운치가 있다는 생각이 들어 빙긋이 웃고 있었지만, 휴휴는 자리에 불편함을 느끼며 묘한 표정까지 짓고 있었다. 매사에 눈치가 빠른 이장집이 분위기를 재빠르게 파악하고 조심스럽게 말문을 열었다.

"뒤뜰 형님, 의미를 그렇게 갖다 붙일 일은 아니지요. 그런 의미가 새로 건립할 건물과 같이 오래도록 전해질 것인데, 구동 선비님께 부담을 드리는 일이 되지 않겠습니까?"

말을 마친 이장집이 의미심장한 눈빛으로 휴휴를 건너보았다. 휴휴와 죽죽선의 친밀함을 알고 있는 터라 많은 의미가 담긴 시선이었다. 홍종옥도 말은 하고 있지만, 휴휴와 죽죽선의 관계에 생각이 미치고 있는 것만 틀림없었다. 휴휴로서는 난처한 노릇이었다. 그에게 오는 시선이 부담스러웠다. 남들은 그렇지 않다고 생각하고 있을는지는 몰라도 죽죽선의 행방불명에 연유되었을 거라 자책해 온 그로서는 당혹스럽기만 했다. 휴휴는 그들로부터 시선을 외면하며 어설프게 보일 만큼 크게 손사래를 쳤다.

378

"아, 왜들 이러십니까? 자리 불편하게……. 왜들……."

얼굴빛이 붉어진 채 몸 둘 바를 몰라 손만 내젓는 휴휴에게 이장집이 분위기를 바꾸려고 진중하게 사과했다.

"아, 구동 선비님. 농을 해서 미안하외다. 실언했소이다. 하하하."

그 소리에 모두 한바탕 크게 웃었다. 휴휴도 어색함을 감추려는 듯 겨우 한마디 했다.

"다만 죽장사 서쪽이어서 또한, 죽죽선이 동쪽에 살았다 해서 붙였다는 호사가 말은 후대의 이야깃거리로 남겨 두는 것도 낭만의 싹을 틔워 놓는 것이어서 좋기는 하겠지요. 허허."


죽서루가 찬란한 모습으로 삼척현 서쪽 벼랑 위에 완연히 드러났을 때, 창건자로 이름을 올린 휴휴 나이가 쉰둘이어서 머리에 흰 숱이 다문다문 보였고, 이장집과 홍종옥도 예순 나이를 앞뒤 다투어 넘어서 출타의 횟수를 줄여 가까운 이웃 나들이만 하고 있었다. 최만유는 젊어서 몸을 헤프게 쓴 탓인지 병고에 시달리다가 만고의 끈을 놓고 예순 살에 이승을 하직했으니 비록 일의 근원은 제공했으되 건립 모습을 보지 못했으므로 가슴에 품고 간 뒷말은 헤아려 주는 사람이 없게 되었다.

죽죽선의 거처 집 개수 공사로부터 비롯된 일이 엉뚱한 방향으로 불이 붙어 간잡이그림을 완성하고 아름드리 생목生木을 말리려다 보니 십사 년이나 지나서야 죽서루가 건립되었지만, 죽죽선은 행방불명이 된 지도 어언 십 년 지난 터다. 만약 저세 상 사람이 되었다면 혼령으로나마 다녀갔는지는 그 또한 알 길 이 묘연했다. 죽서루 건립 시원始原의 근원을 알고 있는 사람에 게는 그 일을 몹시 애석하게 여겨 누각에 오를 때마다 그녀의 자태와 재기의 출중함을 그리며 연민의 정을 붙들고 떠나갔다.

그러나 가장 안타까운 일은 심치곤의 실명失明이었다.

"저 양반 저러다 끝내는 미치고 말지……."

"그 양반, 일 욕심 끝은 어딘지 모르게 한이 없다니까. 아마 저러다 제풀에 쓰러지지."

"저 양반하고 일해 온 지가 십 년이 넘었는데 허술하게 넘어 가는 부분이 없다니까. 마음에 들지 않으면 열흘이 가든 스무 날이 가든 제 맘에 들 때까지 고치고 고쳐 사람 진을 확 빼놓는 게 한두 번이 아니었다네."

죽서루 건립에 참여했던 도제뿐만 아니라 곁꾼이나 날삯군, 목도들까지 나서 입 끝으로 올리는 걱정 따위는 아랑곳하지 않 은 채 삼척현에 길이 남을 누각 세우는 일에만 혼신을 다했던 심치곤이었다. 그는 공사 중간의 술자리에서도 의지를 여지없 이 드러냈다.

"새로운 건물을 세울 때마다 사람 결심은 항상 그래. 먼저 지은 것이 마음에 들지 않았던 실수를 이번에는 하지 말아야지 작심하고 달려들지만, 준공할 때 보면 꼭 낯 붉어질 곳이 한두 군데가 아니야. 그러면 그 건물은 옆에 있어도 다시는 보기 싫어지지."

그런 소리 외에도 술을 마시면서 입버릇처럼 자주 하는 말이 있었다.

"내 재산? 그런 건 왜 물어? 나에게 재산이라면 여러 건물을 지으면서 쌓은 기술이 전부야. 연장을 쥐고 나물 깎는 놈에게 그것만 있으면 됐지 뭐가 더 필요한 게야."

그런 심치곤이었던지라 죽서루 건립에서는 유독 애착이 더했다. 이렇게 다시 없을 만큼 명승 공간에다 누각을 세울 기회가 목수의 일평생에 한 번 올까 말까 한데 욕심을 내지 않으면 대목 자격이 없다고 단언했다.

"명승은 오직 하늘만이 주는 것이여. 그 누구도 자기만의 것을 만들 수는 없지. 그냥 보고 느끼면서 감탄만 남기고 떠나가지. 그런데 목수인 나만이 그 명승에 변화를 주어 움직일 수 있지. 그런데 그런 기회가 나한테로 온 것인데 나만의 누각을 세울 것이여. 한번 두고 보라고, 생애의 마지막으로 지은 건물이라는 각오로 떡하니 지어 놓을 테니까……."

그러나 심치곤은 건립일이 지났어도 죽서루에 나타나지 못했다. 단청 공사를 앞두고 마무리 작업이 한창일 때 쟁기에 눈을 다쳐 실명까지 해서 사물을 보지 못함에 이르렀다. 그런 까닭으로 심치곤은 준공식에 참석하지 못한 채 그날의 행사 내용을 뒷얘기처럼 큰아들로부터 귀로만 전해 들어야 했다.

단청장丹靑匠이 화공들을 다잡아 일을 시키면서도 심치곤에게 안타까운 속내를 수시로 드러냈다. 그의 손끝으로 이루어진 건물이 오행오채五行五彩의 조화로 이뤄 완성되는 단청 입은 모습을 볼 수 없는 처지까지 생각하면 그저 안쓰럽기만 해서 몇 번이나 했던 소리를 또 입에 올리곤 했다.

"대목장, 그 양반 일손 하나는 야무졌는데 죽서루의 화사한 옷치장을 보지 못하다니. 이미 감긴 눈이 단청한 죽서루를 보지 못해서 또 그 속눈마저 어이 감고 저승에 갈 거나. 참으로 안타까운 일이로고……."

이에 임 도제徒弟가 예감의 섬뜩함을 몸소 체험이나 한 듯 안타까운 표정으로 말을 받았다.

"이 일을 시작할 때 생애 마지막 건축물이라는 각오로 짓겠다더니만, 이제 앞을 보지 못하니 말이 씨가 되어 생애 마지막 건물이 되었으니 지금 와 가만히 생각해 보면 뭔가를 이미 귀신이 시키거나 스스로 예견한 게 아닌가 보네요."

그 말대로 아닌 게 아니라 죽서루가 심치곤이 지은 마지막 건축물이 되고 말았다.

단청장은 심치곤의 마음을 위안하듯 바깥 빛을 강하게 받는 두리기둥에는 힘과 능력을 마음껏 강조하기 위하여 붉은색을 올렸고, 그늘진 곳의 명도를 높여 전체 조화에 어울리도록 천장, 처마 부분에는 모로단청과 긋기단청으로 나눠 칠했다. 그리고 공간미와 율동미律動美를 더하기 위해 추녀 밑 그늘진 밑면에는 붉은 미색을 선택해 모로단청 기법으로 화사하게 올렸다.

이른바 공공건물 단청의 원칙인 상록하단上綠下丹, 위는 푸르고 밑은 붉게 꾸며 나름대로 격을 지켜냈다. 역광逆光에서도 제 빛깔을 드러내는 암재巖滓의 안료顔料까지 썼으니 천 년 뒤 심치곤이 유혼幽魂으로 찾아와도 능히 볼 수 있으리라 자위하면서 세밀한 일손을 더욱 꼼꼼히 움직여 단청장의 명예를 떨어뜨리지 않았다.

# 30

경진년(1280) 사월 계미일癸未日에 서리가 내려 벼 싹이 말라 죽었다.

날씨 변덕은 이뿐만 아니었다. 또한, 장마철인데도 마른번개 만 쳤을 뿐 가물었다. 오죽했으면 급제자에게 내려주던 사화賜 花 의식도 가뭄으로 꽃을 구할 수 없어 제대로 치러 내지 못할 지경에 이르러 한재의 심함을 미루어 짐작하게 했다. 나라 안 형세마저 정치 기강이 어지러워 백성의 삶까지 팍팍하여 목숨 연명을 어렵게 했다. 나라를 이끌어 가야 할 우듬지들이 모인 권부는 마치 썩어 가는 물고기 대가리 같았다.

임금의 시호에서 조祖나 종宗을 쓰지 못하고 원나라의 강권 에 따라 고려에서 처음 왕王자를 쓰되 무조건의 충성을 담보로 반드시 '충忠'이어야 한다는 영예(?)를 쓴 임금[충렬왕]의 주위 를 둘러싸고 있는 내료內僚들은 그 썩음 속에서 알까지 슬고 북 적이는 구더기 떼였다.

응방鷹坊 출신이나 환관宦官 출신 또는 역관譯官 출신들이 임금의 귀를 틀어막고 있는가 하면, 고려 사직을 말살하려던 부원파附元派 류청신柳淸臣이나 인후印侯와 장순룡張舜龍 같은 겁령구怯怜口 따위의 비루한 천계 출신賤系出身 들이 정치판을 뒤흔들어 고려 왕권뿐만 아니라 국운이 뿌리째 위협을 받고 몽골풍 풍습이 생활 깊숙이 빠르게 파고들어 오랜 풍습마저 휘저어 놓았다.

이들은 불모로 갔던 세자가 귀국하여 왕위에 오르면서 몽골식 직제의 영향으로 생겨난 관직에 있는 자들이었다. 몽골식 기병이 야간 순찰하는 순마소가 그러했으며 조선 송골매가 사냥에 우수하다 해서 원나라에 조공 품목으로 선정되어 그것을 잡는 것을 임무로 하는 응방鷹坊, 귀족의 자제로 일찍이 세자를 좇아 원나라에 독로화禿魯花로 갔다가 순번제로 숙위宿衛의 임무를 맡은 홀지[忽赤, 忽只]가 그러했고, 몽골어를 습득하게 하는 통문관 등이 또한, 그러했다. 그리고 관직은 아니지만, 공주를 따라온 사속인私屬人인 겁령구怯怜口 따위들도 그런 무리에 끼어들었다.

그런 직제에 빌붙은 관원들은 원나라의 위세를 등에 업고 사전賜田 특권을 누리면서 당대 신흥 세력가로 급부상했다. 그들은 과중한 부역에 견디지 못하여 도망친 백성들을 붙잡아 대토지 농장農莊까지 경영하면서 조세를 가로채고 주현州縣의 부세

賦稅까지 좀먹는 따위의 걸태질로 무고한 백성들을 괴롭혔다.

또한, 특수 임무를 수행한다는 구실로 별감이란 자를 기회 있을 때마다 주현으로 보내 지방민의 부담감을 가중케 하여 막대한 피해까지 입혔다. 그런 폐단에도 아랑곳없이 임금은 사냥놀이에 깊이 빠져 있었다. 드디어 고니를 잡게 하여 가슴 털까지 뽑아 날린 뒤 매를 풀어 잡는 지경에 이르러서는 왕세자나 공주가 말릴 정도로 사냥에 빠져 전쟁 후의 소진한 국고를 더욱 고갈시켰고, 그 영향으로 사냥매를 관리하는 응방의 적폐는 내닫는 종국이 어디일지 모를 만큼 극에 달했다.

의식이 있는 신료들은 궁궐 뜰에서 옷깃을 스칠 때마다 서로 나라 안위를 걱정하며 귓속말을 조심스레 주고받았다.

"어쩌다 나라꼴이 이 모양으로 되었는지. 주약신강主弱臣强이라……."

"정말 탁세濁世는 탁세일세."

"응방 무리가 백성의 재물을 약탈하는 짓이 가죽을 벗기고 살까지 베어 내는 것과 무엇이 다르다는 말인가? 이게 도륙 집단의 마당이지 백성이 살아야 할 나라의 터전인가?"


특히 군부판서軍簿判書 응양군상호군鷹揚軍上護軍까지 오른 윤수尹秀란 자와 대선사大禪師 조영祖英이란 자가 앞일을 예측할 수 없는 난세에 극도로 사악하여 뭇사람 입에 그 이름이 하루가 멀다지 않고 오르내렸다.

일찍 윤수는 조오趙璈의 모해 사건에 책임 추궁이 두려워 가속을 이끌고 원나라로 야반도주했던 자였다. 모해 사건이란 무신 정권이 무너지는 과정에서 발생한 임연林衍의 원종 폐위 사건을 말함이다.

원나라로 도망친 윤수는 볼모로 온 고려 세자 왕거에게서 사냥으로 쓰이는 매와 개를 인연으로 총애를 받게 되었다. 왕거가 선왕이 서거하여 고려로 돌아와 임금으로 즉위하자, 뒤따라 귀국한 윤수는 대장군에 올라 응방을 관장하며 권세에 날개를 달아 날아오르기 시작했다.

기묘년(1279)에 전라도응방사全羅道鷹榜使로 파견되었을 때는 탐학과 횡포가 하늘까지 벋치어 사람들이 그를 금수만도 못하게 여겼다. 또한, 유민들을 모아 이리간伊里干이란 마을을 만들어 응방의 경제적 바탕으로 삼았는데, 이들의 극심한 작폐에 감찰권을 가진 안찰사나 지방 수령들도 통제할 수 없을 만큼 권세를 휘둘러 속수무책으로 걱정만을 앞세울 수밖에 없었다.

그런가 하면, 오씨吳氏 성을 가진 승려 조영은 별명을 조염祖琰이라고 부르기도 했는데 고향이 동북, 곧 보성군 임내任內다. 임금과는 세자 때부터 친분이 깊었다. 세자가 즉위하자 부여받은 특권으로 형제들을 정이품 찬성사贊成事로 벼락감투를 씌워 공식 등용문인 과거제도까지 무용지물로 만드는가 하면 오씨

가문을 고려의 명문 거족으로 급조 부상케 했다.

더욱 기고만장해진 조영은 고향이라는 이유 하나만으로 오지 한촌인 임내에 감무관監務官을 두게 되자 모든 신료의 지탄 받으며 여론 또한 들끓어 쉽게 가라앉지 않았다.

또한, 신료들은 임금 명에 따라 신궁 신축 공사를 서둘러야 했다. 그러기 위해선 국력을 모두 쏟아붓다시피 하면서 백성들에게 총동원령을 내렸다. 비록 양반이라 할지라도 노복을 소유하지 못한 자는 녹봉의 증서인 녹패祿牌까지 팔아 삯꾼을 사서 부역赴役을 대신토록 하거나, 그런 처지에 미치지 못한 사람은 몸소 부역장에 일꾼으로 나가는 자도 있었다. 이에 그들의 부역을 면제해 주고 공사 기간이 길어져 농번기에 파종도 할 수 없기에 공사를 중단했다가 농한기에 시작하게 해달라는 신료들이나 지방관의 상소도 끊이질 않았다. 그래도 개선의 기미가 보이지 않자 민심이 나날로 흉흉해졌다.

심지어 임금과 공주가 신궁으로 입궁하자 기공들이 앞길을 가로막아 임금에게 하소연하는 일까지 벌어졌다.

"전하 삼 년 동안 일하면서 단 하루도 휴가를 얻지 못했으니 처자식들이 어떻게 살 수 있겠습니까? 또한, 궁궐 공사도 마무리가 돼 가고 농사철이 되었으니 부디 저희를 집으로 돌려보내 주소서."

그러나 임금은 백성의 하소연에도 눈과 귀를 막고 들은 대척도 하지 않았다.

세상 인심이 나날이 고약해지자 이를 알아차린 임금이 어느 날 휴휴를 불러들여 물었다.

"지금 시정에서 취할 것은 무엇이고 버릴 것은 무엇인고?"

"예, 전하 신의 생각을 곧 적어 올리겠습니다."

이에 휴휴는 세속의 흐름에서 취하고 버릴 것을 열다섯 가지를 추려서 진계陳啓했다. 물론 내료들의 병폐에 관한 일도, 군주가 백성을 위해 더 많은 시간을 할애할 것도 진계에 포함시켰음은 물론이다. 그것을 읽은 임금은 휴휴의 성품이 강직하고 세상에 구함이 없음을 알아차리고 우사간右司諫으로 임명한 뒤, 그에게 널리 인심을 살펴 오라면서 양광도楊廣道와 충청도에 안렴사로 내려보냈다.

휴휴는 안렴사 임무를 맡아 해당 도를 샅샅이 안무했다. 이때 뇌물을 받았거나 나랏돈을 횡령하여 장죄贓罪를 저지른 일곱 명의 감독관을 적발했다. 그들을 심문한 결과 휴휴의 판단에서는 지역민들의 평판이 나쁠 뿐더러 죄가 극악하므로 탄핵하여 엄하게 죄를 물은 뒤 가산과 가족에 대하여 적몰籍沒했다.

이 사건으로 말미암아 원성이 자못 크게 일어났고 그들과 암암리에 결속되어 있던 몇몇 신료들까지 임금에게 아뢰고 나섰다.

"전하, 이 안렴사 이번 일은 너무 가혹하여 혹리酷吏로 비판받아 마땅합니다. 아무리 큰 장죄를 저질렀다 해도 관직을 몰수하고 본관으로 돌려보내는 귀향형에 처함이 규정에 따르는 옳은 죄책인데, 그것을 무시하고 임의대로 과도하게 처리했습니다. 『사기史記』에도 분명 일렀습니다. 불로 불을 끄려 하고 끓는 물로 끓는 물을 식히려는 것은 성급한 관리의 표본이라 했습니다. 또한, 법령이란 것은 통치의 도구일 뿐 청탁淸濁을 제치制治하는 근원은 아니라고 일렀습니다. 따라서 이번 죄책도 그런 계도적인 측면에서 이루어져야 마땅한데 이를 넘어섰기에 그 책임에서 벗어날 수는 없습니다."

워낙 신료들의 들고일어남이 심하므로 임금이 이를 받아들여 휴휴를 동주부사東州副使로 좌천시켰다. 이에 스스로 일러 자신을 동안거사動安居士라 지어 부르면서 좌절된 개혁 의지에 따른 한을 삭일 수밖에 없었다. 거사란 출가해서 승려가 되지는 않았지만, 승려 못잖게 불교 선 수행에 정진하는 사람을 이르는 말이다.

일찍이 최승로崔承老가 '불교는 수신이요, 유교는 치국의 근원'이라 했듯 불교를 국가의 종교로 삼고 유교를 정치 이념으로 삼았던 터라 신료들뿐만 아니라 거의 모든 사람이 불교를 믿었던 시대였다. 또한, 유학자 가운데 스스로 거사라 호칭하며 은둔적이며 고답적으로 불교에 심취하는 경향이 한때 유행했는데 윤언이尹彦頤는 금강거사金剛居士, 이자현李資玄이 청평 문수원에 살면서 청평거사淸平居士라 했으며, 이규보가 백운거 사白雲居士라 자칭한 예에서 보듯 휴휴의 자칭도 '거사 불교' 흐 름에서 크게 벗어나지 않았다.

휴휴가 좌천으로 내몰렸다가 징계가 풀려 전중시사殿中侍史 로 임금 곁으로 다시 돌아왔다. 그러나 국내 정세는 조금도 나 아짐이 없었다. 임금은 국정을 돌보지 않은 채 여전히 사냥놀 이에 빠져 있었고, 권력을 쥔 일부 내료들은 갖은 수단과 방법 을 동원하여 백성들의 피를 빨고 있었다. 나라 안위와 왕권 확 립을 걱정하던 신진 신료들이 참다 못해 나섰다. 사대부들은 나라의 안위와 임금에 대한 충정을 꿋꿋이 지켜내기 위해 결기 로 뭉쳐 암울한 현실을 어떻게 하든 타개하고자 했다.
왕거가 임금에 오른 지 육 년, 그러니 경진년(1280) 삼월 을 묘일에 상소가 올라갔다. 이때 상소에 나선 사람은 감찰시사 심양沈諹, 잡단雜端 진척陳倜과 시사 문응文應, 그리고 전중시사 휴휴였다. 상소는 이른바 '십사十事'로 내용은 이러했다.

─전하, 지금 나라의 형편이 매우 어려운 데다 한재가 들어 백성들이 굶주리고 있으니 사냥놀이나 유흥을 벌일 계제가 아 닙니다. 주상 전하께서는 어찌 눈앞 백성의 일을 걱정하지 않

고 사냥놀이에 빠져 있습니까? 게다가 제대로 길들이지 않은 준마로 예측할 수 없는 위험한 길을 달리다가 대수롭지 않은 곳에서 사고라도 난다면, 아무리 후회한들 무슨 소용이 있겠습니까? 부득이하다면, 다만 군사들을 시켜 평지에서 짐승들을 쫓도록 한 뒤 높은 곳에 올라가서 구경하더라도 또한 만족하지 않겠습니까?

또한, 홀지와 응방에서는 궁궐 안 여기저기 다투어 가면서 잔치를 베푸는데, 황금을 오려서 꽃을 만들고 실을 꼬아서 봉황새를 만드는 등 극도의 사치를 다하고 있습니다. 한때의 즐거움을 위하여 쓸데없는 데에 함부로 비용을 쓰는 것보다, 오히려 원나라의 법에 따라 간소하게 행사를 치르는 것이 낫지 않겠습니까? 음악도 그렇습니다. 민가에서 유행하는 저속한 음악을 물리치고, 교방教坊의 법도에 따른 악곡을 연주하는 것이 온 나라의 백성이 바라는 바입니다.

상장군 윤수가 대궐 안에서 주상을 모시는 잔치 자리임에도 불구하고 상 위에 올라가 희롱하면서 춤을 추었으니, 이는 예절을 범한 불공한 짓이며, 또 대선사 조영이 음란하고 더러운데도 절도가 없이 주상의 침전까지 출입하여 보고 듣는 사람들을 놀라게 하면서 해괴한 상상을 떠올리게 하고 있습니다. 머리를 조아려 청컨대, 무괴無愧한 그들을 물리치고 견책을 가해서 모든 백성을 깨우치는 사표가 되게 하시옵소서. 또한, 지

금 나라 안팎으로 변고가 많아서 백성들이 곤궁하니 학사연學
士宴도 중지시키도록 하명하여 주시옵소서.

  승지 조인규趙仁規가 그 장계를 가지고 임금께 아뢰었다. 장
계를 본 임금은 처음에는 상소가 일리 있다고 여겨 뜻을 모아
올린 충정으로 받아들이고자 했다. 그러자 참소에 이름이 오른
윤수와 조영은 얼굴이 시뻘겋게 달아올라 앞다퉈 임금 앞으로
나섰다.

  "전하, 그 상소는 신하가 주군을 외람되이 꾸짖어 왕권에 도
전하는 사심에서 비롯된 것이고 주군께 충정하고 있는 소인들
을 시기하여 멀리 내치려는 불손한 계략이 담긴 것입니다."

  윤수의 과격한 말에 뒤쫓아 조영도 대세로 휘몰아쳤다. 내친
김에 임금이 딴생각하지 못하도록 서둘러 막고자 함에서다.

  "마땅히 중벌을 받을 불충이니 이 기회에 국문하여 죄를 물
으시옵소서."

  이에 질세라 윤수가 다시 다급한 목소리로 사뢰었다.

  "전하, 전하와 신하와의 사이를 이간하려는 간계입니다. 부
디 엄벌로 다스려 뒷일의 지표로 삼으시기 바라옵니다."

  눈물까지 글썽이며 탄원하는 그들의 모습에 임금은 마음을
움직였음은 물론 마침내 크게 노함까지 드러냈다. 임금도 그들
의 이야기를 듣고 보니 문제가 없지 않아 있었다. 과연 귀담아

듣고 보니 간쟁諫諍 하는 일은 마땅히 성랑省郎의 임무였다. 그러나 감찰사에서 임금의 시비를 논하는 것은 그 임무가 아닐뿐더러 또한, 상소의 어투가 지엄할 만큼 불손하여 신하로서 지켜야 할 도의를 다하지 못했기 때문이다.

"여봐라! 장군 박비朴庀와 지윤보池允輔를 불러들여라!"

임금의 추상 같은 분부에 박비와 지윤보가 급히 달려와 꿇어앉아 하명을 기다렸다.

"의논을 먼저 발의한 감찰시사 심양을 사실이 낱낱 밝혀질 때까지 숭문관에서 매우 엄하게 국문鞫問하라."

심규審糺의 명을 받은 박비와 지윤보는 임금에게 이마가 바닥에 닿도록 배례한 뒤 무릎걸음으로 바삐 물러갔다. 그들은 숭문관에다 형틀을 갖추고 상소에 이름이 오른 자들을 모두 불러들였다. 집행하는 형벌 또한, 몽골 습속의 영향 받아 잔혹하기 이를 데가 없었다.

"제일 먼저 의견을 낸 자가 누구냐?"

형리의 신문에도 심양이 대답하지 않자 나무와 밧줄로 몸을 얽어매고 깨어진 기와 조각을 다리 사이에 끼운 다음 사람들을 시켜서 그 위를 번갈아 밟게 하니, 피가 쏟아져 땅에 도랑으로 흘렀으나 그는 다문 입을 끝내 열려 하지 않았다. 심양은 시간屍諫도 무릅쓰려는 결기를 얼굴 위에 뚜렷이 나타나 보였다. 그는 종래 만신창이 난 몸으로 순마소에 하옥됐다.

이 사건에 연루하여 진척, 문웅은 섬으로 유배되었으며 휴휴는 파면되어 낙향했고, 그 자리에 장군 김일金鎰을 시승侍丞에, 낭장 우천석禹天錫을 잡단, 좌랑 민훤閔萱을 감찰시사, 이인정李仁挺과 민지閔漬를 전중시사에 각각 앉았다.

하루 뒤 장경도량[藏經道場]을 연 자리에서 임금이 「두견화시杜鵑花詩」를 지어 놓고 사신詞臣들에게 화답하라고 명한 뒤 근래 드물게 즐거워하고 있었다. 이를 눈여겨본 사신 백문절白文節이 임금의 즐거움을 틈타 화답 시를 지어 올리며 넌지시 심양의 죄를 사할 것을 나아가 청원했다.

"전하께서는 지금 하늘 같은 문장을 보여 주시고 저희에게 화답하라는 영원히 기억될 행운을 주셨습니다. 하오나 심양이 감히 전하의 뜻을 거슬러 그 죄가 어디에다 비할 수 없이 무겁습니다. 그러나 그 또한 유학자이니 바라옵건대 너그럽게 용서하시어 문을 숭상하는 미덕을 백성들에게 보여 주소서."

이에 임금은 즐거움이 가시지 않은 얼굴로 백문절의 뜻을 받아들여 명 내리되 죄를 물었던 사유는 밝혀 굳이 임금의 권위에 모양새를 갖췄다.

"간쟁諫諍은 성랑省郎의 임무로서 심양 같은 법리法吏가 할 일이 아니었다. 또한, 그의 언사가 불손했으므로 먼저 의견을 내놓은 자를 문책하려고 국문했을 뿐이다. 과인은 지금 경들의 얼굴을 보아 그를 용서하고자 한다."

그를 풀어 복직시켰으나 타고난 성품이 워낙 결곡하여 다시 극간極諫하다 가혹한 형벌을 받았다. 심양이 강직함으로 거듭 간하다 신체를 훼손할 만큼 형벌을 받는 현장까지 지켜본 신료들이 모두 입을 다무니 이로부터 고려의 언로言路는 막히게 되어 나라 형세의 흐름을 바르게 말하는 자가 마침내 대궐에서 사라졌다.

# 31

바위 위 홰나무가 계절의 흐름을 알리듯 잎마저 털어 냈다.

비로소 죽서루는 주변의 가림막에서 헤어나 온전한 형상을 드러냈다. 주변 대숲은 불어오는 바람의 차가움을 알리듯 머리까지 흔들어 대며 녹회색 잎들을 뒤집어 보였다. 오늘 같은 날, 비 섞인 찬바람이 가득 들어차는 누각에 오르는 사람은 아예 없었다. 우뚝 솟아오른 자리에 들어선 죽서루가 바람맞이로 옷깃을 들추기 때문이다. 이제 완연했던 추색秋色도 서둘러 떠날 이맘이니 누각에 오를 인적마저 끊길 때가 되긴 했다.

부내 발걸음 결에 휴휴는 죽서루 앞을 그냥 스쳐 지나려다 찾은 지 오래된 듯하여 방향을 틀어 누각에 오르려고 발길을 바꿨다. 휴휴는 죽서루에 오를 때마다 제일 먼저 죽죽선을 떠올리곤 했는데, 오늘도 어김없이 그런 생각에서 벗어나지 못하고 있었다. 모르긴 해도 앞으로도 벗겨 내긴 어려운 사슬일 것 같은 생각도 머리에 스쳤다. 지금도 그녀가 타던 가야금 소리가 댓잎 바람 소리에 섞여 들리듯 귓전에 여전히 아스라이 남아 있어 그녀의 집에 찾아들면 문을 열고 나올 듯하기도 했다. 그러나 지금 바로 마주치는 것은 대숲을 흔드는 바람 소리 뿐이다.

죽서루에 들면 죽죽선 생각에 뒤이어 다음으로 떠오르는 사람이 누각 창건의 계기를 마련해 준 최만유고, 모든 물자와 비용을 쾌척한 이장집, 홍종옥이었다. 그들이 아니었다면 아직도 이 자리에는 경관에 어울리지 않은 죽서정이 변방의 초소처럼 초라한 모습으로 서 있을 터이다.

휴휴는 비록 이름을 주어 창건자라 기록은 남겼으나, 그들의 헌신에 비견하면 나라의 부름을 받아 들락날락하다 보니 깊이 관여 못한 처지였으니 몹시 부끄러웠다. 해서 굳이 '내가 창건자요.' 그리 나서기는 심히 쑥스러운 일일뿐더러 자신이 직접 써낸 글에서도 글자로 나타내 놓기는 차마 난망한 일이라 여겨 여기저기 언급하기를 되도록 삼갔다. 마땅히 그들에게 모든 공이 돌아가야 하는 게 통리通理에 합당하므로 그에 따라 처신함이 문자를 익혀 옛글까지 읽은 자로서 지켜야 할 도리라 여겨 왔기 때문이다.


휴휴가 누각에 오르고자 누마루로 시선을 주었는데 짐작과 달리 이미 먼저 오른 사람이 보였다. 붉게 채색된 두리기둥 앞에 두 사람이 마치 이미 오래전에 세워 놓은 조형물처럼 서 있었다. 멀찍이 보니 거칠게 일어선 머리카락이 은백색으로 빛나는 노인과 그의 아들뻘이나 되어 보이는 젊은이였다.

예사롭게 보이지 않은 것이 노인은 두리기둥에 바투 붙어 손바닥으로 기둥 면을 천천히 쓰다듬고 있었고, 젊은이는 노인에게서 서너 발치 떨어진 거리에 서서 말없이 그의 움직임을 지켜보기만 했다. 차차 거리를 좁혀 가자 노인의 구레나룻이 불그스레한 빛의 뺨을 싼 모습이나 숯덩이 같은 짙은 눈썹이 휴휴의 눈에도 퍽 많이 익은 얼굴이다. 노인은 나이가 들어서도 육 척이나 됨직한 키에 장골의 풍모를 여전히 잃지 않고 있어 휴휴는 눈썰미를 자신할 수 있었다.

휴휴는 확신한 듯 노인과 거리를 더욱 좁혀 갔다. 옆모습을 자세히 보니 눈을 감은 채 사람이 다가온 인기척에 상관치 않고 기둥만 찬찬히 쓰다듬어 내리고 있었다. 마치 붉은 안료를 올린 두리기둥 표면의 흠집을 집요하게 찾아내려고 애쓰는 손짓으로 보였다.

노인의 신분을 정확하게 확인한 휴휴는 가슴 아래에서 울컥 치밀어 오르는 감정을 참아 내면서 그의 옆으로 다가가 나직하지만, 반가운 목소리로 뱉어 냈다.

"아, 이게 누구십니까?! 심 도편수 어른이 아니십니까?"

잠자던 토끼를 건드린 듯 심치곤은 감긴 눈까지 반사적으로 뜨려 애쓰면서 말소리가 들리는 쪽으로 고개를 틀었다. 심치곤한테는 너무나 귀에 익은 목소리였다. 심치곤은 휴휴를 애써보려는 듯 감긴 눈을 또다시 뜨려 희번덕거렸다. 그러더니 볼수 없다는 것을 늦게야 깨달아서 감추고 있어야 할 처지를 실수하여 드러낸 듯 당황하면서 황망히 반문했다. 몹시 떨리는목소리가 휴휴의 고막에 닿았다.

"혹 용안당容安堂 대감이 아니십니까?"

심치곤은 감긴 눈을 한 채 소리가 들리는 쪽으로 한 발짝 다가들면서 바삐 손잡으려고 손 하나만 뻗어 왔다. 그것이 빈손으로 허공에서 이리저리 허우적거리며 맞아 줄 손을 찾아 더듬고 있었다. 휴휴는 허공에서 허우적거리는 그 손을 더는 허우적거리지 않도록 얼른 마주 잡았다. 저승 사람이 이승 사람을만나는 일처럼 예견하지도 못할 해후가 오 년 만에 이루어졌다. 휴휴는 죽서루 건축 일로 두 눈의 시력을 잃은 심치곤 모습에 죄지은 듯 얼굴을 차마 마주 볼 수 없었다. 날랜 맹수가 눈을 다쳐 우리에 갇힌 처지나 다를 바 없는 모습으로 보였다.

"예, 그렇소이다. 반갑소이다. 그런데 어쩌자고 불편하신 몸인데 하필 이리 차가운 날에……."

휴휴는 그렇게 심치곤과 응대하면서 그를 이곳으로 인도한듯한 젊은이 쪽을 야속하게 바라보았다.

젊은이는 그들의 대화를 멀찍이서 듣고 있을 뿐 다가오지는 않고 주억거리고만 있었다.

"아니외다. 오고 싶을 때를 골라 찾아왔을 뿐입니다. 애, 큰
애야! 대감께 인사 여쭈어라. 용안당 대감님이시다."

심치곤은 잡은 휴휴 손은 놓지 않은 채 젊은이에게 성급하게
일렀다. 그제야 휴휴 앞으로 걸어온 그의 아들이 누마루에 나
부죽이 엎드려 공손하게 절을 올렸다.

"대감께 인사 올립니다. 소인은 심이천沈怡天이라 하옵니다.
아버님께서 말씀을 많이 하셨는데 인사가 늦어 송구하옵니다."

휴휴는 잡고 있던 심치곤 손을 놓고 아들의 인사를 서둘러
받았다.

"이천이라……."

"예, 그러하옵니다."

"그래, 네가 참으로 고생이 많겠구나. 아버님은 이렇게 큰일
을 하셨다. 이것이 어찌 천 년만 가겠느냐? 오래 남아 아버지의
존함과 가문을 빛낼 것이다."

"아둔한 소자가 감당하기 어려운 영광입니다."

휴휴는 다시 심치곤의 손을 잡고 안타까이 말했다.

"거동에 얼마나 불편하시겠습니까? 누각에 올라서도 이것들
이 보이지 않으니 더욱 그렇지 않겠습니까?"

"하긴 불편하기는 합니다. 그러나 이 누각은 제 눈앞에 있는
것이 아니라 이미 제 머릿속에 있기에 지금도 눈을 뜬 듯 환하

게 잘 보입니다. 그러나 이곳 지나는 바람결은 사철마다 다르지 않겠습니까? 그래서 한적한 날이면 이리 찾아와 잠깐 머물다 가곤 합니다."

말을 마친 심치곤은 휴휴의 손은 놓고 두리기둥을 다시 어루만지기 시작했다. 마치 대패질의 흠집을 찾아 미흡했던 다듬질까지 자탄하듯 보여 그 손길이 답답한 휴휴의 가슴을 더듬어 어르듯 했다.

"심 도편수가 준공식 할 때 이곳에 모여든 사람들의 표정을 봤어야 했는데, 그날은 참으로 아쉬웠을 테지요?"

휴휴는 준공식에 모여들었던 사람들이 눈을 휘둥그레 뜨고 감탄하던 표정들 하나하나까지 되살아나서 심치곤 앞에서 또다시 안타까움을 드러냈다.

"그날 아이를 보내긴 했지만, 소목은 오히려 그런 말씀들을 듣지 않은 것을 다행으로 여겼습니다."

심치곤의 말에 휴휴는 의아한 생각으로 되잡아 물었다.

"다행이었다니요?"

"예, 대감 어른. 건물 하나하나에 손길이 간 소목에게는 그런 칭찬의 말씀들이 흠을 찾아내는 눈까지 멀게 하지 않겠습니까? 구경꾼이야 화려한 부분만 좇겠으나 기공들은 다음에 더 좋은 건물을 짓고자 눈앞에 완성한 건물에서 미흡한 부분을 찾아내려고 합니다. 그런데 사람들은 눈앞에 새롭게 드러난 화려한 건물이니 감탄의 소리를 뱉지 않을 수 있겠습니까?"

"아하, 딴은 그럴 수도 있겠소이다."

"예. 또한, 그러함이 기공의 눈높이를 헛되이 키우고 잘못된 것에 변명까지 달아 붙여 거드름을 부리게 되니 한창때에 재능마저 잃고 술로 세월을 보내지 않았겠습니까? 마치 소목처럼……."

휴휴는 심치곤 언사를 들으면서 눈이 감긴 얼굴을 유심히 바라보았다. 눈앞의 미명에 대하여 개의치 않은 듯 목소리에는 아직 도편수로서의 기개가 퍼렇게 살아나 있었다.

"옳은 말씀은 말씀이나 당장 눈앞에 보이지 않으니 손길이 스친 것들에 대한 애착이 쉬이 가실 것 같지 않아 걱정스럽지 않겠소이까?"

"아닙니다. 이 건물은 이미 소목의 손에서 떠난 것이니 제가 미련 둘 일이 아닙니다. 이곳을 찾는 다른 목수들의 것이지요. 눈 어두운 소목이야 이젠 이리 가끔 올라 이곳저곳 스쳐 가는 바람 소리만 듣고도 만족스러워해야 하지 않겠습니까?"

심치곤은 말을 하면서도 손길은 여전히 두리기둥에서 떼지 않았다. 두리기둥을 더듬다가는 가끔 속의 소리라도 들으려는 듯 주먹을 옆으로 세워 퉁퉁 두들겨 보기도 했다.


휴휴는 심치곤에게서 조금 떨어진 곳에서 손짓으로 심이천을 불렀다. 의아한 표정으로 다가온 심이천을 향하여 휴휴는 그만 들을 수 있을 만큼 나직하니 나무랐다.

"효성은 지극 하나 이리 찬바람 부는 날 가득 바람 치는 누각에 모시다니 썩 좋은 일은 아니로구나. 다음에라도 이곳으로 모시거들랑 따뜻한 봄날이 좋을 듯하구나."

휴휴의 나무람에 심이천은 머리를 조아리며 저간 사정을 세세히 알렸다.

"예, 불효를 드렸습니다. 하오나 이목을 피하고자 추운 날을 택하였습니다. 그게 아버님의 간곡한 뜻이라서 또한, 소자로선 아버님 뜻을 거스를 수가 없었습니다. 불효하였다면 마땅히 제게 벌을 주십시오."

꾸짖던 휴휴는 심이천의 말에 얼굴이 후끈 달아오름을 느꼈다. 연장자로서 그런 정황에 생각이 미치지 못하면서도 오직 나무라고자 만했던, 그 생각의 짧음이 한없이 부끄러웠다.

"아니다. 내가 부끄러워해야 할 일이다. 그렇다면 봄 여름 가을에는 한 번도 이곳에 온 적이 없었다더냐?"

"예, 아버님이 앞을 살필 수 없으매 소인이 아니면 길 떠날 수 없었습니다. 해서 겨울철, 그도 찬바람만 부는 날을 골라 왔던 것만 기억하고 있습니다. 사람들의 이목마저 피하고자 그리 말씀을 하셨습니다."

"여기 와선 늘 저렇게 손으로 기둥을 쓰다듬다 가시느냐?"

"아니옵니다. 처음에는 누각에 올라 단청에 대하여 시시콜콜 물었습니다. 그리고 기억하시는 것을 소자에게 되묻곤 맞으면 기뻐하셨고 이상하다 싶으면 지팡이로 누마루를 쿵쿵 찍기도 하셨습니다."

심이천은 아버지의 일을 소상히 옮기려고 휴휴 앞에서 누마루를 찍는 시늉까지 해 보였다.

"참 안타까운 노릇이다. 자연과 가장 잘 어울리는 계절의 죽서루를 보지 못하다니…… 눈을 다쳤으니 그도 부질없는 일이지만……. 생각할수록 참으로 야속하구나."

"아닙니다. 겨울철 외에는 소자를 간혹 이리 보냈습니다. 그리고 소상히 보고 오도록 하여 궁금한 것을 차근차근 캐물었습니다."

"뭐라고 하시더냐. 계절마다 달리 물었다?"

"예, 계절마다 해 그늘길이 다른데 수시로 변하는 단청의 음영을 살펴 누각의 면면 형상을 보라 하시었고, 바람길이 다르니 누각에 오른 느낌이 사방으로 어떠했는지 차근히 물으셨습니다. 그래서 저는 누각 사방에 서서 바람을 맞아 보곤 하였습니다. 제가 느낀 그대로 말씀을 올리면 어떤 때는 밝은 표정을 지으셨고, 또 다른 때는 어두운 표정으로 한숨까지 내쉬곤 하셨습니다."

"음."

"또한, 계절마다 다름을 물었습니다."

"계절마다 다름을 물었다?"

"예, 봄이면 강 건너 끼는 운애運靉와 봄 뜰의 아지랑일 보라고 했고, 여름이면 벼랑 밑 오십천 물빛과 강물 소리를 들으라고 했습니다. 또한 가을이면 댓잎에 이는 바람 소리를 들어보라고 했고, 눈이 내리는 겨울철이면 눈 속에 파묻힌 죽서루를 보라고 했습니다. 그리고 매우 찬 이런 겨울철에서는 이 자리에서 직접 바람을 쐬면서 주변에 대한 걸 물으셨습니다."

# 32

용계 구동의 가을 걸음은 부내보다 한걸음 빨랐다.

산이 가파르게 내리달려 꼬리를 묻은 계곡이 덩달아 깊으니 추분만 되어도 해 길이가 평지보다 반 시진時辰이나 짧았다. 잡목이 일찍 잎을 털어 내고 앙상하니 형체까지 드러냈다. 비로소 숨어 있던 바윗돌의 형상도 드러나서 산세가 가팔랐음을 보여 주고, 붉게 드러낸 둥치에서 소나무가 황장목黃腸木이라 분명히 알렸다. 성하기에 감추어진 속살마저 여지없이 드러내 근원이 어떠했음을 보여 주는 것이니 휴휴의 눈에도 비로소 자연의 섭리가 뚜렷이 보이는 듯했다.

계곡은 사람을 가두어 두고 저만 빠른 세월 속에서 걸어 나갔다. 휴휴는 탄관彈冠의 꿈을 안고 야심만만 용계 구동에서 떠났으나 몽골 침략과 원 간섭기에 신진 신료로서 대의를 제대로 한 번 살리지 못한 채 부원 세력에 날개가 꺾여 좌절을 안고 낙향했다. 무너진 국정 기강을 개혁하고자 했던 의지가 무참하게 꺾인 데에 자존심이 상할 만큼 상했으나 냉혹한 현실 앞에서는 도리 없는 노릇이었다.

휴휴는 청운의 꿈을 품었던 처지였는데 이마에 와 닿는 나이가 이젠 쉰일곱이니 그에 비하여 너무 많은 것을 잃었다. 서른아홉에 관직에 나아가 쉰일곱에 구동으로 돌아왔으니 열여덟 해 남짓 녹봉미祿俸米로 살아온 셈이지만, 품었던 기개에 비해 눈 깜짝할 사이 흐른 세월이었다. 휴휴가 굳이 위안 삼자면 권불십년權不十年에 비견하면 그래도 두 배 가까이 견뎌낸 세월이었다는 궁색한 변명이 전부일 터이다.

그로부터 칠 년이 구름처럼 막힘없이 또 흘렀다. 나이 또한, 어김없이 예순넷을 꿰었다.

그러나 학문을 닦아 품어 내고자 했던 이상은 벽에 부딪혀 싹마저 돋아나지 않고 물거품이 되었다. 휴휴가 현실 정치에서 뼈저리게 느꼈던 것은 예전에 생각지도 못했던 외세의 힘이었다. 건국 초 자천배타自賤拜他 정신을 탓하며 나라의 줏대를 바로 세우고자 이웃 나라에 조공을 하는 처지에서도 천자, 황제로 칭하며 몽골에 삼십구 년간이나 저항해 온 결과가 무엇인가 질문을 받으면 변혁기에 신료 생활을 해온 휴휴로서도 속시원하게 들려줄 말이 없었다.

비록 짧은 신료 생활이지만 많은 것을 피부에 닿도록 느꼈다. 아무리 제 것을 지켜내고자 해도 주권 사상이 없으면 임금 하나 독자로 세울 수 없고 하루아침에 이민족 옷을 입어야 했으며, 이민족 문자를 익혀야 한다는 현실을 원나라와 치른 전란 속에서 휴휴는 뼈저리게 겪어 왔다.

그러고 보면 나라의 녹을 받는 신하로서 나라 기강을 바로 일으켜 세우지 못한 채 한촌으로 내려앉았으니 오히려 나라에 빚마저 져 죄를 보탠 셈이 되었다. 휴휴는 그것에 말할 수 없는 회한을 느꼈다.

휴휴 자신도 처음에는 일부 신료들이 주체성 없는 사대사상에 젖어 있다고 비판했던 소장 신진 신료로서 몽골과의 동화를 거부하며 싸웠다. 그러나 고려 사직이 풍전등화 같은 상황에서 원나라 침입을 맛본 휴휴는 하진사 일행의 서장관이 되어가 원나라 세조와 낭리들이 탄복하며 입에 침이 마르도록 칭찬한 표문을 기초하기까지 했다.

그 일을 두고 책봉사로 동행했던 동지추밀원사 송송례에게 찬사를 받고 임금으로부터 옥과 쌀, 벼슬까지 받았으나, 휴휴는 사행길에 느껴야 했던 참담한 현실에서 떨쳐나가고 싶을 만큼 곤욕스러운 적은 일찍 없었다. 이상과 현실 사이의 괴리로 그의 머리에 얹은 관모 무게가 한없이 무겁게 느껴지기까지 했던 사건이었다.

때로는 창자까지 내주는 그러한 수사修辭가 시대 판단에서는 원나라 정복 발걸음 밑에 임금이 노복이 되고 나라 이름까지 지도상에서 없어지는 길을 피해 나라와 왕권의 명맥을 이어가는 차선책일 수도 있다는 현실론에 서야 한다는 생각도 하긴 했다. 그런 연유로 서장관 수행으로 나서긴 했으나 바탕 생각을 한 번도 버린 적은 없었다.

한편 휴휴는 자신도 대도에 머무는 동안 이국의 경관과 문물에 감탄하며 원나라의 정치적 힘과 문화적 힘을 가슴이 떨리도록 실감하여 동화에 일익을 담당해야 했고, 후우현과 친밀한 관계를 형성함으로써 원나라와 고려 사이에 추진된 혼척 관계 婚戚關係를 도와 왕조의 명맥을 이어가는 데 신하로서 도리를 다했으나, 외세에 나라의 근본이 뿌리까지 휘둘린 일에 빌미를 제공했던 데는 사대부로서 가슴이 아프지 않을 수 없었다.

국론에 대한 찬반의 양론은 어느 시대, 어느 국가의 형태에서도 있었으나, 원나라 간섭기에는 그런 것들이 더욱 혼란스럽게 갈렸다. 현실에서 자주와 사대로 나뉘고 반원과 친원 세력으로 갈라져 혼돈 속에 우왕좌왕했던 것만은 사실이다. 원의 정치적 간섭이 현실인 만큼 이를 인정해야 한다는 게 대체로 공감하는 분위기였지만, 고려가 독자적인 국가 체제와 문화 전통을 유지해야 한다는 방법에서는 많은 차이가 있었다.

이는 엄밀하게 따지면 고려 왕조를 지킬 것인가, 아니면 고려 왕조를 없애고 원의 영토로 편입될 것인가 하는 대단히 중대한 문제로 표현되어 나타났다. 그러나 현실에서의 선택 폭은 그다지 넓지 않았다. 거대한 원나라 세력 앞에 고려가 선택할 길은 이미 정해져 있었는데, 또한 그게 한계이기도 했다.

그러나 고려가 외세에 지배를 받고 있지만, 엄연히 독자적인 국가 체제를 유지해 왔고 또한, 고유한 문화 전통을 가진 만큼 이를 지켜 가려는 의도에서 대장경 간행을 활발하게 진행했고, 겨레의 뿌리에 관한 관심을 가진 지식층들은 그것을 널리 알리려고 노력한 반면 '친원파', '부원배'들은 원나라 간섭에 빌붙어 개인적인 이익을 챙기려 갖은 악행까지 저질렀다. 그런데 권력을 쥔 이들의 준동으로 고려의 국가 체제 자체를 부정하는 데 이르렀다. 휴휴는 그들에게 밀려 구동으로 낙향했던 만큼 더욱 참담한 마음을 지금도 금할 수 없었다.

이제 모든 것을 버리고 깊은 계곡에 들었으니 휴휴의 마음이 평온해야 했다. 그러나 간혹 나랏일을 생각할 때면 수의囚衣를 입고 계구戒具를 찬 채 귀양살이하듯 가슴만 답답했다. 그는 참다못해 개경 일을 잊고자 주변에다 심신을 내맡기고자 했다.

용계 계곡 양쪽에 외가로부터 물려받은 이 경頃의 밭 가운데 서쪽 밭 잘록한 언덕이 있어 이리저리 살펴볼 전망이 좋았다. 휴휴는 그곳에다 머물 집을 지었다. 휴휴는 향리 소인배에게

굽신거리기 싫어 오두미五斗米 받기를 거부한 도연명의 글을 유난히 좋아해서 그의 시「귀거래사」중 '무릎 하나 들일 작은 집이건만 어찌 편하지 않을손가審容膝之易安'라는 글귀에서 그 이름을 따 와 옥호를 용안당容安堂이라 붙였다.

또한, 일찍 당나라 유종원柳宗元의「우계시서愚溪詩序」를 읽을 때 깊이 깨달아 느낀 바 있어 앞으로 인적人跡보다 더 자주 대화할 계곡의 경물들에 대하여 하나씩 이름을 지어 나갔다. 마침 용안당 남쪽에 샘이 있었는데, 가물거나 장마가 져도 마르거나 넘치지 않았고 늘 서늘한 기운이 서려 있어 가까이에만 가도 몸에 묻은 티끌을 털어 낸 듯 청량함을 느낄 수 있었다.

여기에다 눈비를 겨우 피할 수 있는 정자를 세우고 대나무와 소나무를 심어 주위를 둘러 꾸몄으니 즐겁게 앉아 한참이나 쉴 만도 했다. 휴휴는 이를 보광정葆光停이라 이름했다. 일찍 남화진인南華眞人의『장자莊子』의 '제물편齊物篇'에 '물을 부어도 가득 차지 않고 퍼내도 마르지 않은 근원을 알 수 없는 것을 보광이라 한다 注焉而不滿 酌焉而不竭 而不知其所由來 此之謂葆光'라는 글귀를 기억했던 탓이었다.

'정자 가운데 얕은 돌을 둘러 깔아서 편히 앉을자리를 만들었고, 복판에다 우물을 파서 '표음정瓢飲停'이라 지었으니 이 또한, 소동파의「전중시田中詩」한 구절에서 솎아 온 것이었다. 즉 '한 번 배부름을 기억할 수 없으나 한 바가지 물은 반드시 마실 수 있다飽未敢期 瓢飮己可必'이란 구절이 마음에 썩 들었기 때문이다.

보광정 아랫녘에 연못을 네모지게 파 연을 심고 은어銀魚를 풀어놓으니 연잎 사이로 은빛이 교차하여 즐거움이 절로 솟아나 세속의 잡사를 잊을 만도 했다. 문득 『장자』의 '추수편秋水篇'에 나오는 '생선이 아닌데 어찌 생선의 즐거움을 알겠는가? 安知我不知魚之樂'라는 글귀가 떠올라 지락당知樂塘이라 이름했다. 이로써 휴휴는 소동파가 보았다면 사시西施와 비교했을 거라고 장담했던 용계에서 청풍명월과 더불어 다섯 벗을 스스로 얻은 셈이다.

휴휴는 며칠 전에도 찬바람을 쐬며 돌머들, 홍태 골짜기를 지나고 저시고개까지 넘어 작은 당골을 거쳐 삼화사에서 경전을 한 궤나 빌려 왔다. 휴휴는 개경 생각날 때마다 고요한 마음을 일으켜 세워 불교 경전을 펼치고 그곳에다 정신을 묻었다. 경전을 읽을수록 세속의 잡사가 멀어지고 정신이 흐르는 냇물처럼 맑아졌다.

휴휴가 어려서부터 글을 읽어 학문을 익혔던 것은 엄정하게 말해서 벼슬을 얻어 관계官界로 나아가기 위해서였다. 그러기에 인仁을 근본으로 하는 유학을 접해 왔으므로 삼강오륜을 덕목으로 삼아 사서삼경의 경전을 읽고 공자와 맹자를 논해 왔다. 더군다나 원나라 세조가 등용한 송나라 허형許衡이 국가 제도를 세우는데 유교를 바탕으로 하였기에 고려에서도 크게 영향을 받지 않을 수 없었다.

휴휴는 그러면서도 더러는 선仙에도 관심을 보였고, 노장老莊을 탐독해 그 영향으로 출가하지 않은 사람으로서의 법명이 아니라 숨어 살면서 벼슬을 하지 않는 선비라 하여 동안거사라 지칭할 만큼 심취한 때도 있었다.

본디 고려에서는 불교가 유교와 공존하면서 번성했지만, 휴휴는 과거에 급제하여 고향으로 돌아와 구동에서 십 년 세월을 보내는 동안 불교 경전이 천 상자나 보관된 이웃 삼화사三和寺에서 빌려다 부지런히 읽었다. 성리학이 이 땅에 들어오기까지는 선비들은 유불선에 구애를 받지 않았던 대로 휴휴도 하나의 교리에 얽매이지 않고 폭넓게 학문을 쌓았다.

그러나 휴휴는 여러 것들을 두루 접해 보았으나 자신의 성향에서도 불교 경전이 추구하는 자신의 이상에 부합했다. 여생을 경전에 묻히고 싶었다. 캐내고, 캐내도 끊어지지 않은 광맥과 같았기 때문이다.


휴휴가 오늘은 몸을 씻고 피나무 경상經床 앞에 단정하게 앉았다. 오랫동안 마음속으로 다지고 다져왔던 나라 역사에 대한 시문을 집필하고자 해서다. 후학을 위해서라도 겨레의 자긍심을 일깨울 학문이 필요하다고 생각했던 차제에 이제 실행으로 옮겨야 했다.

휴휴는 병과시病課詩에서 이미 언급했던 대로 '청승靑蠅 같은 간사한 마음을 물리치고 책을 써서 당대를 계도啓導하며 궁검躬儉한 마음을 후세까지 미치리라'는 결심을 굳힌 터라 남포석藍浦石 구연龜硯 벼루에다 먹을 갈았다.

단군으로부터 시작된 우리 역사의 유구함을 강조하고 또 삼국통일이 이루어진 지 무려 육백 년이 지난 뒤까지도 각 지방에 남아 있던 고구려, 백제, 신라 계승 의식을 극복하여 겨레의 일체성을 후세에 간절히 전달하고 싶었다. 들리는 풍문에 따르면 원나라 간섭에 무력한 나라에 실망해서 신라 부흥운동, 고구려 부흥운동, 백제 부흥운동도 일고 있다고 풍문으로도 전해질 정도로 이 겨레의 백성들은 늘 깨어나 있는 나라였다.

평생토록 갈아온 먹이지만 오늘만큼은 더 짙어 윤이 나도록 손가락 끝에 힘주어 갈았다. 붓도 제일 아끼던 것을 골랐다. 눌러 잡았을 때 뾰족한 터럭이 흐트러지지 않고 가지런히 모여져야 하며 또한, 풍부하게 먹물을 머금되 한꺼번에 쏟아 내지 말아야 붓다운 붓이다. 그리고 중간에 받치는 털의 성질에 힘이 있어야 종이 위로 멋대로 튀지 않고 손가락 끝의 움직임에 따라 자유자재로 글자를 그릴 수 있어야 한다.

휴휴는 즙액처럼 끈적이도록 먹물에다 붓을 찍었다. 익힌 학

문과 사색, 외세가 득세하는 중앙 관계에서 신료로서 판단한
농축된 겨레에 대한 의지의 첫 구절이 붓끝에서 북 꾸리 실처
럼 풀어져 나왔다.


　—謹據國史旁採各本紀　與夫殊異傳　所載參諸堯舜已來
經傳子史(삼가 역사에 의거 한편 각 본기와 수이전에 실린
바를 채록하고 요순 이래의 모든 경사자집經史子集을 참조하
여)……


　사대사관事大史觀으로 묻혔던 삼천이백팔십 년간의 긴 역사
를 서술한『제왕운기帝王韻紀』의 칠언시七言詩와 오언시五言詩,
이백마흔여섯 구절의 서두가 비단 천에 놓이는 자수처럼 한지
에 한 자 한 자 박혀 나가기 시작했다.

# 33

흩뿌린 눈이 요처凹處에만 쌓였다.

밤새 눈을 쓸던 바람이 댓잎에서 멎었고 쌀쌀함만 텅 빈 죽
서루 마루에 가득 모여 있었다. 먼 길을 온 듯한 곱게 연수한
여승이 남쪽 홰나무를 스쳐 주변까지 낱낱이 훑어보며 죽서루
마루에 올랐다. 누마루에 오른 그녀는 잃어버린 물건이나 찾으
려는 시선으로 누마루 조각을 하나하나 세듯 찬찬히 옮겼다.
소문에 따라 움직일 수 없는 몸으로 얼마나 오르고 싶었던 누
각이었던가. 여승은 지금 이 자리에 서 있는 게 숨이 막히도록
감격스러웠다. 주변 경관을 복사하듯 꼼꼼히 둘러보던 그녀의
시선이 한곳에서 오래도록 머물렀다. 예전에 죽죽선이 살았던
집터였다.

죽죽선이 사라진 뒤 늙은 부부가 살았는데 죽서루 건립 때문
에 뜯긴 지 오래되었다고 이웃들이 말하는 것을 전해들었다.
그 얘기를 전해들었을 때 그녀는 집이 뜯겨 나간 일을 잊고 죽

서루가 세워졌다는 말에 감격하여 기뻐서 밤잠마저 설쳤다.

'결국은 그렇게 되었구나.'

옛적의 초라했던 죽서정이 눈앞에 오락가락 어른거렸다. 변경의 초소와 같았던 자리에 그림 같은 누각이 들어섰으니 현지에서는 판상시板上詩에 차운하여 시액詩額을 즐비하게 걸었을 것이고, 눈으로 담아간 뭇 화객畵客들은 숱한 그림으로 명승을 여럿에게 전했을 것이 분명했다.

그러나 그런 모든 변화는 흘러간 세월의 짓일 터이다. 아직도 죽죽선이 살았던 집 빈터로 의관을 정제한 한량들의 발걸음이 이어지고 청아한 가야금 소리가 댓잎에 이는 바람 소리를 타고 마음속까지 들려오는 듯했다. 그녀는 찬바람에 언 손끝을 무심하게 내려다보았다. 언제 가야금 줄을 뜯은 듯 굳은살이 손가락 끝에서 많이 풀려 있었다. 이제 거문고와 가야금 소리마저 제대로 구분할 수 있을는지 자신을 못할 만큼 기억조차 아득했다.

집터로 들어가는 사립문 길이 연년이 자랐다가 마른 잡초로 덮여 있어 그곳이 발걸음이 놓였던 길임을 겨우 알아보겠는데, 봄날 늦은 저녁에 일어났던 그 날 일을 생각하면 지금도 주체할 수 없을 만큼 설레고 두렵기까지 했다.


최만유가 사람들의 눈을 피해 보낸 사람이 주위 시선을 살피며 바깥으로 단출한 차림새로 나온 죽죽선을 부축해 말에다 태웠다. 사내는 죽죽선의 승마 자세에서 허튼 데가 없는지 단단히 살폈다. 불 없이 험하고 먼 산길을 바삐 가야 했기에 사내 손길은 생각보다 조급했다. 이리저리 말 등 위 죽죽선의 앉음새를 단속한 사내도 지체하지 않고 말에 올라 말고삐를 당겼다. 사위는 바람 소리로 가득해서 말발굽 소리까지 묻을 만했다.

그런 일이 지금 눈앞에 생생히 밟혀 여승은 희미하게 웃으며 아스라이 펼쳐진 회상을 거둬들였다. 그녀는 지금 이렇게 승복 차림으로 죽서루 누마루에 서 있는 게 편안했다.

날이 밝으면 바람이 밤새 일어난 모든 것들을 쓸어간 듯하지만 많은 것이 상상 속에 고스란히 남아 있는 자리에 그녀는 아직도 그렇게 서 있었다.

서쪽으로 눈길을 돌려 두타산 자락을 훑어온 시선이 오십천에 박혔다. 끊임없이 흘러간 강물은 예나 지금이나 여전히 바다로 향하여 흐르고 있었다. 승침昇沈의 세월이 오십천 물굽이처럼 휘돌아 저편으로 흘러갔다. 찬바람 탓인지 눈시울이 시려 왔다. 사념을 버리자 했는데 미처 불심에 이르지 못하였는지 이곳에 오니 마음 한 녘에선 아직 찌꺼기로 남아 흐르는 감정 덩어리가 있었다. 사람의 마음은 분명 자신의 것임에도 때에 따라선 진정 알다가도 모를 일이다.

결 없는 바람이지만, 겨울 기운은 몸에 차갑기는 매한가지였다. 여승은 발길을 죽서루 누마루에서 내렸다. 죽서루를 다시 한 번 뒤돌아본 다음 발걸음을 천천히 옮겼다. 다시 오기 어려운 곳이리라. 마지막으로 버리고 놓아야 할 것들을 이곳에다 두고 가고자 그래서 찾아왔는데, 짐작했던 만큼 내려놓지 못한 듯 발걸음이 가볍게 떼어지지만은 않았다.

머릿속에서 휴휴와 최만유가 짧게 스쳐 지나갔다. 휴휴는 이곳에다 그녀를 두고 떠났으나, 최만유는 이곳에서 그녀를 멀어지게 했다. 먼 길 떠난 사람보다 가까이에서 미생迷生의 삶에서 건져 준 사람이 그녀에게는 한없이 더 고마웠다.

역사와 장소, 로컬 히스토리

# 역사와 장소, 로컬 히스토리

남기택(문학평론가, 강원대 교수)

## 1

역사는 과거의 기록이다. 하지만 그것은 시대의 총체에 대한 사실적 기록은 아니라는 점에서 인위적인 것이다. 객관적 사실에 바탕하되 그 근거가 취사선택된 것일 수밖에 없다는 운명은 역사가 지닌 선험적 한계에 해당한다. 그럼에도 불구하고 역사는 해당 공동체는 물론 인류 경험의 보고라는 의미를 지닌다. 과거를 기억함으로써 존재의 뿌리와 가치를 증명하려는 요구는 인간이 지닌 유적 본성에 가깝다. 기원을 향한 욕구라는 인간 본성에 가장 밀접한 지적 계기가 역사일 것이다.

비유하자면 역사의 가장 빛나는 순간은 현재적 의미로 부활하는 때라고 할 수 있다. 역사 스스로가 사실 자체라기보다는 재현된 기억에 가깝다. 역사는 과거와 현재의 대화라고 규정한 카아E.H Carr의 명제가 항용 회자하는 것은 이러한 맥락을 상징하고 있기 때문이다. 문학이 역사를 전유하는 이유도 현재적 의미의 구체적 형상화에 있다. 그런 점에서 역사 본연의 가치를 언어 구조물이라는 물리적 형태로 현현하는 것은 문학이다. 특히 소설은 핍진한 삶의 순간을 모방한다. 인류 사회의 흥망과 변천을 통해 현재적 삶의 가치를 실현하려는 미적 동기 속에 역사소설의 장르적 당위성이 놓인다.

김익하의 『소설 이승휴』는 이승휴(1224~1300)의 삶을 소재로 한 장편 역사소설이다. 부제 '휴휴와 죽죽선이 죽서루에 오르다'가 표상하듯 이승휴와 죽죽선의 관계가 죽서루를 매개로 펼쳐지는 것도 중심 내용이다. 김익하의 역사적 상상력은 이승휴의 일대기를 장편 서사물의 긴 호흡으로 생생히 재현해 낸다. 역사소설의 장르적 위상이 약화되는 시점에서, 그나마 흥미 위주의 판타지 역사물이 주류 경향인 문단 실정에서, 김익하의 이번 장편이 제기하는 문제는 사뭇 진지하고 시사하는 바가 크다.

33장으로 분절되어 1,300매를 넘어서는 장편 서사의 총체적 면모를 조명하는 작업이 쉬운 일은 아니다. 예의 그렇듯이 독자들은 꼼꼼한 독서를 바탕으로 이 소설이 취한 입장이나 정치적 무의식을 읽어 낼 필요가 있다. 작품이 짐짓 고수하고 있는 기술 방식, 즉 방대한 사료 섭렵과 그에 관한 주관적 판단을 견고히 전제한 채 전지자의 시점으로 진술해 나가는 의장 역시 징후적 독해가 절실한 기제이다.

전체 서사는 이승휴를 중심으로 크게 세 단계로 구분된다. 먼저 죽죽선과의 만남과 그녀의 과거사가 소개되는 단계이다.(1~5장) 여기서는 이승휴의 과거 급제 시기와 삼척에 금의환향 후 죽죽선을 만나는 계기에 이어 죽죽선의 불운한 가족사와 이름의 배경이 액자 구조로 제시된다. 다음으로 이승휴가 삼척에 머무는 동안의 여러 에피소드를 다루며 서사가 전개되는 단계이다.(6~22장) 여기에는 죽서루 건립에 관여하는 배경, 죽죽선과의 교우와 이별, 요전산성에서 몽골에의 항전, 스승 최자의 부고와 강도행江都行을 결심하는 과정 등이 소개된다. 부분적으로는 임자방壬子榜에 오르는 정황, 고향의 소재, 유년 시절, 최자와의 인연 등이 플래시백으로 삽입되어 있다. 마지막은 강화 복귀 이후의 행적과 파직당한 뒤 낙향하여 『제왕운기』를 집필하는 단계이다.(23~33장) 여기서는 경흥도호부 판관겸장서기, 대원 서장관, 안렴사 등의 행적과 파면 후 동안거사로 작호하는 배경, 여승이 된 죽죽선의 내막과 회한 등이 제시되며 이야기가 마무리된다.

이 글은 『소설 이승휴』의 소설적 성격과 의미에 대해 살피고자 한다. 역사적 정당성이나 소재의 진위에 대한 판단 등 학술적 평가는 필자의 이해나 능력 밖의 문제이다. 한 편의 소설 텍스트로 볼 때, 이 작품이 지닌 가장 큰 의미는 이승휴의 현재화에 있다. 오늘날 휴휴는 고려 시대의 학자이자 문인이며, 서장관으로 원나라에 가서 문명을 떨쳤고, 중국과 우리나라의 역대 사적을 칠언시와 오언시로 기록한 역저 『제왕운기』를 낳은 이로 규정된다. 소설은 이러한 정형에 새로운 정동affect을 불어넣는다. 삼척 출신이자 죽죽선의 연인이요, 죽서루 건립의 주역이었던 삶이 다시 태어난다. 또한, 그런 상상력의 지평이 수반하는 미적 가치를 숙의해야 할 몫을 독자에게 남겨 놓았다.

2

『소설 이승휴』의 스토리적 시대 배경은 "휴휴 나이는 서른 하나였"던 "임금[고종]이 왕위에 오른 지 사십일 년인 갑인년(1254)"(2장)으로부터 "쉰일곱에 구동으로 돌아"와 "칠 년이 구름처럼 막힘없이 또 흘"러 "나이 또한, 어김없이 예순넷을 꿰"(33장)어서 『제왕운기』를 집필한 때(1287)까지에 이른다. 이러한 이승휴의 서사를 씨줄로 하여, 죽죽선의 삶과 기구한 운명이 날줄로 교차된다. 또한, 이들이 엮이고 중첩되는 과정에서 플롯의 시간이 변주되고 있다. 휴휴와 죽죽선의 출신 배경, 죽서루의 기원 등이 플롯 시간을 타고 재현되는 대표적 사건이다.

소설에서 우선 부각되는 인물은 죽죽선이다. 그녀의 성장 과정을 다루는 초반부 서사는 긴장감 있게 전개된다. 죽죽선은 삼척현 당밑거리 출신인 진을녀陳乙女가 장돌림 사내를 만나 낳은 딸이다. 떠난 사내를 인정하지 않은 모친에 의해 부친의 성도 모르는 죽죽선은 출생 배경으로부터 기구한 운명을 예고

한다. 그럼에도 미모와 정절을 피로 물려받은 그녀는 우여곡절 끝에 고향의 명기로 정착한다.

죽죽선의 존재는 이 소설에 대중성을 가미하는 극적 요소라 할 수 있다. 우선 죽죽선은 이승휴의 인간적인 면모를 강조하는 요인으로 작용한다. 처음 만나는 순간부터 운명적인 인연을 직감하는 이들은 소설 전편에서 애절하고도 인간적인 정분을 유지해 나간다. 이러한 죽죽선과의 관계 묘사는 뜨거운 감정을 지닌 인간 이승휴를 부각시킨다. 또한, 죽죽선은 죽서루라는 이름의 배경으로도 기능한다. 죽서루 건립의 주역이라 할 이승휴, 이장집, 홍종옥 등이 누각의 간잡이그림이 완성되고 그 명명을 거론할 때 이승휴는 다음과 같이 정리한다.

"두 분 모두 일리가 있는 말씀이외다. 죽서정이라 붙임은 그 서 있는 자리가 삼척현 서쪽 대나무 숲 옆 절벽이니 흔히들 서루西樓, 서루라 불러서 그러했고, 또 호사가들은 소실된 죽장사竹藏寺 서쪽이라 하여 그리 이름을 붙였다 하니 당찮아도 당차도 의미가 있는 이름임에 틀림은 없소. 시생의 소견인즉 그것이 건물의 모양새를 일러 지은 것이 아니라 삼척현의 지형 방향에 깊이 연관된 이름이니 그대로 정자 의미를 빼고 죽서루라 그냥 씀이 옳을 것 같소이다."(29장)

오늘날 죽서루라는 이름의 연원이 이렇게 밝혀진다. 이때 홍종옥은 다음과 같이 덧붙이는데, "누각의 건립에 애당초 관련 인물이 죽죽선이 아닙니까? 그의 거처를 수리해 주고자 해서 발단된 일이니 이곳에서 이름을 드높인 그 사람을 더하면 마치 금상첨화가 아니겠소? 그 동쪽에 유명한 죽죽선이 살았다, 그런 의미를 덧붙여 죽서루라 하였다, 어떻소?"라는 것이다. 이 언급이 진지하게 받아들여진 것은 아니었지만, 명명의 기원에 죽죽선이 관계되는 복선임을 알 수 있다. 이승휴와의 관계를 통해 인물적 생동감을 부여하는 죽죽선은 이렇듯 죽서루라는 이름의 근거로까지 각인된다.

이 작품에서 무엇보다 중요한 화소는 이승휴의 삶과 업적일 것이다. 이승휴의 행적은 소설 전편을 관류하며 주요 사건으로 배치된다. 예컨대 초라한 죽서정을 누각으로 건립하자는 최초 건의(6장), 요전산성에서 현령을 도와 외침을 방어했던 역사(8장), 122운 병과시病課詩 제작의 구체적 과정(18장), 두 번에 걸친 서장관 수행 경로와 『빈왕록賓王錄』으로의 기록(28장), 안렴사 활동에 의한 좌천과 십사十事 상소에 따른 파면(30장), 낙향 후 『제왕운기』 집필(32장) 등이 대표적인 것들이다. 이들 서사는 이승휴와 관련된 역사적인 사실을 구체적으로 복원할 뿐만 아니라 그가 지닌 민족 사관과 문학 사상에 대한 재해석의 성격을 지니고 있다. 관련 사료에 대한 수용의 깊이를 엿볼 수 있는 대목이다. 이런 면모는 이 작품이 소설적 형상화를 넘어서 하나의 비평적인 혹은 학술적인 담론 수위를 지니는 이유에 해당된다.

이승휴의 재구성에 있어서 가장 두드러진 특성은 인간 이승휴의 면모가 강조되고 있다는 점이다. 앞서 본 바와 같이 죽죽선과의 관계는 이승휴의 인간적인 모습을 부각하는 결정적 기제이다. 역사적 기록 속에서 문인이자 학자로서의 강직한 삶 이외에 이승휴의 사적 인생은 알려진 바가 적다. 이 소설은 인간 이승휴의 면모를 부각시키기 위해 다양한 기법과 에피소드를 활용한다. 죽죽선과의 애정 외에도 주변 인물과의 감정적 갈등, 인간적 번뇌, 권력을 향한 욕망 등은 세속적인 인간상의 전형적 양태들이다. 이처럼 이 작품은 초월적 영웅으로서가 아닌 한계가 분명한 하나의 인간으로서 이승휴를 형상화하고 있다.

이승휴와 관련하여 이 작품이 함의하는 또 다른 쟁점 중 하나는 그의 고향에 관한 추론에서 제기된다.

"이 사람아, 가리현은 무슨! 지금 시대가 그런 시대가 아닌가. 본관 지명에 따라 우리도 통상 삼척현 사람, 명주부 사람 이렇게들 부르고 있지 않은가? 얼핏 들으면야 본관 출생지가 마치 태어난 곳이 그곳이려니 하는 생각이 들만도 하지만, 본관을 따라 부르는 게 통례 때문에 그러지 않는가."

"그럼 휴휴도 본관이 가리현이라서 가리현 사람이라 부르지만, 정작 태어나긴 외가인 삼척현에서 태어났다는 말입니까?"(7장)

인용 부분은 이승휴가 급제 후 인사차 고향으로 올 때의 환영 인파 중에서 나누는 대화 일부이다. 이들은 이승휴가 삼척 출신이요 본관만 경산 가리현(경북 성주)이라고 결론짓는다. 오늘날 가리 이씨加利 李氏 시조로 등재되어 있는 이승휴의 출신지가 삼척이라는 근거는 없다. 위와 같이 본관과 출생지의 차이를 들어 삼척 출신으로 이해하는 인물들의 심리는 작가의 입장을 반영한다. 사실적 근거가 없다 하더라도 이승휴의 고향이 삼척이라는 주장은 충분한 설득력을 지닌다. 현재 성주에서는 이승휴의 연고를 찾아보기 어렵고, 실제 그는 인생의 많은 시간을 외가인 삼척의 두타산 기슭 구동龜洞에서 보냈다. 이런 정황은 고금을 막론하고 '고향'이라는 범주를 구성하는 실정적 근거라 하겠다.

그 밖의 많은 등장인물 중에서도 특히 주목해야 할 사람은 죽서루를 지은 도편수 심치곤이다. 그는 "대목 하면 이 근동에서는 심치곤沈致琨이 말고 또 누가 있습니까? 큰 목잴 다루는 데는 그를 능가할 자가 없"지만, 사고로 상일꾼이 죽은 후에는 "술만 속으로 들어갔다 하면 말 그대로 발광지약發狂之藥을 먹는 듯 개차반 짓을" 하는 인물이었다.(15장) 심치곤의 자학은 상일꾼의 죽음에 대한 부채의식이자 장인으로서의 자격지심일 수 있다. 그런데 그는 죽서루 건립일에 나타날 수 없었다. "단청 공사를 앞두고 마무리 작업이 한창일 때 쟁기에 눈을 다처 실명"(29장)에 이른 것이다. '생애 마지막 건축물'을 짓겠노라는 스스로의 다짐을 실현한 셈이다.

광기는 흔히 예술혼에 유비된다. 죽서루에 대한 열정은 결과적으로 스스로의 신체가 훼손되는 지경에 이르게 하였다. 심치곤은 건립자 명단에서도 자신의 이름을 뺐던 인물이다. 건물 자체의 존재가 중요한 것이지 인위적 명망은 부차적이라는 입장을 엿볼 수 있다. 심치곤의 미학과 인생은 인간과 자연, 존재와 사건 간의 길항으로 구성되는 또 다른 가치를 환기한다. 봉건 사회의 제도적 한계를 넘어서는, 나아가 인간 중심의 존재론적 단위를 초월하는 공동체의 질서가 암시되는 국면인 것이다.

작품 말미에 이승휴는 죽서루에서 심치곤과 재회한다. 아들을 대동하고 죽서루를 찾은 심치곤은 눈먼 감각으로 자연과의 교응을 강조한다. 그가 아들의 입을 통해 "봄이면 강 건너 끼는 운애運靉와 봄 뜰의 아지랑일 보라고 했고, 여름이면 벼랑 밑 오십천 물빛과 강물 소리를 들으라고 했습니다. 또한 가을이면 댓잎에 이는 바람 소리를 들어보라고 했고, 눈이 내리는 겨울철이면 눈 속에 파묻힌 죽서루를 보라고"(31장) 전언한다. 인간의 경계를 넘어서는 공동체, 존재론적 조건으로서의 자연을 타자로 받아들이는 자세가 이로부터 발견된다. 장소 혹은 물화된 감각에 보다 주목해야 하는 이유가 여기에 있다.

3

이승휴와 죽죽선을 중심으로 펼쳐지는 장편 서사물에는 이들 외에 또 다른 중심 인물이 있다. 그는 인간이 아닌 로컬리티, 이를테면 장소로서의 죽서루이다.

이승휴를 삼척의 인물로 전유하려는 내포적 욕망은 자연스럽게 장소성 문제로 이 소설의 핵심을 전이해 간다. 공간적 배경에서도 이러한 지평을 확인할 수 있다. 텍스트의 핵심 서사는 역사를 복원하고 있으며, 자동기술적으로 역사적 장소의 재현이 수반된다. 이 작품의 주된 공간적 배경인 강원도 삼척이라는 장소가 대표적이다. 삼척은 이승휴의 역저 『제왕운기』의 산실이며, 이 소설을 쓴 김익하의 고향이기도 하다. 이런 관계역시 문학의 장소성 문제와 긴밀히 연동된다.

작품을 관류하는 주요 화소 중 하나가 죽서루 건립이라는 점은 장소성과 직접적으로 관련된다. 이야기 서두에서 이승휴가삼척에 머물며 당시 죽서정이던 것을 개축하려는 뜻을 현령에게 전하는 장면이 처음 등장한다. 이때 지역과 장소에 대한 묘사를 동반한다.

오불진[吳火鎭]이 바다와 강에다 공평하게 몸을 담고 있다.

요전산성蓼田山城 아래 오불진에서 오십 굽이 타 내린 강줄기를 거슬러 온 해무가 서남쪽에 우뚝 솟아오른 단애에 부딪혀 소요했다. 절

432

벽에 올라 바다를 등지고 고개 들면 옅은 해무 속에서 나지막한 산들을 층층이 넘어 힘차게 솟아오른 두타산이 보였다. 오른쪽 귀퉁이로는 근산 뿌리인 남산이 꼬리를 물었고, 왼쪽에는 오십천 줄기에서 솟아오른 갈야산葛夜山이 대숲을 두른 채 서풍마저 가로막고 서 있었다. 단애 끝자락에서 벗어난 강줄기는 새 을乙 자로 휘저어 부내 복판으로 흘러 봉황대 아래에서 소沼를 만들어 머물다 다시 한 번 '을乙' 자로 뒤틀며 거침없이 내달아 동해에 닿았다. (6장)

　당대 삼척 지역의 풍광을 객관적으로 묘사한 구절이다. 이처럼 핍진한 묘사 자체가 해당 장소에 대한 깊이 있는 천착과 경험 없이는 불가능한 것이다. 여기서 인간의 시점이 소거되고 풍경 자체가 물화된 듯한 장면이 연출된다. 이 작품의 문체 미학이 고조되는 지점이 이러한 경우라 하겠다. 위와 같이 천혜의 자연경관을 지닌 장소에 죽서정은 하나의 지역적 상징처럼 존재한다. 주지하는 바대로 한국의 건축은 자연과의 조화를 근본적으로 전제하고 있다. 죽서정 역시 자연의 일부로, 다만 소담하게 자리하고 있었다.

　죽서정 증축의 배경은 인위적인 요구에서 비롯된다. 죽서정은 "문객들이 모여 시문을 지어 읊거나 노래를 부르거나 수학하는 곳으로도, 지방 과거의 시험장으로도, 현령이 귀한 손님 대하는 자리로도 이용하기가 어느 경우이든 부합하지 않을 만큼 협소"하였으며, 그리하여 "유연장遊宴場이나 오락장, 또는 시험장으로 쓰자면 다락 형식을 갖춘 누각이라야 용처로 마땅"하다는 것이 중축의 이유였던 것이다. "사방을 자유로이 조망할 수 있고 풍치에 합당하게 유회도 마음껏 펼칠 수 있으며 시제試題를 내도 주변 경물의 소회로 글귀가 확 트일 게 정한 이치"라는 효용은 인간이라는 동일자의 욕망이다. 이는 거대담론의 세대로서 민족문학적 지평에 귀속될 김익하 문학세계의 전반적 성격이기도 하다. 그것이 가치평가의 대상은 아니다. 이-푸 투안Yi-Fu Tuan이 『공간과 장소』에서 언급한 대로 공간은 명확한 뜻과 의미를 획득함에 따라 장소로 전환되는 것이며, 장소의 가치를 실현하는 것은 '인간 관계의 친밀함'이다. 죽서루의 전사는 장소에 내재된 관계의 친밀함을 전형적으로 드러낸다.

장소에 함의된 또 다른 공동체의 가능성을 파생하는 것은 죽서루 자체의 물성이다. 인공물로서의 건축이 아닌 죽서루라는 사물의 감각이 공동체의 특수한 지평을 암시하고 있는 것이다. 천연 암반과 하나로 물화된 죽서루 다리는 상징적 사례이다. 이에 대해 서술자는 "누각을 괴고 있는 하층 기둥은 모두 13개나 됐다. 모든 놓인 자리가 평탄하게 다듬질한 땅에 놓인 주춧돌 위로 세운 게 아니라 어떤 것은 그랭이질한 자연 암반에, 또 다른 것들은 다듬질한 주춧돌에다 서로 높낮이를 달리하여 살려낸 누각의 아랫선이 천연덕스럽게 지붕 선과 대칭을 이뤄 동쪽 멀리서 보노라면 석상누각石上樓閣이 구름 속으로 흐르는 것 같아 마치 자신이 그 흐름에 몸을 내맡긴 듯"(29장)하다고 묘사한다. 이는 원근의 주체로서 인간적 시선이 아닌 풍경 스스로가 중심이 되는 감각을 환기하고 있다.

이러한 인식이 장소에 관한 묘사에서 드러난 무의식적 편린일지 몰라도 오늘날 공동체나 경계의 재구와 관련하여 의미 있는 단서를 제공한다. 거대담론이 약화된 시대의 공동체론은 우리 문학의 지평에도 시사하는 바가 크다. 현 단계 공동체를 사유하는 방식은 레비나스, 블랑쇼, 낭시 등에서 볼 수 있는 것처럼 윤리적 존재론의 입장을 강조하고 있다. 이들 이론은 민족과 국가라는 실체를 넘어 타자의 공동체를 역설한다. 이때 타자는 동일자를 전제하는 타자가 아닌 동등한 존재의 조건이자 절대적 외부로서의 타자를 가리키며, 존재론 역시 인식 주체를 중심으로 하는 것이 아니다. 민족문학의 지향이 강한 한국문학장에 있어서 초월적 타자라는 감각은 낯선 것일 수밖에 없다. 이들 공동체론이 시사하는 실존적 사건으로서의 타자와 특이성 지평을 적극적으로 전유해야 하는 것은 장소의 사유를 위한 주요 전제라 할 만하다.

죽서루를 매개로 장소와 문학이라는 요소를 연쇄된 의미망속에 결합하는 이 작품은 작가의 문학 세계를 사후적으로 소급

한다. 김익하는 전후 강원 영동권 지역 문학의 장을 구성하는
데 있어서 주요한 역할을 한 인물이다.

이러할진대 하나의 모임은 불모지不毛地에서 파종播種하고 싶다
는 엄청난 집념(?)에서였다. 불모지不毛地에서 어거리 풍년豊年을 기
약하기란 억지에 가까운 무모無謀한 짓이지만, 토질개양土質改養만
하면 알찬 한 톨의 열매인들 어찌 결실結實치 않겠는가. 그러기 위爲
해선 문학적文學的 토질개양土質改養이 불모지不毛地의 과제課題이
며, '나르시즘'의 대지大地에 죽순竹筍을 기르는데 그 목적目的이 있
다.(「불모지의 서장」, 『불모지』1집)

이 결의에 찬 언급은 김익하가 1965년 삼척의 문청들과 함께
수기로 등사한 동인지 『불모지』의 서문에 들어 있다. 위 글은
당대 지역 문단의 현실을 불모지로 파악하고, 일종의 소명 의
식으로 동인 활동을 시작하고 있음을 피력한다. 실제로 현 단
계 해당 지역 문학장의 명맥은 이러한 문학 운동의 전사와 직
접적으로 관련되어 있다. 문학 활동의 초기부터 지역과 장소에
대한 남다른 문제 의식을 지니고 있었던 김익하는 오십 년이
넘는 시간을 거스르며 그 작업을 이어가고 있는 것이다.

장소와 관련된 이 기연의 관계는 다시 타자의 윤리학을 부른
다. 소설 속에는 타자성 혹은 물화된 지평을 발견할 수 있는 그

밖의 요소들이 산파되어 있다. 이야기의 전개 과정에 원형 그대로 배치된 시문들도 한 사례이다. 이러한 장치는 서사적 전개에 시적 효과를 부가할 뿐만 아니라 하나의 화소로 물화되어 극적 요소를 더한다. 앞서 살핀 심치곤의 장인 정신 속에서도 사물과 합일된 노동의 이미지를 확인할 수 있었다. 역사 속에 방치된 요전산성의 현재화는 역사를 물화하는 또 하나의 형상이다. 무엇보다도 이 작품의 주인공인 이승휴 자체가 태생부터 경계선의 인물임에 주목할 필요가 있다.

이승휴는 출신 배경으로부터 주변부적 인물이었다. 가리 이씨의 시조로서 전대 가문의 기록이 희박하다거나 출신지조차 불분명한 정황이 그것이다. 그 밖에 부친을 여의고 종조모 밑에서 수학할 수밖에 없었던 환경, 간절한 구관求官 활동과 입신 과정, 정치 투쟁 끝의 파면과 낙향 등은 중심 권력으로부터 거리가 멀었던 이승휴의 입지를 반증한다.『빈왕록』과『제왕운기』등은 그 축자적 의미 이외에도 치열했던 이승휴의 삶과 욕망이 내재된 정치적 서술이기도 하다. 그렇게 볼 때 이승휴 스스로가 자신의 저술을 통해 중심의 재편을 지향하고 소외된 타자의 자리를 갈구하였다. 그에 천착하는 김익하 소설은 칠백년의 시간을 소급하며 새로운 공동체 혹은 로컬 히스토리의 정립을 꿈꾸고 있다.

4

김익하는 서문에서 자신의 작품에 대해 "드러나지 않은 미상未詳과 그 가치에 대한 관심이자 물음이고 여행"이라고 쓴다. 그 결과 『소설 이승휴』는 동안거사 이승휴의 삶을 현재의 관점에서 재해석한 한 편의 서사시와 같이 탄생하였다. 『제왕운기』가 한 편의 민족 대서사시였듯이 이 소설도 이승휴와 죽서루를 소재로 인물과 지역의 장편 서사시를 재구성하려는 듯하다.

그렇다면 소설의 부재, 작가의 결여가 있다면 무엇일까. 역사소설의 고전적 예시인 홍명희의 『임꺽정』은 인물과 사건, 역사와 진실이 절묘한 조화를 이루며 봉건 조선을 재현한다. 한편 장소는 위의 요소들이 전개되는 공간적 배경으로서의 의미로 한정된다. 현대적 고전이라 할 조정래의 『태백산맥』은 장소를 표제로 내세우지만 전경화되는 것은 한국 현대사의 다단했던 현실이다. 태백산맥이라는 장소는 민족적 운명과 연속성을 상징하는 기호의 성격이 강하다.

이에 비해 『소설 이승휴』의 지향은 장소를 전면에 드러낸다. 이승휴의 재현은 삼척이라는 장소의 역사적 정당성을 구현하고, 그 물화된 대상으로 죽서루를 복원하였다. 이러한 선험적 가치 아래에서 긴장의 밀도나 사건의 개연적 고리가 약화되는 것은 부득이한 결과일 수 있다. 이승휴를 포함한 현내 유지들이 기녀 죽죽선의 거처 수리를 공모하였다가 명분상 죽서루 건립으로 전환하였다는 설정은 약한 고리의 단적인 사례일 것이다. 하지만 그것은 이 작품의 서사시적 구도가 방법론적으로 취한 의장이기도 하다.

루카치Georg Lukacs가 지적한 바와 같이 총체성을 상실한 현대사회는 소설의 시대가 되었다. 소설은 더 이상 서사시가 불가능한 파편화된 세계 속에서 한 개인이 내면의 총체성을 갈구하는 작업이라 할 수 있다. 김익하의 소설은 역사와 장소, 인물과 사건이 하나의 총체성 아래 길항하는 우리 시대의 서사시를 표방한다. 더더욱 이 소설은 스스로 중층적 장소를 현전하는 사물이고자 한다. 소설적 형상화를 통해 문학담론의 지평을 끌어안고, 미완의 역사나 지방사적 결여를 보완하려는 학술적 입론을 과감히 수용하고 있는 것이다.

이 작품이 『제왕운기』의 산실인 삼척의 장소성을 역사에 투영한 르포르타주와 같다는 점도 텍스트적 중층성의 한 층위이다. 바로 이 부분이 이승휴의 현재성을 증거하는 논거이자 『소설 이승휴』가 전유하는 역사적 진실일 것이다. 그 과정에는 죽서루를 포함하여 자연이라는 타자가 또 하나의 주체이자 공동체 일원으로 부각된다. 작가의 의도를 떠나 이러한 타자의 지평은 김익하 소설이 역사와 인물에 주목하는 과정에서 산파되는 정치적 무의식이요, 독자의 입장에서 징후적 독서가 발견한 현재적 의미라고 할 수 있다. 긴 서사의 결구와 더불어 어느덧 밤은 지나가고 바람은 흔적 없이 사라진다. 그러나 미상의 장막을 뚫고 이승휴와 죽죽선과 죽서루가 오롯한 현재로 떠오른다. 그렇게 김익하의『소설 이승휴』는 타자의 장소가 물화된 로컬 히스토리로서 우리 곁에 존재할 것이다.